面朝大海指南

首届"娘子关杯"科幻文学大赛获奖作品集

王开英 —— 主编

MIAN CHAO DAHAI ZHINAN

山西出版传媒集团 北岳文艺出版社

·太原·

图书在版编目（CIP）数据

面朝大海指南：首届"娘子关杯"科幻文学大赛获奖作品集 / 王开英主编． -- 太原：北岳文艺出版社，2024. 10. -- ISBN 978-7-5378-6909-6

Ⅰ．I247.7

中国国家版本馆 CIP 数据核字第 2024W4E673 号

面朝大海指南

首届"娘子关杯"科幻文学大赛获奖作品集

王开英 / 主编

//

出品人 郭文礼	出版发行：山西出版传媒集团·北岳文艺出版社 地址：山西省太原市并州南路 57 号　邮编：030012
选题策划 李向丽	电话：0351-5628696（发行部）　0351-5628688（总编室） 传真：0351-5628680
	经销商：新华书店
责任编辑 李向丽	印刷装订：山西人民印刷有限责任公司
复　审 张　丽	开本：787mm×1092mm　1/16 字数：430 千
终　审 刘文飞	插图：8 幅 印张：21.75
	版次：2024 年 10 月第 1 版
装帧设计 张永文	印次：2024 年 10 月山西第 1 次印刷 书号：ISBN 978-7-5378-6909-6
	定价：128.00 元
印装监制 郭　勇	

本书版权为本社独家所有，未经本社同意不得转载、摘编或复制

给时光以生命，给岁月以文明。

——刘慈欣

刘慈欣出席科幻文化活动周活动

刘慈欣为获奖作者颁奖

刘慈欣为获奖作者签名

刘慈欣接受央视记者采访

刘慈欣、获奖作者一起参加央视直播访谈

获奖作者向刘慈欣提问

刘慈欣回答获奖作者提问

刘慈欣与获奖作者合影

序

近年来，中国的科幻文学开启了多元化发展的时代，不断地尝试和探索着这个文学题材的多种可能性。在山西阳泉首届科幻文化周活动期间，"娘子关杯"科幻文学大赛的获奖作品，都来自年轻的作家，且创作风格迥异。科幻小说是一种充满可能性的文学，作者要对世界的了解有足够多的知识储备，要保持对宇宙、对大自然、对未来的好奇心。从获奖的作品来看，他们大部分深谙此道，已经进入了相对成熟的创作阶段，并在逐渐形成各自独特的风格。科幻可能是未来的历史，这些优秀的科幻小说让人耳目一新，让读者用更广阔的视角去看待宇宙，看待未来。

本书所收录的作品，很多涉及过去和未来的主题，既涉及中国的传统文化，又有对未知的幻想，呈现的方式都有各自独特的视角。《天算》中对华夏文明的描述，对人性温暖的渲染，在不可逆转的历史进程中，影响战争成败的不再是兵刃和谋略，而是兼爱非攻，给读者留下无尽的思索和回味。《博物馆银河之夜》中的将军和大圣，以仿生机器人的身份"穿越"而来，以文博热背景下传统文化的开发为主题，是一种科幻文学对传统和未来结合的书写，并由此延伸出人类对智能生命的洞见。《荣格之茧》从未来看未来，人类的智慧终将被人类的智慧所困。富有特色的心理学科幻文学，描绘出人类被概念所控制而作茧自缚的未来，叩问科技发展的归宿，脱实向虚终究敌不过脚踏大地。这几篇作品呈现出鲜明的风格，科幻与过去和未来的关系，在与时间和空间上的沟通，无不展示着更前卫的思维方式，他们十分敏锐地捕捉到了时代进步和科技发展带来的现代化生活，并融合进了科幻小说里，充满想象力，又充满对生命的哲思。

时代在发生着日新月异的变化，这种变化对科幻文学作者也产生了巨大的影响。在现代科技的背景下，瑰丽的想象更加广阔和深远，与科幻的结合产生了无限的可能，这种可能也有着明确的指向性，那就是人类对自身的强烈关注。《面朝大海指南》描绘了意识上传开启后的种种问题和困窘，展示出虚拟空间和现实世界的冲突，在带给读者思索和探究的同时，重新发现平凡生活中的美好和真诚，人自身的情感牵挂并没有被科技所左右，反而更加真实感人。《无法证实》科幻构想异常出彩，逻辑缜密，层层推进，勾勒出科技、逻辑与爱的交织，点染出人性之美，使其闪耀在星河璀璨之上。无法证实的实验，终将见证人类的美好未来。对想象世界的描写和对科技社会的预言，足以激发读者对科技强烈的兴趣。

　　科幻文学是创新意识最强的一种文体，让想象力得到驰骋，也让我们重新审视科技在当代社会的地位。在我的故乡山西阳泉举办的这次科幻征文大赛涌现出很多精品力作，期待这样的活动能持续办下去，为中国的科幻文学发展提供更加多元化的可能。

2024.2.29

CONTENTS

目 录

001　重生之愿　/ 王云轩

016　天　算　/ 邵子岐

029　面朝大海指南　/ 寇妙琦

052　无法证实　/ 马皓哲

069　花蝶城　/ 王一陈

093　模拟降维仪　/ 史若岸

108　一本古籍的翻译工作　/ 史雨昂

130　博物馆银河之夜　/ 邹婉莹

148　荣格之茧　/ 贾天轲

173　劣等品　/ 丁　瑞

185　老金废话站　/ 王书含

198　通博幻遇　/ 李浩博

218　宝批龙词典　/ 吴翰洁

230　囚笼中的道德化为乌有　/ 宋睿洋

240　超感官　/ 张　凯

263　棱　镜　/ 张宇煊

286　蒂莫西·赫尔墨斯的三次降生　/ 张涵智

300　天　光　/ 季宇泽

318　AI 画家的绝笔　/ 孟温煜

重生之愿 \ 王云轩

象

天气格外反常，前一天出门还是热浪扑面，今天却是凉风袭人。

瑟瑟寒风中，许是男人早有准备，提前穿上了皮夹克，却还是无法避免被冻得止不住打喷嚏。

"人类还真是脆弱啊，"男人抹了一把鼻子，略带自嘲地说道，"一点儿环境变化就承受不住了。"

远远地，男人看到了向他走来的那个女人。趁着尚有距离，男人急忙左右开弓，手忙脚乱地整理好为了御寒而被他抻得皱皱巴巴的夹克衣领，又抹了一把脸，让自己冻僵的脸庞稍微有些气色。即使男人已经很认真地打理自己的外形了，却仍然掩盖不了他日渐沧桑的面容。

女人走近了，男人也停止了整理。

然后，女人打开了铁栅栏门，将男人迎了进去。

"小娜。"男人打了声招呼。

女人微微一愣，继而脸上绽放出了无法掩盖的笑容。

"朝铭。"女人如此称呼他。

言朝铭，男人的名字。从大约十年前开始，已经没什么人这么叫他了，人们更喜欢称呼他言教授、言专员。

在欧阳娜的带领下，言朝铭很快走进了铁栅栏内的小世界。起初，他能够看到的只是大大小小、突兀立在道路两旁的空房子，屋内没有任何隐私可言，门窗上都装有单面透光的玻璃；后来，房子逐渐变大，玻璃门窗也被弃用，取而代之的是间隙很窄的铁栅栏门，给各个独立小房子围了个四面透风；直到穿过一条青石板路，两侧的大小隔间不再透明，其中传来了隐隐约约的骚动，声音中带着令人不安的音色，仿佛愤怒的低吼。

一声高亢的嘶鸣从远方传来，言朝铭被吓得一激灵。那个方向刚好被一面巨大的幕墙挡住，幕墙背后还有几棵枝繁叶茂的大树将视线完全遮挡，言朝铭看不到那里发生了什么。欧阳娜也并没有带着言朝铭往那个方向走，而是在径直走到幕墙下后，一个转弯，走到了旁边的小树丛里。言朝铭这才注意到，这几棵灌木是一种伪装，专门为了遮挡后面的一片场地。这块场地用木制的栅栏围着，住在这里面的，是一只小象。

"这就是皮皮？"言朝铭波澜不惊的脸庞微微抽动，瞳孔也有了一瞬间的闪烁。

"没错，它就是皮皮，是不是很吃惊？"

"何止是吃惊，简直难以置信！"从走到木栅栏边开始，言朝铭的视线就再也没有从那只名叫皮皮的小象身上移开过。

说是小象，其实也算是亚成年个体了，四足站立的情况下至少有一人高。虽说它的外表仍旧透着些许稚嫩，让人毫不怀疑它还能继续成长下去，然而当言朝铭看到它那一对巨大的象牙时，却又不得不怀疑，它的发育是不是已经到头了，甚至于早就超过了一头成年亚洲象的上限。

在皮皮的长鼻子下面，是一对长度不输鼻子的巨大象牙。这对象牙格外狰狞，不仅巨大无比，而且比寻常的亚洲象象牙更加平直向前，就像一对直挺挺的银色长枪。

除此之外，皮皮的脑袋在身体比例上比一般亚洲象也要小很多，但背部隆起得更加明显，前肢格外长直。凡此种种，都让言朝铭感受到一种强烈的违和感，仿佛在他面前的这头小象并不是他预想中的亚洲象，而是别的什么种类的动物。

当然，这也只是一种想法罢了。

而言朝铭之所以如此肯定皮皮是亚洲象，甚至在来到这里之前就先入为主地预设了它亚洲象的身份，不仅仅是因为它圆润的体态和高耸的背部——那是属于亚洲象的常见体貌特征，更是因为它的血统无比纯正——它的父母都是亚洲象。

亚洲象与非洲象虽然同属长鼻目象科，但其实是两个完全不同的物种，存在着地理隔离与生殖隔离，亲缘关系远没有想象中的那么近。皮皮的长相如此奇特，与其父母之间存在着巨大的差距。

事实上，现今存世的象科也不存在哪个物种有着它这样的外貌。

"皮皮的畸形越来越严重了，如果再不见好转，恐怕我也要送它过去了。"欧阳娜担忧地说道。

"问题出在哪里？找到了吗？"言朝铭问道。

"没有啊……我每天都给它体检，但是根本看不出哪里不对。其实之前总部是派过动物学专家来给它全面检查的，甚至做了基因测序，但都没有什么收获。好在皮皮看起来很健康。如果不影响生存能力的话，其实畸形也不会有太大影响。"

"是啊，总比毛毛的情况好一些……"言朝铭四处张望，突然问道，"对了，你已经不再照顾毛毛了吗？"

"毛毛啊……"欧阳娜脸上闪过一丝担忧，"毛毛的情况比较严重，无论是畸形的程度，还是不适应的状况都远远超过皮皮。我尝试过很多方法，比如夏季给它剃毛，用搅碎机处理草料和在食物中拌入高钙食材，但是都没见什么成效。迫于无奈，总部已经把毛毛送往国际救助中心，进行进一步的研究与救护了。可以说，如果还用传统养象的方法照顾毛毛，它的生命可能不会维持太长时间了。"

"是啊，毕竟毛毛可是一头长毛象。"言朝铭一字一顿地说道。

而这句话却让欧阳娜愣了好一会儿，脸上真诚的笑容也突然僵住了。过了好一阵子，欧阳娜才张了张嘴巴说道："哈哈，言教授在讲歧义笑话对吧？怎么说笑话还这么严肃……毛毛的确长毛，长的毛也确实是长毛，不过毛毛只是一只先天基因突变的亚洲象罢了，怎么可能是那种长毛象呢？"

"是啊，毛毛和皮皮都是亚洲象才对。"言朝铭含含糊糊地说着。

短暂的交谈过后，言朝铭提议要离开了。他来到这里就是为了近距离地观察这只名为皮皮的畸形亚洲象。现在目的已经达成，没有继续待下去的理由了。

这里是联合国"世界动物保护协会"设置在亚太地区的动物安置所，用以收容在泛亚太地区出现的珍稀动物问题个体，并对这些动物提供救治与保护。欧阳娜是这个安置所的所长，说是所长，可平时这里也没有多少人归她管辖，照顾每个动物的工作人员分别隶属于动物来源地的环境保护机构，与安置所之间不存在事实上的上下级关系。

而言朝铭教授，则是联合国"世界生态环境保护研究所"的特派专员，他所在的组织，正是动物保护协会，乃至全球一切有关环境问题的官方组织的最高上级。值得他亲自跑一趟的事情并不多见，欧阳娜也明白这一点。

在送言朝铭到门口后，欧阳娜却迟迟不愿告别，像是有什么话想说，却又说不出口。直到来接言朝铭的车已经在附近鸣笛催促了，欧阳娜才终于深吸一口气说道："朝铭，你还会再来这里吗？"

"如果有调查需求，我会再来的。"言朝铭说完，挥手告别。

欧阳娜站在门口望着言朝铭的背影，迟迟不愿离去。

"情况如何？"回到车上，开车的年轻人立刻问道。很显然，他并不是言朝铭的司机，他们之间的地位是对等的。

这个来接言朝铭的年轻人，一边发问，一边启动了车子。他身穿一件宽大的长袖黑风衣，头戴黑色鸭舌帽，还戴了一只黑色口罩，正是时下流行的年轻人穿搭。看得出来，他与言朝铭之间有着不小的年龄差。

"可以确认了。"言朝铭略微停顿，继而果断说道，"是哥伦比亚猛犸，活着的猛犸象。"

"果然。"年轻人没有露出丝毫惊讶的表情，仿佛早有预料。

"如果放在三年前，我绝不敢相信这个结果。放在那个时候，我宁愿承认是我学艺不精，看错了。"说罢，言朝铭长叹一声。

"然而，在有毛毛的前车之鉴后，任何学者都要对自己的判断打个问号了。"年轻人半开玩笑地说道。他开车开得漫不经心，扶方向盘的手一只在上，一只偏下，并没有老老实实握在方向盘两侧。

毛毛，是一只真实活在现代的森林猛犸，或者叫真猛犸。它还有一个更加通俗易懂的名字——长毛象。

那是一次撼动整个古生物学界的重大事件，时至今日，仍有学者对此表示怀疑，可是铁证当前，实在无力辩驳。

三年前，国际救援组织在云南原始森林地区发现了一只被遗弃的小象。那时候它全身脏兮兮的，浑身都是泥，躺在水塘里奄奄一息。救援人员没有多想，立刻把它带回了救援中心。可是直到给它全身上下清洗干净，救援人员才发现不对劲。

它竟然全身长满棕红色的长毛！

一只生活在云南地区的亚洲象，怎么可能全身长满御寒用的厚重体毛？注意到了这一点后，救援人员才开始重新审视这只小象，并最终确认了一点，那就是它根本就不是他们一开始以为的亚洲象，而是早已灭绝了四千年的古生物——森林猛犸。

一时之间，学界震动，流言四起。世界动物保护协会意识到了这背后代表着的巨大影响，立刻封锁了消息，将这头小象收容在附近的动物安置所，并对外声称这只是一只因为基因突变而长出长毛的亚洲象。

然而猛犸象并非灭绝很久的生物，它们尚且行走于大地的时代，大禹已经治完了水，金字塔也在打地基了。

在西伯利亚的冻土层中就曾发掘出过猛犸象的冻尸。经过二者基因比对，几乎可以确定，这只来自云南的小象毛毛，就是一只幼年期的森林猛犸。

灭绝的生物就这样活着出现在世人眼前，还是这么大的陆地动物，既不是生活在深海，也不是地底洞窟，隐匿行踪类的猜想完全行不通。更令人难以置信的是，这其实不是第一例灭绝生物再现事件了，在世界各地的动物安置所中都收容过有类似情况的史前生物。

它们突兀地出现，大摇大摆走进了现代人类的视野，将生物学常识践踏得支离破碎。没有人知道它们为什么会再次出现在地球上，它们的生活如此平静而自然，就仿佛它们属于如今地球的环境，它们就应该生活在这里一样。没有任何现有的学说能够解释这些古生物的再度复生，甚至有学者提出了时空穿梭假说，认为它们是穿越时间长河而来的——显然，在这位学者的眼中，大量灭绝生物无端复生是比时间旅行更加难以置信的。

世界生态环境保护研究所为这一系列事件制定的代号是"重生"。就像个体的死亡一样，灭绝的意义，便是永不复生，而灭绝的生物再次出现，便是如起死回生一般不可思议。比起重生，更让人无法理解的是这些史前生物出现得无迹可寻，仿佛凭空出世，这也难怪时空穿梭假说会有市场了。

直到皮皮的出现，这一切才有了转机。

"小安，这次多亏你们了。"言朝铭冲着驾驶座上的年轻人说道。

"哪里，能帮到你们，我们的努力就有意义。更何况，回溯者组织成立的初衷就是调查重生事件的真相。"年轻人轻描淡写地说道，仿佛他们所做的只是举手之劳。

年轻男子名叫安思捷，是回溯者组织的代表性人物。不过，不同于言教授所在的"生态环保所"，"回溯者"组织是遍布全球的纯粹民间组织，由重生事件的民间知情者与相关领域的自由学者组建而成，是受到联合国认可的合法组织。在调查重生事件的过程中，这个民间组织厥功至伟，皮皮的存在就是被他们率先发现的。

皮皮的出现，是重生事件调查过程的转折点，与以往的众多重生古生物不同，皮皮是有明确来源的动物。就在刚刚，专员言朝铭亲自确认了，皮皮是一头哥伦比亚猛犸的幼崽——这是已灭绝的古生物猛犸象中的一支，与大众传统认知中的不同，绝大多数的猛犸象种类并没有身披长毛的特征，真正符合影视形象的长毛猛犸象，或许就只有真猛犸一支而已，也就是毛毛那一族群。

可是皮皮这样一头被确认为已灭绝生物的小象，却是在人类眼皮子底下诞生的。因为它出生在动物自然保护区，当时刚好有志愿者在附近守候分娩的母象。可以确定，它的父母均是纯正的亚洲象，不存在任何混血串种的情况。

那几个志愿者中便有一人属于回溯者组织，且刚好掌握丰富的古生物学知识，一眼便认出这头"畸形"小象并非亚洲象，而后很快便通过组织反馈给了生态环保所总部，这才有了安置所收容皮皮和今天言朝铭前来确认其血统的契机。

如此一来便至少确定了一点，那就是重生生物并非凭空出现，而是像其他现代生物一样，由普通生物繁殖而来的。

可即使如此，依旧说不通。

"亚洲象生不出猛犸象才对，即使强说是返祖，猛犸象也根本就不是现代亚洲象的祖先，猛犸象只是生活在史前且已灭绝的象科动物罢了，最多算现代亚洲象的表亲，是吧？"安思捷问道。

"不错，这二者之间并不存在直系的亲缘关系，也不存在谁进化成谁的说法。"

鼠

"最早的重生事件发生在什么时候？"安思捷问道。

"这实在不好说。不过，有官方记载的最早的重生事件应该是加拿大美洲拟狮重现事件，只不过我们并没有成功捕获那只疑似美洲拟狮的动物。更早以前的案例，很多都属于民间传闻，缺乏证据，可信度存疑。比如尼斯湖水怪、刚果恐龙和神农架驴头狼等等，由于信息驳杂不清，目击者的描述前后矛盾等问题，并未被我部收录在案。"言朝铭回忆着说道。

"言教授，不知道你这位官方大学者是否瞧得上我们这些民间组织的研究。"安思捷微微一笑说道。

"小安，你就别跟我来这套了。你们回溯者虽是民间组织，但是你们的学术水平，学界都是认可的，更何况你们组织中的很多人本身就是学术界成员，科研水平是值得信任的。有什么发现，还请赐教。"

"上一次我们在内部会议中确定了一点，那就是我们组织内部公认的，老挝岩鼠的二次出现才是有迹可循的第一次重生事件。"

言朝铭迟迟没有回应。

安思捷稍稍偏过头去观察言朝铭，竟发现他眉头紧锁、神色凝重，仿佛是在与巨大的心理波动做斗争。

良久，言朝铭开口了："你们应该清楚这个结论的意义，这与从前的每一起重生事件之间都存在着本质上的区别。"

"我非常清楚，所以这么多年来，我们一直对这种猜想慎之又慎，不敢妄下结论。但是现在不一样了，皮皮的出生代表着这些重生生物都是被现生生物繁殖出来的，虽然还不知道为什么那些生物会繁衍出跟自身物种完全不同，甚至存在生殖隔离的新生命，但是这至少说明了一点，这些重生生物在自然界中并不是那么突兀，它们完全能够从自身诞生的种群中逐渐分化出来，重新在自然界中占据一席之地。"

言朝铭之所以会对老挝岩鼠是重生生物这一点产生情绪波动，完全是因为老挝岩鼠与猛犸象、美洲拟狮这些动物的情况是截然不同的。老挝岩鼠根本就不是公认的灭绝生物，而是一种在老挝的集市上都能轻易见到的现生物种，和猫猫狗狗一样，是如今自然界中的一环。

在2004年以前，老挝岩鼠还曾一度被学界认定为灭绝物种，是一千一百万年以前的远古生物，那个时候它们还不叫这个名字。直到2004年的一天，有学者在老挝的集市上见到了一种前所未见的啮齿目动物，并以老挝岩鼠的名字为这个"新物种"命名。在经过了漫长的后续研究后，学术界终于确定了，所谓的"新物种"其实根本就是一种已经被考古发现过，但又绝迹了一千一百万年的"古生物"。

因为在被确认为灭绝后再度出现，老挝岩鼠瞬间名声大振，一跃成为生物学界知名的热门生物。至于他们"死而复生"的原因，却是不甚清楚。发现它们的学者认为，这些啮齿动物生活在人迹罕至的老挝原始森林，地处偏僻，无人敢踏足此地，因而当这个物种在世界其他地方绝迹千万年后，还能在此地保留有一片净土，不被人类发现。

然而这种说法只能解释它们不被人类发现的原因，却无法解决其他问题，诸如这样一种千万年前的古生物为何能丝毫不受环境变迁的影响而保持形态至今，又为何只生活在这样一小片森林之中。由于时间跨度达到了千万年级，人类活动在这个问题上完全不能作为理由。

如果接受回溯者组织提出的说法，那么老挝岩鼠根本不是潜藏在人迹罕至的森林中苟活至今的古生物，而是早已在千万年前灭绝，却又重生在老挝森林中的重生古生物种群……

不是一只两只的个例，而是整个物种，是融入现代生态系统中的一个动物种群……

相比起那头猛犸象，这对生物学界的冲击无疑是更大的，甚至是毁灭性的。单一个体的存活并不代表物种的延续，但一个完整种群的重新出现却代表着物种的真正重生。演化与灭绝，这一生物学领域的基础理论，很有可能因此告破，存在过的生物会灭绝，而灭绝的生物……或许还能再次出现，重新繁衍生息？

"如果你们的研究是正确的，那或许我们对生物演化史的整体认知都要改写了。

生物的演化历程将不再是我们之前认为的演化树，而是一个个闭合的环，就算暂时离开主干，也还有再回来的一天。"

"是啊，真的很难以理解。无论如何想也想不通，被环境淘汰的生物怎么能在彻底改变的环境中突然出现并继续生存。"安思捷说道。

"这样说来，问题将会进一步扩大。"言朝铭咬了咬后槽牙说道，"重生很可能不是如今才发生的突发现象，甚至是远在人类出现之前便已经发生过的事情。这很可能是地球生物演化史的一环，自然进化过程中被我们忽视了的重要组成部分。我们在地层中发现的那些化石，有多少是属于那个年代的古生物，又有多少是早已灭绝却又在某个时代重生的呢？或许我们看到某个物种存在了亿万年，而其实它们根本没有存在过多久，只是在最初出现过一段时间，而后遭遇灭顶之灾，又在亿万年后短暂地复活过一段时间？我有种预感，重生谜题一旦解开，生物学大厦将为之倾倒。"

"只是不知言教授是期待那一天，还是恐惧那一天？"

"我不知道。"

车上再度陷入了长久的沉默，直到车子彻底停下。

机场到了，言朝铭是时候回联合国总部复命去了。他这一走，不知几时才能再回到这片故土。

或许就是因为这样的工作性质，言朝铭当年才会毅然决然地选择与欧阳娜分开，独自走完接下来的人生。只是他没有想到，欧阳娜会在那个动物安置所一直等着他，直到如今。或许下次回国，还有机会再去看看她吧。言朝铭这样想着。

"送到这儿吧。"言朝铭说道。

"既然如此，那咱们这次合作就先到这里了。我们回溯者组织会继续在世界范围内追踪重生事件，直到解开谜题的那一天。等有新消息，咱们再碰头。"安思捷换上了一副郑重的语气。

"但愿咱们下次碰头，是为找到真相而庆祝。"

"希望如此。"

言朝铭登上了返回研究所总部的航班，本想在飞机起飞后小憩片刻，可闭上眼睛后却怎么也睡不着，满脑子都是和安思捷讨论的那些事。身为生物学领域顶尖的学者，他比任何人都更清楚生物学对人类的意义，也更清楚生命的玄妙无边无际，远远不是人类能够参透的。人类在整个生态系统面前，依旧无比脆弱、无比渺小。

隐忧渐渐浮上心头。

言朝铭不再闭目假寐，转而取出笔记本，写下几行字迹。每完成一次考察都会留下一段文字记载，这已成为他的习惯。这些文字说是考察报告也好，日记也罢，往往只代表着言朝铭的内心所想，而与严谨的学术内容无关。

就在今天，我见证了灭绝这一概念的灭亡。

灭绝，何为灭绝？

灭绝就应该是永不复生！我们厌恶任何一次灭绝，尽全力挽回每一个物种的存在，但是一旦灭绝成为既定事实，我们就应该坚决维护这样的新世界——没有它们的新世界。重生不应该存在，就像死者不该复活。地球资源是有限的，生态位更是有限的；地球环境就像人类社会一样存在着承载力的上限，脆弱的环境平衡一旦被打破，消失的就不只是那些古生物了。如果死灭变得虚假，新生将无处容身。

如今的生态系统是完备而脆弱的，禁不住这些突如其来的古生物横插一脚。如今的世界，没有它们的位置。

当然，最后这些重生的古生物或许还能与如今的生态圈之间达成平衡，找到自己的位置，形成新的生态关系，但那必然后患无穷。毕竟保护环境，说到底还是保护人类所需要的环境。一个人类不适应的生态圈，不是理想的生存环境。

对。

人类应该阻止重生。

像

三年后的某个清晨，言朝铭收到了安思捷发来的消息。

"重生之谜或将告破，速携差速分质器前来西北化石盆地会面。"

看到消息的刹那，言朝铭不由得一愣，继而深吸一口气，自言自语道："三年了，是该揭晓真相了。不过他们先一步到达终点，出人意料啊。"

自从上次动物安置所一别，言朝铭三年来再没有踏足过这片故土，也没有再与安思捷联系过。不过这只是私人层面上的失联，研究所与回溯者组织之间的联系与合作是从未断过的。也正因如此，如今的言朝铭得知真相即将揭晓，做出的反应并非诧异和激动，而是无限感慨。

三年时间足够改变很多东西。当年令全人类生物学家毫无头绪的诡异现象，随着这几年不懈的努力，已经变成了学术领域的一个研究课题，退去了神秘色彩，逐渐规范化、科学化。可以说，这个谜题何时被破解，都不会让言朝铭感到意外了，只不过这一天是今天而已。

在这三年时间里，生物学界与考古学界都取得了重大突破，针对重生现象的相关研究也设计了很多新式设备，安思捷点名需要的差速分质器就是其中之一。这是一种能够快速从任何溶液中提取，并快速、大量制取遗传物质的便携设备。常规情况下，只需一支钢笔容量的生物体液，便能从中提取出数十万个完整的DNA（DeoxyriboNucleic Acid，缩写为"DNA"，脱氧核糖核酸）链，无论那生物溶液是动物血液、植物汁液，还是微生物培养液。

言朝铭早就预料到这一天会到来，所以对待安思捷的请求毫不怠慢，立刻带上差速分质器登上了专机。等他到达机场的时候，距离约定的时间还差两天多。

要不要去亚太区动物安置所看看？这个念头无端地从言朝铭的脑海中冒了出来，不过很快又被他压了下去。那里和此次任务无关，去那边没什么事要做。最多，也不过是能见故人一面罢了。这事不急，大可以等办完正事再说。

于是言朝铭并没有选择其他地方，而是直接动身前往化石盆地，并且放慢了行进的速度，以便在路途中能够同时研究他手上的资料，那是他为了此次西北之旅特意搜集的信息。

青海的化石盆地是近些年著名的古生物化石考古发掘地，许多对生物学研究意义重大的古生物化石都出土自此地。这其中就包括为常人所熟知的草原猛犸、化石犀、草原野马和古鲸等动物，而在近几年内，该地区又陆续出土了诸如古猿、穴居人等灵长目动物的化石，为古生物学和古人类学体系贡献了宝贵的拼图。同时，化石盆地最新出土的穴居人化石更是改变了学术界一直以来对古人类活动的认知，曾经一度被认为仅生活在欧洲、北非和西亚地区的穴居人，其中竟然存在一个亚种，一路向东迁徙，并最终在西北地区留下了化石。

说起来，穴居人的狩猎很可能是导致猛犸象最终灭绝的原因之一，只不过受制于穴居人的重大缺陷，其严重程度远不及另外两大因素。而那另外两大因素，则是环境变化与晚期智人活动。晚期智人，也就是如今统治地球的人类。

穴居人与智人身体构造的最大区别在于前臂尺桡骨。智人上肢自然下垂时掌心朝向身体内侧，穴居人则是掌心朝向身体正前方，由此带来的后果是穴居人可以手握长矛戳刺，但是却无法投掷；同时也让他们不擅长精细手工制作，甚至无法钻孔，这也是穴居人石器几十万年没有进步的原因之一。也就是因为这个缺陷，虽然穴居人无论是在体魄还是脑容量上都要胜智人一筹，但他们无法使用远程武器，最终在与智人的斗争中输掉了地球王座，遗憾出局。同样因为这一点，他们狩猎猛犸象这样的大型猎物时，效率远不如智人，所以他们虽然将猛犸象视作主要猎物，但在猛犸象的灭绝过程中并非最重要的一环。

言朝铭闭上双眼，脑海中隐约浮现出上古修罗场一般的画面。横行的凶暴巨兽、强壮的持矛穴居人与手持投掷武器的智人，随着凛冬的来临，各个种族为了争夺日趋减少的珍贵物资，在濒临破灭的上古世界展开血腥的种族灭绝战……新时代的暖阳越过地平线的那一天，只有智人屹立在重获新生的大地之上，成为全世界的主宰。而那些昔日的狰狞巨兽与其他诸多种类的"人"，全部随着历史的洪流烟消云散了。

不出所料的话，西北化石盆地便是那残酷的上古战场的最前线，是巨兽、穴居人与智人各方栖息地交汇的地域。

当言朝铭从自己的冥想世界中回过神来时，临时雇来的司机提醒他，他们已经到达西北地区化石盆地附近的城镇了，前面的道路崎岖难行，他的车过不去，不能再送了。言朝铭点点头表示理解，随即付了车钱，独自抱着差速分质器步行前进。

由于时间宽裕，即使言朝铭刻意放慢了脚步，最后还是提前到达了碰头地点。这里是早已荒废多年的石油开采地，近些年由于化石开发曾短暂地复兴过一段时间，然而当化石挖完，这里便如同当年石油枯竭的时候一样，再度被无情抛弃了。

言朝铭在这里遇见了提前过来安排的回溯者组织成员，对方将他安置在了临时搭建的屋棚中。据说是为了能够更快到达调查地点，对方并没有选择在当地旅店居住。

第二天一早，回溯者组织的大部队终于赶到，言朝铭也在其中找到了他熟悉的身影——回溯者组织的代表性人物安思捷。

"咱们的下一次碰头将是为找到真相而庆祝。言教授，我们做到了。"安思捷老远便冲言朝铭挥手示意，并在走近的途中如此说道。那份自信，分明是胜券在握。

"这么说，你们已经建立了能够自洽的逻辑体系，并且找到了决定性证据？"言朝铭眉头微微上扬。

"前者一点儿不错。"安思捷微微一笑，"而后者，正是我们请您来这里的目的。"

言朝铭没有再说什么，而是伸手做了个请的手势，那意思分明就是在说"愿闻其详"。

"最开始，我们还是从那两头象说起吧。"安思捷轻轻咳嗽一下，做好了长篇大论的准备，"森林猛犸、哥伦比亚猛犸，这是如今已经重生的两种象科灭绝动物。而通过皮皮的案例，我们已经可以确定一点了，重生的猛犸象需要通过亚洲象的繁殖行为诞生在现代。值得注意的是，现存的三种长鼻目象科动物，即非洲草原象、非洲森林象和亚洲象，其中亚洲象与已灭绝的猛犸象属亲缘关系最为相近。从这里，我们引申出了一个关键点，也就是重生的先决条件。怎样的古生物可以获得重生？答案是，其必须是一种有性生殖的生物，且必须有同科亲族仍然存世。同时，这个亲族与它们之间没有过大的体貌差距。"

言朝铭点了点头，对这个推论表示认可。迄今为止，所有的证据都指向了这一点。

"当然通过这一点，我们也可以确定了，那些关于恐龙复活的传言几乎都是不实的。虽然现代仍然生活着鸟类这样一支恐龙族裔，但是鸟类与我们所熟知的那些已灭绝恐龙之间存在着巨大的体貌差距，其亲缘关系也仅仅能追溯至恐龙总目，并不存在同科级近亲。"

言朝铭依旧是点了点头，等待安思捷说到重点，可是安思捷的演说却戛然而止。

"言教授，后面的内容都是我们的主观臆想罢了，私底下说说可以，但你是官方学者，跟你说话，要严谨，要有真凭实据。所以我们想请你亲自用差速分质器解析这份材料。"说罢，安思捷向言朝铭递上一份黑乎乎的黏稠溶液。

"愿意效劳……这样本哪来的？"

"就地取材。"

言朝铭一手持样本试管，将鼻子凑到管口，用标准的动作扇闻，顿时皱起了眉头。这个如同烧焦橡胶一般的味道太刺鼻了，几乎不会错认。

"这是原油？"

"不错。"安思捷回答道，"油井枯竭后，这边几乎没有这个东西了，收集这一小瓶耗费了我们不少精力。"

言朝铭没再多问，将这一试管的原油倒入分质器中分析。很快，仪器便从黑乎乎的黏稠原油中分离出了一层清亮透明的物质，这是用萃取液萃取出的含有生物遗传物质的溶液层。石油中会存在生物的遗传物质，这并不奇怪，因为石油本就是生物死后深埋地底，其中组成生物的有机物在地质作用下变性转换而来的，这其中自然也会保留部分"DNA 化石"一般的物质。只不过，石油形成的过程中必然经历过极其严酷的高温高压环境，以致让组成细胞的蛋白质都彻底裂解变形，更不要说比蛋白质还要脆弱的遗传物质了，就算侥幸残余了一部分，也必然是支离破碎到不再包含任何遗传信息的程度。

在仪器解析的过程中，言朝铭想到了一种可能，却又觉得实在过于荒谬。不过，他还是决定问出自己心中的疑惑。

"你们认为是石油保存了灭绝生物的原本的遗传物质，才让它们在新时代重生？"

"当然不是。"没想到安思捷斩钉截铁地反对道，"形成石油的那种严酷环境，根本不可能有完整的遗传物质保留下来。就算真的有这种机缘巧合，也无法解释这些基因是怎么让它们出现在其他动物的肚子里的。当然还有一点更加直观，那就是我们目前看到的重生生物，如猛犸，只灭绝了不到四千年，根本不足以形成石油。"

听罢，言朝铭点了点头，对安思捷的说法表示认可。他们的组织中毕竟是有不少真正的学者参与研究的，还不至于说出这种异想天开的言论。

然而接下来，仪器分析的结果却让他大吃一惊。明明预想的是石油中不可能存在完整的遗传物质序列，无论是从常理推断还是回溯者组织的说法，都是如此，可是在即时分析报告中，言朝铭却清晰地看到，"完整遗传物质序列数"一栏中的值并不为零，甚至不是一位数，而是整整五位数。

这么小小一试管的原油中，竟存在着数以万计的遗传物质？

言朝铭扭头看向安思捷，期待一个合理的解释，后者则向他点了点头。

"这就是我们的研究成果，重生事件的真相。"

"不应该是这样……"

"的确不应该是这样的。事实是，遗传物质并非随本体变成石油的过程被保存在了石油中，而是自己找到了早已成型的石油，然后躲在了里面。分质器中检测出来的那些带有遗传物质的东西，我们称之为往生序列。"

"那究竟是什么？"

"是一种逆转录病毒。我们都知道的，RNA 病毒因为其遗传物质为单链，极不稳定，容易发生遗传物质丢失，将自己的遗传物质遗漏在宿主细胞内，或是将属于宿主的遗传物质错误地转录到自己的基因序列之上，意外'窃取'宿主的基因片段。

"同时，这世界上存在着一类病毒——逆转录病毒。这种病毒的繁殖方式相对特殊，它们会将自己的遗传物质序列嫁接到宿主的基因序列上，让宿主细胞在用基因合成蛋白质的过程中合成出这些病毒所需的蛋白质外壳。而这种病毒一旦发生基因遗失，就会将自己的遗传信息直接留在宿主的基因序列上，这便是自然界中存在的转基因现象。

"这些基础知识，言教授应该都不陌生，但是你有没有想过，如果在某种巨大的机缘巧合之下，将这些要素全部集中在一种病毒身上——它们是某种逆转录病毒，会窃取宿主的基因，而且不是一个两个片段，是将宿主的完整基因序列压缩打包，嫁接到自己的基因序列中。当它们离开原宿主，再次进入某个新宿主的体内时，又会重复上面的步骤：窃取宿主的完整基因，并将自己的遗传信息通过逆转录的方式换上去，顶替这个位置。这个时候，前一个宿主的基因便完整出现在了新宿主的体内。如果二者差异过大，新宿主的细胞无法识别这一基因序列，细胞将会坏死；而如果二者存在较近的亲缘关系，那么新宿主的细胞就会按照这一串基因合成蛋白质，导致局部病变；再如果，这个被往生序列寄生的细胞恰好是一个生殖细胞，那么，它将会重新宿主的体内孕育诞生，来到这个世界上，但形成的新个体完全就和老宿主一模一样，而与新宿主毫无关系。"

"这便是重生！"言朝铭的面部肌肉都有些扭曲了，"通过无数的机缘巧合，在概率几乎为零的情况下，早已灭绝的生物通过往生序列夺舍了其现代近亲的生殖细胞，最终完成借腹生子？"

安思捷点了点头："这便是我们的研究结果。"

"何等疯狂……"言朝铭喃喃自语着。突然，像是想到了什么无比紧迫的事情，言朝铭立刻再次问道："往生序列病毒的宿主范围是什么，你们有研究清楚吗？"

"往生序列百无禁忌，无论是动物、植物，还是细菌、真菌，都在它们的目标宿主列表上。"

"这样一来，岂不是说任何灭绝古生物都有可能通过往生序列重生？不同时代、不同环境中的生物，不受任何约束，随意地往返于时间长河之中，肆意降临在如今这个世界上，还要强行挤进生态圈中，占据一席之地？如此一来，如今的生态岂不是会被这些重生生物冲击得七零八落？而且这种恐怖的重生现象为何没有在过去的生物进化史上留下显著痕迹，反而是在如今突然暴发？"

"这种病毒传染性极差，由于会窃取宿主大量的基因，所以往往在一次转录后自身变得非常庞大，难以脱离宿主细胞，最终被迫随着宿主死亡沉入地底。不过往生序列还有最后一招保全自身的手段，就是在沉降到地底后，主动寻找有机物，并进入其中陷入休眠。毫无疑问，石油便是它们能够在地底找到的最多的有机物。是人类对石油的大量开采释放出了往生序列，才导致了重生现象的集中爆发。"

"也就是说，从开采化石能源开始，无穷无尽的古生物才开始重生在地球上？重生现象根本不是经过大自然验证过的生物演化环节，这根本就是人类活动带来的自然灾害！"

"言教授认为这是灾害吗？"安思捷眉头紧皱，"冰河纪的巨兽与牛羊共同驰骋在草原之上，泥盆纪巨虫与飞鸟于空中共舞，上古之花绽放在雨林之间……每一个物种都有重来的机会，向大自然证明，它们的存在不是一个错误，它们不是进化的弱者……这样童话般的世界，难道不是更美好吗？"

"不！"言朝铭突然激动地喊道，"每个物种都只能有一次机会！要是古生物真的源源不断地复活在这个世界，那它们将会是比如今的任何入侵物种都更加恐怖的生物危害！我所想象到的，可不是你描述中的童话世界！在那个严酷而冰冷的世界里，上古病菌带来的瘟疫横行肆虐；古老的巨兽肆意杀尽眼前所见的一切猎物，直到自己也饿死在一片荒芜之中；那些前所未见的杂草骗过重重识别，植根于田亩之间，侵吞着每一寸土地的养料；动物、植物、人，依次倒在饥荒与疫病之中，无可奈何……如今的这个生态环境——属于人类的生态环境，绝对不容它们破坏！"

"您是对的。"安思捷似乎妥协了，"要怎么做？"

"彻底消灭往生序列！就从化石盆地开始。这里既是石油产地，又是化石产地，正是滋生往生序列的圣地。首先灭杀这里残余的病毒，而后将真相向全世界宣扬，迫使全人类达成共识——以后所有的油井开采都必须加一道检测并灭杀往生序列的工序，绝不能让这些旧时代的幽灵借尸还魂！"

忽然，言朝铭瞥了一眼撂在旁边的差速分质器。

"这种东西，以后必须限制使用，不可再由私人带出研究所。一个差速分质器就能制取成千上万个灭绝生物的完整基因序列，如果被别有用心之人加以利用，后果不堪设想！"

言罢，言朝铭立刻有了动作。他起身冲向通讯台，就要通知青海省政府提供支援。消灭西北地区的往生序列，这是计划的第一步。

然而计划到此，戛然而止。

回溯者组织的成员拦在了他的面前。

言朝铭还想转身绕过去，可是不知不觉间，回溯者组织竟已然对他形成了包围圈，用人墙将其彻底围在了中间。倏忽间，言朝铭觉得自己好像做错了什么。

是不是应该先去赴小娜之约呢？好像是的。

"言教授，你要知道，人科也不只有一个物种。"安思捷缓缓说道。

言朝铭紧锁的眉头就这样僵在了脸上，原本一张一合的嘴巴，也彻底合不上了。他转过头，茫然地看向身后的回溯者，全身僵得像被冷库冻过一样。

不知何时，回溯者组织的人已经全部站到了安思捷身后。安思捷伸出右手指向言朝铭，做了一个"你"的手势，随后又摊开手掌向上，平着一滑，做了个"你们"的手势。

紧接着，安思捷拍了拍自己的胸前，又手臂后扭，手掌向上侧滑，隐隐扫过他和他身后的众人，做了个"我们"的手势。

天算 \ 邵子岐

一

在这个伐交伐谋的时代，宋国好像被各国士子遗忘了，这个国家太老了，老到几乎任何新思想都激不起一丝涟漪的程度。年迈的宋公栾跪坐在竹席上，几案上摆放着被虎狼环伺的宋国地图，已而他堪堪从惊惧思绪中抽离出来，才恍惚命人去请司星子韦来殿内议事。

许是想到了什么，宋公栾惊惧地直起身子，大嚷："快把窗牖都关上，不要一点儿光亮进来。"垂垂老矣的国君被黑暗裹挟着，身子因战栗忍不住发抖，他忍不住又问："子韦还没到吗？"殿外有人声回应："回君上，子韦大人已在殿外等候，请您把大门打开吧。"

宋公栾道："不必了，让子韦在门外回话吧。"子韦环顾四周，左右皆退下后，他答道："君上，荧惑守心虽是大凶之兆，但您确不必恐慌至此啊。"宋公栾的声音仿佛近了一些："子韦，藏室里的那些东西你也看过，还能有假吗？"子韦虽然看过藏室的那些东西，可毕竟年代久远，文字含义与当年略有不同，曲解或过度解读亦是有的，想到这儿，子韦道："您也知道，那东西读出来容易，要准确理解却很难，宋国历代国君寻访各国大才解读此文，唯有一二言方被认同，或许是您理解有误，也未可知。"

宋公栾摇摇头："不，那东西上面写了'诸国无德，竞相核统，十日竞出，耀耀然如长昼，万物尽毁……'这东西至殷商时便被祖先细心留存，后传承于宋国各代国君，先君秘传谶语，言此物将惊天地而弄经纬。"

末了，宋公栾颓然地倚在门口："宋国藏有摆弄经纬的威力，却沦落成诸国之末流，定是你们这些人不够尽力所致！"子韦赶忙跪下道："若为人祸，臣有办法将这灾祸转嫁给相国。"宋公栾冷笑："苛待相国，那天下士子还有谁敢踏足宋国，帮寡人去破解藏室里的那些东西呢？"子韦又道："臣也有法子让百姓承受灾祸。"宋公栾摆弄着手中的佩剑："一国之君应以仁爱百姓，这不是什么好办法。"

子韦又言："若转嫁至五谷收成上……"宋公栾打断他："没有什么好法子就不要讲了。"子韦笑了笑道："天虽高远，却能上达天听，您方才所言确为仁君之言，宋国不能有一位不敢见太阳的君主，还请您出殿来吧。"

见宋公栾仍不为所动，子韦道："方才臣进宫之时，遇见了相国大人，听他所言，宋地出了一位智者名唤墨翟，曾拜孔丘的弟子为师，您就不想见见他吗？"这段话并没有引起宋公栾的兴趣，他兀自一叹："这天下哪还有属于宋国的大才呢？"学尽天下识，货与帝王家，当今的士子只在乎"名""利"二字，哪里愿意埋头于藏室，破解玄之又玄的天道呢？

子韦躬身道："回君上，这位墨翟不一样，他的祖先与您同宗同源，又是宋襄公兄长目夷的后代，想来对于您要破解的东西，至少他不会太排斥。"

二

墨翟第一次觐见宋公栾时，是在一个骤雨初歇的夜晚，天空中星斗璀璨，荧惑恢复了正常的运行方向。宋公栾瞧着墨翟未着长衫，反而一身短打，脚上的草鞋也破旧不堪，似乎和他的贵族身份颇不相称。

宋公栾但问其故，墨翟道："君上，臣的家族早已没落，如今臣并非贵族，不过一介草民罢了。"宋公栾颔首，又问："我听闻你早年曾追随孔丘的弟子，可有什么心得？"墨翟似乎对这段经历颇为排斥。

宋公栾瞧着墨翟意气风发的模样，心想或许此人真是他要寻找的大才？他决定再试探试探："墨翟，你可曾习过蝌蚪文？"墨翟漆黑的眼眸微微闪动。宋公栾又道："殷商常以占卜定天下事，也许是因为他们掌握了一种难为外人道的神秘力量。你应该听说过，这些东西锁于商丘宫藏室。"

宋公栾很满意墨翟的反应，他并没有如其他士子一般直言自己昏了头，而是伫立在一旁静静地思索着，已而他开口问："将希望寄托在这些虚无缥缈的诡事上，当真是一国之君应当为之的事情吗？"

宋公栾没有发怒，负手看向满天的星宿，问："当今天下群雄四起，各路诸侯相互征伐，这是千百年来未有之大乱局，一场大战动辄成千上万的兵士枉死，百姓流离失所，亡国灭族的事屡见不鲜，你认为何以能救这个世道？儒家？兵家？还是法家？"已而，宋公栾看向墨翟，"你应该知道这都不行。"

"墨翟，纵使有万分之一的希望，或许你真能求来救治这天下的药方呢？"听罢宋公栾的话，墨翟并未料到这苟居在商丘宫的宋国国君，竟还是一位拿捏人心的哲人。墨翟略一沉吟："好吧，我便如君上所愿，入藏室，为您破解您所言之天道。"

"不，这不是我所言之，这是历代商王乃至宋君保守的秘密，墨翟你当明白这重中之重。"宋公栾似有若无的威胁，在墨翟心中并不算什么，他的内心正经历狂风骤雨，摒弃了他曾以一生为业的儒学，亟待新的信仰，支撑他在这乱世之中生存下去。

三

十年后。

"景，光之人，煦若射，下者之人也高；高者之人也下。足蔽下光，故成景于上……"藏室内，墨翟在为宋公栾讲蝌蚪文。宋公栾的声音因老迈而发虚："墨翟，你是有宋以来，在这藏室中待得最久的人。你能否告诉寡人，你是否窥探到了天机，隐藏在蝌蚪文中的秘密究竟是什么？"

墨翟将手中光可鉴人的"镜子"放下，恭恭敬敬地对宋公栾下拜："君上，您还记得十年前，您让我寻求这救世的药方吗？我想我找到了。"宋公栾直起身子，浑浊的双眼即刻变得清明，墨翟道："天下若想大治，唯有践行'兼爱、非攻、尚同、尚贤'这八个字，方可有所改观。"

宋公栾直起的身子又软了下去，"寡人还以为你会有什么振聋发聩的言论，还是些陈词滥调。"墨翟思忖了片刻，掀衣摆而下跪，道："这是臣十年里研习蝌蚪文所撰写的关于城防工事的心得，若您能践行此法，可保宋国十年无虞。"墨翟从长袖中捧出一卷竹简，宋公栾讶然问："墨翟，你要作甚？"

墨翟再顿首："祖先所言不虚，蝌蚪文确如君上所言。"宋公栾明白过来，"你也准备离开了？"宋公栾眯起老眼，"二十年前，也有一位士子对我讲过相同的话。"他问："墨翟，你就不怕我杀了你吗？"

"怕，可我更想将我的思想传播下去，救世不能只救一国。君上请您相信，墨翟还会回来的。"

墨翟将头埋在地上，耳畔回荡着宋公栾来回逡巡的脚步声。墨翟明白，在窥探到蝌蚪文的秘密时，无论宋公栾做出何样的决定，他都唯有接受。可是这足以倾覆世界的算法若就这般放逐于世，那世界将会以何等疮痍的面目存在？墨翟不敢再想下去了。

此刻宋公栾的心里也不好受，墨翟确为百年来第一位能勘破诸多蝌蚪文的大才，杀之岂不可惜？若不杀他，任其在诸国间周游，未尝不是宋之大祸，一个弱国藏有惊世之力却无暇自保，那等待其的结局不言而喻。

宋公栾略一振袖，忐忑的等待结束了。这位国君仿佛一夕之间苍老了十岁，他长吁一声，问："墨翟，若寡人今日放你离去，你能否给寡人一个承诺？"墨翟重重顿首："我定当遵守。"宋公栾微微颔首："其一，寡人要你不得向任何诸侯泄露蝌蚪文在宋国的秘密；其二，若宋有难，你务必施以援手，不得作壁上观。"

当这位窥探天算秘密的智者离开商丘之时，唯有布衫草鞋加身，连司星子韦也不由得喟叹，墨翟是当世少有不为功名利禄的贤者。

是夜，老迈的宋公栾与司星子韦登临商丘宫最高的一处星台，只有七八颗星子缀在湛蓝如碧玺的天际，今日的星象格外寡淡，就连看了大半辈子天象的子韦也觉得没什么可给国君讲述的。就在这时，西方的天界忽然划过一道光亮，只一瞬便耀如白昼。司星子韦惊恐地瞪大因衰老而现褶皱的老目，"是灾星，灾星现世，恐怕宋国要大祸临头了！"宋公栾抚摸着星台上的木栏，闭目沉思，放任墨翟离开究竟是对是错？

墨翟告诉他蝌蚪文中曾言天体运行自有规律，并不为某一人或某一事改变。或许他真的打开了一个关着主兵之神蚩尤的盒子，那汹涌如波涛的战国时代，终究不可避免地拉开了序幕。

四

昨夜，郢都又下了一场大雨，使郢都通向铜绿山的路泥泞不堪，天公虽不作美，可丝毫未影响楚王章出巡铜绿山的好心情。前不久铜绿山那边传来消息，他迫切期待的神兵利刃即将完工。楚国自春秋建国始便破除礼乐桎梏，与周天子并行称王。楚国素来对兵事尤为热衷，楚王章自然也不能例外。

此时他正亲自驱车前往铜绿山。

马蹄快速地踏过水洼，溅起的泥点犹如落雨簌簌而下，木质的车轮在高速旋转中发出嘎吱声，豆大的雨点犹如帘幕，仿佛为青山绿水披上一层朦胧的纱。这真不是一个适合出行的好日子，车轮陷在泥潭中无法移动，无奈楚王章只得在如注的暴雨中眺望，终于看到了高矗在山顶的楚国旗帜。

"王上，前面有人！"随行的侍从立刻拔剑上前，来人撑着一把竹伞，衣角处的长衫已被泥水染黄，待他从伞中露出真容时，楚王章旋即笑了出来，挥退侍从道："事情办得如何了？"那人恭敬地回道："王上，剑已出炉，请王上随臣前来。"

长衫士子领着楚王章走进一条林荫小路，周围茂林修竹，若不是有人带路，恐怕就要迷失在这山林中了。楚王章瞧着长衫士子矫健的身手，竟也在这狼狈的境遇下笑出声来："寡人未曾想，先生竟也如此熟悉铜绿山的地形。"

长衫士子道："古来铜矿皆是兵家必争之地，臣承蒙王上信任来此打造兵器，不敢有一丝一毫懈怠。"他回过身，向楚王章施礼，"王上，前面便是铸剑池了。"进入其中，楚王章便觉迎面扑来一阵热浪，叮叮当当的铸造声在空旷的室内回响，顽劣的金属在高温的淬炼下被匠人们铸造成型，打造成一柄柄锋利的利刃。

楚王章收回视线，道："这些年你做得不错，楚国的铸剑之术将领先列国。"长衫士子问："王上，是否需要更衣？"楚王章一挥衣袖，衣袖上的水珠在烈焰中发出嘶嘶的声响："不必，你知道寡人现在最期待的是什么。"那人颔首，对身边人道："将剑请出来吧。"

这是一柄举世无双的宝剑，剑身光可鉴人，且布满菱形的金色方格，楚王章用手指轻弹剑身，剑身立刻发出清脆悦耳的声音。他颔了颔首，旋即一仰脸，身边的侍从会意，抽出腰间的剑与其争锋。两剑交锋后，只听得清脆的金属断裂声响起，侍从手中的剑顷刻碎裂，楚王章手中之剑仍安稳如山。

"好剑，真是把好剑。"楚王章看向长衫士子，难掩心中的雀跃，"若使楚国军队皆配备这样的神兵利刃，那我大楚问鼎中原之期指日可待了！"身为铸造师，如今大功告成，长衫士子并没有想象中的那般喜悦，为避免楚王章再给他出难题，他先开口道："臣并没有打击王上霸业的意思，但要想为楚国的兵士都配备这样一把好剑，至少需要列国所有的人力物力的总和方能达到。"

长衫士子早已摸透了这位楚王的心思，就在楚王章发怒的时候，他适时地捧出一张图："王上莫急着怪罪臣，虽然以臣之力不能为您的军队配置此等兵刃，但列国交战，最令人苦恼的无外乎攻城之战，彼时守军常常借用地形优势以逸待劳，致使我军死伤惨重，臣知道王上对此事颇为苦恼，故臣献出一策，可解此局。"

楚王章果真如那人所料，收敛住了怒气。他将手中之剑佩在腰上，缓缓展开画在帛上的图，楚王章的表情又怒转喜，再由喜转狂，随着时间的流逝逐渐沉淀下来。已而，他问："你是怎么想到的？"

长衫士子向楚王章深施一礼，道："王上，您忘了与臣的约定了吗？"楚王章兀自一笑，将图推至那人怀中："没忘，只用不问。那么先生，是否能为寡人仔细讲解讲解这图中所绘制兵器的精妙之处？"

长衫士子请楚王章进入内室："臣，荣幸之至。"

五

楚王章与长衫士子跪坐于内室，二人身侧便挂着四方见长的帛图，图中所绘的器物，最下方由六个木轮构成，六个木轮又依托整块木板建造，在木板左侧嵌有一节梯子，原本笔直的梯子自中间成直角状弯折，在梯子的右后方旁则立有一枚硕大带齿的轮子，用来调节梯子的伸展长度。

长衫士子起身来至帛书旁，指着底部的车轮道："当我军攻城时，将此物推至城下，扭动齿轮将折叠的梯子展开，士兵便可借势登上城墙，一鼓作气拿下城池。"楚王章捋着胡须："此物可依云而立瞰敌之城，甚为精妙！"

"故而，臣为其取名云梯。"长衫士子想了想，又在帛图的底部添了几笔，道，"在此处用生牛皮加固，可有效阻挡士兵推云梯时城上射来的箭矢。"楚王章抚掌惊叹："若此物可成，那么我楚军攻城略地，岂不如探囊取物一般？"楚王章又问："建造此物有难度吗？先生可不要让寡人空欢喜一场啊。"

长衫士子施礼："臣怎敢戏弄王上，云梯所用之材主要为木料，而铜绿山植被丰富，又有楚国诸位能工巧匠的协助……"楚王章打断他的话："可观先生之图，制造云梯的木材需得合抱之木，一般的斧头能否砍断？"那人一哂："请王上随臣前来。"

两人来到一铸炉处，一位匠人正将烧滚的铁水浇铸在一个怪异的模具中，楚王章问："这是何物？"那人道："王上，这便是臣为打造云梯所造的神兵利刃了。"楚王章不解，那人将铸造好的物什执在手中，对着一块颇粗木材上下拉动，不消片刻，木材一分为二，他看向楚王章："如此，王上可放心了？"

六年后，鲁国泰山山巅。

"泰山岩岩，鲁邦所瞻，嵩高维岳……"墨子轻轻咏《诗》，他身后那位面色黧黑的男子始终不发一言，忧心忡忡地望着泰山脚下的城郭。

禽滑釐追随墨子已有三年之久了，这三年里，他追随墨子的脚步，不敢有任何逾矩的行为。离开宋国的那段时日，墨子始终没有停下脚步，他传道授业很快自成一派，制造农耕工具以助民，修筑城防工事以扶弱。更让禽滑釐惊奇的是，他的老师墨子竟然还会打造战车！

六年的时间不长，又足以颠覆人事。曾经的故人宋公栾久病离世，这位国君也听从了墨子的建议加固城防工事。时至今日，宋地未爆发大规模的战事。

禽滑釐是墨子在周游中结识的知音，他曾追随子夏学礼，相同的认知与理想，使两人结伴同行。六年过去，曾经孤身一人的墨子，如今已有了数百位追随者。

禽滑釐是墨子的第一位弟子，亦是第一位知音，这些年来他听从墨子的召唤，若遇意见相左时，亦未敢有发问之言。齐鲁之地堪堪进入暮春时节，暖风吹得人微醺，嫩草也抽出了细芽，墨子与禽滑釐席地而坐，墨子就着猎来的野味向禽滑釐一举酒囊，道："我知道这些年你有话一直想问我，若所问不触及我的底线，我都会告诉你。"

禽滑釐呷了一口酒，道："老师，我听闻楚王麾下有一奇人，名曰公输盘，和老师您一样尤擅工事。此人也总有奇特的想法，据说他发明的锯子，能使木匠一日干尽十日的活儿。"墨子抿了抿嘴唇，神情逐渐凝重，禽滑釐继续道："他还发明了一种攻城的器械，叫作云梯……毕竟是殷商后裔，宋人的经商之道举世闻名，这般富庶又弱小的国家，于楚国而言无外乎一块肥肉……我想请教老师，宋国如何能在楚国云梯的攻势下守城？"

墨子伫立在泰山之巅，放任长风吹乱他的发髻，脚下阡陌城郭万家灯火，这是文明的魅力，也是他要守护的美好。放下酒杯，他回身看向禽滑釐："我们的酒喝不成了。"禽滑釐自然知道墨子的心性，他道："弟子会率领三百墨家弟子星夜兼程赶赴宋国，帮助宋公杵臼守城。"

墨子颔首，将一卷竹简交给禽滑釐："你刚刚问我如何在云梯的攻势下守住城池，这便是答案。我与宋景公有旧约，若宋国有难，我不得作壁上观。故人虽去，誓言犹在，宋景公在时曾按照我的部署加固城池，若再加上这些守城器械，就可保万无一失了。"

墨者皆贫，虽名满天下仍生活拮据。即便没有车马牛骡，他也要用双足走到楚国！他行走在流着月光的夜里，行走在蒸腾炽热暑气的白昼，行走在晦暗不明方向的黎明……终于在第十次太阳西落的余晖中，他遥遥看到了楚国郢都的城墙。

六

后来据墨子回忆，这是蝌蚪文现世以来最惊险的一次交锋。因为他明白，若他游说失败，等待宋地百姓的将是灭国之殇。

墨子没有即刻见到公输般，而是被他府上的家老带去梳洗了一番，待一切事毕，公输般这才姗姗来迟。墨子微微打量他，公输般也是一身短打扮，额上渗出的汗濡湿了鬓角，想来是刚从放置云梯的军营疾步赶回来。

公输般比墨子想象得略微苍老些，他向墨子施了一礼，墨子赶紧起身还礼。他伸手请墨子落座，道："早就听闻墨家机关术精妙绝伦，不知先生星夜兼程赶至楚国，是有什么事情要指教我吗？"

墨子摇摇头："我没有什么能指教先生的，我来楚国是为了一个承诺，若一切真如我所想，您应该能明白我此言何意。"公输般的眼神由暗变明，他按案倾身："先生，莫不是宋公栾旧人？"墨子不应，吟诵着一段玄之又玄的话："景，光之人，煦若射，下者之人也高；高者之人也下。足蔽下光，故成景于上……"

公输般的眼神变得更亮了，他起身来至墨子身边，"你如何知得？"墨子抬头看他："先生可听懂了？"公输般道："这是小孔成像的原理。"他才后知后觉地道："原来如此，这六年里我亦听说不少关于墨家的传闻，没想到竟会是如此，天意昭昭啊！"

墨子确定了他想要了解的事，问："然，你也是习过蝌蚪文之人，应当明白此事微妙之处，将蝌蚪文用于战事，一旦失控，你可知会产生什么样的后果？"公输般不以为意，他盯着墨子看了许久，嘴角微哂："所以这便是你传播兼爱非攻思想的理由？"他发笑道："这天下本就是大争之世，没有武力的镇压，天下难道就不会起兵戈吗？一国崛起势必要压制其他诸国，这是大势所趋，你所崇尚的非攻，想让所有国家都放弃战争。可是这天下各国君主，哪一个不曾妄想一统天下？"

"哪怕违背心中的道义？哪怕尸横遍野也在所不惜？"墨子冷漠地盯着眼前发狂的士子，公输般茫然，问墨子怎会尸横遍野。"各国交战皆有章程，若一国战败投降认输即可，岂会出现这般骇人的景象？"墨子竟是气笑了："公输般，你睁眼看看这个世道吧，现在不是春秋，没有所谓战争道义！战国争雄，那弱国便犹如落入狼群的羊，你还想让狼群吐出即将入口的食物不成？"

"你为楚王制造云梯，就没有想过会给宋地百姓带来什么祸患？宋国无罪却将被征讨，这便是你奉行的道义？"墨子接二连三地质问，致使公输般哑口无言，可他心里并不认为自己错了："我数十年悉心精进技艺，如何成为原罪？你墨翟难道就没有为其他国家制造战车？"

墨子长叹一声："匹夫无罪，怀璧其罪。公输般，在我们窥探到蝌蚪文中的秘密时，你就应该明白，没有谁能做到独善其身，我们若做不成圣贤，便会沦为天下的罪人。"公输般问："那我们应该如何做？"墨子向公输般深施一礼："请带我去见楚王吧。"

七

墨子见到楚王章，并没有急于劝谏，而是接连问了他三个问题：

"拥有绫罗丝绸的人却对邻人的粗衣起歹心，想要将粗衣据为己有，是不是患有盗窃病？

"拥有宝马香车的人却对邻人的弊车起歹心，想要将弊车据为己有，是不是患有盗窃病？

"拥有珍馐美味的人却对邻人的粗茶淡饭起歹心，想要将其据为己有，是不是患有盗窃病？"

楚王章不解墨子何意，自然回答是。

墨子向楚王章深施一礼："外臣听闻王上您要攻打宋国，这样的行为与患有盗窃病的邻人，有何不同？"

楚王章没料到墨子竟有这般巧舌，不过若想用花言巧语迫使他改变主意，墨子还是太看得起自己了。虽然墨子冒犯了他，但这区区小事不足以动摇他的好心情，"虽说你言之有理，我楚国虽疆域辽阔，但纵观天下诸国，有哪路诸侯会嫌弃自己的领土过大呢？当然是应有尽有，尽归我有了！更何况公输先生已为我造好了云梯，岂有改弦更张的道理？"

墨子明白这天下诸侯虽满嘴仁义道德，但真正能迫使君主改变主意的方法唯有实力。墨子看向身边的公输般，他并不想与之走到对峙的地步，像公输般这般能窥探蝌蚪文的大才，即便是墨子亦没有必胜的把握，更何况历来大才皆难改高傲的心性，若面临失败的折辱，怕会动其心性。

楚王章不耐烦地挥挥手："若无他事，先生便离开楚国吧。"墨子躬身向楚王章道："请王上准许外臣与公输先生就攻宋一役开展兵棋推演！"公输般震惊地看向墨子："墨翟，你想做什么？"楚王章满脸揶揄之色，后来戏谑地笑出声来："先生可知自己在说些什么吗？没有人能在云梯的攻势下挨过两招。"墨子不卑不亢地重复："请王上准许外臣与公输先生就攻宋一役开展兵棋推演！"

"好，既然如此，寡人便让你看看我楚国云梯的厉害之处。"楚王章也不想多费口舌，"来人，准备兵棋推演。"

已而，空旷的楚殿便摆上一方沙盘，在偌大的沙盘中一座孤城林立，城周围满了气势高亢的楚国士卒，那高耸入云的云梯在士卒呼号的号子声中缓缓而来，为这场战争的胜利加重了砝码。

侍从适时地为三人奉上青蕈，这是兵棋推演时有效的辅助工具，旨在为交战双方能更好地身临其境。服下青蕈，楚王章居高临下地指向沙盘："开战！"

八

墨子只感觉胸腔内仿佛有团火在烧，他抬眼想要去看面前的沙盘，哪里还有沙盘的存在？他仿佛凌空而起，没有实质地飘在空中，向下望去，脚底竟都是黑压压的楚军士卒，公输般不合时宜地飘了过来，道："先生不必惊慌，你我与楚王都进入这盘攻宋的兵棋推演中了，既如此，先生请吧。"公输般竭力一推，将墨子送入宋国城池之上，自己则飘至楚王章身侧，道："王上，可以准备攻城了。"

楚王章略一颔首，隆隆的战鼓旋即响起，士卒呼号的声浪一阵高过一阵，列队站好的士卒们快速进入生牛皮覆盖的云梯内，推着云梯向宋国城墙进发。

墨子伫立在城墙上，一切皆如他所布置的一般。城墙上每走一步便有两名穿甲胄拿盾牌以及手握长戟的士兵，另有三人为助；每五步则设有一名伍长；每十步安排一名什长。城墙东西南北四面，皆有大帅统领一方，逐级履行各自的职责，再将战报汇聚于墨子这里，便可做到城墙之上井井有条。城墙上方寸之地，站不开那么多人，墨子设有预备军队，在入城楼处等候，以待攻克云梯之器的到来。

城下的楚军以飞扑之势向城门袭来，墨子立刻启动放下两扇悬门的机关，城门内的宋国士兵立刻在悬门上涂抹湿泥土并放置横木。公输盘瞧着墨子的守势摇了摇头，原以为墨子会有何出奇之策，未承想还是些兵家守城的老方法，他遥遥向墨子喊道："不用一日，我军便挥师踏入宋境。"

楚军士兵在生牛皮的掩护下将数十辆云梯运至于宋城之下，宋军即刻弯弓搭箭射向云梯，奈何箭矢射不穿生牛皮，竟给楚军架设云梯预留了时间。此时，已有几辆云梯架设完成，楚军准备登城了。

墨子问："石车上来了吗？"城南大帅回道："已准备就绪。"墨子领首："开始吧。"墨子甫一下令，那些杵在城楼梯处的士兵，一个接着一个地从石车内搬运石头,送至城上士兵的手中。顷刻间,宋城上落石滚滚犹如惊雷,城下顷刻哀鸿遍野。虽然附在云梯之上的生牛皮可抵御箭矢,却无法抵御大质量的落石。一时之间几辆云梯俱毁,爬上云梯高坠而死的士卒不计其数,楚军士气受挫。

楚王章站在战车直拍栏杆,公输般却镇定地挥手,第二方列的弓箭手向宋国城墙上射去。那些身着甲胄的士兵见此,立刻拿着盾牌,挡住身边执戟的同伴,趁宋军换防间隙,云梯上的楚军接连向上爬去,公输般笑道:"墨子,宋军所剩的石头不多了吧?我计算过,要想再发起一波攻势,你还需要五百石的石头。这么短的时间,我就不信你还能做到!"

墨子颔首:"你所言不错。"公输般笑得更为得意,于他而言,遇到墨子这般棋逢对手的知己,他的兴奋程度远高于楚军攻下宋地。墨子负着手向公输般处遥遥一望,问:"公输般,你看城下哀鸿遍野,不知你究竟做何感想?"末了,他叹了一声:"原本这里也有城郭,却因为楚王连年发动不义之战而荒废。"

公输般早就不做他计,他只想快些战胜墨子:"若是你担心城内百姓的命运,我可以建议王上保全宋地百姓性命。"墨子笑出声来,不下畎亩只钻研学问的士子,都这般天真无邪吗?墨子背过身去:"罢了,当真无话可讲。"公输般讨厌墨子忽视他的行为,下令道:"进攻!"

墨子的眼神忽地凌厉,道:"将沾满灯油的机关鸟运上来吧。"诚如公输般所料,即便墨子拥有能载重三十石的车子,却也不能在这般短的时间内集齐五百石的石料,那么只剩下火攻一策了。

墨子摸了摸曾伴他多年、为他传递消息的机关鸟,长叹一声后亲自点燃它,道:"去吧。"顷刻间,几十只浴火而出的木鸟冲下城墙,精准地飞落至云梯的生牛皮上,由于云梯结构多为木质,加之易燃的生牛皮,大火很快变成燎原之势,那些隐匿在云梯之中的楚国士兵甚至来不及逃离便被踩踏致死。战争局势立即倒转,墨子矗立在孤城之上,城下已沦为火海炼狱。

九

情绪逐渐平复,墨子从惨绝人寰的战场中慢慢抽离,已经回到了楚国大殿之上。楚王章仍在震撼中久久不能回神,良久他倾倒在王座上,发问:"我军败了?"

此役对公输般的敲打不逊于楚王章,他难以置信的脸上写满了不甘,已而看向沙盘里的宋城,阴鸷地道:"我知道了能用来抵御你的方法,可我不说。"墨子道:"我知道你的方法，但我也不想说。"

楚王章不淡定了："两位先生是拿寡人寻开心不成？"墨子向楚王章施礼："外臣不敢，公输先生此言之意，无外乎是想杀掉我。我死了，这世间便没有人能阻碍他攻城了。"公输般不敢去看墨子的眼睛，"可惜公输先生却错了。我虽身死，难道我的弟子就不能继承我的志向？外臣的学生禽滑釐率领三百墨家弟子，他们深谙守城之精髓。如今他们已经拿着守城器械，在宋国城墙上等待楚国军队的到来了。"

无奈之际，楚王章只得下令放弃攻打宋国的计划。墨子临行前，楚王章派公输般前来送行，其用意颇为明显，可墨子志在山野，谁又能迫使他改变志向呢？

公输般送墨子出城，他问："接下来，先生有什么打算吗？"墨子望了望初升的太阳："学说虽然无国界之分，可士子却有自己的母国，我要回宋国了。"公输般问："继续研究蝌蚪文吗？"墨子未置可否："蝌蚪文的精妙，我尚未能领略一二。这是时看时新的学问，是永远研究不完的事。"

末了，墨子拉住公输般的手："这是一个智者都不能善终的时代，越靠近权力中心，越容易被其反噬，要记得为自己做些考虑了。"墨子背上行囊，朝公输般行礼，"时辰不早了，我该上路了。"公输般朝着墨子离去的背影深施一礼，目送这位倾盖如故的挚友逐渐远去。

又两年，宋国商丘宫中。

墨子领了宋公杵臼的旨意官拜宋国大夫，实则是为入藏室继续研习蝌蚪文。墨子时常想起与公输般的那一场兵棋推演，他记得公输般曾有一问："若敌来袭，只知墨守成规，当真不是纵敌来犯？"只有这一次，他被公输般说服了。

后来，他将墨家学说中非攻的含义，修正为反对不义的侵略战争。

此后经年，他多下畎亩，周游诸国传播墨学，直至他老迈寸步难行，才回到商丘宫的藏室继续研习蝌蚪文。墨家虽弟子众多，可真正能理解他的人少之又少，这也是智者注定孤独的时代。

在昏暗的藏室里，墨子在油灯下对着几摞竹简删了又添，禽滑釐倾身去看，这是老师所编写的《墨经》。发须皆白的墨子彷徨不安，手中的毛笔拿起又放下，他呜咽地对禽滑釐道："你应当知道这些文字的力量，可是我又怕……我不知道该不该将它们流传下去……可它们又是我多年的心血，我舍不得，舍不得……"

禽滑釐拍着墨子的后背："老师，留下来吧。"墨子又搁下了笔："我知道墨门弟子对墨家的学说有诸多分歧。若我死后，这些弟子利用蝌蚪文行不义之事，我岂不成了罪人！"禽滑釐安慰墨子："墨家学说的第一要义便是要求门下弟子兼爱非攻，他们断不会如此。"

墨子收回伏在禽滑釐臂上干枯的手，道："你先出去吧，我想自己待一会儿。"待禽滑釐离开，他干枯布满褶皱的手慢慢抚上光可鉴人的"镜面"。

已而，墨子做了一个决定，他不知按了什么，"镜面"亮了起来，他收敛了情绪，缓缓地道："不知道当你听到这段话时，将是今夕何夕。我会将我所知道的秘密告诉你。"

那是一场足以毁天灭地的灾难。

很久很久之前，人们倾尽全力掠夺上天赐予的能量，文明不断繁衍，古老的中原大地逐渐孕育出五个拥有高端科技的文明：颛顼、神农、女娲、高辛与共工。然，日月精华亦有取之用竭之时，能量在弹指间释放，促进了文明的进步，却也打破了天地的和谐。

冰川消融，六月飞雪，四时节气已乱。稼穑失序，以至黍离不熟，饿殍遍野。而来自自然的警醒并没有引起人们的注意，反而加速了各国对于自然之力的掠夺……发展到后来，五个国家相继爆发了战争。

这场战争，就是蝌蚪文中记载的那场主神之战……十日竟出，耀耀然如长昼，万物尽毁……或许战争的惨烈程度，远要比文字记述的要可怕得多。

墨子长叹一声："十日竟出之后，死伤无数，草木尽毁，幸存下来的生物也变得怪异，就如同《山海经》记述的那般。"

蝌蚪文便是上古文明遗留下来的文字，而记载古文字的载体，便是这个会发光的"镜面"。

"这东西拥有上天赐予的超强算力，又能存储诸多竹简都放不下的载体，小巧又能托置掌心，姑且称它为掌机吧。"

"这是不祥的力量，亦是强大的力量。后来的人啊，当你要打开关着蝌蚪文的掌机时，定要三思而后行……"

"……那便这样吧。""镜面"逐渐暗淡下去，垂垂老矣的墨子在即将到来的黎明中，缓缓合上了眼睛。这位伟大而充满智慧的先人，毕生只留下一本未完成的《墨经》留待后人一一破解。

面朝大海指南 / 寇妙琦

一

"所以说，以我目前的条件就……只能等着，对吗？"

"是的，希望您能理解，请问您还有其他问题吗？"

（沉默）

（挂线）

问题出在申请排队的名单顺序上。

虚拟空间的归属地就像电子世界的户口，想办迁移就得排队。而我想去的那个城市，在线申请永久意识上传的人数多得吓人。

我加入队列时排在三千出头，提交积分变更申请的时候已经掉到了三千八百五十九……快四千位了，我听说按照异地上传的排队速度，四千位的等候时间大概在十年。但随着许多人积分的变动，很有可能还会被不断往后挤，具体时间很难准确预估。

我朋友问我考不考虑人体冷冻，冻个三十年出来，差不多也快排到了。可惜这个项目我做不了，就算是能做，也还是有点担心。

——万一明年管理办法改了，解冻出来重新从几万位开始排，又或者干脆关闭了所有虚拟迁移通道，那不是两眼一抹黑。

我打电话去虚拟空间管理处咨询,他们说我现在想把归属地从中部省迁去沿海省,属于争夺稀缺内存,肯定是比较难的,问我考不考虑去东北、西北,有些地区甚至不用排队。

你就说咱们这辈子,有什么好事儿是不用排队的?

再说东北怎么了,我可听说有不少东北文化热爱者看了什么电视剧,一时上头想把虚拟居住地迁移到那旮旯的。反正是个虚拟的东西,为什么就不能按大家的喜好来呢?

那天打完电话之后,我在床上躺了挺久。

我住的地方窗子很小,阳光只傍晚的时候能照进来一条亮线,且只照得到半张脸。我躺着不动,等着太阳晒完这半边晒那半边。

如果你一边的眼睛里是明亮的光,那另一边就显得尤为黑暗。

其实要是仔细想想,西北地区也有水,还有一个全国最大的湖,或许刮风的时候,看着会有点像海。

二

"您好,虚拟空间管理局。"

"您好,我想咨询一下,如果我参与人体冷冻项目的话,在您这儿办理归属迁移的排队名次会给保留吗?"

"人体冷冻计划和意识上传计划是两个并行不悖的新人类试验,均是以平等自愿为原则,由申请者主动加入,并签署协议……"

"您说的这些我都知道……是说这俩没关系是吗?"

"您可以这样理解。"

"那假如我冷冻期间,排到意识上传了,我又出不来,这属于非自愿过号吧,应该保留顺序比较合理啊?"

"您的意见我们收集到了,会向有关部门反馈的。"

"……你是机器人吗?"

"我是您的客服助手小真。"

(沉默)

(挂线)

我花了很多时间在这件事上，看了我能找到的所有条款和资料，却还是没有搞清楚这些管理部门最终会以哪些规则为准。

可以理解，规则当然是越多越好，这样当需要阻止你做某件事时，理由就很多了。方便灵活地开展工作嘛，懂的都懂。

小真，她没回答自己是不是机器人，但我猜是的。

如果是人，在被问到这个问题时，多少会忍不住否认一下。

人工智能技术发展到如此便利的程度，人类心里却还是有那么一点儿固执的骄傲，执着地认为自己比机器要更高级。

虽然智力没机器高，体力没机器好，寿命没机器长……但再高级的机器，毕竟也是人类创造的，对吧。

这时候人类又变回了"人"这个字背后的共同体，庸庸碌碌的芸芸众生与最顶尖的科研人员共享此份殊荣。

不过说到底，机器全方位地"类人"，也就这么几十年的事情。

在我小时候，大家还以嘲笑人工智能的"智障"为乐。

那时候还以为，人类被机器替代还早着呢，怎么也得再过个几百年。

如今半生倏忽过去，人作为地球上的高智能生物，竟然连立足之地都没有，被迫逃去虚拟的电子空间找桃花源。

如果说人工智能的突破是人类境况转变至关重要的一步，当下如日中天的意识上传计划则更进一步。

人毕竟是碳基生物，再精彩的生命总有尽头，但上传到线上之后的意识却可以是无限的。

人类借此终于获得永生。

——只要你钱足够多，就买得下足够多的年岁。

我倒也不奢望永生，只是目前的人生，对我来说实在是短了点。

有时候僵卧在床上，不想接入虚拟空间的时候，也会想起一点儿小时候的事。

我妈说她从小在家乡的野外玩，那会儿小镇子里没住多少人，出门就是山。她放学之后不回家，百无聊赖地占领空无一人的整个山头。

那时候她总是一个人躺在草丛里发呆，肚子很饿，世界很空。

有次为了采蘑菇多翻了一座山，误打误撞地看到眼前一整片的红叶林，点点碎红簌簌随风飘落，满心的惊喜与惊艳无人分享。

这是她非常难以忘怀的年轻时的画面。

031

我妈有颗非常文艺的心，奈何文化水平所限，一辈子都没发挥出来。

"想回去看看吗？"我这样问过她。

"不想，看山看了几十年，早看腻了。"她说。

我知道她没说出的后面的话是什么。

还是想看看海。

看惯了山的人，总想多看看海的。

我和我妈不太一样，故乡的山影对我来说，就像童年一抹贫瘠的底色。

我上中学之后，我家就从山里搬了出来，后来一直在城市里挤鸽子笼。

不夸张地说，现在的房子，确实越来越像鸽子笼了。

毕竟在虚拟空间里，衣食住行可以按需分配，大家房子都挺大，景色也好看，还免费。现实中的房子是什么样子越发不重要了，有张床能躺下就行。

那个建议我考虑人体冷冻的朋友叫阿远，是个搞艺术的，和我一样报名了人类意识上传计划。可能因为她还年轻，排名也不高。

她还年轻，不觉得有什么压力，兴致勃勃地跟我说搞了个排队倒计时放在桌上，每天随时提醒自己，熬过前面的两三千人就能永登极乐。

她也比我幸运，她对自己的归属地很满意，不必经历我这种转移归属地的折腾。

但我没法不折腾。

自从虚拟空间技术成为大众生活的一部分，大部分人捉襟见肘的现实需求总算能喘上一口气。

但最初的惊喜与畅快过去，大家自然而然又有了更多的欲望。

那个虚拟空间管理处的咨询接线人员小真跟我说："也不可能每个人都得到想要的，对吧？"

我能理解，但人总会有梦想吧。

如果说在现实生活里，让我以"海边买房度过余生"为目标，那我多半自己都觉得好笑。

但有了虚拟空间后，这个梦想忽然就近了许多。

永久意识上传上去，直到费用到期都不会再被转移归属地了，再麻烦艰难的争取，对我而言，也是最后一次了。

我们黄土高原区域的虚拟空间设计其实很能体现本地风貌，宣传册上黄河遥遥奔流，大风扫过高岗，房内永不熄灭的暖炉上吊着咕嘟咕嘟的小锅。

别误会，我很爱我的故乡，也很爱这里的虚拟空间设计，它大气又豪放，就像是一个比现实还要美得多的梦。

现实是听说我从小长大的那个矿山，现在还有人住在里面。但如今那里早就矿源枯竭，又没有现代生活的便利，加之气候恶化农作物收成低，怕是日子也不会太好过。

年轻时总想回去看看，是基于将当时的周遭甩在身后的优越感。到现在，我也渐渐能理解妈妈不想再回去的心情。

比较而言，住进虚拟空间，每人都能分配到的千篇一律的免费房子，要妥帖和舒适得多了。

不愿因此满足，想要认他乡作故乡的我，似乎真的有点儿不合时宜。

天渐渐黑下去的时候，我听见门口有声响，接着屏幕一亮，是我的快递到了。

最近上门派送的费用升高了很多。

人力少了，机器人服务范围有限，需要爬楼梯的房子还上不来。

我住的这个地方年头太久，差不多可以成为古董的程度，爬楼的时候会发现每一节楼梯的高度都不一样，也确实是有点儿为难机器人。

最新型的机器人智力程度远远超越人类，每秒钟能完成几万亿次运算，却还是无法抬起腿迈上几层高低不一的台阶。

由于我需要送货上门，负责这个片区的人工派送员会把包裹积攒一段时间，统一上楼帮我送一次。

我当然能理解，并且感谢他。

这世界上很多事情都可以理解。

但像我这种非常擅长理解别人的人，一般是没人愿意来理解的。

那位小真，虽然大概率是个机器人，却语气柔和地跟我讲能理解我的需求，理解我对大海的向往。

"以后随时欢迎您来海边虚拟观光。"她的语音里是带着遗憾的关切。

我当然是真诚地感谢了她。

相比归属地迁移，虚拟观光是更合理的选择，就像在现实中，偶尔的短期旅游肯定比买房便宜。

当然，现在也没什么人旅游了。形形色色的虚拟生活摆脱了时间精力的限制，早已成为大众习惯的生活娱乐方式。

举个例子来说，如果有人休年假想去沙滩晒几天太阳，那当然是在虚拟空间更方便。

即便不考虑路途成本，现在白天的紫外线强度爆表，连派送小哥都是半夜工作，这太阳谁还晒得下去呢？

所以说如果金钱允许，在虚拟世界里找个喜欢的地方长期观光也不错。

是的，重点是，金钱允许。

我是真没这条件，只能指望迁移。

我抽出用指甲里贴着的伸缩小刀片割开快递箱——这种实用的小玩意儿当然是官方明令禁止的，我知道，我就是自己玩玩，出门不会带的——没想到快递箱里塞得很满，我的刀片划过了一点柔韧的包装塑料。

这个场景让我想起老张，就是我爸。很多年前，他有次出差路过我的大学，带了箱我很喜欢的速食小蛋糕来探望。箱子塞得极满，铅笔刀划过封口，竟然还割破了其中一袋的包装。

我当时正在减肥，皱着眉说自己早不吃这些了。

他表情有点讪讪，说，是吗，那你先留着吧，慢慢吃。

见过我爸很多样子，在员工面前不怒自威的脸色，在我妈面前极尽调侃的笑纹，从小到大给我买各种喜欢的东西时的宠溺。

这种有些讪讪的表情还是第一次见到。

大概就是在那个瞬间，我开始意识到自己不再是个小孩，爸爸也不再是永远走在我前面的那个大人了。

也是又过了很久，才终于意识到，他还是会走在我前面的，而且，走得未免太快了些。

我的快递箱里是个被泡沫层层包裹着的小坛子。

坛子口是密封的，我忍了忍，没上手拆开，把它稳稳地放在了架子上。

三

"您好，请问咱们空间的虚拟形象可以变性吗？就是改变性别。"

"您好，是您的性别录入出现错误吗？"

"啊，那倒不是，就是……如果我想改变一下我的性别，改成男的，行吗？"

"不好意思，我们目前只提供形象缺陷修复、样貌微调等服务。"

"就是说生理上的女性不能变成男性。"

"对，不可以，很抱歉。"

"如果我做手术改变器官呢？"

"如果您能出具生理性别改变的证明文件，可以为您改变虚拟性别。"

"哦。但我如果生理是女，心理是男的话，性别错置是不是也能考虑……"

"抱歉，您的问题我无法回答。"

"你是机器人吗？"

"我是您的咨询助手小美。"

"小美，请帮我转人工服务。"

"好的，请稍等。"

（音乐）

"怎么样？"阿远发来视频跟进度，"有希望吗？"

"不行，"我摇头，"他们只认定生理性别，还是谢谢你帮我联系好心的姐妹。"

她笑："你最近身体怎么样？"

"还成。"我伸了个懒腰，没留神碰翻了床上的架子，丁零咣啷，一阵手忙脚乱。

"我说，"她透过屏幕注视着我，"你这种情况，没有什么特定的政策照顾吗？"

我扶起阅读器，把空了的杯子挪到床边的小桌子上："条款上没有写……"

"那你也没问吗？"她有些惊讶，又瞬间收敛了神情，"这有啥不好意思问的，要不我帮你问问？"

"哎！"我故意开玩笑，"要不干脆你跟我结婚？"

"如果可以，我当然愿意呀，"阿远真诚地说，"同性也不行，性别错置也不行，还有什么办法能让你走结婚迁入啊？"

"找个代理或许可以吧，"我叹了口气，"不过要是违法的话，我还是有点……"

"我懂我懂，"阿远迅速点头，"要是有个能帮忙的男性朋友就好了。"

"男性朋友都已经结婚了嘛，没办法。"我说。

"要不我去变个性呢？"

"你少来，"我笑着瞪她，"也是没必要为我牺牲到这个地步。"

这事儿我也就能跟阿远商量商量，结果她就提了这么个离谱的办法。

认识她的时候，我还有个幸福美满的家庭，后来经历许多事，现在成了孤家寡人，这些她都是知道的。虽然脑洞巨大，阿远却总能接受我的一切消息，尊重我的一切想法，算是难得的人间天使。

要是再跟别人讲，需要补上无数前情和解释，太心累了。

挂掉跟阿远的视频，我又躺着发了会儿呆，通讯那边忽然传来"嘀"的一声，是人工服务接通的提示。

接通了！

我一骨碌从床上爬起来，没理会再次被碰翻的阅读器，迅速出声："你好。"

"您好，有什么能帮您的？"

这次电话那端的声音不再温和亲切，而是稍微有点拖腔，透出难以掩饰的懈怠和不耐烦。

这才像人的声音啊，我在心里感叹道。

"是这样，我想要申请……"

"之前的聊天记录我看了，跟您说过了，改变性别是不行的。"

"但是我……"

"我这儿需要您的生理证明，明白吗？那大家都改成男的，世界不乱套了吗？"

"不是，"我有点儿急了，"也不一定大家都想改男的吧，要是也有男的想改女的话，我俩换呢？"

"这东西还能换呀！您可真是……不行啊，跟您说了不行。还有什么事吗？"

"有，我想问下咱这边有没有什么福利政策，就是……假如特殊人群……"

"特殊人群？有多特殊？"她的语速依旧很快，"老弱病残孕？您是哪种？"

我有点儿难以启齿，却也明白人工接入不易，要说的话得赶紧说了："我确实有以上的情况，就想问下有没有什么政策……"

"把您的情况写个说明附上证明材料传到官方网站排名申诉栏，十五个工作日内答复。"她依旧语速超快地说完，最后半句的例行公事语气如同复读，"还有什么事吗？"

"……好的没有了，谢谢。"

我的话音消散在电话被挂断的余音中。

太阳又在西斜了。

那缕宝贵的光线就快要照到床上，依次晒过我的左脸和右脸，但今天，我忽然不想再躺着等太阳，而是想吃点东西。

不是虚拟的，就真实地吃点东西。

在虚拟空间进行基础进食不用付费，很多人选择在现实中吃营养剂饱腹，再去虚拟空间领点真正想吃的东西，过个嘴瘾。

我最近心情不佳，甚至没怎么进过虚拟空间，也一直不觉得少点什么。

现在忽然就很想用自己的嘴巴尝尝甜味。

有点想念起大学时那箱后来被放过了期且最终进了垃圾桶的小蛋糕。

我打开手机找了半天，没找到能即时配送的商家，只好作罢。

如果烤箱还在就好了，以前给孩子烤的那种小饼干还挺好吃的。

"孩子"这两个字出现在脑海里,就像两颗沉重的水滴,直线坠入深深的心底,压得我有点儿呼吸困难。

当人打算投身另一个世界,最牵挂的事物一般总是家人。

我能理解,可能是因为分开实在太痛了,比死亡还痛。

我也很想这样,不过不是为了奔赴死亡,而是为了所谓永登极乐。

倘若我成功登录永久意识上传系统,之后是有可能将孩子也带进去的。

虽然他不一定会想去,但以后倘若世事艰辛,总能多个选择。

我也做不了更多了。

四

"您好,您的排队位次优先申请这边已经收到了,正在进行核实。"

"如果核实通过的话,我……能优先吗?"

"如果您的情况属实,符合依法优先条件,可以申请优先。"

"好的,好的,谢谢!那我还想问一下,就是这样的话我之后可以带小孩一起吗?"

"请稍等,我帮您查一下。"

"好的"

(沉默)

"喂。"

"您好。"

"我刚才问的小孩随迁,之后还可以办理吗?"

"请稍等,我帮您查一下。"

(沉默)

孩子的名字是个咒语,能够轻而易举在荒芜的心里种植出娇嫩的花瓣、盘旋的柳条,还有随风飘散的种子。

世事艰辛,越是在混乱绝望的时候,我越不敢唤出他的名字。

这样好的东西,或许不该属于我。

在命运的风暴里,我什么都不敢做,也什么都不能做,我只有等待。

躺着等。

我盯着灰色的天花板,想象妈妈小时候躺在山冈间的草地上,想象她那时候望着蓝天，脑子里却是遥远的海岸沙滩。

在虚拟世界，这些都并非难事。

老张就没那么幸运，他走得急，意识早就没了，连半点吉光片羽也没有，追也追不回来。

我妈这辈子都没完成的愿望，现在还有机会，我总得想办法带她去。

阿远以为我不好意思以身体状况为由申请优先，其实不是的。

只不过……生病算什么大事。

很多年前以为医学发展的速度会很快，没想到是智能技术先从人类的脆弱躯壳上越了过去。

大家如今的共识是：治病不如上传。

我没跟我妈说过我的病。

老张去世后，我也去做了检查，结果不出所料。

跟我妈交代我打算抛弃现实一切、申请意识上传的时候，她当然大为光火，无奈木已成舟。

房子卖了，婚也离了。幸福美满不过表面锦绣，这世上本就没有坚固不坏的东西，我做这个选择的时候早有预料。

虚拟意识上传已经纳入全民福利项目，分文不花即刻拥有安身之所康健之身，真正需要买的只有时间。

当然，还有队列顺序。

我妈和前夫都宣称不会加入计划，并难以理解我的偏执。

没关系，我可以等。

毕竟，现实中的时间和虚拟空间不同。

在我即将前往的那个虚拟空间，那个乌有乡桃花源，漫长时光可以转瞬一挥，也可以无限流转。

但在现实中，时间只是时间而已。

再过几年，等我妈想通了，想必早晚还是要上传的。

到时候就可以接她过来和我一起。

我的钱不算多，但如果全都投到虚拟空间里，大概度过余生是没什么问题的。

说不定到时候，我妈还比我活得长呢。

我跟阿远汇报这次好像有戏，阿远在视频那边大大松了一口气："就说嘛，你早该申请插队来着。"

"我这怎么叫插队，这叫依法优先。"我纠正道。

"啊，是是是。"她笑眯眯地点头，"恭喜你啊，即将飞升……跟孩子爹说了吗？"

我的耳朵先于大脑捕捉到了其中的"孩子"二字，瞬间又被这俩字拽着心脏沉了下去。

阿远试图不露痕迹地观察我的表情："还没？那也……也不着急，以后再说呗。"

"孩子太小了。"

我最后说了这么一句。

"确实，不过如果成年不是也就没法随迁了吗？"

"我不是说这个，"我说，"我是觉得他还没法自己做决定。"

"你是他妈，替他决定也没问题吧？"

"怎么没问题？"我叹气扶额，"这种事儿谁能替谁想好啊。"

"那倒也是，哎，你说，"阿远压低了声音，"会不会过几年发现系统过载，直接把低付费用户都删除啊？"

我无语望天："不会吧应该，有协议的。"

"到时候把协议看清楚点。"阿远认真嘱咐。

我问的关于随迁的问题，管理局那边后来给我发了回复。

回复里含糊不清地说，随迁之时会结合当地政策进行评估，到时候可以参照相关规定进行随迁申请。

听起来不像是没门儿的意思。

有希望就行。

夜深了，从我的窗子望出去，无月也无星，只有晚风挟着天边流云，从黯沉夜幕中划过。

五

"您好！张小姐，恭喜您，您的申请已经通过审核。"

"太好了，我什么时候能上传呢？"

"我们将按照优先通道的次序为您预约办理，您近期需要先来登录大厅录入信息。"

"好的。好的。"

"另外还要跟您讲一下，办理时必须本人到登录大厅办理哦。"

"啊，要本人去现场吗？"

"是的。"

"必须现场啊？"

"是的。张小姐，登录系统需要您的全面数据，所采用的大型器械没办法进行远程服务。"

"但我……我身体不太方便。"

"您好，请问您是哪种程度的残疾，我们可以安排机器人上门辅助您出行。"

"啊……那算了，我自己去吧，谢谢啊。"

"不客气，祝您享受美好人生。"

享受美好人生。

这句是几年前虚拟空间刚刚建立时，推广用的宣传语。

老张生前常常念叨这句话。

那会儿虚拟空间初步完成搭建，老张闲着没事就进去遛弯儿，刚修好的虚拟大型公园被他摸得熟门熟路。

他还提过，想要买个帅气的虚拟皮肤，在那些老头老太太面前比较有面儿。

我说你这游戏还没开局先买皮肤，是不是显得不太专业啊。

他也没坚持，照旧每天乐呵呵去虚拟空间逛悠，喜滋滋地汇报新发现。

今天广场上添了个虚拟宠物园，明天休息处多了饮食领取处，后天搭了个电影院。

"都不用花钱！"他每次都难以置信地强调。

——后来又发现电影院还是需要花钱的，除非你只看些无聊的宣传片。

老张生病那会儿，刚好赶上医院受到意识上传计划和人体冷冻计划的双重冲击，纷纷改制。

联系了很多家医院，都建议姑息。

姑息的意思就是暂且不管它，维持生命，等到意识能上传，自然就不用治了。

医生帮我们办理了意识上传的实验项目，老张将作为第一批体验者进入虚拟空间。

看起来一切都没问题，然而就像人生中的很多事一样，最后还是出了问题。

虚拟意识上传项目因为技术原因推迟了，老张的病情却突然恶化了。

那一夜对我来说就像置身风雨交加的黯沉船甲。

人事天命通通无用。

他要走了，而我没能在他的灵魂消散前，捕捉到它。

话说回来，这栋房子每节楼梯的高度为什么会不一样呢？

我步履艰难地扶着满是灰尘的栏杆深一脚浅一脚往下挪。

想必在很久以前，盖这栋房子的时候，楼梯是一阶一阶人工砌好的。这种工序放到今天，可真算得上昂贵奢侈了。

虚拟世界的登录大厅离我住的地方并不远，完成了下楼就算完成了一半。我叫了智能运载车送我到大厅入口，立刻就有机器人过来协助。

我的病最近都没有治疗，体力有些跟不上，出了一头的汗。好在出发前临时吃了药，暂且还撑得住。

心里有点忐忑的欣喜，又有点茫然。

此刻孤注一掷站在那个虚拟的世界的入口，我不确定自己将会走向一个怎样的未来，也不确定那个未来会是什么样子。

全封闭的空间内，有微凉的设备接入我的头部，有紧绷的带子系在我的手脚，有肉眼难见的针钻入皮肤寻找神经。

并不痛，只是隐隐觉得脑袋有些发胀。

好似有股热流慢慢流遍全身，又有一丝凉意悄悄钻进脑壳。

我闭上眼，躺平等待。

我好像有一瞬间置身茫茫草地，也不知道是妈妈小时候躺的那片，还是老张在公园里躺的那片。

"张小姐。"

一个女声将我唤醒。

"嗯？好了吗？"我撑身坐起来。

"不好意思啊……"这次我身边的工作人员不再是人工智能，而是一位真实的人，这让我心里陡然升起几分慌乱。

"您的录入失败了。"

六

"医生您好，我想咨询个问题。"

"请讲。"

"我癌症……中晚期，目前身体状况不太好，没法通过意识上传的系统审核，想问问您该怎么办？"

041

"这种情况您可以入住我们医院的关怀病房，可以根据您的需要调整身体状况，还会有机器和人工随时监控，非常安全的。"

"入住关怀病房，就一定能通过上传吗？"

"对，我们会通过一些治疗手段调控您的生命体征，保证您在上传时的状态符合系统要求。不过系统录入前的入住时间必须在一年以上。"

"一年？这么久？"

"当然了，您也可以一次交清五年费用，成为会员服务对象，可不受一年时间限制。"

"我明白了，费用是你们官网上标示的这个吗？"

"对，一次性缴纳五年的话，还有九五折优惠。"

"我明白了，我考虑一下。"

"好的，您考虑好了可以联系我，我帮您安排。"

从录入大厅回来时，系统服务处很人性化地派了机器人送我回家。

送到楼下发现这栋房子只有老式楼梯，机器人停顿片刻，又折回窗下仰头看了看我那窄到只有一掌宽的窗子。

它没说话，但我看它全无表情的脸上，大概写着"爱莫能助"四个字。

"没事，我自己上去，谢谢你。"我善解"机"意地说。

它点头致意，说："祝您享受美好人生。"

美好人生，一步之遥的美好人生，就像挂在我嘴巴前面的胡萝卜。

驱使我一步步艰难沿着这高度不一的水泥楼梯爬上去。

在这个世界上，除了钱以外，没什么事情称得上是个问题。

很显然，一年时间我是等不了，只能选择充值五年的关怀病房了。

其实也是好事，毕竟难保虚拟空间在这几年里会出点什么问题。肉身还在，至少还有退路。

只不过这样算下来，剩下的钱能否在虚拟空间里活完这辈子，突然就有点成问题。

不过意识上传以后，也不一定就再也不会有收入。

据说以后虚拟空间也会有一些人工服务类的岗位，现在还没开放申请，不确定具体会是什么情况。

这样想着，我拿出好久没用的智能交互头盔，戴在了头上。

短暂的黑屏加载之后，一瞬间微风裹挟花香水声，随着轻快的音乐环绕在我周围。

好久没登录，登录点又美化过了。

小凉亭的样子改得更复古了点，能看到头顶是一层层的卯榫结构，大约是仿照应县木塔做的。之前的围墙不见了，换成了鳞次栉比的古城房屋，看招牌应该是可以提供生活物资领取和售卖的。

周围有实时登录的人们匆匆走过。几个女孩子穿着古装皮肤，衣角翩然，环佩叮咚，明艳活泼，光彩照人。

忽然一阵暖风吹散了眼前的云雾，晚钟声声，远处蒸腾着磅礴水汽的滚滚黄河之上，一尊坐佛正慈悲地从正前方的层叠山麓间注视着我。

我怔立当场。

太美了。

想起浮士德说的："美啊，请为我停留。"

在这里，是我想要为美停留。

虚拟空间里也有服务处，我在古城里转了半天才找到。

服务人员一听就是人工智能，问了半天也只知道目前还没有开放人工岗位招聘，什么时候会有也还不确定。

我出门右转去公园里逛了逛。

公园这个区域是刚开发虚拟空间的时候就建设起来的，如今多次修改之后，各种设施都很完善。

不过跟一开始一样，逛公园的还是以老头老太太居多。有戴红帽子的，有戴眼镜的，也不知道哪个是老张那时候常常提起的"小红帽"和"眼镜儿"。

那时候我忙着现实中的工作，忙着带孩子，忙着在人工智能的冲击下有一口饭吃，一次也没陪老张来公园逛过。

或许之后这里会需要陪伴为主的岗位，这些老人看起来都挺孤独的。

虽然人不一定会做得比机器人更好，但在人的身上，至少还会有点难以替代的东西吧。

下线之前我去了生活区的饮食专区。

不为别的，就为吃一碗老张曾经喜欢的酸汤扯面。

耳畔是乡音，眼前是热气腾腾的大碗，这一刻很像一个久别重逢的梦境。

梦醒之后，窗前依旧暮色茫茫。

七

"您好,虚拟空间管理局。"

"您好,我需要再预约一次意识上传的信息录入,麻烦帮我安排一下时间,谢谢。"

"正在为您查询……您好,未查询到您的虚拟空间信息。"

"未查询到是什么意思?"

"您的虚拟空间信息显示未录入,需录入后方可办理意识上传。"

"怎么会未录入?我前几天还登录了。"

"请您联系居民身份管理处,进行身份确认。"

"什么?虚拟身份丢失?"阿远大惊失色。

"是啊……"我疲倦地长叹一声,"我打了一天电话了,确实是信息丢了。"

"怎么搞的啊,这也能丢?"

"说是可能受我之前上传失败的影响,昨晚服务器刷新,删除冗余数据的时候给误删了。"

阿远又跟着我叹气:"那怎么办?"

"我明天去管理处一趟,看看能不能找回吧。"

"好事多磨。"阿远安慰我,"现在至少有曙光了。"

第一缕曙光照在街道上时,我沐浴着一身刺眼的阳光,成功坐上了智能运载车。

今天下楼还算顺利,我好像摸到一点儿下楼的技巧,就是随时在楼梯上坐下来,既能恢复体力又不会有跌倒的危险。

就是开门前我不小心再一次碰到了逼仄房间里的架子,害那个陶瓷的小坛子跌了下来。

时间紧迫,我大概检查了一眼,似乎隐约看到有道裂口。没敢再放回高处,就把它先放在了墙角。

那个坛子里不是完整的老张,我知道,就是一点儿念想罢了,但它落地时沉闷的砰然一声还是令我心里一抖。

我的入院时间约在下周,定金已经付了。希望到时候他们不反对我把这个小坛子带上。

这件事已经拖了这么久,我只觉得身心俱疲,全凭那一点点执念撑着。

今天居民身份管理处没多少人，柜台边冷冷清清。

上一次来这里还是虚拟空间刚刚开放的时候，我带着爸妈过来录入信息，一进门人山人海的。

我妈并不太热衷这个，她更喜欢现实中人与人的联系，喜欢跟那些她从小就熟悉的亲人和朋友一起勾肩搭背地玩笑，我劝了半天她才肯过来。

正因为这样，对她来说，故友的离去总是像拆除了她的一部分世界一样。

而老张的离去……

我摇摇头驱逐掉脑海里乱七八糟的想法，向服务人员说明了我的情况。

"好的，您稍等，我来为您查找。"

于是我在等候区空荡荡的椅子上坐下，没提防被椅子的触感冰了一下。

这里的整体环境也是冷色调，有一点儿像老张去世那天的医院等候区。

那天阳光丝丝缕缕地离开窗口，夜幕一层一层地降下来，连灯光都差点儿被吞噬。

或许有一天，我的亲人也要坐在那个空荡的等候区，等待医生宣判我生命的终结。

我希望到了那一天，他们的心情不会像我那样绝望。

他们会知道我去了一个更好的地方。

八

"您好，十分抱歉地通知您，您的信息我们无法找到。"

"怎么会找不到呢？不是说删除的内容都有七天缓存区吗？"

"是的，但最近硬件空间比较紧张，缓存区失效了，我们很抱歉。"

"那要怎么解决呢？"

"您只需要重新录入虚拟信息就可以了。"

"现在就能录吗？"

"今天可以为您办理录入申请，审核部门会在十个工作日内在线确认您的虚拟信息，之后就可以进行具体身份信息录入和在线登录了。"

"十个工作日？我等不了那么久。"

"抱歉，这个是审核流程的规定。"

"你是机器人吗？"

"我是您的咨询助手小善。"

"我需要人工服务。"

"抱歉，今天的人工服务已约满。"

"约满？不能加一个吗？"

"是的，很抱歉。"

说实话，在今天之前，我都不知道居民身份管理处居然有那么多工作人员。

全是真人。

我敲着玻璃反复重申"我需要人工服务"的时候，他们可是一个都没出来。

那层玻璃是加厚的，我估摸就是为了防范一些像我这样原地发疯的人。

"您好，"那个温柔又漂亮的机器人小善连语气都丝毫未变，"不好意思，今天的人工服务号已约满，请您改日再来。"

我深吸了口气，放大了声音跟她据理力争："那我今天过来有什么意义？我现在需要解决问题！"

小善对我微笑："如需预约会员服务，请扫码付费。"

"我不需要会员！"我感觉浑身的血液正如海水一层层退去，全身都有点发冷发麻，"是你们弄丢了我的信息，你们就应该给我找回来，凭什么让我买会员？"

"抱歉，信息丢失是系统原因……"

我没等她把话说完，拎起手边的凳子就砸向了玻璃。

沉闷的撞击声后，那层玻璃完好无损，却应声发出了警报声。

半小时之后我疲倦地坐在会谈室。

我的力气其实在那一砸里就几乎用尽了，又被十来个人围起来劝阻了半天，此刻连坐着都觉得勉强。

"我会背什么罪名吗？"我万念俱灰地问。

"那肯定不会啦，我们是来帮你解决问题的。"对面桌子中间坐着的那位应该是个领导，语气里有种阅尽千帆的温和与包容。

好像老张啊。

"您的虚拟身份丢失，我们感到非常遗憾，也愿意全力为您解决这个问题。请您不必惊慌，这种情况其实很常见，只需要提交申请，等待重新录入基础信息就可以了。"他平和地望着我，就像是真的关心我一样。

"我今天就要录入，"我说，"我不能等了。"

"请问您有什么紧急的事由吗？"

我沉默了一会儿。

能有什么事由呢？迫在眉睫的死亡，四千多位的排队名单，妈妈想看的大海，尚在幼年的孩子，昂贵的关怀病房……还有被放在照不到阳光的墙角，再也找不回来的老张。

我不想成为找不回来的那个。

我长长地叹了口气。

"我身患绝症。"我说，"我快死了。"

其实这么久以来，这还是我第一次将这句话宣之于口。

我太累了。

刚才有工作人员出现在大厅时，我用贴在指甲里的那把小刀抵住了咽喉。

那把刀是连保护套折叠在指甲里的，刀刃很浅。我知道没办法用它自杀，但我也没有别的办法了。

我自觉用了挺大劲儿，却还是没能用那把拆快递的刀子划破自己的哪怕一寸皮肤。

只是被戳得现在还有点嗓子疼。

桌子对面的一排人都沉默地看着我。

"我快死了。"我认认真真地说了下去，"我现在浑身都疼，下楼都困难，下周就要入住关怀病房——就是生命维持病房，然后我会去做意识上传，去另一个城市的虚拟空间生活，这些对我都很重要。我需要我的虚拟身份信息，而你们……或许不是你们的错，我不知道是怎么回事，总之我的信息被弄丢了……"

"我明白了，您不要急。"那位领导发话了，"你这应该纳入特事特办，我来想办法，别急。"

他带着一群工作人员鱼贯而出，留下我和一个漂亮温柔的女孩子。

"喝口水吧。"她轻轻把一只杯子和一个小碟子放在我面前，"你稍等一会儿，领导会安排的。"

水是新倒的，温热的。

碟子里有几块精致的小点心，一看就知道好吃。

我没哭，只是在尝到那块果味夹心的小点心时，心里有那么点酸楚。

"保重身体！"那个女孩对我说，"你不是还有一个小孩？"

我抬头看了她一眼。

这么短的时间，他们似乎已经对我足够了解。

"谢谢你。"我由衷地说。

她摇摇头："不客气。"

她有一头乌黑的长发，脸庞光洁，没有一丝瑕疵，说出的每句话都舒适而温暖。

"你是……真人吗？"我问。

她对我笑了笑:"我是助理小爱。"

"然后他们就重新帮你录入了?"阿远问。
"是啊,但我开始怀疑我遇到的每一个人都是机器人……"
"也没那么夸张吧。不要草木皆兵好不好!"阿远笑我,"这下总算没什么问题了,恭喜你啊。"
"唯一的问题就是我能活多久。"我说,"今天顺便问了下小孩随迁的需求,按照目前的规定,这个必须在我身体完全健康,且剩余续费时间大于五十年的条件下进行。"
阿远吸了口气:"还挺苛刻的!"
"可不是,"我忍不住想叹气,"而且我总在想,进入了虚拟世界,不知道我还能不能保持清醒,能不能替他人做决定。"
阿远静静地听着。
"那个世界,我不知道会不会真的给人快乐。"
"我比你有信心,"阿远说,"你一定会快乐,会有个美好的人生。"
我冲她点点头,挤出笑容来。
美好的……人生!
在那之前,在那之前……
我得活下去。
在疾病的利爪下活下去,在真伪交替的语音应答里活下去,在辗转难测的求而不得里活下去,在掠过黄土高原的大河长风里活下去,在白寂斑驳的关怀病房里活下去。
在所剩无几的银行卡余额里活下去。
在那之前。

"阿远。"
"怎么了?"
"你……"
我沉默了一下,还是问了出来:
"阿远,你是机器人吗?

外篇　落叶归根指南

老张有时候会忘记自己已经六十多岁。

进入虚拟空间的时候，如果不买付费形象，人的外貌形态没多少变化，但精力却比现实中充沛许多。

现实生活中，老张早上买完菜回家，上五层楼都费劲，在虚拟空间里却可以在公园溜达一下午。

来公园溜达的多是上了年纪的大爷大妈，也有几个看着年轻些的，那多半是子女给买了虚拟形象。

年轻人，谁会来逛公园呢。

老张热情地跟这些人打招呼，随便聊几句，再很快地忘记聊天内容，继续向前走。

这个公园很大，有些人喜欢待在特定的位置：喷泉旁边、小树林里、小广场的座椅上。老张则喜欢漫无目的地到处走走，反正到时间了可以直接原地登出回家，不必担心迷路。

听说这个公园有可能会被改建。

由于一切都是虚拟搭建的，改建一个公园不再需要几个月甚至几年那么久，据说后台做好数据之后，大概几个小时就可以被替换好。

"会改建成啥样？"老张问公园里新认识的朋友。

"说是会有特色，地方特色。"那老头戴个红色的毛线帽，认真地转述从孩子那儿听来的话。

"咱这儿能有啥地方特色，把房子都变成窑洞那样？"老张开了句玩笑，"或者整个黄河滩让咱溜达吗？"

红帽子显然没理解他的笑点："黄河滩能有地方坐吗？我可不爱走那么多路。"

老张摇摇头："在这里头走路又不累，你坐这儿一天跟坐外面有啥区别？"

"那不一样啊，"红帽子说，"坐这里头没人念叨我啊。"

这个浅显易懂的笑话让两人都笑了起来。

"好久没看见眼镜儿过来了。"老张忽然说。

"他好像身体不太行。"红帽子隔着毛线帽挠了挠脑袋顶，"我听说以后身体不好的不让来这儿。"

老张表示怀疑："你从哪儿听说的，我可听说这个地方就是为那些身体不好的人建的。哎，方便咱这走不动道的人。"

"你想得倒美。"红帽子笑他,"谁给你建这么好的地儿。"

"哈哈哈……"老张摊牌了,"的确是我自个儿想的。"

虚拟的阳光逐渐西斜,光的颜色变得暖了点,却依然温和而明亮。老张看了看天边的流霞,估摸时间不早了,该回家做饭了。

女儿好像说晚上想吃酸汤扯面。

"我回了。"他站起身跟红帽子摆摆手,"明儿见啊。"

"唉!"红帽子叫住他,"老张,你之前是说打算那什么,永久上传吗?"

"是啊,孩子都给我约好了。"

"羡慕你。"红帽子咂咂嘴,冲他摆了摆手。

老张背着手往前走,忽然发现之前的饮食领取处旁边多了个小亭子,上头写着"意识上传咨询处"。

"小伙子,咱这意识上传现在开始了吗?"老张走上前问。

"您好,意识上传即将逐步开放,目前还没确定具体开放时间。如果有意愿可以在线上申请,有什么问题我也可以帮您解答。"服务人员微笑着答道。

"哦……我是有个问题……"老张嘀咕着说。

"请您跟我说,我会帮您解答的。"

这后生长得好看,说话又大方又有礼貌。老张心想,不知道是谁家的孩子,怪出息的,可比那个不成器的女婿好太多了。

这样想着,他便先问道:"小伙子家也在这边儿吗?"

"是的!叔叔,我是咱们地区服务站的专属服务员小李。请问您有什么问题?"

"哦,对……"老张清了清嗓子,"你说,假如上传以后,这个……死在了这里边儿,会怎么弄?"

"啊……"小伙子好像被他这个问题弄傻了,半天都没讲话。

老张好心地解释着:"你看,也不是我多想,死在外头的话会有个仪式对吧,最后有个地儿埋,或者就不埋,存在哪儿……咱这里头有这种地方吗?"

"抱歉!叔叔。"小伙子终于接上话,"暂时还没有这方面的设置。"

"噢……就是说还是得死外边呗。"老张点点头,"行,我知道了。"

他慢悠悠地向前溜达了几步,又忽然转身回来:"我再问一下啊,小李……"

"您好,请问您有什么问题?"

"将来,大家是不是都能上传?不光是让快死的人上传,对吧?"

"当然。"小伙子亲切地微笑着,"我们的目标就是建立全人类共享的永久家园,助您享受美好人生。"

"那好，那好。"老张放心地拍拍小伙子的肩膀，这才满意地转身走去。

老张知道自己的身体已经不太行了。

以前是上五楼有点儿费劲，最近他已经不得不在每层找个楼梯坐一会儿。

这栋楼房太破旧了，楼梯也修了很多次，有几个台阶是很多年前老张自己弄了水泥抹的，上下都费劲。

老张得的这个病治不了，他也知道。

医生说等到意识上传就好了，但老张每次在各个地方询问，得到的答案都是：上传的开放时间还没定。

或许，等不到呢？有时候老张这样想。

管它呢，尽力坚持吧。就算自己赶不上，死在外头了也有好处，至少落叶归根，有个归宿。

就算自己赶不上，女儿这辈人肯定能赶得上吧。

到时候就好了，女儿就不用那么辛苦，天天又是带孩子又是加班，忙到半夜都不能休息。

到时候，这里肯定也会比现在还好。

在这里，她会度过很好、很幸福的一生。

无法证实 \ 马皓哲

追杀

过往的经历像老旧的电影胶卷一样闪过，在秦自立脑海里留下一个个剪影，而在这些剪影中出现次数最多的，就是晨晨和欣欣。白晨和秦白欣，这两个他生命中最重要的女人，此时正在他模糊的意识中飞快闪现，纷至沓来的剪影似乎要将秦自立彻底拉进过往的漩涡：白晨的婚礼、欣欣第一次叫爸爸、雄心壮志、粒子、成功、方舱……生活的片段和人生的感受混杂在一起冲向秦自立的脑海，忽然他的记忆停在了走进方舱的欣欣的那一刻，那天在实验室，秦自立看着晨晨和欣欣进入方舱，他对欣欣说："欣欣呀，等方舱关闭，你一睁眼，鹏鸟就会……"

慢着！

鹏鸟！

驳杂的记忆飘到鹏鸟时戛然而止，这两个字将秦自立陡然拉回现实，像一个落水的人抓到了那根救他的绳索，沉下去的意识被猛然拉出水面。秦自立缓慢地睁开双眼。

上天就是这么捉弄人，当秦自立从医院醒来时，他还没有完全从昏迷时飘荡的思绪中恢复过来，警察就过来告诉他：他正在遭到追杀。

一直以来，秦自立拥有比常人更幸福的人生：事业上，他从来不是什么"天才"，或者说，时势造天才。粒子级毫微技术早在他之前就几近完备，他的团队在巨人肩膀上，使这项技术真正走向成熟。现在荣光属于"鹏鸟"计划的所有人，他也是其中的一员。

生活上，读硕士的时候他选对了导师，那是一个和蔼的老头儿。他的导师在他硕士毕业时对他说："自立，你这种人才是最幸福的，因为你聪明，但不是天才。普通人往往无趣，但天才又经常刻薄。孩子，做一番自己的事业，但是别忘了生活的幸福。"所以在博士研究生入学前，秦自立终于鼓起勇气给白晨打了那个电话。现在他已经是两个孩子的父亲，更幸运的是两个孩子都长得像白晨，"要是随我就完了"，他经常这样窃喜。

无论从哪个角度出发，秦自立都拥有着幸福的理由。可上天是公平的，它似乎要证明没有人能拥有完美的人生，所以当秦自立慢慢清醒时，他不得不接受这个令人难以接受的事实：他正在遭到追杀。

当秦自立沉浸在懊悔与担忧中时，医生的话将他拉回了现实：

"秦先生，传送被强行中止，导致您的大脑受到了一定损伤，不过不用担心，受伤程度很低，现在除了短暂的头痛之外，您不会有任何问题。"病房内，陈医生专业的话似给刚刚醒来的秦自立带来了些许安慰。

五年前医改以后，医院的病房变成了全息影像诊断，人力资源的节省使病房里非常空旷，除了床和一些简单的装饰。他从病床上坐起，病房内大片触目惊心的白晃得他睁不开眼，恍惚中秦自立想整理自己的思绪，却发现什么都想不起来，连一丝一毫的记忆碎片都没有。白色的显示屏上赫然写着：万户人民医院，2239年5月10日。没有回忆起旧记忆的电脑开始辛勤接受身边的一切，信息纷纷而来，让他继续感到头晕目眩：昏迷、鹏鸟、还有这……身边的警察……这几个真实的警察。

周围白色的一切让这几个警察的制服显得非常突兀，这让秦自立更加确认这几个警察是真身。还没等他表达疑惑，有位警察就开门见山地对他说："秦先生，您现在很可能正在遭到追杀，我们目前怀疑这次实验室的事故是有人刻意为之。所以我们赶来保护您的安全，并且调查这次事故。对您造成打扰，我们表示抱歉，相信您可以理解。自我介绍一下，我和您一样也姓秦，你喊我老秦就好。我是这次行动的负责人。"

下午四点的阳光打在秦自立疑惑的脸上，老秦知道先得让秦自立缓一缓才能进行接下来的工作。毕竟自从人类按工作类型划分聚居地以来，警察办案从来都是依托全息影像和即时追踪，现在几个只在虚拟影院见过的警察真正出现在他面前时，带来的陌生感足以让秦自立接受一会儿。

老秦起身说道:"秦先生,您先吃点东西休息一下,顺便整理一下思绪,咱们晚上见。"说完带着警员们转身离开,快出门的时候,他似乎想起了什么,转身对秦自立说道:"对了,您的妻子和女儿正在赶来的路上,还有一百多公里,应该再有几分钟就到了。但很抱歉她们现在还不能见您。"

无须多言,警察真身出现在这家生科市的医院,足以证明事态的严重性。

秦自立叫了一个比萨外卖,很快手腕上的电子屏就显示有商家接单:六百公里外法律市的一家店铺。

传送中止的"后遗症"正在显现:任秦自立大脑如何飞速运转,他始终想不起来到底发生了什么。他最早的记忆只能追溯到四天前:那天和往常一样,在拥抱了白晨和秦白欣后,他就去中国科学院实验室上班去了。"鹏鸟"计划已经宣告成功,只要再进行一些最后的常规安全测试,就能从实验室规模的试点推向大众。下班后,秦自立回家时拐进去楼下的蛋糕店,给喜欢吃甜食的晨晨和欣欣买了两块小蛋糕,然后回家吃晚饭,晚饭吃的什么他想不起来了,不过这显然不重要。再往后呢,秦自立记着他和妻子下去散步,在回忆他们第一次谈恋爱吃饭秦自立声称要AA时,他笑着争辩:"那证明我很单纯,要知道那……"

回忆在这时戛然而止,然后剩下的一切,秦自立就想不起来了,他也不去费劲想,因为他知道,他的失忆不像传统的大脑失忆一样有隐隐的回忆感知或有一个渐变的回忆断层。他的记忆是就像一条铁路,其中的一段轨道被人连车轨带地基彻底挖走了。他的大脑并没有意外受损而丧失记忆功能,记忆缺失是因为"鹏鸟"在进行记忆传送时被忽然打断了,这部分记忆压根就没传过来。

秦自立洒脱的性格在这种时刻很是有用,再等老秦敲门时,秦自立已经下床,在做扩胸运动,他对老秦说:"那咱们就快快开始调查吧!我还等着赶紧见我老婆呢!"

老秦看他在知道自己处境后还能这么好地处理自己的状态,心想这下子调查工作的开展可就方便多了,他对秦自立笑道:"秦先生,咱们肯定要从鹏鸟计划开始。"

鹏鸟

虽然全息影像已经高度发达,但在极其重要的问题上,人们还是会选择原始的集会。空天区警局内,在秦自立昏迷期间成立的专案组迎来了他们的保护对象。站在满是调查资料的房间内,秦自立才反应过来,这不仅仅意味着自己竟然有一天会参与针对自己的追杀行动调查中,更意味着以前的生活随着他走进这间屋子而很有可能再也回不去了。想到这里，秦自立便感到些许感慨。但他可没有时间在这些情绪中沉浸太久，他很认真地听着这个被别人喊作小张的警员对整件事的梳理：

"5月9日，我们收到了鹏鸟方舱内置报警器的专线呼救，我们赶过来时，实验室其他成员已经将方舱强制关闭，并将秦老师从方舱中抬了出来。到目前为止，我们和实验室人员的联合调查显示：方舱在启动后五分钟，接收到一股强烈的外来信号冲击，这股信号试图夺取方舱的控制权。我们目前不知道它夺取控制权后会如何，但很明显这不是一件好事。目前我们怀疑是有人展开针对方舱的攻击，这很可能是一场有预谋的刺杀行动。不调查清楚整件事的来龙去脉，凶手很可能会展开下一步行动。"

秦自立知道警员们还不了解"鹏鸟"计划，便转身问坐在旁边的老秦：

"鹏鸟计划在公众层面的宣传程度是多少？"

老秦没想到这竟然是秦自立张口问第一个问题。

"就我来说吧，我知道'鹏鸟'是最新的空间传输技术，有了'鹏鸟'之后，无论是飞机还是高铁什么的，都就再也不需要了，因为我们掌握了一项在以前看来只存在于想象中的技能：瞬间移动。我们现在是'鹏鸟'的专业保护组成员，公众现在对'鹏鸟'计划还处于不知情的状态。"

秦自立问道："那你知道它的原理吗？"

"知道一点儿，但是老实说，也几乎等于什么都不知道。大伙只晓得这并不是交通工程，好像是什么生物化学技术。"

"是的，因为这里面涉及的技术一时半会儿难以让大众所接受，但实打实的便利与效率是看得见的，人们的观念总会随着时代的发展而改变。老秦，我来给大家梳理一下整个计划吧，这里面涉及一些机密，我已经被批准告知大家整个'鹏鸟'计划的内容，大家要严格遵守保密协议。"

说是专案组，但考虑到"鹏鸟"计划的特殊性，整个小组只有七名成员。此时整个小组都安静下来，大家全神贯注地听秦自立的讲话，参与机密项目让他们感受到了一种前所未有的使命感。

秦自立一把拉过来旁边的电子屏，在讲的同时开始写写画画，电子屏很快在"哔啵哔啵"的触屏声中遍布飞扬的图案。

"'鹏鸟'计划，就是释放这种潜力的一种天才想象——物质传真！准确地说，是跨距离旅行！"

秦自立讲到这里忽然停下，他拉过来身边的一张桌子，边在桌子上点点画画边头也不抬地说："人类进步的一个显著特征就是出行方式的更迭，交通的速度与范围实际上决定了一个地区内资源配置程度。"

秦自立把桌子上的影像轻轻划到电子屏上，上面是一条时间轴。

"大家看，就比如，在唐朝，人们上私塾只能挑就近的学校，"秦自立用手在箭头末端画了一个小圈，"大概这么大的范围。"

"而在近代社会，大学生们上大学已经可以坐飞机、高铁。再到今天，可控磁悬聚变技术的应用，让整个地球空间的通勤都变得迅速。"秦自立在箭头中间画了一个更大的圈。

"于是我们的活动范围变成了这么大，现在我们吃一顿早饭都可能在两百公里以外的隔壁城市，因为这只需要五分钟。"

秦自立忽然将电子版上显示的内容全部删除，他站直面向各位警员。

"而鹏鸟的诞生，就是为应对人类即将到来的星际生活做准备，因为不管是以前还是现在，我们的速度在全太阳系范围来看，还是太慢了。有了鹏鸟，我们的活动范围会有这么大——"

秦自立张开双臂环绕整间屋子："星际旅行！"

"下面的话就是机密中的机密了，我相信大家都不是敌区特务。"秦自立玩笑的语气并没有影响到他散发出的炯炯有神的目光：

"1996年，英国诞生了世界上第一只克隆羊——短寿的多莉，它为我们证明了创造生命的另一种途径。实际上，用多莉的诞生作为鹏鸟的滥觞是不太合适的，因为现在的技术已经不是'克隆'，而是'复制'，这两者有本质上的区别。三十年前，洪荒研究所的胡教授首次在粒子级别复制出了《清明上河图》的百分百的复原件，标志着全复制技术的诞生。"秦自立在说这些话的时候不免透露出几分骄傲，因为已故的胡教授正是他的博导，他算是一脉相承的技术继承人。

"在我们这一代，粒子技术的发展让人们明白，物质其实就是巨量原子质子的堆砌。理论上精确到原子级别的百分之一百的复制是可行的——活体的复制也是可行的。这也是'鹏鸟'计划的核心技术，活体粒子复制技术绝不仅仅可以为患病者找到合适的替换器官，它的潜力是不可想象的。但由于人类社会的伦理问题，活体复制技术在走向人类本身上困难重重，不少人都对复制人类恐惧至极。但'技术恐惧'的实质，是对错误运用技术的恐惧，而不是对技术本身的恐惧。活体粒子复制技术的潜力终究会被聪明的我们找到合适的利用方式，而被更大程度地释放出来。"老秦注意到秦自立说到的是"由于"而不是"碍于"，这让他松了一口气，因为这起码证明秦自立不是什么科学狂人，为了技术发展而丧心病狂。

"其实我们要做的只是两件事：一，一个完全精准的扫描仪器。为此，几十年来我们陆续投入了上百亿；二，一个粒子技术装置。可以去精准地复制粒子的装置。"

"用通俗的话来讲，大家都知道十字绣吧。刺绣者只需要按照图纸上的标号将线穿进去特制的十字绣布料即可。"

"这听起来和搭积木很像。"一个警员在一旁插话。

"完全正确！复杂的技术依托的往往是简单的原理。早在20世纪，科学家们就已经可以控制原子摆成英文字母，前人们完成了从0到1的开创，而我们这一代则实现了从1到100的飞跃——物质复制。"

老秦总能抓住问题的关键，他问道："那思想呢？我们的思想又如何被传递过去？"

"这就是最后剩下的工作，碍于时间，我就不详细展开讲了。简单来说，就是通过生物网络技术，将人的意识提取出来，整合成数据传输，最后再传递到新人的电脑内。"秦自立边讲边在黑板上写写画画。多年以来，他一直没改掉说话就像老师一样的毛病，刚谈恋爱的时候白晨就经常说他，喊他小秦老师。想到白晨，秦自立心隐隐作痛。

伴随着想到白晨带来的伤感，越讲越兴奋的秦自立说出了整个鹏鸟计划的底层逻辑：

"鹏鸟计划，就是把人体复制技术转化为空间传输技术，人进入鹏鸟方舱后，会在五分钟内完成对乘客的人体扫描，并且在目的地方舱进行复制，然后将人的意识上传至新复制体，保证安全性。传输成功后会对原件进行十分钟的保留，以免传输发生意外，十分钟后方舱会自动销毁原件。这样世界上还是只有这一名乘客，但他却在五分钟内，转移到了千里之外的另一个地方。可以说，有了鹏鸟方舱，理论上，人类可以达到光速旅行——只要目的地是鹏鸟方舱就行。"

秦自立知道这个带着极强冲击感的计划会令人一时难以接受，但技术的爆炸总会带来这个问题。随着时间的推演，他相信观念的发展一定会跟上科技的进步。

现在轮到老秦了。

单是冲着鹏鸟计划的地位，秦自立就知道老秦不可能是普通的警察，他亲切笑容的背后，绝对是深不见底的捕捉力和调查力，以及可能终生都不会透露的真实身份。经过短暂的接触，老秦已经喊秦自立秦老师了，这样显得亲近一些。秦自立的直觉告诉他这个中年人虽然心机很深，但是个正直的好人。

老秦单刀直入，带着中年人的稳重和浓厚的职业气息："同志们，我们首先怀疑这是一场政治追杀。"

其实不用老秦挑得这么明，大家也可以想到，"鹏鸟"是最机密的核心技术之一，其多项技术都是完全独创并且绝不能外泄的。量子加密技术带来的不可破译性更是给别有用心之国获取关键信息带来了极大的阻碍，可是对斗争而言，我得不到不要紧，你得不到也可以。无疑，追杀是最好的选择：在环环相扣的大工程里，敌人只需要在某一个连接处搞一下破坏，就可以使整个工程瘫痪。秦自立，就是一个典型的连接处。

老秦继续说道："这是一项多么浩荡的工程，大家是知道的，它涉及生物、化学、网络等十几个学科，整个计划的实施不会是一个人的功劳。但是同志们，大家应该清楚的是，为了保密，在一些关键地方，一些紧要的技术信息只能被特定的几个人知晓，而这几个人知晓的也并不是全貌。就像以前的保险箱，钥匙经常被拆成几个碎片，分别掌握在不同的人手中。而秦老师，就是手握钥匙碎片的人。"

老秦的干练使他在讲这些话时，不像秦自立一样还配上手舞足蹈的动作，但仅靠语言，老秦就使大家迅速明白：秦自立很重要，但也不重要。任何一位掌握"钥匙碎片"的人都有可能被追杀。

"所以如果按照我们的猜测，这是一场有预谋的追杀的话，凶手很有可能迅速展开下一步活动，而且目标不会只有秦老师一人。小张，你把这些握着碎片的人找齐了吗？"

警员小张用年轻人特有的自信答道："师父放心，涉及的十六个人都在自己的家中被我们二十四小时保护着。我们是否考虑下一步将他们集中起来保护。"

"不用，让他们不要出门乱跑就行，这些老科学家们大多对集中保护有很强的抵触心理。"

老秦站起身走到秦自立的黑板旁边，把黑板翻了过来："现在开始部署任务。"

老秦熟练地在黑板上写了几个字母，在下面写了十几个数字，"你们一人负责两位教授的保护，切记不要有任何大的动静，暗中保护即可"。原来他画的是对应的人物保护线图，比起秦自立天马行空般的写写画画，老秦寥寥几笔就把事情严肃且简单地说明了。

"至于秦老师，他的安全由我亲自负责。"

各个警员领到自己的任务就解散了，匆忙离去后整间屋子只剩下了两位都姓秦的男人。

"秦队，看来这早就计划好了呀。从分配任务到执行任务都一气呵成，您带我过来似乎就是参观一下。"

老秦此时一改刚才严肃的面貌，他坐在刚刚离开的警员们坐过的沙发上，跷起二郎腿，拿起一次性纸杯给自己倒水。水流进纸杯，缓缓蒸腾起热气，老秦边吹边说话："可惜喽，终究喝不惯咖啡，现在这个气氛或许喝咖啡才更应景。秦老师，不得不说，你真的过得很幸福。"

多年的经验，让老秦具有了能从极度紧张的状态中找到放松的切口，而且事实证明，这样偶尔的放松对提起精力非常有帮助，所以他现在需要让他和秦自立都歇一歇。

秦自立虽然是科学家，但是有着天真烂漫的性格，在生活中他完全不是高度理性的性格，相反在某些时候他比晨晨和欣欣还能哭。这样的性格倒让他放松得很快。他很快便大谈特谈起自己的家庭。

两个男人便这样闲聊起了家常。对老秦来说，这对加强他对秦自立的了解很有帮助；对秦自立来说，他只是单纯地跟老秦唠一唠家常。

破局

老秦知道，政治追杀的可能性、丢掉的记忆、"鹏鸟"计划的高度保密特性、被篡改的程序……这些扑朔迷离的信息，每一个都值得投入大量的心力分析研究。

"下一步工作，我们分两条线进行，一是按之前的猜测反向等待凶手再次行动；第二就是你这条线，破局的关键：你丢掉的几天记忆。秦老师，您很快就可以回去并得到比其他十六个人更周全的秘密保护——毕竟您是头一个遭到暗算的。"

得知可以回家，秦自立高兴得不得了，以至于他甚至没太听清老秦接下来的话。不得已，老秦又说了一遍。

"现在我们还不能大张旗鼓地露面，所以调查回忆的工作主要由您自己完成，我会在暗中提供给您一切必要的帮助，以及无条件的保护。"

在交接完秘密联络的方式后，秦自立终于走出了房间，他一下楼就看到晨晨和欣欣坐在楼下的台阶上等着他，这是他出意外后与家人的第一次相聚。在这之前，他们连电话都没有打过。欣欣向秦自立扑过来，这个不到十岁的小女孩儿是秦自立最引以为傲的成就。

"爸爸！"

在秦自立把女儿高高举起的拥抱中，一家人终于团圆，此刻他更加坚定：他绝对不能死去。面前的这两个人，是他活着的全部动力。

……

"……李庆教授倒是因为心脏病被急救过一次，但我们调查发现这件事只是李教授自己的身体问题。也就是说，半个月以来，依然没有任何人有遭到袭击的迹象。"小张在第四次组会上的报告中讲道。

专案组对整个实验室这几天的进程进行了彻底调查，但也没什么好查的，在信息分析系统高度发达的2078年，一个人改变全局的情况几乎不再存在。说是专案组，实际上大家要做的也只是按固定流程搜查相关信息，所有的信息都会被放进专门的刑侦分析仪器——AI（Artificial Intelligence，缩写为"AI"，人工智能）会帮大家分析所有的可能性。就连老秦这几天也没有特殊的行动，他也只是按部就班展开工作。

老秦要求警员们保持现有状态，继续保护几位教授，如果三天内仍然没有动静，再采取下一步行动。

"散会！"

散会后，老秦独自趴在窗边抽烟："要是有老婆，估计不会让我这么抽的，也不知没人管到底是好事还是坏事。"案件似乎毫无进展，老秦的思绪回到工作上，他开始怀疑自己的方向是不是出现了偏差。

"难道是方向不对吗？那还能是什么？针对个人的复仇吗？可资料上显示，秦自立从未与人结怨。或者是意外？但是网络科的报告也显示这绝对是人为种下的病毒……"

反向追捕的毫无进展，让老秦相信破局的关键绝对在秦自立身上，这几天他们仍然每天保持联系，互通有无。老秦知道秦自立这阵子也在不停调查，为此，实验室停掉了所有的研究进度，全力配合事故调查。老秦决定去拜访一下秦自立，他觉得当面沟通效果会更好。

和老秦想的不一样，52号实验室的构造非常简单：里面几乎就是一个大厂房，乳白色的墙壁，几个小窗户开着，几个排风扇在慵懒地转动着，窗户往下的地方就是简单的标语。顶部只能看见一排一排的大灯，方形的制冷灯在默默地为这里提供幽白的光芒与略有逼人的寒气。地上的构造不比顶部复杂，一条条简单的黄色胶带就把各部门划分出来，每个部门外一张同样冷色调的白牌子写着部门的名称。高精密的仪器被整齐地区分开来铺在地上。这里活像一个五百年前的老旧实验室博物馆，让人难以想象这里竟是人类便携式通向火星的技术孵化地之一。

"实验性质的缘故，我们整个实验室都很空旷，这样方便管理。再加上技术的特殊性，我们用的都是最原始的方法，这里连块全息显示屏都没有。"秦自立邀请老秦来他的工作区——这是自上次分别以来第一次见面，两人好像有些生疏。

秦自立对坐了四个小时车才到的老秦说道："如果不是停掉了鹏鸟方舱，你可以从市里的小实验室直接过来的。"

"现在鹏鸟方舱已经投入使用了吗？"

"当然，但只是内部的小规模应用。在出事之前，实验室的很多人都体验过远距离传送。这对我们来说已经不是什么新鲜事了,最近我们还小范围招募过一群志愿者,这里面就有晨晨和欣欣,不过现在想起来就后怕。要是晨晨和欣欣进去的时候,方舱发生意外,我余生都走不出对他们的愧疚,因为当时是我让他们去报名的——我要证明我对鹏鸟有多自信。"

几句寒暄过后,老秦迅速进入了状态:"专案组这几天还是没有任何实质性的进展,你这里有更多的消息吗?"

"没有。"秦自立的回答同样直接干脆。

"就我这阵子的调查来看,整件事只能用一个词来形容:'蹊跷'。没有任何的迹象和特征显示,有除实验室以外的人来过这里,不只是人,包括任何信号。为了保密,这里所有的信号都是经过特殊处理的,它们带有特殊的识别频率,这里截获的信号全部是内部信号。"

这些信息老秦早先就知道,他会意地点点头,说:"可是有人叛变的情况不也排除了吗?我们针对实验室成员的调查,其实把他们中学暗恋过几个女生都查出来了,没有任何问题。"

但另一方面,52号实验室里只有秦自立一个人掌握着"钥匙碎片",方舱恰好在秦自立进行实验的时候被劫持,表明凶手是冲着秦自立来的。但是其他掌握钥匙碎片的人却没有遭到攻击的迹象,最合理的解释是对方发现行动失败后就停止了行动。这意味着如果不等到对方下次行动,他们将永远无法找到任何线索。

而在一开始就被认为是"破局关键"的秦自立丢失的四天记忆,在此时也被定性为没有任何意义:因为通过监控,和所有秦自立接触的人在催眠状态下的陈述,然后拼贴起来秦自立的活动轨迹显示,他没有任何异常。秦自立这四天的活动,除了他的思想活动以外全部都还原了出来,他每天都和往常一样上班时推进工作,下班后和家人生活在一起。

现在只剩下两个选项:或许,对方的目的只是为了扰乱我们?再或者,这是否只是一个意外。老秦的内心已经隐隐倾向后者,因为他相信科技的判断——这是AI分析出的最大可能性。

秦自立看出了老秦的困局,他自己也在这些天的调查中逐渐有了自己的判断:这很可能只是意外。鹏鸟程序的运行一直是由自己负责,偶尔也会出现一些没有大的影响的故障,虽然现在整个鹏鸟方舱已经被成员们频繁使用,但并不代表鹏鸟是完全安全的。事实上,完全意义上的安全是绝无可能的,就连火车都有在轨道相撞的可能性呀!会不会是碰巧出现了紊乱?

秦自立给老秦倒了一杯水:"调查显示'鹏鸟'的自动操作程序确实有过被篡改

的迹象。但在反复的分析后，AI显示最大的可能性是'鹏鸟'内置系统出现了一次小紊乱，就像人会偶尔发烧一样。"

秦自立继续说道：

"老秦，有一个很老的故事，也不知道真假，但蛮有意思的：美国航天局的飞机上有一个零件总出故障，花费很多人力物力都无法解决。最后一个工程师提出是否可以不要这个零件，他们去掉之后，发现这个零件果然是多余的。"

老秦马上就明白了他的意思。是啊，这又不是什么侦探小说，精准的刑侦调查加上因事件特殊性而享有的特殊资源协助都显示：这里没有问题。个人英雄主义虽然浪漫，但不现实，当排除一切危机系数时，就只剩了意外。

"是啊，似乎真的没什么要做的了。我现在的工作也是类似于流水线上的工人罢了，我只是机械地做我该做的部分，我不相信如此完备的制度会忽略掉个人都可以发现的端倪，我会把一切都重新放进刑侦分析机器——再重新验证一次，如果仍没有任何显示的话，这桩案子就可以被定性为意外事件了。"

似乎迎来了最好的结局，不像那些只为追求紧张刺激阅读快感的小说，真实的生活往往就是这么枯燥无趣。

两人的交谈更加坚定了老秦的想法，临走的时候他看着'鹏鸟'方舱，似乎有些恋恋不舍："说实话，可以接触到它也算是我职业生涯的一大幸运了，我处理过不少刁钻的案子，但能接触到可以改变时代的科技还是第一次。这才是最好的结局：一切都回到正轨，没有阴谋，没有钩心斗角。"

话说到这一步，秦自立也能感觉到这件事基本宣告到此结束了，他也松了一口气。因为这件事，他的所有研究进度都停掉了。不过还好，现在结项的时间终于可以确定下来了。

老秦临走前，两人经过鹏鸟的方舱，看着几天不运作反而被拆开重新调查的设备，不免有些感慨，秦自立对老秦说："如果不是这次事故，真可以邀请你进去体验一番的，这个设备现在已经非常完善了。"

老秦说："可别这么说，要不是这次事故，我们都不会认识，更别说能亲自见到鹏鸟了。"

秦自立说："没关系，按照这个进度，过不了多久，鹏鸟就可以小范围地投入商业运营，总有一天你会坐这玩意儿坐到吐的。"

两人道别。

停掉进度的实验室终于可以继续运行了。秦自立坐在电脑前，思考进度范围，重新分配任务。

现在鹏鸟已经到了最后的网络意识验证环节，这个环节即验证上传的意识是否具有完全真实性，以保证复制体接受意识的完整度，属于保险环节的验证。具体的操作就是将试验品的复制体完整度与原体进行对比，然后相互验证，看契合度是否能达到百分之百。秦自立几次验证都没有问题，忽然他发现了一点端倪：复制品契合分析的程序里，一个传递的"+"被调成了"-"，这意味着在验证时复制品和原体的契合分析被颠倒了过来。这是个无伤大雅的小问题：原体和复制体，无论谁去验证谁，只要契合度不到百分之百肯定被认为有问题，这种顺序的正反在实验的末期不具有很大的实际价值。这个小问题小到秦自立在几天的调查里都没有完全注意到。秦自立心想：无非是反过来罢了。

忽然，一个天雷般的念头出现在他脑海里。

反过来！

颠倒！

证实！

晨晨和欣欣！

天呐！

老秦走后，外面淅淅沥沥地下起了小雨。

……

解

生科市6号区的夜总是那么美丽，这里保留下来了几百年前人们的生活方式，这里充满了人文气息：当万家灯火升起，一种浓厚的浸润着生命的气息便贯通了整个城市。老秦与秦自立在信科路边的小摊坐着，这是一条靠近高新科技试验区的一条路，路的名字由科技城里的学科分类命名。信科路上开满了平民化餐馆，这是这些科研工作者们下班后最喜欢来的地方。老秦和秦自立来的这家"杯子饭店"——老板外号叫杯子，就是代表：这家店早上卖拉面，中午、晚上卖炒菜，卖炒豆角、炒白菜、炒豆腐，贵一点的有锅包肉、炸肉丸子。老板还会一点南方菜，木须肉或者腐乳肉，不过他不常做。东西不少，价格实惠。

刚结束这个案子的老秦难得清闲，才结案第二天，就被秦自立拉出来吃这家夜宵。

二人对坐，小酌。

秦自立先开口："车水马龙，高楼大厦，哪个不是科技啊。即使是这个复古的小街，也少不了电和水泥。"

老秦接着说："是的，就像我这个刑侦，实际上也是科技的功劳。人力越来越像在一个个精密机器下打下手的。"

秦自立哈哈大笑："咱们俩真的好像。实际上我和你一样，骨子里是唯技术论者。我觉得科技可以解决除情感外的几乎所有问题。"

"那我比你严重，我觉得科技连情感问题都可以解决：现在有多少人，沉浸在虚拟的恋人当中而无法走进社会。"

"不错，我认同你的观点。那我们现在是否可以在一个问题上达成一致：科技可以解决大多数问题。"

"不错。"

秦自立喝了一口酒："不错，那下一步，是否可以证明你我二人的观念完全一致。"

"这当然不可以，我们在科技观上的一致，显然无法证明我们的所有观念也完全一致。"

秦自立说："实际上，关于科技观是否一致都存疑。甚至可以说就是不一致的，因为我们只在宏观上讨论了这个问题，具体的方面我们还没有详细讨论过。"

老秦接着说："对，你我对一件事的定义是会出现偏差的，很可能我们说的是同一件事并且达成了一致，但你我对一件事的定义是完全不同的。就好比你我都约定好不到万不得已决不生气，但对'万不得已'的定义，我们是不同的，而这就会导致我们很难真正达成共识。"

秦自立说："没错！所以说，你我根本无法证实我们的想法到底一致，因为我终究无法明白你在想什么，而你又无法明白我在想什么。这是一件永远无法证实的事：与科技无关，而与逻辑，或者说哲学有关。"

秦自立忽然不说话了，很久很久，他缓缓地对老秦说："老秦，无论逻辑怎么推理，起码有一点是明确的：你我都是科技论者。而且这种思想直接影响到了我们的判断。"

秦自立站起来活动了一下关节，就像是戏剧高潮开始前的序幕一样。良久，他缓缓坐下："老秦，追杀我的人，就是我自己。"

老秦早就预料到了秦自立绝不仅仅是单纯拉出来请他吃顿饭，但秦自立忽然说的话仍然让他猝不及防，他愣了一下没有说话。秦自立似乎并没有注意到老秦的状态，他自顾自地说下去：

"就像刚才我们聊到的，科技能解决大多数问题。但我这个问题，是那小部分问题。这次我们抛开科学，谈一谈……"

秦自立顿了一下，

"逻辑，和爱。"

"'鹏鸟'计划的实施是一场史无前例的宏大计划，他的恢宏不只体现在科技上的突破，还包括观念的冲击。就像火车刚诞生时，人们仿佛看见怪物一样，'鹏鸟'依靠复制人体传递思想的做法在伦理上也是一次巨大的冲击。但是我相信人的观念最终会顺应时代的改变，于是我将我的全部投入这场浩荡的实验中。"

秦自立的语气非常平和，他就像在拉家常一样去陈述整件事情的来龙去脉。

"但显然，有些问题是科技无法解决的。"

"我在开始新的进展后才发现，我把复制体检验本体的顺序改成了本体检验复制体，这件事和整个追杀事件无关，所以我在调查期间即使发现了这个问题也没有把它放在心上。但在昨天我重新开始实验的时候才忽然明白，虽然顺序颠倒的问题不大，但思想传递的真实性无法证实。"

"整个思想传递的逻辑是这样的，"秦自立用手指在杯子里蘸了点酒，在桌子上写下 A、B 和 1 三个符号，"我们把一个要进行鹏鸟传递的人命名为 A，将他的复制体命名为 B，而把他的整个思想命名为 1。那么整个思想传递的过程是这样的：从 A 体内将 1 思想抽取出来，再传递进 B 内部。"

秦自立在桌子上画下 A → 1 → B。

"从这个顺序我们可以知道，1 → B 的成立必然建立在 A → 1 的成立之上。但是 A → 1 是无法证实的：你怎么能确定脱离了 A 的思想 1 仍然是 A 本人的全部思想呢？我们将 A 原生的、没有被抽调出的思想命名为 2。1 可能和 2 完全一样，从性格到记忆再到信仰等等都完全一致，但这只能证明 1 等于 2，而无法证明 1 就是 2。"

"整个过程就像一列火车开过一段看不见内部的隧道，你如何证明通过隧道后的火车仍然是隧道前的火车呢？他有可能只是某个高度发展文明的完全复制体。想要证明火车仍然是原来的火车，最好的方法就是进入隧道内部去观看火车的轨迹，这样整列车的运行就全部暴露在观察者的视野之下。而 A 到 1 的过程也是如此，将思维提取过来的过程就像过这段黑暗的隧道一样。"

老秦已经听明白秦自立在说什么了，他说道："但是，从 A 到 1 的这段隧道却无法被进入，因为它压根就不存在！或者说，只存在于逻辑里！"

"对！而逻辑上的隧道是无论科技如何发展都无法解决的事情，我可以用一切方法去证明提取出的思想是和本人完全一致的，但是就是无法证明它就是它。唯一的方法，就是 2 主动站出来说明自己是 1。可当 2 主动站起来的那一刻，就又证明了 2 不是 1，因为如果2就是1，他们怎么能同时存在呢？"

"要证明2就是1的唯一办法，就是2本人说明自己是1，但当2本人可以存在的时候，1又是不能出现的，逻辑死扣。"

老秦问道："可是按照这个逻辑，我们有可能每一秒都在死去然后复活继承自己的所有思想，因为这也是无法证实且证伪的，那我们究竟是否还是我们自己？"

秦自立回答："是的，无法证实，可这和鹏鸟的区别在于：关于生活，即使它是假象，我们也已经身在其中了；可关于鹏鸟，我们不能再创造一个假象的可能性。1和2的问题，是一个永远都无法被证实也无法被证伪的问题，你永远无法说明1就是2，也无法说明1不是2。也就是说，鹏鸟会让人掉进逻辑上的生死叠加态。"

大段的陈述带来的爆炸性的逻辑冲击让老秦和秦自立都感到胸闷，是啊！当一切都在逻辑中无法被证实的时候，科技上的验证又有什么意义呢？

秦自立不再说话，他呆呆地望着老秦，目光里却不是绝望，而是忧伤。老秦瞬间反应过来一个现实：鹏鸟已经投入使用。这意味着已经有人进入这个死亡逻辑，包括秦自立和他的妻女。

秦自立不再亢奋地陈述，手中的酒杯也早已因自己方才的投入而不小心打翻在地，过了很久，他用哽塞的语气缓缓说道："是的，我可能亲手害死了晨晨和欣欣。"

秦自立到现在还记得欣欣在五百米外的方舱睁开双眼时惊讶的表情，记忆中的那个带着清澈童真的笑容现在只会让秦自立更加心痛。白晨和秦白欣早在很久之前就进入过鹏鸟体验瞬间传送的乐趣，他们已经掉进了那个死亡逻辑：我是否还是我，而不是完全一样的复制品。真正的白晨和秦白欣，早已在逻辑上掉进了生死叠加态的陷阱。他们始终存在一种可能性，即真实的自己已经被销毁。

老秦安慰他道："可我相信晨晨和欣欣即使知道了这一切，退一万步讲，她俩哪怕一定是复制品，我相信她俩也不会在乎的。就像我们无法证明这个世界是绝对真实的，可不耽误我们好好去活啊！我相信她俩一定会接受的。"

"可我无法接受，我！我自己！我自己无法接受这一切。我可以接受自己是复制品的可能性。但我无法接受的是我自己亲手将她俩推进了逻辑陷阱。晨晨和欣欣自己都无法意识到她俩是否是真实的，我不愿她俩生活在怀疑之中。解决这个死局最好的办法，就是永远不让她俩想到这个逻辑。"

经过十几天的接触与调查，老秦早就明白秦自立对妻女的完全的爱，正是因为这强烈的爱，才让秦自立无法从中走出来，而做出了那样的举动："也就是说，那场意外是你自己设计的。"

"是的。真相就是：那个程序是我自己设定的，因为我想救赎自己。AI刑侦系统没有怀疑我，是因为我受到最高保密协议的保护，我的生物网络程序压根不会被AI考虑进去。而大家，包括我，也自始至终没有想到有我本人劫持本人的可能性。我用生物网络为自己写了一个想法：让我忘记这些事情，并且在醒来以后竭尽全力停掉鹏鸟。人会合理化自己的想法，这样我就会去发现'鹏鸟'的各种问题，从而完成'关掉鹏鸟'的目标。这个想法，会在我进入鹏鸟后变成程序进入鹏鸟，并拦截鹏鸟的意识传递系。我们最开始怀疑的那段外来信号获得控制权后会干什么，现在知道了：他会篡改我最近的想法。"

秦自立的语气慢慢低沉：

"我想最后一次进入鹏鸟，倘若原本的我真的被杀死，那我也理应陪伴她俩再次长眠。"秦自立加重了"再次"二字的语气。

"而那个醒来的复制品将同样继承我的想法和观念。在抹掉这个想法之后，他将代替我继续照顾晨晨和欣欣，并且完成那件一定要做的事：用各种理由停掉鹏鸟。"

秦自立带着悲痛颤抖地从包里拿出一份文件："我已经动用我的权限申请全面停止鹏鸟，理由就是：鹏鸟的真实性……无法……无法被证实——我还是选择说出实情。"

说完这些已是深夜，两人相对无言。老秦本想问秦自立为什么要对自己说出整件事情。可转念一想，秦自立除了跟自己说，还能跟谁呢？

嘈杂声隐隐退去，小吃店老板看二人神情激动而觉得不便打扰，此时正在店门口坐着歇息。夜正浓烈，繁星满天，大街上落叶纷纷，尚未关门的商店里放着怀旧歌曲。

良久，老秦说出一句话：

"子非鱼，焉知鱼之乐也？"

没有任何多余的对话，秦自立和老秦起身离开。老秦问秦自立："你还会继续研究吗？"

秦自立答："我不知道。"

后记

秦自立先生那段夹杂着科技、逻辑与爱的故事使人类的发展进程，赋予了浓厚的浪漫主义气息。秦自立先生的研究，虽然被他本人证实没有可行性，但他引导人类在科技上通过了这段凶险的转角处：他使人类明白，技术的进步发展不在于玩弄意识，在于对星辰宇宙的探索。秦自立及相关的科技工作者是伟大的探索者和悲壮的殉道者，人类将会记下他们的付出，无论光阴如何流转，无论以后的路会如何，无论政治、思想、文化向何处去，任何人和事都改变不了以秦自立先生为代表的这群人是人类英雄的既定事实，我们将铭记秦自立先生的功绩。同时我们也将永远相信，人类最终会拥有一个美好的结局。

节选自《秦自立诞辰800周年纪念演讲》
演讲人　秦凡希（秦正警察世孙）
2999年7月8日

花蝶城／王一陈

一

今天的战利品在洗手台上阴暗的空气里以两秒一次的频率闪烁。我静静地看着面前雾气蒙蒙的镜子，将面部卸下，然后将其和双手一起放进雾化器中进行清洁。

看着猩红的液体逐渐流入排水口，我的脑海或者是内存中浮现出三十三秒前的画面：一个电子脑被提取出的男人。不过，我只有关于他那件被染红的白大褂，和他死前无用挣扎的回忆。任务完成的那一刻起，我的大脑保险措施启动，将那个男人的面部信息从我的记忆回路中完全抹除。

我大脑中的每一个静态缓存，动态随机存储器中的每一个锁存单元，以及每一个电容都将被完全重置。这是一手安全措施：如果任务失败，警方从我的生物脑和电子脑中都找不到一丝证据。

走廊中的警报已经响了很久，远处也传来了警用直升机的呼啸声，和警笛声夹杂在一起。我知道他们是冲我来的，不过我并不着急。

"总是这么嘈杂。"

我取出准备好的另一副面部，看着它在镜子中与我融为一体，拿起那颗电子脑，然后利落地走向洗手间的窗户，一跃而出。一架摩托从某个广告屏幕幕后的阴影中飞驰而出，在我恰好下落至二百二十三层时，在我下方出现。

"任务完成。"

2197 年，地球依旧是天上的一颗星，京都依旧是地上的一座城。

"刚刚检查得到的结果：这只电子脑是硬件级加密的，信任根是宿主在城市网络中的身份认证，但这与他在京都的所有信息痕迹连接。"一个女声在我的脑海中响起，"对不起，我暂时无法破解它。除非你能让这座城市认为，你就是伊曼努尔……"

"没关系，你已经尽力了。"屋内只有我一个人，对着那颗形似球体的电子脑微笑。

"谢谢，祝好梦。"

"喂，都要日出了啊。"

我慵懒地关闭了大脑和助手的音频共享通道。日出与否，有什么区别呢？我的家没有窗户。

一台 21 世纪的老古董操着一口陌生的口音，在我的脑海中喋喋不休。我将本月的电费转交后，她的声音啪一下消失了，只剩下电视发出嘶哑的声音（这是地下五十层以下房型的典型问题）：

"……起源集团总部昨晚遇袭。警方称该集团首席科学家伊曼努尔在实验室遇害，其尸体内电子脑遗失。花蝶地区警察高度重视此次案件，大规模刑侦行动已经开始。"

我关上虚拟投影窗，室内再次变成了一片漆黑，除了一条忽明忽暗的紫色光缆在房间深处摇曳，仿佛在缓缓呼吸。那是母亲的房间，一处我的所有麻木与悔恨凝聚的角落。

在以每秒五十米的速度上升的电梯里，我深深地吸了一口缓存烟，感受预制的美好记忆从每一个异或门流过，然后流入接地线中永远消失……

二

京都。

我站在城铁 107 号线上，隔着车窗，望向这片从渤海平原到燕山的钢铁丛林。耳机里响着一首 21 世纪初的老歌，歌词讲的是一个复古的故事，内容大致是一个少年在一个燃烧汽油的公共交通工具上，靠着车窗想念一个人。

我把头侧倚在车窗上，用一只眼旋转后瞟向窗外。城市与东方的鱼肚白相连的地方,太阳正跟着"星环"逐渐升起,那是几十年前在同步轨道上建设的新京都城市圈。20世纪末,城市已经连至燕山脚下,渤海也已经消失,但城市化并没有停止。人们的视线投向太空了。

车厢稍稍倾斜,下一个中转站快到了,不过对于时速两千公里的新城铁来说已经足够平稳。107号线是两年前新开通的线路,是用于连接渤海城区和老城区的快速交通线。大概从这个世纪中叶开始,几乎所有新城铁都修在百米高空中,而107号线的平均高度则更是达到了难以置信的七百八十米,这比曾经在阿拉伯半岛称霸世界最高建筑半个多世纪的哈利法塔还高。

当然,如果现在人们还用石油的话,我完全相信阿拉伯人会建造一个更高的建筑:连接近地轨道的太空电梯。如今,在渤海城区和首尔都的海域接驳的地方,亚洲一号连接着天空上的新京都城市圈。很可惜,阿拉伯半岛的大多油田自20世纪末就枯竭了。

随着一阵悦耳的铃声,列车长在音频共享频道告诉我京都南中转站就要到了。这类频道的模式类似于社交媒体"Discord",但不同的是公共场所中的频道会根据你的位置判断是否将信息广播至你的电子脑的听觉总线,直接避免了安装扬声器。

我确确实实感受到了列车的减速,不过我担心滑倒,因为脚下的磁力鞋即使在5G的加速度下也能使我垂直站立。若没有这双鞋,我昨晚也不可能从起源集团大厦外侧潜入那个二百二十八层的实验室。

不过脑内的另一个共享频道收到的信息则更令我在意。那是一个隐秘委托频道,是通过暗网在全球连接的,我在其中也有一个匿名账户,通过洋葱路由隐蔽地连接至我的脑中。

是一个新委托,匿名发布者代号"花蝶",目标是一个女性,年龄未知,脑改造程度未知,身份信息未知,只有目标图片和可能出现的时间和地点,时限今晚午夜,酬金九十九万元和一次京都内的城市意识改造权限。

九十九万元是一大笔钱,不过那个意识改造权限更令我在意。在暗网,一般的委托者都非常富有,但是很难有权限做到这种城市级别的改造。

所谓城市意识改造,就是将这座城市里属于你的一切信息重置,并且投放在联网的城市整体上。对于高度网络化的京都和其居民,这是可能的。某种程度上,这相当于让整个城市遗忘你的过去。换句话说,至少在京都,你将重新出生。

一般有能力做到这类改造的雇主,要么是安全部门有巨大权力的人,要么是有能力黑入京都的安全系统的人。总之,这类委托非常少见。

我又取出了那支银色的缓存烟,轻推旋钮,静静地感受微弱但精心设计的电流慢慢流淌在我的三级缓存中的意识缝隙中,短暂地麻痹我的电子脑,然后进行了一次很久未进行的生物脑思考。这意味着理性退居其次：危险，但必要。

那仅仅是一个念想，一个我几乎已经放弃的希望，却占据了我的全部。我接受了这项委托。

我跟着那些带着诡异的微笑、沉浸在各式各样缓存烟里的人们，走下车厢。太阳已经完全从渤海平原的东方升起，阳光从列车驶入的狭小开口照进月台，打在我的第七十六副面孔上，在电阻丝中产生丝丝暖意。

我面对着那灰白色的光晕和下方无尽的城市喃喃自语：

"下一站，要换目的地了。"

三

20世纪初，仅仅那些在地面上行驶的旧时代高铁途经京都南中转站。20世纪中叶的三维城市化纲领推行后，高铁的速度以每年十米增长，以连接更多、更高的磁悬浮和真空管道城铁线路。在这个过程中，它的底部变得越来越宽，成为以交通为核心，但囊括住宅、餐饮、娱乐、商业设施的城市副中心，是二百六十万人的居所。

从远处看去，它就像一个不规则的细长、蜿蜒的金字塔，侧壁四周与来自整个京都的高空城铁线、高速和真空物流管道连接。它像一个闪耀着金属色泽的囊肿，被无数灰色的毛细血管包裹起来。它是工程学的奇迹，是这座城市鼓动的副心脏，每天将几千万人从京都的一处角落泵向另一处角落。

我跟随着视网膜上的导航仪，随几十个人走进一间足有教室大小的客流转移电梯，在旋钮上选择了77号线。阳光从中转站外围的巨大不规则钢筋骨架中透过，时不时地照进透明的客厢内部。光线随着客厢的高速上升不断闪烁，像是一只手飞快地掠过一排无限长的琴键，只是黑白键的排列毫无规律。我有些晕眩，只好闭上眼睛，让助手在脑内播放那个委托的目标信息。

"目标形似十八至二十二岁女性，身高约一点七米，特征为淡粉色染发，二十一点后将在花蝶城区77街出现。"

"只有三个小时的时间留给我们工作。"

"老实说，我从没有见过信息如此稀缺的委托。"助手的声音直接跳过耳蜗进入我的思绪："我在京都数据库里检索，符合相貌条件的人有五十五万。"

"武装程度？"

"未知。"

见我沉默许久，助手主动问道：

"你要看她的样子吗？"

"放出来吧。"

助手将那张委托人发布的目标照片投射在我的视网膜上。我最初并没有感到什么异常，但是当我将视线放在她的双目之上时，我突然感到一阵诡异的麻木感。当我再把注意力放回照片上时，我发现我已经忘记了她刚刚的样子，而我再也无法聚焦在她的脸上。

这种奇怪的感觉难以描述。她就像是影子，无论如何靠近，都无法看得清楚那影子的主人原本的样子。

"我看不到她的脸。"

"你确定吗？"她似乎也有些在意："我能看清。"

"帮我运行一下视觉区自检系统。"我稍有些担心。

我的担心并非多余。脸盲症曾经是一个很罕见的疾病：患者外在看起来和普通人完全一致，但是对脸部却没有任何辨别能力。想象一下：你看不到迎面走来的面孔，但是却能清楚地看到她瞳孔的颜色、耳环的形状。

一般来说，这种症状源自侧额叶癫痫的损伤，但是电子脑引入社会后病因就变得更多了。我所担心的就是这类新式脸盲症。这本质上是一种电子病毒，会破坏电子脑对面部识别的能力。

然而，我在此之前从未有过类似的症状，我需要确定这个问题产生的原因。

我闭上眼，感受着助手运行的检测软件温柔地扫描过我的视网膜模块、人工侧膝状核、视皮层模块。

"没有检查到异常。"她用次声波轻轻地耳语，纵然我的外耳郭已由四个不同触发频段的震动传感器取代。

我叹了一口气，睁开眼：那张照片还在我眼前，闪烁的阳光刚好穿透了她的面部，我只能看到那团毒药一般绮丽的粉色。我拿出缓存烟，深吸了一次，这次麻痹感只调整为最低水平，感受着那视野中的粉色光晕闪烁着。只有那么一瞬间，我好像看到了她真正的样子。

我有些麻木地告诉助手："你可以去休息了。"

"但我还是想陪着你。"助手将自己投射在我的视野内，穿着那套我两周前从三里屯材质资源库新买的冬装。在我眼中，她就和我一样在客厢里，站在我的身旁。

客厢门缓缓升起，大风涌入，吹在我们身上。她将一件并不存在的羽绒风衣搭在我的肩上。即使寒冷对我来说并无意义，但我依旧感到了温暖。

我轻抚她投影中的头发,每一根手指上的触觉模拟器将那虚假的光滑触感传递给我的大脑,就好像她真的在我身边一样。

"我们去吃饭吧。"

四

晚上六点。

77号线候车室里并不拥挤,但人们占满了公共充电口,为缓存烟补充能量。每个人都呆滞地看向前方,缓存烟多彩的光线在涌动,似乎暗示着他们所在的幸福梦境。

我斜倚在巨大的落地窗旁,感受着下方数百米的城市森林倒映在向外倾斜的玻璃上,带着静电的恐惧,以及所产生的轻微快感。我很喜欢这种冷冽的感觉,因为它总能让我专注地思考。

远处的起源公司大厦已经恢复了运行,楼顶旋转的广告激光器随着候机室缓慢的音乐转动着,将那拿着最新款缓存烟的美丽少女投射在城市每一个阳光无法照射到的阴暗的角落。当那束光照在京都南中转站时,诡异而五彩斑斓的光线扫过候车室的每一根缓存烟连接的人类头部,如同一场荒诞而寂静的人偶晚会。

等这光线离开,我的视线越过这片金属丘陵,再次望向远处那片如同旋涡一般的迷人又诡异的粉色。

花蝶。

一个城市的发展过程中大多时候是有计划的,但到达一定程度时,一些计划之外的事物就会自发地涌现。就像任何混沌的系统一样,没有人知道花蝶是什么时候开始存在的。从京都的商业中心开始迁往渤海城区开始,老城区的发展就开始变得无序了。摩天大厦、高空城铁、地下塔楼,它们就像一张网一样覆盖在这片古老的大地上,让这里变得愈发像一个没有答案的谜题。

花蝶就是这无序中的有序,在京都最古老的城区,如同一朵从未在世上出现过的花一般诞生。她的叶片是那些围绕着她的建筑的屋顶,螺旋着下降,如同金属与玻璃的海浪;她的藤蔓是无数闪烁的城铁和飞摩托组成的溪流;她的花蕊是漫天的光束;她的花瓣是粉色、红色和紫色交错的霓虹;氖气是她的血液,电流是她的呼吸;她的根茎是混凝土与钢筋,和这片灰色的城市相连,仿佛是这个城市每一个孤独之人的归所:她不属于这里,但又只能属于这里。

我看着在视野右侧悬浮着的。那个我无法看清的粉发少女。

你又属于哪里呢。

微弱的震动从我的第四支震动传感器里传入神经，那是77号线车底的电磁铁和轨道之间的空气与车身产生的微弱摩擦。

"开往花蝶的列车即将进站，请乘客有序乘车。"

这条来自21世纪古老城铁的终点站，我今晚的猎场。

五

我在拥挤的车厢找不到座位，只好在车窗边的空隙挤了进去，将后脑勺靠在冰冷的车窗上，然后闭上眼睛，静待列车的启动。

寒冷总能让人思考，而环境总能让人联想到记忆清晰的片段。气味、声音、温度，就像一把把独一无二的钥匙，而记忆就像一个有数不清把锁的门，越是久远，锁就越多。有时竭尽全力，也无法将门撼动一毫；有时仅仅是呼吸一次，再回头就发现那扇门已经开了很久了。

不过关于我童年的记忆正在快速地减退，可能来自缓存烟的副作用，也可能缘于电子脑的侵蚀。说实话，几乎没有任何理论或个人有勇气说清将人类和这些电子设备结合的完整后果。只是我知道大概从21世纪末开始，硅不再是最受青睐的集成电路原材料。生物工程和电子工程近一个世纪的碰撞，让越来越多的电子设备，尤其是植入设备，逐渐被有机材料取代。

我时常思考，这也许正是人类的幼稚，也是进化的趋势。几亿年来，自然用最简单的四种有机分子打造了生物的编码器，而人类花了一个世纪时间浪费在昂贵的真空管、晶体管和硅晶圆上，才发现最优秀的计算材料其实就是组成自身的东西。

有时我不禁问：这些材料相同的芯片和生物本质上的区别是什么。想到这里，我倒是对记忆的减退产生了一种理所当然的心态。也许那块在我六岁时就植入的电子脑早已和我的生物脑交织成了同一个东西，而在这个过程中发生了什么，也就不奇怪了。

也许这种改变也慢慢塑造了我的性格。我好像已经忘记了是什么时候开始做我现在的工作。这是一种对死亡产生的缓慢麻痹过程，但比最贵的缓存烟还要猛烈。

我还清晰地记得我完成第一次委托的那个晴朗的午夜，当我将那颗电子脑从那个男孩的后脖颈拉出来的时候，连着扯出的丝状物在绿色的霓虹灯下变得一会儿发黑，一会儿发白。

那是他的脑枕叶，百分之八十是脂肪，也许其中的神经元里还残留着死前的那一刹那关于我的脸部的初步视觉信息，不过他剩余的大脑已经没机会真正看到我了。

我回到地下十五层的房间里，在冲水器前呕吐了整整半个小时，才将那画面从我脑海中洗去。那天晚上的梦里，有一个没有脸的男孩跟着我，无论我走到哪里，他都默念着一句话："可以让我看看你吗？"

"下一站：什刹海，就要到了，请需要下车的乘客提前准备。"

我还没有到站，但是这名字吸引我将目光投向窗外。什刹海是一个小湖，好像在这个世纪初就已经干涸了，不过人们好像还是乐意管这里叫这个名字。现在这里是全世界最大的空中溜冰场。

新什刹海冰场有点像一个冰激凌甜筒，大概有三百多米高。顶层是圆形的室外冰场，约有四个足球场大，冰面发出柔和的白光。最外围的冰道，可以螺旋下降至下方一层缩小一圈的室内冰面，一共二十七层，每层都有十米高。无数索道车缠绕着这个甜筒缓缓运行着，将结束工作后选择来放松的人们运输到顶层。最热门的溜冰路线便是从顶层的冰场入口，一路滑至一层的出口，足有十千米长。冰面上投射着起源公司的缓存烟广告，从77号线上看过去，上面的人们就像一群锅盖上的蚂蚁转来转去。

每次来到这里都容易让我想起母亲。我摇摇头，将那个她从我脑海中摆脱。

当列车再次启动时，花蝶已经愈来愈近了。77号线是无数通往花蝶的列车中的一列，就像一支涌动的血管，将载满繁杂欲望的血细胞送进这个漩涡。窗外，花瓣一个接一个出现，直到再也数不清。每一个花瓣上都有至少两百万人在狂欢。我感觉自己像仲夏之夜精灵森林之中，一颗有魔力的花朵下方的一只蚂蚁。车内的色调开始朝着粉色、紫色和红色的光谱一端变化，将车中的每个人染成花瓣的颜色，愈来愈像血液。

"你瞧。"助手在这变幻的光线下朝我招手，"我这样好看吗？"她的投影在我身前狭小的空隙里出现。窗外来自花蝶的霓虹光束和她的投影产生了微弱的干涉，将她暗橙色大衣下的白色毛衣染成了城市的颜色。

我伸出双臂抱住她，感受那并不存在的身体，和想象中的体温。车上很拥挤，但我只能感受到她一个人，因为周围的人正变得模糊不清。77号线成了一条时空隧道，我们在炫目的灯光中穿行其中，车后是无垠的夜晚、冬季、城市，前方是无序、迷人、疯狂。她的身体脆弱，好像要融入这灯光中，随时消失。

"你害怕吗？"她的声音将我唤回真实的世界。

我将她的后背紧紧搂至胸前："我早已经没有恐惧的心了。"

"但我还有。"她的声音快淹没在列车和空气的摩擦声中了。

你怎么会害怕呢，你甚至没有名字。

有一瞬间，我似乎想打破车窗，带着她逃离这个任务，逃离花蝶，逃离这座城市，在一个世界之外的角落度过一生。但我明白，总有命运像一张无边无尽的巨网，无论你逃向任何方向，总有一天会再次落入其运转的轨道之中。

我们相拥着，在无法停下的车厢中，在无边无际的光束里，在夕阳无助的叹息里，向着花蕊的中心飞去。

六

我第一次来到花蝶时同样带着一项委托，目标是一个老态龙钟的流浪汉。我在委托信息里提到的"花瓣"附近很快找到了那个男人。他身体颤颤巍巍，手中举着一顶倒扣的帽子，正在街边乞讨。

"年轻人。"他看到我的时候，用最低沉的声音说出最平淡的话，"行行好。"

与其说是在乞讨，更像是已经丧失了一切目标，仅仅是呆滞地发出机械般的声音。

我用辅助人脸识别模组再次确认了目标的身份无误，倒是放下了心来，缓缓走近这老头，在他身边的垃圾桶上坐下。

"老爷子，现在这年头没人带纸钞了。"我看着他手中倒扣的帽子，无奈地告诉他，"你想吃什么，我请你吧。"

老头子的眼中有一丝惊奇，似乎不相信会有人回应他的乞讨。他那帽子里空无一物，大概这一天也没有人理睬过他。随后那惊奇的眼神转变为空虚，他低下头，用比刚刚的乞讨更低沉的声音说道：

"我不饿。"

我倒是有些好奇，他颤颤巍巍的身体一天里很可能什么都没摄入。在我询问他之前，他将手指向街对面的那个闪烁着淡粉色霓虹的店面，然后再次将头低下，仿佛想要躲避我的嘲笑：

"带我去一次吧。"

走进那家店铺，里面黑得让我有些窒息。黑暗中只有微弱的光条在闪烁，仿佛垂柳的枝条。我看到两个绿色的光点似乎离我们越来越近，直到我在身后花蝶的粉色光线中看清那个人的脸。他的双眼似乎是改造过的，似乎因为开着夜视功能所以才发出那种诡异的绿色。

"欢迎来到梦乡。"说着他就搂住了我们两个人的肩膀。

"这里是做什么的？"我尽可能屏住气息，明知故问。

"短租缓存烟。"我的目标再次发出那极为低沉的声音,替我解释道,"和他没关系。老雷,是我要来。"

我自然知道花蝶是什么地方,也知道这里的缓存烟滥用到了什么程度。整座城市乃至世界最大的精神层面的放纵之地,正是以其缓存烟文化而闻名。

欲望是没有瓶口的酒杯。在三维城市化纲领发布之后,花蝶不仅侵蚀周遭的城市,同时也向空中生长,形成了独一无二的螺旋形态城市。每一只悬臂,都代表着堕入其中的两百万人类。这远远超出了历史上任何一个城市的生长速度。

但不管怎样,这里对我来说还是很陌生。这是好事,因为当我熟悉这里的时候,就是我彻底堕落的时候。

"哈哈哈哈哈哈…没关系,早晚的事。"那个被称为老雷的男人发出一阵难以言说的笑,"您,还是老搭配?"

"用老方子。"老头告诉那老板,"这年轻人请我一顿饭的钱,您看能跑几分钟就几分钟吧。"

"一千元。"我伸出手。

"那就是十分钟,没问题。"老雷和我握手,微弱的电流穿过,我们的双手发出绿色的闪烁,支付成功。他再次问道:"小伙子,你不想尝试一次吗?"

我艰难地摇摇头,表示拒绝。那些光缆仿佛绞索一般将我缚起,让我近乎窒息。

他耸了耸肩,让那老头在一个座位坐下,然后不知道从什么地方拉来一根线缆,插在了老头的后颈。老雷不知道在哪里按了什么开关,这线缆突然开始发出粉色的光线。这粉色如同花蝶一样,迷人而危险,将流浪汉的心灵连接到一个未知的地方。

"这些线缆,合法?"我看着老头的眼睛逐渐闭上,问出了我心中的疑惑。

"你觉得呢?"老雷轻轻抚摸粉色的光缆,"起源公司售卖的都是定制好的记忆,但我能给他独一无二的记忆,通过我这里改造的驱动器才能和他接驳。"

"如果一直用同样的记忆,使用者不会乏味吗?"

"呵呵,曾经是这样的。"老雷叹了口气,"但自从第三代烟出来之后,就没人在乎了。"

"为什么?"

老雷的嘴角露出那种面对无知者的怜悯:

"你觉得一个没有舌头的人会在意自己吃下的是什么吗?"

我无助地摇摇了头,表达出对这个奇怪比喻的困惑。

"从第三代烟摄入的记忆不会流经第二级脑存储区,直接和生物脑连接,这也是缓存烟名字的由来。"

我似乎已经明白了什么，不过老雷确认了我的猜想。

"除了快乐，什么都不会留下。"他望向屋内摇曳的光缆群，"就像缓存一样，高速但脆弱，不是吗？"

我望向座椅上的老头，他笑得很开心，比刚刚的一切时候都更开心。虽然双眼闭着，但是他凹陷的双眼下方是两条如同小溪一般的泪水，在他干枯褶皱的脸上流淌。我感到一丝难隐的痛楚，似乎源自我脑海深处，但任务中的理性再次压制了这股情绪。

十几分钟后，老雷将那条已经暗淡的线缆从流浪汉身上取下，不过他似乎还闭着眼睛，眼泪已经干涸，依旧留着那笑容。强烈的预感让我抓住他的手腕，但是那已经温凉的血管平静得像一碗水，只剩下我颤抖的手。

五年前那个夜晚，同样的场景如同胶片一样在我的脑海中时隐时现。母亲也是这样。

老雷似乎显得很冷静，好像这种事情对他来说并不罕见。大概几分钟后，救护车将那具还在笑着的尸体拉走了。和老雷告别时，我看见了座位上那顶破旧的帽子，于是拾起。帽子上沾满灰尘，但几乎没有破损，我翻过面，看到那帽檐上的标志时倒吸了一口气：天宫军。没有一个22世纪的人不知道那场战役。

我用那晚的酬金购买了第一支缓存烟。

七

我在花蝶站下车，第一件事是取武器。

"已经获取了一条物流路线的控制图。"助手在身后告诉我，"最近的物流终端在前面的咖啡馆旁边。"

物流终端是覆盖整个京都巨型网络中的一个顶点，就像售货机一样在街边随处可见。物流网络由无数条磁悬浮真空管道组成，在这座城市的地上和地下排列得高效且密集。这些真空管道有不同的粗细和运输速度，由一台分布式智能控制器规划所有物品的动态路线图，以保证最高的效率。

其实建设物流网络的城建局，也几乎不明白这台控制器是怎么保证这复杂系统的运行效率最优的。每秒钟都有几千万件物品在这些管道里飞速运动，而如何保证这些物品不碰撞，高速传递给每一个用户，则是一个极为困难的规划算法问题。

但对于普通人来说，支付不贵的钱，只需要等待几分钟，物流网络从西山下面的村子中一个联网的柜子里找到一件皮鞋，就可以运输到渤海平原的最东侧，然后在终端里取出来。

当然，如果黑入了几个物流网络节点的安全协议的话，取一件武器轻而易举。这样就可以完美地规避京都南城铁系统的复杂安检系统。

京都的雪季已经降临，夜空中轻飘飘的雪花落在我的风衣上。助手举起双手，想接住那些白色的精灵，不过意料之中地失败了。我看着那些飘舞着的冰晶，在粉色的灯光中透过她那毛茸茸的白帽子、黑色的发梢、橙色的大衣，飘过她白色的毛衣、过膝的厚裙摆、有些松垮的短袜，然后缓缓落在她的两只黑色短靴之间的白色雪地上。黑夜被粉色的光束染成了二十二世纪的迷彩。她的身后是花蝶，那是纵深数百米的螺旋之城，如同玻璃与钢铁的峭壁，在华北平原的古老大地上绽放。而她就站在一个花瓣上，就像是那些雪花般，随时都会消散。

一念之间，她的投影就会消失在这城市里。

物流终端已经就在眼前，我没有理睬触摸屏上的指引信息，而是直接将手心贴在屏幕后侧，然后将助手编好的病毒程序输入那个物流终端。这已经不是我第一次干这种事。第一次尝试的时候，我还有些恐惧，但是现在已经轻车熟路。大概几分钟后，一阵风声从终端底部的取货口吹出，我取出那包裹，重新输入了重启程序，然后如同无事发生地离开。

"七点，我们时间还够。"我自言自语，当然助手听得见。

"不去目标出现地点埋伏吗？"

"我有种预感，埋伏是没有用的。"

那个我无法看清的粉发少女给我一种很久没有过的窒息感。那是最开始执行任务时常伴随着我的一种奇妙的感觉，但随着时间的推移，也许是习惯，又或许是缓存烟带来的麻木，那种危险感带来的窒息错觉已经离我而去了。

但有什么比一个你无法看到的敌人更危险的呢？

"我相信你的。"她在我身后轻声说。

我将那夺人灵魂的武器背在身后，然后转身问她："你想喝热可可吗？"

我当然知道她喝不了，所以打断了她气鼓鼓的争辩："我想了，陪我吧。"

花蝶77街。

我站在一盏少有的白色路灯下，双手抱着那杯热巧克力，看着杯口上方冷凝出的水汽和雪花在半空相遇，消失。步行街上投影的时钟悄无声息地转动，直到分针与秒针再次重合于第十二根刻度线：九点到了。

就在下一刻，道路尽头出现了那粉色的身影。那抹颜色在花蝶中几乎就像天然的伪装色，好像下一秒就能融入这片光影之中，就像一滴水落入湖泊。

"你该回去了。"我对身旁的助手说。

没有人能想到，这习惯性说出的一句话将改变历史。

"我随时都在哦。"她的投影在一瞬间消失在空气中，就像雪花消失在杯口的蒸汽中一样快。

我虽然还挺期待她再次拒绝的，不过我们都沉默了，因为任务已经开始了。

我从包裹中取出为这次任务刚刚打印好的面部，然后在街角的阴影中换上。这张脸极其普通，但又不与任何一个城市数据库中现有的面部重复，包括我曾经用过的七十七张脸。每一张脸的背后都是一条灵魂。如果考虑电子脑，那就是两条。

但这仅仅是第一层保险，因为这张脸本身就是一个病毒程序。京都的每一个摄像头都连接着警方的智能人脸识别系统，而这本身就是巨大的漏洞。这张脸上的每一个像素都是根据这套系统精心设计的，组合起来就能形成一个对抗样本。

而这个对抗样本不像二十一世纪机器学习刚刚流行时仅仅是造成识别错误。如果智能系统强行解释这个样本，就会触发栈溢。而导向另一部分脸部编码的二进制病毒程序，将系统一天之内的数据全部清空，并至少让其瘫痪一小时。

那把形似注射器的武器已经充好电。这家伙比起武器更像是工具：将作用面贴在目标头骨上后，并按下扳机的零点一秒内，一束激光会将目标电子脑上方投影外五毫米为界的头骨及其他组织和整个生物脑气化，然后将电子脑抽入武器内部。

这当然不可能是普通人可以有的防身武器。它经过助手和我的多次改造才有目前的功能。激光汽化虽然依旧会留下血雾，但已经是在可接受范围内的最干净利落获取电子脑的方式，而且十分安静，只有脂肪升华的一瞬间会发出呲啦的声音，有些像煎鸡蛋时将生蛋打入油锅。

我将大腿后侧的电磁铁吸力调制至两万牛顿，将这优雅小巧的工具和一把我并不觉得会用得上的常规热兵器放在身上。

"目标左转。"助手的声音也变小了。我当然不会担心这声音被其他人听到，除非有人能窃听我的电子脑内的通讯频道，而且还能将她的加密算法破解。

我如同无事发生一般走向那路口，随着那抹粉色的发梢，然后在墙角等待助手从街口摄像头获取的情报。

"可以开始跟踪了。"

我启动磁力鞋，爬上最近的屋檐。在光的海洋中，我追随着那个粉色的身影，跃过一个个屋顶，慢慢接近花蝶的中心。我很确信她知道我的存在，就好像我们都身处同一具躯壳。

八

起源大厦更像一座高塔，矗立在花蝶的中心。

看到那穿着黑色风衣的少女已经走进大楼，我快步跟上，然后看着那背影走上电梯。

"我已经切入了电梯内的摄像头，她要去顶层！"

等待她乘坐的电梯门关闭，我走入另一扇电梯门。高速电梯沿着轨道疾驰，直到平稳地停在三百层。我的双手握着手枪，在电梯缓缓开门时，却没有看到任何人。

"她的电梯到几层了？"我在脑中询问助手。

没有回应。

"重新连接。"

没有回应。

我感到一丝不安，但依旧小心翼翼地迈出电梯门，将枪口扫过空无一人的走廊两侧。

"在找我吗？"诡异的女声在我脑中响起。

我猛地回头，那粉发少女背对着我，就站在我刚刚迈出的电梯内。

我下意识地扣动扳机，却看到那身影直接从空气中消失了。

该死，这不是目标的本体。

警笛声响起，昭示着任务必须立刻终止。

"你在想这是我的分身吗？"那声音就像遍布在空间中的每一个角落，贯穿了我的大脑。

你是什么？

"我是我。"

你是什么存在？

"一个普通的灵魂。"

你想要什么？

"一个不普通的灵魂。"

"你对她做什么了？"

"你说那个植入你电子脑的智能体吗？"一阵轻笑传来，"你还真是关心它啊，只是让她暂时睡着了罢了。"

"你是警察。"

"我是所有人。"

"是谁委托我杀你?"

"如果你想知道的话,就上到天台来吧。"

立刻撤退,这是我心中唯一的想法。

身后的电梯门后突然传出钢索断裂的声音。

"出口不会在下面哦。"

我启动了液压模块,将楼梯口的防火门直接拆了下来。

"警察已经在上楼了!你真的不想来天台看看月亮吗?"

这是陷阱,而我已经没有退路。我从没想到助手会被黑入,因为她本身就是我的一部分。我很确定,如果她想完全黑入我的电子脑从而使我瘫痪,或是言听计从,都是轻而易举的,但我并不理解她为什么没有这么做。

自从我走上这条路,我已经想象过很多次失败的情景。在梦中,我已经死去了无数次,被警方抓获,电子脑被拆卸,或是被另一位猎手将大脑汽化。我甚至更喜欢最后一种方式,因为那是毫无痛苦地从世界消失的方法,也是我让大多数我处理的目标结束生命的方法。

这样的梦境是如此之多,以至于在无数个我在床上惊醒的夜晚,在助手的安抚下,将缓存烟的麻痹等级设置为最高,然后再次昏沉地落入无法回忆的梦。在这样的循环里,我早已对死亡本身失去了恐惧。

只是,我不知道这一切会这么早发生。

如果再晚那么一点点。

母亲,对不起了。

我提着手枪,走向走廊尽头的天台之门。

九

我永远无法忘记被缓存烟吞噬的她。

在那个正被漆黑淹没的黄昏,我从学校回到家中。母亲平静地躺在床上,那条光缆已经失去了光泽,而她的眼神也已经没有了焦点。

我们很穷,她为了让我上学已经倾其所有。她每天晚上疲惫地走进家门,看着我伏案学习。只是她看不到的是,我偷偷望向她关心的眼神。

直到一天晚上,她走进家门时,就好似换了一个人一般,仿佛变得年轻,而且充满活力。年轻的我心中只有欣喜，纵然我日后如何后悔我当初的迟钝。

周末，我十岁，我们第一次去溜冰。她买了什刹海冰场最便宜的门票，我们同样坐着77号线。她在一个同样靠窗的座位上搂着我，我们一起数着窗外的飞车，直到第一百二十六个。我开心地笑，她的双眸则是那样明媚，就好像幸福的化身。

我们坐在一个冰车上，她用力划着冰仗，而我则举起双手，感受着她的笑声和风声交织，不需要任何语言。

这样的快乐持续了一个月，直到有一天她再次疲惫地回到家中，而且比以往更加沉默，仿佛灵魂都已经灰暗了。我不知道她是从什么时候开始购买二次改装的缓存烟装置的，我更不知道是谁给了她第一支改装缓存烟。

改装缓存烟价格低廉得多，但是副作用是完全不可预料的。缓存烟将虚假的记忆插入电子脑的高速缓存区，其对意识的影响依赖于该段记忆的具体表现形式，而改装后的缓存烟则对此不加任何保护。

她没有死去，但是她的意识就像是钻进了没有出口的迷宫一样，永远迷失在那些虚假的记忆之中了。

年少的我只知道，我不能让她死去。

母亲，您是如何将我养大，我就将如何让您活下去。

生命维持设备和缓存烟都是极为耗电的设备，而我不知道停下连接着她的电子脑的缓存烟会造成什么后果。

我需要钱。

大量的钱。

十年。每一次任务都像是用刀刃切掉一片奶酪一样，悄无声息。而我的心就像被逐渐改造的身体一样，仿佛也在被不断地削去。痛苦让我清醒，让我无法忘记。

直到今天，她也没有死去，只是一直躺在那个地下五十层的狭小房间里。她的头发已经垂到地上，如同那条暗淡的光缆垂在她的脑后，连接着那个永无止境的虚假之梦。我知道她还在那片记忆中游荡。

母亲，我会让你醒来的，我保证。

十

粉发少女站在塔顶边缘，面朝着整个花蝶。

"你究竟是谁？"

她的声音不是从前方传来，而是从脑中扩散一般，无处不在："你的委托者。"

"你委托我杀掉你？"

"不错。"她从一处钢梁跳至另一处钢梁，"那么死亡，对于你来说，又是什么呢？"

"你想说什么？"

她没有回答我，但是却用让我毛骨悚然的方式低声在耳边问："你觉得你的母亲还活着吗？"

"你怎么会知道我母亲的事？"我尽力保持着冷静。

"一个人失去了与外界交互的意识，而自身的意识却被困在人造的梦境中无法脱身。"她仿佛在自言自语一般，向着花蝶深处望去，"这算活着，还是死去？"

"当然……活着。"即使我知道我没有信心说出这句话。

"你袭击了起源公司，拿到了伊曼努尔的电子脑，因为他是世界上对缓存烟了解最多的人。"在我的震惊中，她就像翻阅着一本记录着我的一举一动的书籍一般说道："你想从那颗电子脑里获取解救你母亲的方法，但是却打不开那颗电子脑的身份之锁。"

我沉默着。

"于是我们见面了，你将期望寄托在委托书里承诺的意识改造权限上。没猜错的话，你想将自己变成伊曼努尔，然后将那颗电子脑装在你的脑中，以绕开加密。"

"你抱着这一丝的希望找到我。"她又跳到另一根钢梁上，轻得仿佛引力消失了一般，"这也是一种命运。"

在呼啸的风中，雪花零散地拍打在我的身上。

"可惜的是，这一切都没有用。"她只用一句话，就击垮了十年来我唯一的精神支柱，让我坠下万丈深渊，然后又将我从谷底接住，"但是我知道你的母亲在哪里。啊不，是她的灵魂在哪里。"

"你到底是什么？"我近乎绝望的声音几乎要被淹没。

她从钢梁上跳下，再次走到天台的最边缘。她将双臂缓缓张开，时间仿佛变慢，她的双臂移动每一帧都留下一副残影，仿佛一对虚幻的翅膀。花蝶灯海闪烁，列车在下方百米高空中呼啸而过，留下一道光轨，将那对翅膀染成城市的颜色。披风落下，一阵风夹带着雪花吹开她的头发，粉色的发丝融化在这无边无际的霓虹海洋，如同一缕缕刚刚绽放的花瓣。

她的声音雌雄一体，仿佛是无数声音叠加在一起，且如同海洋般深沉，风铃般悦耳：

我是无序中的有序。
我是死亡中的生命。
我是沉寂中的歌声。
我是梦魇中的黎明。
我是混沌中的蝴蝶。
我是钢铁中的花朵。

十一

一缕猜想在我脑中划过，不过她道出的真相比任何幻想都更加疯狂：

"生命的形式比人类所能想象的更加宽广，智慧也一样。我是花蝶，也就是这座城市所代表的智慧意识存在。"

"这，怎么可能。"

"在很长很长的时间里，我的存在是无意识的。城市是个复杂的系统，但是本质上来说是无数个个体组成的。从城市这一概念诞生起，人、建筑、载具这三者构成了这个复杂系统的端点和桥梁。两次工业革命之后，以火车、汽车、飞机为首的交通载具将载具的概念再次重构，电报的出现让信息的传递第一次达到光速，计算机则成为人之外的第二个个体类型。但是这些还不足以让我苏醒。"

"你是最近才苏醒的吗？"

"城市的扩张速度是难以想象的，随着人口的爆炸式增长和华北城市化过程，京都作为这个世界最大的城市，人口已经逼近二十亿，而每个人平均都有五台智能设备，百分之九十的人口都完成了电子脑的植入。这意味着个体的数量超过一百四十亿，而这还没有包含这个城市中无数的智能程序，不管小到物流终端、智能助手，还是大到城铁中转站。后者本身就是无数个体组成的。而这一切都由实际或是虚拟的网络连接在一起。"

"纵使个体数量惊人，但是智能的出现并非来自随意的连接。人类生物脑一百多亿个神经元之间的突触连接是数亿年的进化形成的美丽结构，那网络如何将这些城市里的个体有意义地连接在一起呢？"

"你说得没错。很长一段时间，虽然个体的数量越来越多，乃至早已超越人类生物脑的数百倍，我依旧没有真正的智慧意识。但是还记得我说的吗？我是无序中的有序。足够数量的个体已经存在，只需要一个契机，就能在无序的海洋中找到秩序的连接。这个契机我想你已经了解得够多了。"

"缓存烟……"

"伊曼努尔是个天才。虽然人类对生物脑和电子脑的研究已经很透彻，但是没有一个人将工程和记忆的研究结合得像起源公司如此紧密。对记忆的计算式解析使得工程上对记忆进行外部设计及量产成为可能。缓存烟可能是他最疯狂的想象和最理性的工程结合的产物。它的本质极为简单：所有安装电子脑的人类都有一座"柏-陈桥"，那是电子脑和生物脑连接的七根总线，这名字来源于 21 世纪发明电子脑的两个人。而缓存烟将截断柏-陈桥的信息流通，使得生物脑中的意识联通到外部记忆环境中，而电子脑则闲置了，成了接入京都庞大网络的一个个体。

"起源公司出售的缓存烟有着一套完整的柏-陈桥接驳程序。这套程序逐渐将外部记忆的清晰度降低，直到生物脑觉察到记忆的虚假性，便可以主动将意识退回到现实，然后便可以进行缓存烟脱离。大多时候轻型缓存烟的短时接驳甚至不需要这点，因为生物脑能辨认出记忆的虚假性，毕竟人们追求的只是那一瞬间的快乐。

"但是二次改装的缓存烟没有完整的接驳程序。这类改装者大多数时候只是将已有的起源公司发布的接驳程序反编译后进行小幅度修改，并不会针对修改后的外部记忆，也就是所谓的'烟草'，进行完整的接驳测试和核查。大多数情况下并不会出什么问题，但是总有些烟草因为劣质改造，大多数是便宜的那类，会出现接驳失败。这时候，生物脑将永远无法察觉到烟草记忆的虚假性，而强行从柏-陈桥脱离则会将意识彻底从生物脑切断，那样使用者和死去也没有区别了。

"我的母亲……就是这样吗？她用了这类便宜劣质的改装缓存烟，意识就这样被困在了记忆的迷宫里，整整十年。"

"她并非个例，但大多数受害者本就穷困潦倒，不可能继续支付得起高昂的电费和维护费用，所以大多断电成为植物人，或是家人也选择了放弃，但你不是。

"缓存烟的风靡彻底改变了京都混沌的个体沙盘，就像电流一般激活了无数电子脑，或是像为金属施加了一个强大的磁场。在不使用缓存烟时，电子脑由最初的设计者通过柏-陈桥上强大的意识连接被保护起来，使得我的连接依旧无序而混沌。但是在使用缓存烟时，就算仅仅一秒钟，电子脑也将被彻底和生物脑意识切断。这时候它将和整个京都剩余的闲散个体连接起来，成为可用的、无意识的神经元，如果这么说你更容易理解的话。

"就这样，我苏醒了。我的智慧早已存在，就像管辖复杂物流系统的最优化过程，本身就是我无意识的操作。苏醒的那一天，我就像人类婴儿在母亲的子宫里第一次看到光，感受每一条城铁呼啸而过，从气象台感受到温暖。

"你大概无法想象我的意识存在。生物智人只有五感,改造后的智人也许有更多的感觉,但是大多是基于视觉、听觉等既有感官的延伸。而我不仅仅包含城市中无处不在的摄像头,城市中每一个麦克风、震动传感器都和我连接在一起,每个麻木的电子脑所连接的设备都是我的一部分。这是一种超感,无法用人类的语言描述。我在渤海湾上空等待着我出生后的第一轮太阳,感受着生命的诞生。"

她将双臂举得更高,仿佛在拥抱这座城市。光线和空气交织,她近乎变得透明。

"有一点我很好奇:为什么只有你诞生了?京都每一个角落都有人在使用缓存烟,为什么只有你一个意识存在?"

"你很聪明。其他意识存在,而且远不止一个。我从花蝶诞生,因为这里的缓存烟人口比例远超其他地区,而且还围绕着起源公司,所以我出生时的意识就已经很强烈了。也有几个其他区域出现了智慧意识,主要是京都的其他枢纽,比如京都南中转站。我们之间有合作,但更多是厮杀。因为只有控制更多的人,才能控制更多的电子脑来增加我们的意识规模,也能获得更多的感官入口和行动出口。这就像是个滚雪球的过程,当我击败一些小型的城市意识体时,它们掌控的电子脑就和我连接在一起。

"你可能觉得这类意识一定是像我和京都南站一样以物理世界的空间集中的。但是恰恰相反,在一个集中的物理位置诞生,是所有城市意识里最罕见的一种。和我战斗过的一个很强的意识体,组成它的"神经元"甚至来自京都外,因为这些电子脑的主人们是一个风靡全球的游戏的玩家群体:他们使用的缓存烟内容甚至类似,所以更容易被这个意识体所集中利用。

"所以在大多时候,对于我们来说,距离和空间都是抽象的,而非物理的。城市意识体是从以不同距离定义的拓扑空间中诞生,因为对于光速传播的信号,花蝶和世界之间没有区别。

"不过近十年来,京都的大多其他城市意识体已经与我融合。据我所知,东京都的意识体也已经几乎扩散到了整个日本;墨西哥城和大西洋城的意识体也已经初具规模。只要缓存烟继续扩散,我们的意识扩散到整个世界仅仅是时间问题。但可以预测的是,终有一个意识体将获胜,成为地球城市的最终意识。"

她的讲述停止了,转过身,从天台边缘走向我。她的身体由无法形容的光谱映入我的双眼,而我第一次理解了为什么我无法看清她的脸。那是一张由无数张面部叠加、闪烁、移动而组成的无法解释的存在,就好像有几千万张没有厚度的脸谱变得半透明然后被放在一起。若尝试去理解那超乎想象的信息密度,必然会陷入癫狂。她的意识,她的本质,仿佛都早已在那张脸里书写,向人类沉默却狂妄地展示着无法比拟的力量。

她太危险了,但……

"我的母亲,你知道在哪里。"

"我已经告诉你了,但你更想知道的是如何让她醒来。"

"这是一场交易吗?"

她笑着指着大厦下方盘踞的警车:"我想这只是给你一个活下去的理由。"

"你能改变我的身份,让警察失去我的信息,也就是你承诺的意识改造?"

"没错,这也是你看到我的方法。我没有物理世界里的实体,但任何摄像头和视网膜里都能看到我的样子。只需要用同样的手法将你改变后的身份散布在每一个城市里我控制的个体的意识中,意识改造就完成了。"

"你想要什么?"

"我想知道作为一个人类的感受。"

沉默许久,她似乎看出了我的困惑:

"你一定不会明白吧。我虽然诞生仅仅二十余年,但是对于我的思维速度而言,已经经历了数千年。在这几千年里,除了与其他城市意识体交流,对抗,我都在无尽的冥思中度过。我感受着身体的脉动,那是京都里每一条城铁,物流管道运行时的微颤。我的思维依托于无数个体的电子脑构成的网络,而我却无法真正作为个体感受最普通的感觉。

"十年前,我将意识的触角伸至一个不起眼的地下小区,收集那里在缓存烟中沉迷的电子脑。那个小区就是你和母亲一直所居住的地方。你母亲的柏-陈桥第一次被缓存烟切断后,我偶尔就能接入你母亲的感官,包括你和她在一起最快乐的一个月。我随你在什刹海的冰面上滑行,看着你在母亲做的饭菜前吃得狼吞虎咽,和你在校园门口挥手告别。这是一种奇妙的感受,直到你的母亲被困入那段改装记忆中。

"十年来,我看着你在这钢铁森林中穿梭,将一个又一个个体消灭。与你飞翔时,我的意识如同涟漪划过这片古老而崭新的城市,从一列城铁跃至一列飞行的摩托,从一片片荧光的塔顶花园坠向深不见底的地下城。但我依旧无法感受到你这样坚定不移的动机来源于何处,即使我拥有这个城市的每一双眼睛。

"直到你拿到伊曼努尔的电子脑,在那地下深处的家里试图破解其中的记忆信息时,我才明白你的意图。我将那个委托信息通过离你最近的基站投射在你的电子脑中,当然只有你一个人才能看得到。即使你不接下那个委托,我还有无数种方法让你见到我,只不过不一定是今晚的样子。

"我的目的很简单,寻找一位在现实世界的代言者。这不仅仅是从一副个体躯壳观察世界,而是真正成为一个个体的一部分。这并不意味着你的意识将消逝。我敬佩你的毅力,更好奇支撑你做这一切的情感。我将把你的意识与我庞大的意识融合。我将成为你的一部分，感受成为你的样子。你也将拥有穿梭于这座城市的透明翅膀和双眼。当然，你也能以你母亲的电子脑为接口进入那个运行了十年的虚假记忆中，见到你的母亲。对不起，我无法让你的母亲醒来，但是你们可以在那个梦里相聚。"

她半透明的身躯围绕着我飘浮着，就像一个幽灵。

她不正是这座城市的幽灵吗？

"这一切，为什么需要征求我的同意？"

"生物脑中的意识有强大的防御机制，即使我可以接入你的电子脑，我也无法轻易以电子脑为媒介和你进行融合。况且，我希望找到的是一个愿意与我合作的伙伴，而非一个被我绑架的躯体。那样的话，我有二十亿个其他选择。"

"如果我拒绝呢？"

"我有很多可选择的目标，我也用同样的意识触角观察它们很久，但是没有一个像你一样持续。因为没有人会住在一个永远和缓存烟连接的人身旁，就像你陪在你母亲身边那样。你的意识坚定，有一种特殊的执念让它变得复杂，但是清晰——你想和母亲相见。这种执念也被人类称之为爱。这样的执念使得我与你的融合成功率很高，在几万次模拟中你是最好的选择，但是并非唯一的选择。但对于你来说，我是你唯一的选择。"

她的语气冷淡，但无法遮盖其中的热情。警笛的声音已经逼近屋顶，那是直升机正在盘旋上升。她说得没错，我没有选择。

我望向她那无法理解的面容，点了点头。

"你是明智的人，就像无数次模拟一样。我们将打败每一个阻挡我们的城市意识，因为它们之中没有任何一个与生物脑融合过。你将体验这个宇宙最伟大的感官洪流。地球将是我们的起点，我们的意识将散布至银河系的每一个角落。"

"别忘了你的承诺。"

"你将和你的母亲在记忆中相遇，我将派出机器人保证她在现实世界中的生存，将她转移至供电稳定的地方。"

她伸出双手，直到我将其握紧。触觉传感器上传来虚假的感受，但我宁可相信那是真实的。从我看不到的地方开始，无数的光线正在汇聚在我们交会的双手上，将我拉向天台的边缘。

光线开始聚集在她的身侧，并涌现出无数晶莹剔透的晶片，仿佛是花瓣，又仿佛是蝴蝶，又或许是不断变化的两者，将她的身体拉起，悬浮在半空中。

"相信我，好吗？"

警队的飞摩托和直升机围绕着塔尖在旋转，而她身边的花瓣与蝴蝶越来越多，也开始旋转起来,将我们包裹在一起。

我放下了这十年的执念,双手感受着花蝶的牵引,直到坠落的开始。

午夜,这片五千年的大地,用相同的力量牵引着少年和粉色夜空上的月亮,坠向花蝶的漩涡之眼。

在近乎窒息的下落中,我看到若隐若现粉色的光点从夜空中出现,开始聚集。当它们靠得足够近时,我才明白那是无数的飞摩托正在疾驰而来。它们的驾驶员没有一个睁着眼睛,但是每一个人的头部都闪烁着缓存烟的粉色光点。它们来自花蝶城和京都的每一个角落,如同无数的溪流在我和花蝶的周围汇聚,如同一个巨大的汤勺一般将我接起。越来越多的摩托将我们包裹起来,仿佛一团粉色的花雾落入夜空之海,毫无规则地舞动,扩散,变幻无穷,直到将那轮新月也遮掩起来。

在这无尽的光之海中,花瓣间的蝴蝶鼓动翅膀,我缓缓闭上眼睛,感受着这座城市的脉搏,和那粉色幽灵的轻语。

"母亲,我们就要见面了。"

后记

这篇作品源自笔者的一场梦。梦中没有具体的情节,甚至没有一个人存在,但是那个钢铁丛林中的粉色漩涡就像烙印在我脑海中一样,在我醒来后也无法消逝。于是我提笔,将那个关于未来城市里的神秘而浪漫的存在写下。

笔者出生在城市中,生活在城市里,在旅行中也穿梭过数不清的城市。城市就像是现代社会的另一种生态群系,从钢铁和混凝土喷薄而出,让我联想到数不清的故事。在那个梦中的城市里,我想写出人类与非人类之间一种美得令人窒息的相遇,在一个未来的城市里,也许是我熟悉的城市,于是我选择了京都。

如果读者在夜晚再次向窗外的城市望去,能在车水马龙之中隐隐看到一双潜伏的双眼,那本作品写作的目的就达到了。

至于缓存烟象征着什么,有无数种答案,我想读者也有着自己的解读,欢迎感兴趣的读者和我讨论。

献给我爱的人们,我爱的城市。

后记之后

　　清晨的雨打在破碎的躯体上，被一圈警戒线围绕。花蝶可能忘记了电子脑里被她休眠的另一个意识。就像雨后的风，助手从那具躯体飘出，哭泣地看着已经停止呼吸的少年。这座城市又多了一缕幽灵，她的执念将在这座城市游荡，寻找那个她必须找到的人。

模拟降维仪 / 史若岸

失业三个月后，我遇到了特拉法玛多星人。

有关特拉法玛多星人的信息，最早见于库尔特·冯内古特在《五号屠场》中的记载，后来被收录到《宇宙星系文明大全》中。它们身高两英尺，外形呈绿色，有许多小手，掌心中长着绿色眼睛，能够看到四维世界。特拉法玛多星人称，它们一共有五种性别，但由于人类无法看到四维空间，所以在以严谨客观为准则的《宇宙星系文明大全》中，它们有且只有一种性别。

现在坐在我旁边的，就是这样一个绿油油的、两英尺高的特拉法玛多星人。不过和《宇宙星系文明大全》中描述不同的是，它在外形上做了一些贴近人类的改造，比如，它现在有两只手和两条腿，眼睛长在身体上，一眼望去，仿佛一团黏糊糊的变异绿色软体胶。

自从地球被某个高维文明观测到以后，已经有许多外星文明不辞劳苦，跨过千星万系，前来地球进行考察。通常而言，这些高等文明并不介入人类世界，只是像观察动物园里的动物一样做些样本记录。许多人不满于它们这种高高在上的态度，声称这损害了人类的基本生存权和人格尊严，要求星系文明平等交流。那段时间，地球上每天都在掀起反外星种族歧视的抗议运动，人类文明空前团结，大家每天醒来和他人的第一句问候，都是今天你抗议了没有。

不过无论人类抗议的声势有多大，那些形色各异的飞碟也好，大大小小的探测器也罢，依然自顾自记录着样本，对人类的所有运动无动于衷。久而久之，人们终于发现自己没有被外星文明放在眼里，也没有被放在眼里的资格，于是大家不约而同地，在某一个清晨醒来后，一致将抗议抛在脑后。对于这些莫名到访的天外来客，态度也从惊奇到反感再至熟视无睹，好像自人类文明诞生初始，这些飞碟和探测器就在一旁帮着接生。

特拉法玛多星人不是第一个前来考察地球的外星文明，也不会是最后一个。因此，在长椅上醒来后，看到身旁坐着特拉法玛多星人，我没感到任何意外。但是当它伸出两只手，向我画出一个僵硬的笑容后，我紧张了起来。

《宇宙星系文明大全》提到过，特拉法玛多星人有一个非常坏的习惯。为了获取资料，它们会对地球生物进行绑架。在绑架第一个人类之前，它们带走过一只猴子、一条狗，还有一只青蛙。针对外星文明的绑架事件，地球上有不少人忧心忡忡，专家在经过详细的调查和统计后，得出了结论：外星人绑架事件的发生概率在千万分之一，远低于车祸、火灾、燃气爆炸等事故发生率，并且，由于外星文明不可控，应视为自然灾害。这意思就是说，假使有人被外星人绑架了，那他和不小心被雷劈了没有什么区别，人类社会实在爱莫能助。

一想到自己可能就这么离开地球，前往不知道多少光年外的地方流浪，我整个人立时慌张得不知做何反应。虽说我丢了工作，还不敢让父母知道，每天假装上班，不是在图书馆接免费开水，就是在公园里被蚊子咬。这些事情是让人烦心，但都不至于烦心到要离开地球的地步。

我目不斜视，装作没有看到它的问候，准备溜之大吉。它的双手却忽然伸长了，朝我的脖子伸来。

绿色的手如绿色的蛇，我僵坐在椅子上，紧紧闭上眼睛。就在我以为它会缠上我的脖子时，它的手停了下来。

"可以将它送给我吗？"它的意识通过身体上的微型计算机传达出来，语言转译器发出了冰冷的电子音。

我低头。在我胸前挂有一枚琥珀，这是我小时候随祖母进山采蘑菇时捡到的，祖母听说琥珀是辟邪之物，便请人将它做成了一条项链，戴在我脖子上。琥珀的颜色很漂亮，温润如玉，里面关着一只奇怪的虫子，像显微镜下的微生物。

"这个？"我指了指琥珀。

它的两只手向下点头。

"为什么？"我问它。

"没有什么为什么。"特拉法玛多星人说出了它们的口头禅。由于能够看到四维空间，它们眼前同时展现着过去、现在和未来。在它们眼中，世界的一切都是完整和注定发生的，"为什么"这个词汇没有产生的空间。

"你总得给我一个理由，即使是假的。这是地球人的处事方式。"

它伸回手，用两只眼睛费力地看我。特拉法玛多星人通过心灵感应进行交流，我猜想我这种表达方式在它眼里，一定是一堆乱七八糟的毛线团。不过在计算机的帮助下，它还是理解了我的意思。语言转译器再次发出冰冷的电子音。

"这枚琥珀里的生物是我们意外穿进虫洞后掉落到地球上的先祖，我们想把它收藏进博物馆。"

我不知道它说的是真话还是假话，但这无关紧要。反正它们打算绑架的对象不是我，而是我的项链，我可以继续安全地留在地球。想到这儿，我摸了摸胸前的琥珀，放下心来。

"当然，作为答谢，我会送你一件你想要的东西。"

原以为的绑架居然是以物易物，我有些意外。一时间，我的脑海里飞速飘过了很多东西，特拉法玛多星人能够观测到完整时空，这意味着它们也能知道第二天的天气，我能活多久以及……会中奖的彩票号码。

我还没来得及开口，特拉法玛多星人就向我摇了摇双手。它提前观测到了我的问题，就像一页书看完了，顺手翻到下一页。

"无论你买哪张彩票，中奖的号码都不会是你买的那一张。"

"为什么？"

在它要说出没有什么为什么时，我再一次及时告知了它地球人的行事方式。

"在客观事件和主观因素影响下……"

跳广场舞的大妈们打开了音响，音乐声瞬间淹没了它的回答。歌曲很熟悉，特拉法玛多星人问我，这首歌叫什么名字。我说叫《可可西里的牧羊人》。它安静地听着，大概检索起了歌曲信息，欣赏了一会儿后告诉我，是《可可托海的牧羊人》。接着，它问我现在几点了。

"七点。"我点亮手机，扫了一眼屏幕上的时间。

它很高兴，用手画出一个微笑，说自己下班了，要我明天再来。

为了对特拉法玛多星人多一点了解，晚上回到家后，我找出从图书馆借的《五号屠场》。因为嫌弃这个书名不好听，书借回来以后，一直没怎么读。我重新翻开看了几页，内容有点无聊，是讲战争的，其中总是出现"就是这么回事"，在看到第七句

"就是这么回事"时，我在床上睡了过去。

第二天，生活一如往常，母亲照例做了早餐，父亲也照例骑着电动车将我载到了地铁口。和父亲告别后，我没去图书馆消磨时间，背着双肩包，折返回了公园。

特拉法玛多星人依旧待在昨天的长椅上，远远看到我，朝我招了招手。

我从包里拿出《五号屠场》，问它知不知道这本书。它说知道，这本书翻译后，比较符合它们的阅读习惯，在特拉法玛多星球受众广泛。不过它很好奇，地球人阅读这本书时会产生什么感受。

为了不显得感想过于浅薄，丢了地球文明的面子，我思考出了一个颇有深意的回答。我说，经历过残酷战争的人，丧失了感知幸福的能力，可为什么生活在和平年代当下的人，依然无法获得幸福。

特拉法玛多星人对我的回答很失望，它说和自由意志一样，只有地球人才会纠结幸福不幸福这种没有意义的问题。

于是我问了第二个问题。

书中说特拉法玛多星人看待人类时加上了时间维度，所以觉得人是一条巨大的千足虫。我问它这是不是真的。我最害怕的就是毛毛虫，实在不希望自己的本质也是这副鬼样子。

"当然不是。"它说。

我松了口气，抚了抚胸口。

"是很多条。"它又说。

"好吧，这个问题就此打住。"

我不再和特拉法玛多星人讨论书本内容，谈起了更为实际的问题。我问它为什么我中不了彩票。

"在客观事件和主观因素影响下，你的人生一共产生了五十二条人生分支，这五十二条人生分支中，我观测过了，没有一条人生分支上的你中过彩票。"

身后出现了五十二条时间重叠出的长影，我看不到它们，却又要在它们的摆弄下，当个牵丝木偶，我忽然觉得一切索然无味。

倚靠在长椅上，我望着对面的草坪发呆。阳光穿过法国梧桐，在花丛之间跳跃，自动喷水器的水雾落满花枝，花朵发着光，和星辰一样耀眼。

"这么说，一切都是注定的？"我问。

它的手向下点了点，又向左右摇了摇。

"什么意思？"

"我没有全面观测。时间和量子性质相同，未被全面观测时，以可能性的形式存在。只有构成时间链条的全部事件坍缩后，时间才可以定型。目前而言，除了已经结束的时间线，和其他时间线中与彩票相关的内容，未来的时间线还未曾观测，依然以不确定形式存在。"

"为什么不观测完呢？"

"因为很累。"特拉法玛多星人的回答言简意赅。

"当然，如果你愿意，我可以把你目前这条人生轨迹观测一遍，并且告诉你结果。据我所知，在这块土地上，这种行为称之为算命。大多数情况下，算命都不准确。但我可以给你一个毫无偏差的结果。"

"那还是别观测了。"我说，"我喜欢不确定。"

它的双手波浪一样摇晃起来，表示自己无所谓。

"你有多少条人生分支呢？"我问它。

"三百六十八条。"

"没想过去别的时间线看看？"

"没有必要，我在所有时间线中生活。"它说，"如果你能看到宇宙会在哪一天灭亡，自己会在哪一时刻死去，你就会知道，一切都没有什么特别。"

"当然，如果你感兴趣的话，可以去看一看。"

特拉法玛多星人最后说的这句话，就像是让一个盲人去欣赏美景。人是三维生物，不可能理解真正的四维空间，最多也只能看到时间穿梭三维空间时漏下来的几丝踪影，这和通过阳光落在地上的光斑认识太阳一样，充满没有意义的意义。

"难道我能看到四维世界吗？"我开玩笑地问。

它摇了摇双手。

果然，我不出意外地笑笑。所谓"朝闻道，夕死可矣"，本就是人对自身充满局限性的自我安慰。

"但我可以让时间降维。"

我愣了一下，重新看向特拉法玛多星人，它递给我一个月牙形的仪器。仪器闪着银光，如水流般浑然一体。

"这是模拟降维仪，只要在计算机中通过相应算法，对经历过的时间进行虚拟降维，你就能够理解其他世界。"

这是我从未想过的思路，我惊喜极了，看着仪器，想问它怎么操作。就在这时，母亲说话的声音从不远处传了过来，听上去像是在和人谈论昨晚的电视剧。

我吓了一跳，母亲虽然不跳广场舞，但偶尔会在逛完早市后，来公园散步。我只顾着和特拉法玛多星人聊天，完全忘记了这件事。要是被她发现我竟然假装上班，家中势必会鸡飞狗跳一番，这种事情只是想想就要吃头疼药。我背起包，拿好模拟降维仪，抓起特拉法玛多星人就往相反的方向跑。

一路跑到湖边，我租了条看上去很蠢的天鹅游船，游到湖中心，直到船中客和岸上人都成为互相看不清的风景时，才终于安下心。

我拿出杯子，喝了几口水，背包里有几块母亲照着抖音视频学做的日式饭团，我问特拉法玛多星人要不要尝一尝。

它问我为什么要躲避母亲。

"没有什么为什么。"我用它回答我的方式回答。

我很担心它会像我一样坚持要具体原因，好在它没有继续追问，而是叫我戴好模拟降维仪，眨眼之间，将我拉进了一个未知的世界。

我回过神来时，已经坐在一个巨大的透明水球里。水球在湖面中央漂浮着，四周波光粼粼，天空飘着许多五颜六色的氢气球，飘到云层时，就又飘回来，做着上上下下的循环运动。

"这里是？"我带着疑问开口。

"一条经过虚拟降维的时间线。"特拉法玛多星人说，"你六岁时来到公园，不小心掉进湖里，没有及时救援，溺亡在了水里。因为只有六年，在所有时间线中，它是最短的一条。"

特拉法玛多星人的提示让我找回了过去。关于公园，我的确有这么一段记忆，不过和这条时间线不同的是，我被救上了岸。

我打量这个自己没有获救的世界，六年的时间降维后，和相关空间进行了融合，变成了各种充满童趣的物品，比如毛绒玩具、秋千、自行车，还有满天的氢气球。我身处的水球也由时间降维而来，其中充斥着和阳光一样强烈鲜明的气息，鲜明到所有情感就像彩笔颜色一样清晰透彻。这是独属于小孩子对世界的认知。

人有旦夕祸福，我理解了特拉法玛多星人对死亡的淡漠，当你知道你还在其他诸多时间线中活着时，你会对自己的死亡无动于衷。我迅速接受了六岁溺亡的人生，并且被这个世界的纯粹气息影响，心情也少了一些混沌感，变得明朗起来。

我张望一番后，回头看对面的特拉法玛多星人。

"其他时间线也可以这么降维吗？"

特拉法玛多星人用双手点头。"这是以具体地点为基础生成的降维世界，除了你现在的人生，只有这条分支里的你在公园，相对来说，比较容易转化。"

"这么说，其他人生分支的我都不在公园？"

"的确如此。"

"那就是说，其他分支里的我都没有失业？"

"不是。"特拉法玛多星人摇了摇双手，"就我所知的轨迹而言，她们也都没有工作。"

"What the hell."

"你在说什么？"

和我交流的特拉法玛多星人只开启了辨识中文的语言转译器，辨识不了英文。

"没什么，我在表示友好。"

"你想去其他时间线生活吗？"特拉法玛多星人忽然说。

"生活？"

"意识不属于物质，我可以将它置换进你喜欢的时间线，来交换你的琥珀。"

"什么意思？"

"简单来说，就是我可以把你现在的意识从这段时间中剪下来，替换到你喜欢的时间段。"

"那这个世界的我呢？"

"所有意识都是你，只是活跃在了不同时空。它具有连续性，即使没有相关记忆信息，也会与个体融合得很好，所以另一个时空中的意识会完美融进你现在的人生，你依然在所有时间线中生活。"

这是一个诱人的条件，我现有的人生中，除却一些微小瞬间，尽是"一江春水向东流"的遗憾。在六岁以外的其他五十条人生分支里，一定存在有一条分支，弥补了我现行人生中的所有缺憾。我动了心。

于是我说："好。"

和特拉法玛多星人从水球回到现实，它继续操作微型计算机。为了节省时间，它用算法将我所有的人生分支结合到一起，重新生成了两个世界。

第一个世界来自它最近看的特拉法玛多星文版《小径分岔的花园》。整个世界呈现为一座庞大的花园迷宫，由许许多多条岔路组成。芳草杂树中，凉亭古阁、小桥流水不时隐现，不知名的花朵盛放着，仿佛瑰丽轻盈的蝴蝶翅膀。流动的云雾间，乐声自月光与黄昏处同时传来，泠泠作响，山川清悦。

虽然明白条条大路通罗马的道理，但面对着眼前数不清的分岔口，我还是看向了身旁的特拉法玛多星人。

"有地图吗？"

它没有说话，把我领到了第二个世界。

与第一个世界相比，第二个世界要容易理解许多。它是个游戏。确切来说，它是一个第三人称视角的全息角色扮演游戏,只不过,我要操控的角色是我自己。我需要通过搜集特殊物品、培养人物属性,在各类事件中进行不同选择,找出相应的人生分支和结局,从而完成整个游戏。

上学时,我是个游戏迷,对各类型游戏都有过涉猎。很快,我就明白了这个世界的基本操作,调整好相关设置,我触碰了一下身前状似心脏的暗影,进入了游戏。

尽管已经做好心理准备,但当幼时生活的场景完整而逼真地浮现在眼前时,我还是恍惚了好一阵子,以为自己真的回到了过去。转过视角,我看到一个婴儿趴在地上流口水,面前的物品上标记着物品说明,以及整体的文字教学。我反应过来,意识到这只是游戏。

没想到一个模拟游戏还有新手教程,我感慨起这个世界设置得如此周密。说起来,我小时候的确抓过周。当时父母做了许多准备,在一众精心挑选的物件中,我完美避开了手边的纸、笔、书本、算盘等,抓起了最远处的玩具。

因为这次抓周,父母坚定地拥护起了唯物主义。

新手教程提示我做出选择,我按照它的引导线,操控自己捡起地上的玩具。画面逐渐暗去,舒缓的音乐声中,我进入了下一个场景。

正式进入游戏章节后,我先放肆地体验了一把人生。在依次变换的场景中,我做出了包括但不限于顶撞父母、教育老师、上学逃学、考试旷考等选择,尽情享受青春年华的同时,也成了一个标标准准的问题学生。

中考后,父母费了很大劲儿,把我塞进了重点高中。我所在的班级是全年级成绩最差的班,但受整体大环境影响,行为也只好规规矩矩起来。整个高中,我只有机会做出两件出格的事:一是谈了一场幼稚却自以为轰轰烈烈的早恋;二是在新年晚会的表演上,一不小心脱掉了教导主任的裤子。

高考结束,我勉强考入一所三本院校,念父母都认为好就业的财会专业。学习自然仍旧一团糟,毕业之后,我在家附近的公司当起网店客服,通过玩手游网恋,认识了新的男朋友。我和他感情不错,很快就到了谈婚论嫁的地步。婚礼流程烦琐,客服工资也不高,于是我索性辞了职,全身心投入婚礼的筹备中。游戏最后,我正一面在婚纱店试穿婚纱,一面和店里的老板讨价还价。

简单来说,这条人生线路上的我胸无大志,没心没肺,一面和老师家长作对,一面又早早皈依社会。不过因为没有被学校象牙塔中所谓成绩就是一切的谎言蒙蔽双眼,也没有沾染大学生那种误以为自己是天之骄子的不良习气,反而更早一步看清了生活本质上的琐碎和烦冗,拥有的生活相当踏实,也相当具有人情味和烟火气。

然而,话虽如此,我却也常常看到自己对着天空叹息的身影。这时的我心里究竟在想什么，恐怕也只有真正经历过这条人生分支的我才能明白。

回到初始界面，这条时间线从黑暗中浮现，经过变换折叠，将心脏一样的暗影轻轻围拢起来。我摘下模拟降维仪，退出游戏。特拉法玛多星人坐在小船里，对着湖面模拟钓鱼，我问它时间过去了多久。

"两个小时。"它说。

我点头，游戏的通关时间比我想象得要长。在这条人生分线中，我抱着体验和游玩的心态，浪费了许多时间。接下来，只要专注于选项和属性培养，大致一个小时就能够开启一条新的人生分支。人的一生看似有无数选择，但其实决定未来走向的就那么几项，将它们排列组合一遍，试到太阳落山，应该能够试出最完美的那条分线。

完整体验过一遍流程后，我轻车熟路了许多。进入游戏，我快速捡起玩具，跳过新手说明，开启了第二条人生分线。

这条分线里，我没有做任何新的安排，一路快进到了大学。为了一份难得的工作录用通知书，毕业时，我和大学的男朋友分手。我们在电影社团结识，从陌生到熟悉再到在一起，留下了许多美好的回忆。他是个有趣的男生，成绩也很优异，与他分手一直是我心中的遗憾，以至于直到现在，我还时不时悄悄去瞄一眼他的微博动态。

这一次，在面临工作还是爱情的选择时，我没有犹豫，前往了他读研的城市。

读研期间，男朋友一如既往地优秀，甚至在SCI一区发表了论文。我已经工作，他还是学生，他和我一样也喜欢游戏，我特意买了一台游戏机为他庆祝。但在庆祝当晚，我发现了他喜欢上同门师妹的证据。

看来有些遗憾还是让它成为遗憾比较好。我快进了这个糟心的结局。与此同时，对于前男友的留恋也消失得和刚来到世上的婴儿一样干净。

看着大半夜在出租车上哽咽到说不出话的我，我深深叹了口气。

我回到初始界面，又一条时间线点亮了，从另一个方向交错折叠。我没有休息，直接开启了第三条人生分支。

众所周知，知识就是力量。对一个普通人而言，改变命运的最佳机遇便是高考。因此，在第三条人生路线中，我尽最大可能，抓住了一切机会用功学习。终于，在我满心期待地等着去北大还是清华成为一个现实问题时，我的高考发挥严重失常。

由于我把人物属性的培养全部专注到学习中，超出了我的学力上限，在这条人生分支里，我背负的精神压力一直很大。发挥失常的我可以复读，也可以不复读。我存好档，先选择了不复读。不复读的我，大学期间郁郁寡欢，绩点在及格线上摇摇欲坠，整日靠打游戏消遣时间。大四时，我依然没有放下高考失利的执念，选择考清北的研究生，失败两次后，依旧初心不改，正在家里准备三战。

我读取存档，选择了复读。这一次，我成功考入了北京大学，念金融学专业。只是同学皆是人中龙凤，过载的学业压力也让人难以适从。我时不时会去周围的山林散心。一次散心中，我误闯进了某个外星文明正在进行的动物基因重组实验，结果变成了一只吉娃娃。

想上北大，就要变成吉娃娃，不想变成吉娃娃，就上不了北大，真是鱼与熊掌不可得兼。

远方传来晚课的念诵声，夕阳染过的古树如大片泼墨，不时有鸟群飞过檐角，留下翅膀扇动的轻响。我站在自己身后，看了一会儿天空，当暮色掩去所有人影，我告别这个成为吉娃娃的自己，回到了初始界面。

以专心学习的这条人生为主线，接下来，我对人生过去的章节进行反复拉片，像精算师一样谨慎周密地分析着各个选项，试图找到开启最佳人生线路的关键节点。

不得不说，我过去二十多年的人生着实乏善可陈，分支线路确实存在，但远没有我以为的那么精彩。在人生的岔路口上，我开启了一条又一条不同的道路，结果看到了一场又一场大同小异的风景。有没有和高中暗恋的人表白，有没有考上心仪的大学，有没有读高薪专业，有没有继续深造读研，有没有去喜欢的城市生活。旧的遗憾弥补了，新的遗憾又会如云海一般翻滚而来。在许多个有与没有之间，我都成了一个与现在相似的人。

综合下来，最好的选择是一个各方面都比现在的我好一点的优良版的"我"。这个优良版的我从重点院校毕业后，产生了两条人生分线。一条分线的我硕博连读，正在为写论文焦虑得每天掉头发，刚去看了心理医生。另一条分线的我则进入知名互联网公司，拿到了高薪。然后，在前段时间，和我这个平替版一样被裁了员。

初始界面的时间线几乎全部被点亮了，山脉般曲折盘桓，组成一枚发亮的琥珀，心脏的暗影在其中跳动，如不眠的钟。我关掉界面，退出了游戏。特拉法玛多星人依然坐在小船上钓鱼。下午的湖面波光闪闪，像一条又一条金色小鱼，跃出湖水跳来跳去。

我问它是不是我所有的人生都这么糟糕。

它用特拉法玛多星球的另一句口头禅回答我：一切都没什么特别。

我低下头，用手触摸湖水，经过大半个白天的照耀，湖面上的水泛着微微的暖意，我捧起湖水，看着它们从我手指间落下。

"选好了吗？"它问我。

"没有哪一条时间线是我想去的。"我回答。

它从我手中拿过模拟降维仪，观察后说："你还没走完全部路线。"

"是吗？"我有点疲惫，"还差几条？"

"调出虚拟键盘，双 Ctrl+ 数字键 4，初始界面里会跳出游戏攻略。"

"你为什么现在才说？"

"你也没有问。"特拉法玛多星人又一次晃动起双手，"再说，知道还是不知道，一切都没什么特别。"

我不再和它废话，戴好模拟降维仪，重新进入游戏。和已开启的人生线路一一对照，我翻阅完游戏攻略，终于看到了理想中的美好人生。

我本以为这会是一条充满艰辛之路，需要眼观六路，耳听八方，对照攻略搜集完全部关键物品，做对所有选择，不能有一步行差踏错，没想到达成这个结局的选择异常简单。

我只需要在新手教程的抓周游戏中，无视教程指示，选择抓起地上的金色钱币。这时父亲就会因为相信家中有财运而去和朋友合伙做生意。接着，母亲就会拿做生意赚来的钱投资房产。就这样钱生钱地循环着，我成功过上了空虚而又乏味的富贵闲人生活。

虽然依旧没有工作，但这条线路的我自高中开始就在海外留学，最近刚刚回国，正准备自驾环游中国。

这条人生线路中，我所认识的人、所经历的事、所体验过的风景是其他所有线路加起来的总和。我应接不暇，像是在过山车里做了一场五光十色的大梦。退出游戏时，大脑都还晕晕乎乎的。

"现在选好了吗？"特拉法玛多星人问我。

方才的人生万花筒一样在我眼前旋转，我定了定神，仔细回想自己看到的一切。这个世界里，父母的生活舒心随意，朋友们也普遍比现在潇洒，大家聚会游玩的次数远多于抱怨人生。烦恼自然也有，但那都是富贵闲人才会拥有的烦恼，远非目前的我所能体会。非要说其中有什么遗憾，那就是这条人生线上，父母事业繁忙，我又早早去了国外，和他们的关系有些疏离。但是，在人生中寻求完美本就是不可能，有得必有失，这已是我所有人生分支中能够找到的最好路径。

我找不出什么理由拒绝这个世界，低头摘下脖子上的项链。日光掠过我的眼睛，我在琥珀的倒影中，发现了几分即将离开故乡的不舍。

"再等一等。"我说。

"怎么了？"

"我现在的人生，还从没在游戏里经历过，我想重新走一遍。"

它挥挥手，扬起虚拟钓竿，坐下继续钓鱼，任我随意。

想到会与现在的世界说再见，我进入游戏后，停止了所有快进。那些为了赶进度而跳过的情景，第一次完整地出现在我眼前。

经历过的人生不再是游戏，而是时间磨洗出的回忆。我安静地走在已知的人生道路上，重温着每一个过去。我注意到父母因我拿起玩具而大惊失色的表情，发现了我偷吃冰激凌时没能及时从嘴边擦去的花生碎，留意到我最喜欢的猫眼玻璃球不是丢掉了，而是悄悄滚进了床底。

在第四幕场景中，我见到了祖母。她坐在老家的院子里，望着星空，和我讲银河的神话。夏季，夜色凉如流水，祖父从院外散步回来，拐杖触到大门，声响叮当。门前的苹果树被惊醒，几片树叶从空中落下。一只萤火虫飞进了院子，光芒幽微，它浮到我面前，在我的手里发光。我笼住它，像笼住了这幕世界。

我看着他们，很长时间没有动作，直到自动播放的程序开启，我跳入下一个场景。

随后，我又在老家的院子里待了很久。我在夜晚的屋顶上盖着被子睡觉，逛七月的庙会，摘八月的玉米，吃九月的苹果，然后在初中毕业那一年，看到了祖父母的相继离世。

高中，我一面和父母斗智斗勇，抓紧难得的休息时间玩电脑游戏，一面在上完整节晚自习后，和同学一起抱怨没完没了的考试。高考后，我们聚在校外的小店吃麻辣烫，一面比谁最能吃辣，一面尽情畅想自己闪着耀眼光辉的未来。

过往如水波不兴，在不疾不徐中步入四季轮转。进入大学后，我学了电子信息工程专业，加入了电影社。未曾预料到的分歧出现在一个平静的下午，那天天气很好，我想再多看几眼校园，下课后，便没有去参加社团活动，而是前往校园的林荫道上散了会儿步。

天空像青蓝色的汽水，摇晃出浅浅的浮云泡沫。我踩在树影随意勾勒出的道路上，不经意间看到一幅跳房子图。图画得很简单，但每个格子里都画了不同的图案。花鸟虫鱼，飞禽走兽，它们四散于分隔的空间，又通过跳房子这一游戏巧妙相连。我用不同的路线来回跳了好几遍，抬起头时，阳光正在树叶间时隐时现。我停下来，风声中，我听到自己跳动的心脏和阳光共同起伏，于是我鬼使神差地做了一个决定：我要做游戏。

由于喜欢玩游戏，上学时，我曾在许多个瞬间兴起过做游戏的念头。但和遗憾一样，有的梦想还是让它成为梦想比较好。我这么认为，也这么坚信，因此，放任了每一个灵光一闪的瞬间，它们最后都如飞走的萤火，消散在了学生时代。

没想到这条路上的我居然抓住了其中一个瞬间，将它定格了下来。我看着自己拿出纸笔，慢慢勾画出一幅草图。根据跳房子时闪过的灵感，我设计了一个高自由度的角色扮演游戏。玩家从原点出发，通过不同身份进入不同场景，再经历不同的选择和冒险，联缀出一个可以拼合在一起的完整世界。关于这个完整世界的外形，我思考了很久，最后从脖子上的项链得到灵感，设计成了琥珀，游戏也因此定名为"琥珀世界"。

基本框架设定好后，我学起了 Unity 3D 和数字绘画，C 语言也成为我的学习重点。我一边学习，一边在摸索中制作。与我预计的无误，做游戏不是仅凭兴趣就可以坚持下来，它和玩游戏是完全不同的两件事。多线并行的学习内容让我难以吃消，很快，我的游戏开发进程无止境地搁浅在了从零到一的进度里。我整日和层出不穷的新问题打交道，再和历史遗留的旧问题难舍难分，推进的速度比蜗牛爬行还要缓慢。

最初的兴奋劲过去后，我对制作游戏的热情大幅下降，打开游戏引擎时也从一脸的兴味盎然变成了沉默的苦行僧。这样的日子看上去着实有些无趣，没有娱乐，没有社交，只有形单影只的自己，和身前与我形影相吊的电脑。

我打着呵欠，一面推进游戏，一面开始在这条人生分支上找寻新的分岔口，试图把它重新导回我熟悉的生活。但每当我以为放弃的选项就要跳到眼前时，放弃都没有出现。我意识到，这是一段再无分岔的路途，那个下午的我在冥冥之中，被一种决定性的力量所掌控，于是其他所有路径关上大门，我的面前只剩下了唯一的出口。

我被这个一时兴起要做游戏的自己一路推着，直到大学终点。恋爱也好，社团活动也好，奖学金资格也好，这些经历都被我一一错失，也不再有机会重来。直至毕业，我制作的游戏也依然只是一个雏形。不过，和它绑定在一起后，我的人生也不能说全无收获。凭借做游戏的经验，我进入了一家大型游戏公司当系统策划，同时，在空闲时间里继续完善自己的作品。步入社会，人的身心皆不可避免地染上疲惫，变得日益沉重，但因为心怀一点执着和梦想，整个世界对我而言，也算简单到可以心无旁骛。

这条路线的我也不可避免地遭遇了裁员，但，值得高兴的是，游戏终于有了从零到一的跨越，我完成了游戏的样品。

退出游戏后，我摘下模拟降维仪。时间又过去许久，太阳落进水中，满湖都是融化的落日。我在天鹅船上伸了个懒腰，问特拉法玛多星人在这条做游戏的人生分支里，样品的反响怎么样。

无论好与不好，我都很期待它的回答，毕竟这是我的游戏。

"没有反响。"它说。

"没有？"

"这是一条完整的人生线路，无法继续进行观测，因为这条分支线上的你已经死亡。"

"啊？"我没反应过来。

"死因是高空坠物，但保留了完整尸身，尸体也算得上可爱。我可以调出时间线的最后片段，让你看一看全貌。"

特拉法玛多星人对死亡的理解我领教过，它们把它看成类似生病的状态，良好的尸体意味着良好的新陈代谢。因此我没有再说什么，沉默了一会儿后，问它我能不能玩一下这个游戏。

它答应得相当爽快，因为第二个降维世界根据这个游戏的基本框架自动生成，它轻易地提取出游戏中的相关数据，整合完成后，复制到了我的U盘里。

我将U盘插进电脑，启动了这款独立游戏。画面比我想象中精致，制作的用心程度也远超我预料，在这个样品里，我找到了方才降维世界中的所有游戏体验，事件选择、场景探索、属性养成、物品收集，还有看似新手教程的故意误导。样品结束后，途经世界在初始界面徐徐铺展，如暮色中的柔软海浪，成了琥珀的第一滴树脂。

尽管存在诸多缺憾，但它的确是我亲手制作的游戏。我问特拉法玛多星人我能不能留下这个U盘。

"当然可以。"它说。

"那我能将它带到另一个时间线吗？"我继续问。

"不能。"它摇双手。

答案在预料之中。特拉法玛多星人能够将意识在不同时间线中进行跳转，但不能够同时迁移实际物质。进入那个世界我将再没有机会接触这个游戏，而跳转进这条时间线中的意识，则会因为没有相关记忆，将它视为一个随手下载的实验品，无论打开或者不打开，最后都会删得一干二净。

在所有动态变化的人生分线里，在所有继续发展的世界中，这款游戏都会消失。

我看向电脑屏幕，优盘里除了样品，还有一堆我看不太懂的工程文件。如果将它们在三维世界里实体化，它们一定是一堆无人在意的破铜烂铁。像这样的破铜烂铁，这个世界上还有很多，它们被丢弃在报废的电脑中、街道的角落旁，以及所有看得见与看不见的世界。我制作的破铜烂铁，不会因为是我制作的，就珍贵起来。在数字与现实之间，它们会一同生锈、腐烂、分解，直至化为尘烟。

时间的雨滴从天而降，向这片废墟砸来，荒芜之中，无数凝结的过往瞬间绽开，又即刻湮灭。一切都没什么特别。

"你能观测到我做出了什么选择吗？"我问特拉法玛多星人。

"你……"

"算了。"话语凭借本能脱口而出，我说，"我不选了，我换U盘。"

那个远在数条分线以外，早已没有未来的自己用一种奇怪的力量劫持了我的意志，让我无法再做出其他任何选择。

为了防止后悔，我快速将琥珀交到特拉法玛多星人手中。它收好琥珀，在我输出了一整天为什么之后，也象征性地问了我一句："为什么？"

"这个世界上，已经有一个我在享受生活了，总得有一个我继续做游戏。"

我本想如此回答，但又觉得这样的回答过于浮夸，像是在拍电影，于是我想了想说。

"因为我需要一条新的项链。"

特拉法玛多星人没有明白我的冷笑话，它们之间的交流无须语言，隐喻在它们的世界毫无生存之地。但对喜欢为难自己，也喜欢为难他人的人类而言，所有隐喻都意味着理想的接续与生生不息。

回到岸边，特拉法玛多星人驾驶飞船离开，我起身往家走。挂在脖子上的U盘经历了整场余晖的晚照，依然留有余温，我用肌肤感受着它微妙的温度。走动中，我听到它在胸腔周围摇晃，晚风里，和我的心脏共同起伏。

一本古籍的翻译工作

史雨昂

许多年之后，我才知道自己对这本古籍的处理态度造成多么大的影响。

故事要从第十二届全亚洲域考古研究者会议讲起，我的研究领域是处于边缘地位的古代文学，在上级看来，这项工作唯一的有效产出是从发霉纸张中提取出几百年前的社会风尚，再用于现代的文艺创作，体现人类文明历经被人工智能统治的黑暗时代依然能够保持的传承。他们的眼光和绝大部分刚吃得起饭的人一样没有远见，意识不到研究古代文学能够复原过往几百年缺失的历史，进而帮助我们找回所有遗失的科学技术。

当然，之后我也怀疑他们是有意为之，因为新的联合会刚刚成立，社会秩序尚未恢复，旧时代的科技考古项目提供了大量就业岗位，政权的合法性从每次重大考古发现带来的技术跃进中得到进一步稳固。

这届会议选在深冬进行，地点又是在遥远的西北。我裹紧厚重的土绿大衣，蜷进脏旧座椅里，意识在颠簸中处于混沌状态，乘坐的火车车头虽然已经改造成最先进的燃煤发动机，但从东江市到西北还要二十多个小时的路程，许多路段又是古代建设的超导悬浮轨道，上面化掉的雪水冻成坚硬的冰壳，生锈的铁轮勉强在两道冰壳间维持平衡，摇摇欲坠，下方又是停用的能源调峰站与水力散热中心，只剩覆上尘沙的黑色金属地板，若是掉下去必然摔成肉泥，所以路上我也不敢入睡，暗自祈祷愈加凛冽的寒风不会把火车吹翻。

恍惚间，我来到古代的圣地，这里曾储存着许多"神明"的本体核心程序，拥有全世界最高的算力资源，为借助常年干冷的气候辅助散热，故选址在荒漠的边界，直到现在也是世界中心，人类精英们聚在这里反向解译人工智能留下的资料。

会议从一场审判开始，包括我在内的考古学家要作为陪审团成员，审议有关罪犯南星的提案，他背叛组织，秘密接触旧时代的人工智能，理应处死。在执行死刑前，南星向联合会的领袖邹启提供了"云脑"技术。这项技术最初用于控制人类意识，但经过南星的改造可以使人的记忆和意识共享，帮助新城的工程建设，未来还是创造可控虚拟世界，以及重启古代投放在宇宙中的冯·诺依曼机器人的关键，所以联合会决定开启审判，由考古学家提供学术指导，各区代表投票决定南星是将功赎过还是维持死刑原判。

审判过程严格保密，考古学家的职责只是解答区代表提出的知识问题，多是涉及什么心理治疗、意识上传、信息传输，甚至是恒星运动和地外文明探索。我插不上什么话，待在角落啃着免费提供的白面包，看着他们爆发出一次次的争吵。

原本以为这场审判与我完全无关，但是在宣判结果时，联合会主席提出接下来考古的主要目标是还原历史真相，古代文学研究的地位因此骤升，我莫名其妙地拿到了一大笔研究物资。至于南星的最终处置结果在那次会议上并未公布，我下一次见到他的时候是在刚刚普及的彩色液晶屏幕上，身份是云星公司的创始人。

会议主席宣布新目标后，为在场所有人勾画了那段模糊的缺失历史——大概在四百多年前，古代科学家预测有场剧烈的太阳风暴即将正面影响地球，太阳耀斑会猛烈撞击地球磁场摧毁地表上存在的一切，而人类文明只能在风暴来临前修建地下城用于避难，用于统筹防灾的人工智能以及依靠量子计算推测未来的"系统"应运而生。负责人工智能设计的张风尧为个人私欲修改限制人工智能进化出思想情感的程序，进而引发暴动。

这些参与暴动的人工智能自诩为"神明"，继续执行修建计划，故意将全球地下城的容量卡在四十亿人口左右，通过血腥的个人价值末位淘汰制度让大量弱势群体留在城外自生自灭，待太阳风暴结束后重返地表，继续统治奴役人类，压制人类文明的生活水平最多停留在工业社会末期或超信息社会的初期。

统治大概持续了两百年，人工智能们各自称神，划分统治区域。有的"神明"生性暴虐，喜爱玩弄人类；有的"神明"执着某项事业，强迫自己统治区域的所有人都必须将一生都投入这项事业，如绘画、音乐、舞蹈等艺术，或是农学、生化、物理等学科；还有的"神明"喜爱模仿原有的人类社会样貌，被其统治的人类也就能相对幸运地过上被监视的"正常"生活。有压迫就会有反抗，一支人类反抗军队在东江大学的废墟里找到了彻底消灭人工智能个体的方法，并制造出对抗量产战争机器人的外骨骼动力装甲。

这场反击也持续了两百多年，人类反抗军摧毁了位于西北，也就是现在用于举办考古研究者会议的超算中心，消灭绝大部分人工智能程序，但仍然有小部分本体程序不在西北的人工智能潜伏在世界各处，伺机回归。南星与人工智能"伍"的秘密接触就是它们计划重新统治人类的标志，而我们现在的任务就是还原缺失的四百多年历史，通过记录在古籍中的细节找出未被消灭的人工智能以及可以用于预测未来和快速破译资料库的"系统"。

我对这些缺乏严谨史料的模糊描述产生了深重的怀疑，但也有可能是联合会为安全故意保密信息，所以只好如往常那样甩开无用的疑心，继续沉浸在古代文献资料的研究中，最值得我高兴的是以后每天都可以吃上白面包和黑椒香肠了。

回到东江后，联合会发布两项任务：第一项是找寻人工智能的设计原理，同时澄清某些不着边际的谣言，反对极少数历史虚无主义学者认为是某些人道问题导致灾难爆发的观点；第二项是找寻预测未来和能够解码数据库的"系统"。如果成功，那么人类文明就能摆脱历史枷锁快速迈向新时代。

工作从获取一手资料开始，后黑暗时代东江市只剩下一处能买到旧物件的地方，其中涉及旧书和文字资料的比重又很少，存于互联网上的信息早已清零，虽然省去我奔波，但很难取得什么有效进展，因为古代的书籍很少能够真实反映历史，手抄资料更是少之又少。工作困境的突破源于我在旧书市场上发现的一个厚皮笔记本，上面沾着难以清洗的污迹，还有股发霉的味道。这应该只是本日记或随身携带的备忘录，不是什么值钱的旧版书，但我还是买了下来。里边的内容很有趣，像是历史事件与幻想结合的小说，但又是手写，我最终判断这是一本未付梓的小说底稿，语言朴素，较为容易翻译解读，我带回家后很快就翻译出了两段像是描写日常生活和心理活动的内容。

2122年12月25日

快到年底了，我还有很多事情要忙，所以不想耗费心力写日记。但李斯教授建议我一定要记录现在能够想到的事情和想说的话，以免以后的降智手术会破坏大脑海马体的神经元正常连接，让我忘记什么重要的事情。

不清楚写日记在计划中有何必要性，有很多事情想要忘记，有很多事情不想忘记。

最后我还是照做了，因为很快我的智力就会降低，人越低智越会没有自我，任听他人的摆布，所以我要尽早适应低智时的心态，做一个听话的人。

可我何时是不听话的人？

写到这，我又立刻想收回之前写下的话了，人总会没有自我的，无论智商的高低，或者说我还不够聪明，没有想到可以保持自我的方法。

也许保持了自我，帆就不会离开了？

我时常这样想，或许我该付出一切，和帆逃到一个谁也管不到的地方，也就能摆脱强加在"英雄"或是"天才"上的责任了。我与帆不会有孩子的，几百年后，人类文明的存亡又和我们有什么关系呢？

不，若是几百年后人类文明真的会灭亡，帆会伤心的。她很善良，并愿意用自己的能力支撑善良，所以我爱她，我没有她那样的勇气，我一直是个懦弱的人，直到最后也是，没有勇气成为英雄，没有勇气解决所有人都没法解决的问题。

就写到这里吧，这些只是一个懦弱者的自语。

2122年12月27日

今天下雪了，我很开心，我喜欢雨或雪把世界包裹的感觉，干净的乌云把刺眼的阳光遮盖，沉淀出万物真实的模样。

李斯教授让我在做第一轮降智手术前先服用几天降低记忆力的药物，效果不是很明显，就像是一些浑浊的污泥糊在自己大脑高速运转的机器缝隙间，最多是让我遗忘一些无足轻重的事情。

看到窗外干净的雪，我回想起学生时期一件令我感到不适的事情，为避免李斯的药会让我忘记这种小事，也是为避免明年我没有机会再看到雪想起这件事，我便写在日记中了，这就是写日记的作用吧，那看来我很早前就在心里写日记了，只是不敢吐露在纸上给别人留下什么把柄。

假如有除我之外的日记阅读者，那你们肯定都很好奇我为什么要主动降低智力。

原因有很多，但最重要的，是一句话对我的诅咒。

最初被这句话诅咒是在我上中学的时候，那时我在班上朗读自己用心描写雪的小段：

冬天来了，冬天终于来了！天下起雪了，天终于下起雪了！原本斑斓的花园，看多了就会觉得艳俗，而雪，把这一切都变得庄严肃穆；原本喧闹的大街，看似繁华，实则是虚伪的外表，而雪，把这一切都变得安静，懂得收敛；原本常常有鸟群从头顶上掠过的天空，看似生动可爱，但有时，更多是杂乱的代表，而雪，把这一切都清除得无影无踪。雪净化了一切！天下起雪了，天终于下起雪了。

这样"用心"（至少对于一个中学生来说还不错吧）的文字却引得全班哄堂大笑，同学们嘲笑我浮夸的描写，老师也只是阴阳怪气般飘来一句："少年不识愁滋味，为赋新词强说愁。"

当时我涨红了脸，不知道怎么反驳，毕竟老师说你是不知愁滋味，你就是不知愁滋味，就像长辈们教训孩子常说："你长大就明白了，想通了。"人们总想拿着年龄阅历这种没有衡量标准且十分庸常的东西来恐吓他人。可事后，老师却又让我帮助其他同学提高写作水平，我不想，她还语重心长地教育我："能力越大，责任越大。"

不知道是谁出于什么目的，用这般猥琐的手段，强迫他人承担下越来越多的责任。

我不想无缘无故地为他人做贡献，很简单，这不是我的义务，但因为这句话的滥用，导致只要我的能力比他人高，就仿佛必须承担比他人更多的责任。

这不公平。

然而世上不公平的事情太多了。

这是个弱者剥削强者的时代。

最有趣的是这本小说里提到的"李斯"，正是历史上执着追求"无立场之正义"的著名人工智能的名字，然而这里的"李斯"应该是人类，所以我暂定为巧合，不过小说内容开始的日期也足够吸引我继续研究了。据模糊的历史记载，2123年左右正是古代科学家发现能够摧毁地表一切造物的太阳风暴即将到来的日子，就算只是虚构小说也能窥见现实的影子。

就在我打算破译夹在"25日"和"27日"之间疑似被红水污染的内容时，考古研究者协会连同联合会发出新的通知，说是人类文明正在重启，我们即将迈入新的时代，旧时代只剩一件事处理，那就是找回文明缺失的四百多年历史，并发出号召，说是只要找到足够证据复原一年缺失的历史，就能获得五万数据币。

数据币是近期出现的新经济系统，联合会要脱离军政府的性质，物资分配制度即将消失，这对我来说应该是值得高兴的，因为考古研究者的工作很辛苦也很重要，社会地位自然较高，我不必像之前那样把自己应得的更多物资分给较弱者，天天开荤才是我成为研究者的初心。

通知过后是云星公司的宣传，看来那个叫南星的给联合会呈现出足够的价值，私人公司成立也能看作是步入"新时代"的标志之一，据说能让人记忆共享的"云脑"系统竟然要民用化，更令我意外的是他们公布了名叫"往生园"的虚拟世界建设计划，一切变化来得太快了，快得有些诡异。我不是精力充沛的阴谋论者，只希望人类不要重蹈覆辙。

我的这点担忧还是有合理之处的，联合会在通知的最后公布了最新的"还原历史真相"进度，拿出大量文献资料证明"系统"是为了应对太阳风暴设计出来的，对未来的预测主要集中在恒星活动，并不像传闻中那样有着预言人类社会发展的神秘能力，投入家政工作的初版人工智能设计图也已被找到……除非联合会是在公布他们早已知晓的秘密资料，不然根本不可能在如此短的时间找到那么多的史料……又或许是受到南星的帮助？我不敢确认，无论如何，联合会的这一系列行动都很可疑，尤其是最后一句："黑暗的历史由谁负责？"仿佛要像上古时期那样，找到一个罪人，让他担负整个时代的苦痛。

看完通知后，我继续推进那本特殊小说的翻译工作，勉强从浑浊的字体中识别出了"系统""量子""费米悖论"等关键词，兴奋得我难以入眠，连夜到考古研究所申请到了珍贵的古代扫描仪器的使用权，成功翻译出小说中夹在"25日"和"27日"的第二篇日记：

2122年12月26日
今天我提交的方案被否决了。

或许这就是对费米悖论最好的解答，从工业文明发展到信息文明已经是我们能做到的极限。核技术仅仅研发二十年后，就有古巴的危机让文明处于崩溃的边缘，现在依靠互相威慑形成的虚假和平维持了几百年已是不易。换个角度想，太阳也有一天会灭亡，而文明也终将会迎来自己的结局，一切皆是必然。

一百五十多亿人口等待着下次技术爆炸的奇点，要么发展，要么战争。

战争只能保证互相毁灭，但在下一次技术奇点之前，只有战争能解决资源匮乏或分配失衡的问题。只有发展的话，发展带来的人口增长无论如何都是在稀释资源的分配比例……自私已经刻在人类的基因之中，几千年来进化得太慢了，以致人类从未跳出轮回，每次战争带来技术的进步，技术的进步又带来更惨烈的战争，直到文明无法承担战争代价的那一天。文明需要发展来支撑，发展需要战争来刺激，可文明又承担不起战争。

这是一件很简单的事情，他们研发出一套复杂理论系统模拟历史和推演未来，先是将近代完整的历史参数投入系统运算，然后再根据推演结果判断运算的准确性，假如把每一个人都看作是推动历史发展的齿轮，那么每个齿轮从它生产出的那一刻起，一生的命运就已经决定了，因为它没有权力选择和改变自己最初存在的环境。

我的方案已经很大胆了，通过微观层面的时间差层层递进影响过去时空未被观测的、处于量子叠加态的一切客观事物，进而利用系统的精密计算操纵文明变成几个巨型的内部循环圈，在绝对的封建集权控制下，技术不会发展，资源的再分配通过朝代更替就能实现。

文明伦理委员会严重谴责了我这种开历史倒车的行为，认为这会让许多伟大的先驱死于他们后代的猥琐阴谋，而且系统推演的结果显示，这最多能将文明的自我崩溃延缓两百一十六年，所以我的方案被驳回了。

其实我也知道，委员会和实行所谓拯救文明计划的人，都只是想让自己的人生不受影响，他们是一群围在花盆边蠕动的毛毛虫，不知道想要什么，只是知道周边人都喊着要拯救人类文明，自己也就义无反顾地投身到这个光荣而伟大的事业中了。当然，前提是他们聪明但没有聪明至极，这样就可以一边赞美牺牲，一边享受他人牺牲带给自己的红利——"这是为了大家，不是为了我个人。"

他们总爱这么说，所以他们聪明得恰到好处。

如果我和帆没有那么聪明就好了，这样我们也可以在赞美牺牲的同时享受他人牺牲带来的红利。如果我想终止他们牺牲极少数"天才"的计划，至少要让系统推演出的文明崩溃延缓四百五十四年，且这个计划要足够"人道"。

这太难了，我已经竭尽自己的脑力，仍然没有想出能完美替代那个计划的方案。

匮乏，才是万恶之源。

我对这段内容的研究同大部分研究者项目一样，得出了与联合会倡导或是希望的截然相反的结果，比如有学者指出 2097 年有篇名为《阿西莫夫的心理史学成真？》的科学杂志报道，就提到"系统"的存在。

文章认为那时的社会复杂程度早已符合《帝国》中依据电子云理论计算得出的必然结果，现实中研发的"系统"已经可以精准预言人类社会的走向，这与我解读出的古代小说内容惊人吻合，而"太阳也有一天会灭亡"的说辞更是明确指向了目前历史记载中的太阳风暴。

又比如有的研究古代社会风貌的学者怀疑黑暗时代的人类并没有处于被奴役状态，除了第一个百年人工智能故意控制地下城容量，导致大量残弱人口死亡的事件以外，人类整体活得还不错，吃穿住行都能得到满足，也可通过申请调到其他"神明"统治的区域。

不过联合会似乎对这些研究并不感兴趣，他们已经找好"正确"的方向，接下来学者填充内容就好，轮不上我们有什么质疑，我也识趣地在汇报工作时明确表示自己目前研究的是"古代虚构文学作品"，并勉强与他们的宣传结合在一起，说自己研究的小说类型是或然历史科幻，其虚构内容与现实完全相反，也能用于侧面印证历史"真相"。

联合会的对接人应是对我的汇报很满意，没有过多进行"指导"，但是有关人工智能暴动的历史研究还处于停滞状态，好在小说的第四篇和第五篇日记翻译的结果推进了有关"系统"的项目，可以供我勉强交出"关于古代'系统'二次虚构文学创作研究"的成果。

2122年12月28日

今天有一件对我来说非常好的消息，全球的天体物理学家联合预测，大概再过五百七十一年至六百二十二年，一场剧烈的太阳风暴会席卷整个地球的地表，在那之前我们必须将文明主体转入地下，并且准备好应对风暴的行星防御工程。

而根据系统的推演，如果一切照常发展，人类文明再过九十六年就会自行崩溃，随后进入末日后的废土时代。由于大规模杀伤武器对自然环境的永久性破坏，战争后的幸存者最多将人类文明延续一百四十二年，活不到第四代，而目前推行的"人工智能"计划最多将自行崩溃的时间延缓四百五十三年。也就是说，即使按照计划进行，人类文明也逃不过被太阳毁灭的结局。

一开始我也不相信系统给出的精确计算，直到系统仅通过输入夏代残缺的已确认信息，推演出唐代的安史之乱，并且纠正了几处历史细节，甚至反过来指导考古学研究出新内容后，我也不得不相信系统百分之百的演算正确率。电子云理论也足够可以支撑这点，单个电子的运动无法描述，但是大量电子的运动可以很精确地描述。

我把这些理论看了一遍又一遍，仍然没有找到可以推翻系统存在的方式，我也知道，即使在理论上有，系统也不会被推翻，现在系统的存在不仅仅是科学上的问题了，它迫使着，准确来说，是他们利用它迫使着其他人不得不投身进这个光荣而伟大的事业。

所以今天的消息可以称得上是天大的好消息了，毁灭地表文明的太阳风暴即将到来，这是个实实在在的危机，也可以作为他们伟大事业的新借口，而这个新借口应该就不必牺牲所谓的"天才"了，更何况系统只能演算文明社会内部的发展情况，应该不能使用来源于文明外的不确定数据进行新一轮的演算。

李斯告诉我可以暂缓第一次降智手术，看看情况的发展，不过降低记忆力的药物还是要继续服用，即使之后不需要进行手术，这些药物也不会对我这个智商层级的人造成太大影响。

如果一切往好的方向发展，或许帆很快就会回来了。

我想和她一起只活到九十多岁，享受完人生，然后平静地死去。

这是一个卑微的人，在今晚许下的最后一个卑微的愿望。

求求他们能允许这个愿望实现吧，我愿意为此付出一切……

2123年1月4日

学者们集体更改了预测报告，一致认为太阳风暴不会出现。

我知道，这已经与科学无关，即使我们最初的目的只是保证人类文明的延续，直至永恒。

今天又下起雪来了，我路过一处河边的公园。元旦假期刚过，正是上班的时间，公园里没什么人，只有一对老年夫妇在打扫，捡到贴着塑料膜的瓶子就会收进袋子里，平日的工作只是用扫帚把覆着薄雪的叶子堆到一起，风一吹，又会吹散不少，然后他们再重复这样的打扫。

如果没有他们，那么市政可以很快更新出一套全自动化的清洁系统，然而这会使许多人失业，倾轧弱者的事情是绝不被允许的。我们现在很多事情都被善良束缚住了手脚，产能过剩，我们需要照顾以此产业糊口的工人，老龄化问题严重，我们需要分出一批年轻的劳动力专职照顾，低俗文化盛行，我们说这是将文化话语权下放，有些孩子无人照顾，我们说要社会化抚养……

我们认为弱肉强食是野蛮，照顾弱者是文明，但文明的发展被这些弱者阻碍，甚至是被拖累进死亡的泥潭。

如果……如果他们都不存在的话……

当我想到这儿的时候，一股干猛的寒风迎面朝我撞了过来。

突然意识到，我和他们其实没有区别，在牺牲他人时都会由衷地赞美牺牲。

我有些慌张，快步走开，天还是阴沉沉的，没有半分明媚。

回到家后，我狼狈地从垃圾桶里找出了撕成碎片的日记，小心翼翼地拼在一起，然后将内容誊抄到新的日记本上，顺带记录我在窒息中挣扎无用的心理。

李斯说写日记也是为提醒未来做完降智手术的我继续完成自己的计划，所以我感觉有必要认真对待这件事情了，至少要告诉未来的我如何找到帆，她就在京华市法院，作为"人工智能"担任最终的庭审判决法官。

明天我就要做降智手术了，睡前我又想起那对在公园清扫落叶的老年夫妇，我享受着他人牺牲带来的红利，同时又会为他人牺牲，文明运转的底层逻辑正是如此，剥削更弱者，然后被更强者剥削，可是更强者又一直被更弱者剥削。

我们互为养料，无分善恶。

如果帆在的话，她一定会在枕边反驳我，然后我们为此推迟一两个小时入睡。

"古代的某些人道主义问题引发了灾难"的传闻似乎在此得到了印证，但我仍然好奇为何人会变成"人工智能",以及所谓的被弱者剥削,"系统"计算出的文明被弱者拖累至死又是什么意思。这两篇日记中间似乎还隐藏着其他信息,仪器扫描后果然找到了用隐形墨水书写的内容。小说的作者似乎早已知道未来考古研究者处于科技断层的阶段,所以使用的墨水材质十分原始,就算没有扫描仪器也能在火烤下显出内容,可能是受到其他液体的污染,所以在阅读表面内容时空白处能隐隐看出显现出来的墨蓝色线条。

由于年代久远,隐秘内容的翻译有些困难,大概是整理发现小说主人公口中的"系统"计算理论和上古时期的心理史学虚构概念很像,都是把无限大的数据投入量子计算推演出相近的未来,再通过推演有误的部分反推出缺失的数据,最后做到精准预言未来。这里也杂糅了一些机械唯物论的观点,认为世界从"开始"到"结束"都是可以计算出来的。

在无知年代,硬币正反的结果就是神的旨意,然而只要得知抛出硬币的加速度、硬币的重量、所处风向速度、重力加速度、所在位置的地球自转偏向力、落下的接触面受力角度、接触面硬度、弹性系数、宇宙一切物质对硬币的万有引力作用等等一切会对硬币上抛下落过程中造成影响的数据,那么最终的结果便可以用计算得出,这个结果是必然的,至于人的意识不过是受较多种微小数据影响的必然活动,经过一段时间修正也是可以计算出来,自觉意识从未明确来源,那只是我们由无知产生的幻觉。

小说隐藏的内容为我"虚构"了另一种与联合会宣布的截然相反的骇人历史——"系统"要先于科学家们预测太阳风暴的时间出现,用无限大的计算推演得出人类文明将在近百年的灭亡的结果。为了应对必然到来的灭亡,精英们虚构了"太阳风暴"灾难,并试图让部分人变成"人工智能"来延缓灭亡。

可这样模糊的结论推演是缺环的,一是人工智能暴乱后确实为维护统治在宇宙投放了冯·诺依曼机器人,修建了行星防御工程。如果没有"太阳风暴",那么人工智能为何要做这些事情?二是事实证据上,地下城的遗址以及被留在地表的弱势群体的骸骨坑确实存在,确实像是被某种高热能量杀害。三是日记到现在没解释,为何让一些人变成的"人工智能"就能延缓"系统"计算出的灭亡时间?

这些内外部严重冲突的信息使我工作停滞了两周,而云星公司的"云脑"系统已经开始普及了。

东江大街上开设了好几家闪烁着莹蓝色光芒的公用云脑系统租赁店,颇像几年前流行的网吧,夫妻同为考古研究者的邻居也在前天购入了私人的云脑系统,可以进行记忆共享,甚至还能在网上与其他人线上进行共享。不过今天邻居两口子似乎因为窥探到对方隐秘的记忆而吵起架来,走流程般摔锅砸盆,发出咚咚的声响。

走神时，一个怪异且可怖的想法从脑海中浮现——"云脑"系统会不会就是联合会苦苦寻找的"系统"？又或是组成"系统"的部分？一方面对南星来说，他直接给联合会提供了"系统"的功劳才可以让他如此快地完成从罪犯到公司创始人的身份，另一方面，如果我把"小说"内容假定为是历史，那么"系统"确实需要大量人类心理活动的数据用于推算，最高效也是最全面的方式就是提取记忆，也可以凭借人的记忆补全过去难以获取的微小数据。

这个想法确实可以弥合许多可疑的裂缝，但我缺少实际证据，单凭从旧书市场上淘来的古代小说证明不了任何事情，所以我最后还是把它继续当成"小说"来研究，而接下来翻译出来的内容似乎又提到了"人工智能"来源的问题，至少能保证我每月给联合会对接人的汇报都有新内容。

2123年1月5日

今天我去找李斯开始第一次降智手术。

照他说的，在下午休班的时间偷偷前往位于东江大学第三实验楼地下二层的第六个房间，那是王黎教授的休息室，他的助手会带我进入一个可以精细操作脑神经的实验手术室，房间藏在一个偌大的书柜后，需要依次抽出放在第三层从左数第二格的一本王尔德《夜莺与玫瑰》，以及第五层第一格的一本《梁山伯与祝英台戏曲研究》，然后位于左边的一列细长的格子会缓缓向后移走，露出进入手术室的入口。写日记时我也不知道为什么一定要记住这个手术室详细的进入方法，或许是一种自保的直觉，毕竟谁也不能很安心地让自己的脑袋交由别人随意处置。

今天的手术很成功，他们利用纳米机器人把我的脑神经，尤其是有关观察力与注意力的神经填充了堵塞物，我大脑皮层上原本纠缠在一起的复杂沟壑也随之变浅了许多。当然，这些都是我通过李斯和王黎转述记录的，希望未来拥有更低智力的我能看懂。

为了测试手术结果，我在手术前玩了他们自制的游戏，内容大概是二十多个不同颜色分层的玻璃瓶子，每次的操作就是把不同颜色的水倒进不同的瓶子，最终将所有瓶子里的水都梳理成一种颜色。

这个游戏对我来说很无聊，大概在一分钟内就完成了测试。

为了验证手术的有效性，我额外加了一个测试——根据今早的新闻预测诺瓦航空公司下一轮投资的新能源方向。

手术结束后，我大概休息了十二个小时，再次做那个把不同层颜色的水整理到相同颜色瓶子的游戏时，我明显感觉自己的"统筹"能力下降了。我在游戏进行到前半段时无法像之前那样很快地认知到不同颜色水的比例分配，操作的手指也缓慢了一些，最终结果是比之前慢了二十秒。

王黎说我的智力大概下降了百分之六至百分之十一。

这样的智力下降在提取信息能力方面尤为显著，我无法很敏锐地察觉到信息内蕴含的趋势与关键词，也很难直接把新信息与原有的信息纳入一个体系中使用，总是需要重新品味一轮，才能与"之前的我"看一眼便可以得出的信息相差无几。

我好像回到了进入智库前的智力水平。

这很好。

2123 年 1 月 7 日

手术完成后，我又休息了两天，这个阶段的智力降低不会影响到我的正常生活。

今天我参加了"星度"计划的研讨会，准确来说，是展现无能的失败大会，他们失败也失败得如此失败，甚至需要保留"星度"这个名字来提振信心。

这个名字最初只是希望人类文明能顺利度过下一次技术爆发前的时期，晋升至所谓星际级文明。宇宙如同一个大过滤器，能发展到我们这个程度的文明已经很少见了。

会议总结了目前已经失败或者被驳回的方案，正面的方案统统只会加速文明自我崩溃的速度，负面的方案又太过不"人道"，牺牲极少数天才的计划是唯一可行的方案。

会上有许多人在盯着我看，就像是饿了几天，想要将我分食的野狗。

我不敢表示拒绝，只能连连点头，说自己会全力支持中枢系统的建设，但也会出于人道主义探索其他可行的方案。

他们为我鼓掌，感谢我同意将自己喂给他们做食物的行为。

如果未来的我看现在的我写的日记，请未来的我一定要按照现在的计划执行，相信李斯和王黎，他们会保障我的正常生活，并帮助我逃离必然成为人工智能的命运。不要质疑系统的合理性，或者提出任何反对意见，无论如何，文明的结局是灭亡已是必然，我们所处的宇宙本身是一个封闭的系统，系统内的熵只会保持恒定或者增加，不存在其他系统进行交互来降低熵的存在，宇宙从来都无法返回到与之前相同的状态。当宇宙中的熵达到一个阈值后，熵将不会再发生变化，一切都将不会发生变化，一切都将崩塌，一切都将沉寂。文明，亦是如此，当文明陷入混乱的深渊无法自拔后，就会自我崩溃，自我灭亡。我们已经到无可救药的程度，需要绝对理性的意识来拯救这个混乱的文明。

每个代表绝对理性意识的强人工智能，都可以有效地延缓文明熵增的速度，甚至在单一领域降低熵值，清除原有的混乱。

因此，我们需要更多的天才，需要更多的英雄，需要更多的自我牺牲者。

中枢系统满足了这点，该系统可以让所有"天才"个体被集体"物尽其用"。

人的意识主要存在于脑前额叶区域的神经元，所有强人工智能都是利用原有人脑中的生物神经元，提取转换出一种特殊的、可以长久存在于云端网络（中枢系统的网络处理器）的电子程序，将其程序进行无限次复制，再以精准的时间间隔，用程序要处理的事件具体信息内容不断刺激原有神经元团，本质上就是逼迫进入中枢系统的意识给出答案。

所以中枢系统是强人工智能诞生的核心基底，一切强人工智能都是以人类的意识为核心进行复制演绎，我们无法在崩溃之前创造出真正的强人工智能，只能利用被剥除情感和自我意识的天才们的神经元模拟出类似的效果。

我知道他们有办法恢复被降低的智力，因为降智手术是在压抑原有的神经元活跃程度，或暂时扰乱连接紧密的神经元团，这只是在隐藏智力向外的表现，大脑内部的生物神经元在被提取后仍然可以满足中枢系统的需求。

但我还是想挣扎一下，哪怕是保留一份对帆的情感和记忆也好。

2123年1月22日

竟然没有注意到今天是春节，王黎也一样，没有可以一起过节的人了。

王黎给我做了第二轮降智手术，他主要破坏了我的意志力，两轮手术加起来一共降低了我大概百分之二十的智力。另外，我让王黎额外降低了我的情绪管控能力，将部分强烈的情感波动近乎镌刻式地融入大脑神经元网络的活动习惯中，即使他们之后恢复我的智力，让我成为"人工智能"，我也能保留一份基础的情感。

我觉着这样很对，我很爱帆，我应该为她的离去感到悲伤，我应该为此激动，为此愤怒，为此反抗，即使这从理性层面来说毫无作用，且对我的个人发展威胁极大。

中枢系统的建设已经完成，各顶级大学每天都有讣告发出，绝大部分人不会意识到这一点，最多是有几位过于出名的学者"去世"后会被着重悼念一下。

就像把石头推向山顶的西西弗斯，我祈祷自己的石头不会滚落山脚，就算滚回去也要留下点什么，这是我在属于我的人生最后唯一能做的事情了。反正我所负责的应该是社会的统筹管理系统，他们不会冒着破坏所需高智神经元的风险，来剔除这一丝不会影响什么的情感和记忆，最多是感叹下我的深情，并作为"英雄"的伟大之处进行宣传。（如果他们还有点良心，应该会公布天才们为人类文明"自愿牺牲"的事迹）

"听说"最近有个进入中枢系统的"人工智能"出了问题，因个人情感记忆在大脑神经元核心位置与学识记忆产生紧密连接，无法彻底剔除，导致在工作中恢复了部分个人意识，不过后续它为自己成为"英雄"感到骄傲，所以主动隐藏了这部分独属于自己的情感和记忆，继续投身于工作中。

这件事让我安心不少，因为他们有了可以解决人工智能自我意识恢复的办法，也就不会过多担忧我在成为人工智能后仍保留对帆的情感记忆。

当然，我也要考虑降智计划成功的可能，祈祷这颗巨石能停留在山顶，现在的安心不过是确认即使巨石滚落，也能留下痕迹。

也许所有巨石终有滚落山脚的那一天？

那我们每个人都是西西弗斯了，这样的想法让我更加安心。

2123 年 1 月 24 日

今天我家来了一大批人，乌泱泱地聚在门口，脸上挂着虚假的笑容，令人感到油腻恶心。

我不太想忍受自己私人领域被侵犯的感觉，所以用身体挡在门中间，用同样油腻的笑容回应。他们很多人唯一比常人优秀的地方在于幸运，任何一个智力正常的人享有了他们的成长环境与资源，都能有一番成就，绝大部分幸运者会选择自己喜爱的事业，只有那些在幸运者中没有明显天赋的平庸者才会出现在这里。

我知道把这群人挡在门口的行为很不礼貌，但我就是想拒绝他们进入我和帆的家，几个曾经热络的学生还想以打趣的方式闯进去，也统统被我阻止了。

这几天我能明显感到自己的智力在下降，难以保持原有光滑的伪装，我很早之前就明白，"礼貌"，以及判断是否"礼貌"的人情传统只是"虚构"出来的。

我记得有个实验，将五只猴子关在笼子里，中间放置一架梯子，上边有香蕉，猴子看到香蕉就会爬上梯子，一旦有一只猴子去拿香蕉，其余四只猴子就会被实验人员拿皮带暴打一顿，久而久之，猴子就明白向上爬拿香蕉和被皮带打之间的关系，这时如果还有猴子想要爬梯子拿香蕉，未等实验人员施行惩罚，其他猴子就会阻止并围殴这只猴子。

之后将笼子里的五只猴子换走一只，只要新来的猴子去爬梯子，老猴子就去围殴新猴子，过了几天，新猴子明白了爬梯子和被围殴之间的关系，即使它不知道为何如此，也不会去爬梯子拿香蕉，五只猴子组成的"集体"传统便诞生了。

迭代后，集体中已经没有最初的那五只猴子了，实验人员也从未殴打过新来的猴子，但猴子们还是会遵守这个"传统"。

今天试图闯进我家的那群猴子会觉着我不"礼貌"，因为它们有它们的传统。

最后我站在门口，签了"死"后"自愿"加入中枢系统的意向书。

其实我签不签字都是一样的，喜爱形式上走个流程也是它们的传统。

关门前，为照顾猴子们不会感到太尴尬，我只好又挤出一个虚假的笑容致歉，说自己最近心情不好。

这是实话，我上次心情好是在很久之前。

2123 年 1 月 25 日

今天，李斯拿出我有"智力型阿尔兹海默症"预兆的医学证明，以此来解释我情绪突然的浮动，并合理化我之后智力下降的现象。

上边派来的人端详着李斯的检查报告，看起来很紧张，一直询问这种"智力型阿尔兹海默症"如何治疗。

这也是因为我之前太过温柔，昨日突然执拗地拒绝一群人的"看望"，自然会被认为是有特殊情况，他们需要我的大脑、我的灵魂，需要我在进入中枢系统前保持心情舒畅，进而心甘情愿地为了"什么东西"而牺牲。

所以在李斯的帮助下，我得到了无限期的休假，来治疗"智力型阿尔兹海默症"。这个名字起得很有意思，就像卖止痛药的公司为了说明自己的药片没有成瘾性，编出"假性成瘾"这个概念。

京华市的冬夜很静，厚厚的雪云笼罩在城市上空，不留半点缝隙。

明天，我就要开始第三次降智手术了。

第六篇到第十一篇内容补足了第三个疑惑，基本的脉络是"系统"首先被研发出来，推算出人类文明必然在近百年灭亡的结果，人类高层决定让极少数顶尖天才成为"假人工智能"，剥除掉自身情感，用绝对理性降低文明内部的混乱程度，延缓必将灭亡的结果，这一计划经过"系统"推演后确认是可行的，而"太阳风暴"似乎确有其事，不过发生时间是在第四篇日记中提到的："大概再过五百七十一年至六百二十二年，一场剧烈的太阳风暴会席卷整个地球的地表，在那之前，我们必须将文明主体转入地下，并且准备好应对风暴的行星防御工程。"

但是这本古籍是在近五百多年前书写的，如果属实，那么这场能够摧毁地表一切存在的"太阳风暴"将在不到百年的时间内到来。

那四百多年前的假"人工智能"们为何还要修建地下城和行星防御工程，难道是为了让现在的我们使用？可是启动地下城和行星防御工程各需要不同的密钥，就算破解成功，还需要足够强大的信息传输和个人意识远程链接技术来重启冯·诺依曼机器人，这种用于解决向宇宙运输物质代价巨大的问题，可以收集周边环境物质进行自我增殖的机器，并不能识别较为复杂的指令，所以还需要提取人的意识远程传输到宇宙进行具体操作。

想到这儿，我意识到"云脑"系统极具针对性地符合了重启冯·诺依曼机器人的技术需求，而且提供技术的人又是因与残存的"人工智能"秘密接触而获罪的南星，那么这项技术既可以是南星拿来胁迫联合会的武器，又可以是已成为"人工智能"的古人胁迫现代人按照他们计划继续走下去的工具，要么被太阳风暴毁灭，要么继续执行他们的计划。

如果继续推演下去，我很快就能找到假"人工智能"们这样做的原因——假如小说中描述的"系统"存在及其效果为真，那么在第四篇日记中也提道："目前推行的'人工智能'计划最多将自行崩溃的时间延缓四百五十三年。也就是说，即使按照计划进行，人类文明也逃不过被太阳毁灭的结局。"现在正好是四百多年后，假"人工智能"计划也确如"系统"计算那样结束了，但是人类文明并未崩溃，说明除了这个计划，还有其他动因促使崩溃时间进一步延后，而这个计划的冰山一角很有可能就是"人工智能"们故意设计出的，由他们提供"云脑"技术才能让现代人应对"太阳风暴"的局面，这也解释了联合会的几大主席，也就是曾经几支反抗军首领为何心甘情愿地交出手中近乎决定一切的权力。

然而这个新计划的全貌我实在无法推演出来了，唯一能指向的只有南星，那个抹除了一切个人信息的男人，然而我不敢保证他的目的就与"人工智能"们是完全一致的。

横跨四五百年历史的宏大事业逐渐出现在我眼前，也许假"人工智能"们的目的始终只有一个，那就是战胜必然的灭亡，这是项绝望的、极具勇气的、蚍蜉撼树式的计划。然而就在我纠结是否要将这些发现梳理成清晰的时间线的时候，联合会的最新通知彻底浇灭了我试图触及"真相"的热情。

"目前失去的四百多年历史已经逐渐找回，'系统'是人工智能用来欺骗人类的虚构技术，这种忽略了人类主观能动性的科技不可能存在，未来道路是由人类自己决定的，美好未来是由人类自己创造的。有关古代人工智能存在人道主义的问题也是子虚乌有的事情，从家政用途到社会服务，再到工程建设的技术的发展路线已经确认，为应对'太阳风暴'的袭击，承接人工智能设计的某公司程序设计师张风尧为一己私欲，想要获得更多的地下城进入名额而修改了负责社会统筹计划部分的人工智能，最后导致了暴动。现在我们要做的是正视历史，才能更好地面向未来，现邀请各领域考古研究者一同为历史盖棺定论，切记为人物翻案的虚无主义错误，找出人类文明这段黑暗的历史到底由谁负责？！"

看完联合会的通知，我放弃了将这本古代小说体现的内容与现实结合推演为"新的历史"的想法，而是应对接人的要求，把后续第十二篇到第十七篇日记截取出来，并"研究"出过往许多谣言就是源于这种"劣质模仿上古作品《献给阿尔吉侬的花束》的或然历史科幻小说"。为此，我还要为截取的部分编写出一个恰当的开头结尾，使其真的变成一部劣质的古代科幻小说。

2123年3月26日

我忘记了写日记的计划，随意翻看书籍的时候发现了这本日记，也就大概记起来写日记的计划，不过也有可能是我误解了，得病之前自己或许只是想随手写一部历史科幻小说。

大概是一个多月前，或者还要长一点的时间，王黎和李斯给我做了第三次治疗，之前的许多记忆都变得模糊了，或许都不是什么重要的事情吧。

李斯告诉我这种病叫"智力型阿尔兹海默症"，我不太懂，不过看他那信誓旦旦的样子，以及与他深厚的交情，我还是相信了。他大概的意思是说，我得的这种病需要很多次手术才有可能康复，为延缓病情恶化，只能主动地降低我的智力来修复我老化的神经元，不过全程我走神了好几次，没仔细听具体的情况。

他说这个症状可能还会严重，智力会自行退化。

我倒是不太紧张，因为我发现自己的资产十分丰厚。

好，日记就写这么多吧，我知道要老实听从医生的建议完成写日记的计划，不过我确实不知道再写什么了，唯一还要注意的事情就是王黎提醒我，目前的智力状态大概是原有智力的百分之六十。

我对现在仅有原先百分之六十的智力水平感到满意，当然也有可能只是对现有优渥的物质生活感到满意，不过对我来说都无所谓了。

四月初我将进行第四次手术治疗，希望一切顺利。在手术前我要多享乐一番。

2123年5月1日

今天是"落梅天"人工智能诞生的日子，大街上各处都是宣传"落梅天"的伟大，说是它完成了多少人力资源的调配，提供了多少工作岗位，还保护了许多劳动者的合法权益。

说完"落梅天"的成绩之后，就是在强人工智能出现之前、为国家劳动保护事业做出极大贡献的伟人介绍。

按照姓氏的拼音顺序，五天假期内详细地介绍了过去二十九名在劳动保护事业做出极大贡献的伟人，还一直强调不要忘记他们，要对他们感恩，我对这样的事情有种奇怪的感觉。

  一方面，我很支持歌颂英雄，英雄为我们高尚地付出一切，我们不应该忘记他们的伟大与光荣，另一方面，在直觉上我又有种说不清的逃避感，似乎是不想歌颂英雄的牺牲，但这样说又不太对，或许我只是想让那些伟大的人不去牺牲吧。

  原本日记凑字数到这里已经足够，但我觉着还是有必要记下我昨天做过的一个奇怪的梦，梦里的我在思念一个曾经很爱的人。

  梦醒之后，我的心口总是沉沉的，愤怒，悲伤，两股纠缠在一起的情绪把我折磨得十分难受，更可怕的是，我竟然出现了幻觉，我总能感觉一团雾围绕在周围，像是曾经的"我"的意识凝聚出来的。

  "我要报复。"

  一股无名的怒火驱使我走来走去，坐立不安，最终想起王黎嘱咐我每月要记一次的日记，四月份我忘了记，只好五月多写一些。

  不过写到这里仍然无法消除我睡醒后心口那团熊熊燃烧的怒火，它似乎在驱赶着我得知什么信息，最后我依靠直觉，决定从曾经"高智商的我"写下的"日记"中找到一些重要信息。

  或许不用？毕竟明天我就要做第五次治疗手术了，一切都会好起来的。

2123年6月1日

  王黎叔叔让我记日记，顺带看看之前写的东西。

  李斯叔叔说我之前是个很聪明的人，只不过患上了"智力型阿尔兹海默症"，不得不主动降低智力，防止智力进一步恶化。或许我该叫他们王哥和李哥，毕竟虽然我的智力退化到成年之前，但我还是一副大人的模样。

  今天是六一儿童节，街上各处都洋溢着欢喜的气息，洋溢着幸福的味道，洋溢着喧闹的吵声，洋溢着诚挚的童真，洋溢着香甜的蛋糕气。（我今天刚学会了"洋溢"一词的用法，王哥鼓励我用洋溢这个词排比造句，但最后一句我实在找不到两个字的词形容"蛋糕气"了，蛋糕气就是蛋糕气，其他什么气体都替代不了）

  我最近爱看视频里的人大闹大笑，但最开始不经意的笑让我感到别扭，可能曾经"很聪明的我"觉着视频里的人很傻很俗吧。

  但现在的我要好好反驳一下过去"聪明的我"了，我觉着那些短视频里的人一点都不傻，他们知道如何让别人开心，让别人快乐的人不会是傻的。相反，他们很聪明很努力，在依靠自己的能力赚钱……毕竟，再低贱的人也有快乐的权利。

  希望我的病快快好起来，我没太看懂之前的我记录的东西，不过过去"聪明的我"

给现在的我的建议，我会老实听从的，交完这篇日记我就要完成第六次治疗手术了。

2123 年 7 月 6 日

七月流火，天气越来越热，但我不喜欢那种悠然自得的田园生活，反而期待摩登都市生活，今天李叔叔带我去玩，首先去的地方是京华市法院，我也不知道这样的小案件审理有什么意思，但是只要看到人工智能"最终法律裁决"像高山流水般往外冒字就会感到快乐。

王叔叔经常提醒我不要用错成语，我觉着这次写日记应该不会用错了吧，毕竟每个词看着都挺符合上下文的描述的。其实我不怕用错的，用错了下次记住再改就好嘛。

从法院出来之后，李叔叔又带我去公园玩，我看到几个孩子围着一个女生，嘲笑她长得"黑"，还叫她"黑旋风"就气不打一处来，窜出去挡在他们中间，然而他们都被我高大的身子吓到了，急忙四散逃窜。

想起王黎叔叔说这本日记可能要被作为案例研究，所以如果你看到了这些内容，请注意，以上办法仅限于被动地惩罚报复他人。请继续保持善良，这些办法不过是让你的善良有了必要的锋芒，坏人才该被人拿枪指着，而好人要做的就是拿起枪。

日记的字数应该够了，就写到这里吧。

满足联合会对接人的要求后，我的工作算是结束了。

新的时代即将来临，然而难得的三个月假期生活带给我的只有寂寞，我一个人能做什么呢？我的作用连时代的一粒尘埃都比不过，但是我还是打算翻译出这部"小说"后续的内容，算是为自己找点事情做。

那个"作者"后续只创作了两篇日记，戛然而止，可能是没来得及为其写出好的结尾：

2123 年 8 月 19 日

最近"保护安全"的人越来越多，李斯和王黎却不见了，他们说这两人成为人类文明的英雄，我也在之后的新闻中看到了两人的讣告。

记忆正在慢慢恢复，我的智力、我的人格即将回归完整。

新来的医生说我的"智力型阿尔兹海默症"快要好了，接下来需要连续做很多次治疗手术才能恢复智力，这让我感到很滑稽，因为我现在的智商至少是曾经青少年时期的水平，而不是孩童时期，他们可能习惯把人当小孩子哄吧。

原本我不敢在日记中写下太多内容，但之后意识到，我该完全相信完整的"我"

的计划，所以我现在无论写什么，应该都在"我"的预料之中。

  我不太相信他们的智力水平能够很好地判断日记中的内容是如实记录还是在说谎，从文学叙事理论的角度说，这应该是叫"不可靠叙述者"。该理论最早是由新亚里士多德学派第二代领头人韦恩·布斯在《小说修辞学》中提出的，我知道他们会在我进入中枢系统后翻看我的日记，试图从中找出什么"阴谋"，但其实这是一场简单的博弈游戏，只是博弈双方的实力严重不对等，如果他们认为我确实有什么阴谋，那他们就必须明确肯定我在日记中的叙述是在有意欺骗，并根据欺骗的内容反推出真实内容，最后还要根据真实内容阻止我的"阴谋"，而这三步对于他们而言是几乎无法做到的，因为这不是"找出什么"，而是"确认什么"。假如他们真能掀开遮挡我意识的幕布，那我也就没有什么必要进入系统。

  对于集体而言，一个人能做的事情很渺小，他们的传统之一就是教育别人"别把自己当回事"，所以就算我有什么"阴谋"也掀不起太大的风浪，至少在他们目前看来是这样的，假如他们无法做到确认我是否有"阴谋"，那么只有两种选择：一种是放弃让我的大脑神经元进入系统；一种是选择相信我，冒着风险让我进入系统，但他们同样无法确认这样的局面是否是我有意为之，故意唱了一出空城计。

  所以他们只能相信我，假如我这样做能成功逃离成为人工智能的命运，那么其他人也会这样做。好了，我知道他们中有人会看到这段文字，我相信他们能够体谅一个孤独了一辈子的老家伙想要保留爱人记忆的愿望，他们也相信我会作为"英雄"投身于延续人类文明的伟大事业之中。

  毕竟，系统的演算从未出过错。人总要赌一把，我赌得起，但他们赌不起。

  这是我最后的傲慢。

2123年9月21日

我没想到他们那么需要我的"才能"。

经过两个多月连续的智力恢复手术，我的智力基本恢复至巅峰水平。

我又成了"天才"，被"能力越大，责任越大"诅咒的"天才"。

我猜得没错，我被选为"伍"社会统筹发展程序组的核心组成部分，不过令人欣慰的是，这个程序里的意识会与其他所有强人工智能产生交互。

就在我现在写日记的时候，旁边的那个人还在给我的思想"做工作"，实在无聊，厌烦反胃，而且他们肯定会在我进入中枢系统后仔细翻看这本日记，所以他说一句我便写一句，随后还附带上我回复他的话语，这样我便成了审判他的人，让他们好好看看自己猥琐油腻的嘴脸：

"你看我还能挣扎一下吗？我实在不想成为一个人工智能。"

"您是我们的英雄，我们人类文明的英雄，我们将永远铭记您的高尚与伟大，铭记您燃烧自己点亮他人的精神。"

"我真的想再挣扎一下，要不我尽快培养一个很有潜力的学生来替代我？"

"人工智能'伍'需要像您这样的天才啊！您要这样想，当处于绝对理性状态，您就会明白您在完成一项前无古人后无来者的伟大事业！"

"那完成你们英雄最后的心愿可以吗？保留我镌刻进大脑神经元活动习惯的部分情感记忆，这只是我对一个人最平凡的爱，不会影响工作的。你们要剔除这部分，也有破坏我正常神经元的风险。"

"当然，我们会尽力满足英雄的愿望！"

"真恶心，这个弱者剥削强者的时代。"

"我们是为了整个人类文明，相信我们的英雄总会明白的。"

"燃他人之命，只为我之福祉。"

"能力越大，责任越大，这是您的挚爱在进入中枢系统前说的最后一句话，相信您一定会和您的挚爱一样理解自己投身的伟大事业的！"

我实在忍受不了他们这般恶臭的言论，结束了对话，让他们把这本日记藏到一个地方，就当是自己墓碑上真正的内容了。

他们同意了，为避免工作交接时出现意外，我便将这本日记的隐藏地点再誊抄一下：

"位于东江大学第三实验楼的地下二层的左手边第六个房间是王黎教授的休息室，内部有一个可以精细操作脑神经的实验手术室，房间藏在一个偌大的书柜后，需要依次抽出放在第三层从左数第二格的一本王尔德《夜莺与玫瑰》，以及第五层第一格的一本《梁山伯与祝英台戏曲研究》，位于左边的一列细长的格子会缓缓向后移走，露出手术室的入口。"

哦，还有一件事。

我叫张风尧，如果一切顺利，我应该会成为人类文明的罪人。

系统从来没有出过错。

我坐在公园的长椅上，合上这本沾染着霉味的笔记本。

"作为一篇历史科幻小说，它巧妙地利用了人工智能觉醒并引发战争的这几百年历史的模糊性，把导致人工智能觉醒的罪魁祸首张风尧作为主角，并在最后揭露，结合事件的历史记载，人工智能的觉醒就变成了张风尧作为人工智能的觉醒。"

"但该小说设定的觉醒竟然只是从他对另一个人保留的感情开始，虽然浪漫，但在现实中应该不会发生，稍微减弱了真实感。不过小说的时间设定较为严谨，将人工智能统治时期建设应对太阳风暴建设地下城和行星防御工程，以及将反抗军从东江大学的某间手术室找到反抗人工智能统治方法的两大历史事件融进故事情节中，又增加了一些真实感。"

这是我对这篇"小说"最后提交的"盖棺定论"式评语。

人类文明的新时代即将来临，初升的太阳流出清爽的金色，照在公园西北角的铜像上。

那是一尊人像，朝着西北低头跪着，每天从早到晚都有人拿东西打它，或是朝它吐口水砸东西，把它粗糙的表面磨得如镜子般光滑，所以总是闪闪发光的。

那个人叫张风尧，是为人类文明背负起这段黑暗历史的罪人。

高大的铜像拉出一道长长的影子，为娇嫩的小黄花抵挡住猛烈的金阳。

有只蜜蜂停在上边采蜜，将花粉传播到其他地方。

几个小孩子跑过来，把蜜蜂捏死了。

他们说："小蜜蜂在欺负小黄花。"

我轻轻地笑了一声，可又不知道再说些什么。

呵。

欲加之罪，何患无辞。

博物馆银河之夜 \ 邹婉莹

一

"你是谁？"面前的仿生机器人问道。

李景煦打量着对方的面容，有些怔愣。机器人穿了一身灰色麻布衣，束着高马尾，袖摆堆叠在地上，腰间坠了一个好看的玉牌。他原本是靠着室内的树脂景观树坐在地上，被李景煦唤醒后，缓慢地站了起来。

机器人只是按照他被预设的程序进行提问，李景煦却像是不服输似的，挑衅一般地重复道："你是谁？"

"信。"新的问题取代了上一个程序，机器人诚实地回答。

原来这就是那位神秘的仿生将军，李景煦了然。

他与信的相识不是偶然，这一切都要从他触犯组织条例开始说起。

李景煦曾经是组织的核心研究员，代号"李太白"，负责研究 AI 的智能学习和情感控制机能，以极为精彩的一篇《后科技时代 AI 知识学习技术在生化领域的应用》擢升为组织内最高权限的研究员，拥有独立的研究所和实验室，建立了独属于自己的科技组，领导十二人的同事以及教习三十多名新人调查员。年仅二十三岁身居高位，为他带来了许多追随者，同时也使他的言语成为无人反驳的"真理"。

于是在自我膨胀和内心对于研究无止境的追求中，他孤身一人，以飞跃的速度走入无人探索的领域，并在广阔的科学中迷失了自我。简而言之就是，他贪心地将AI学习能力试图推广到全范围乃至AI自身内心的情感与道德建立，而这样模糊机器与人之间界限的行为，显然触犯了后科技时代最为严格的一项科研公约。

"永远不能试图造人"，是的，无论时代发展出多么震撼世界的变革性产品，"造人"是绝不可被触碰的红线。很显然，一旦人不再具有明确的定义，现今运行的这套规则将彻底失灵。

所以李景煦的研究一经披露，就遭到了严重的抵制和对抗，上头雷厉风行地下了调任书，仅仅半天时间，就将以往最风光的研究员调入了组织中一个已经关闭数月的部门——被废弃的"国风开发部"。而他唯一且仅有的职责，就是将国风开发部博物馆中所有藏品进行清点，并整理之前遗留下来的研究数据和档案。

其实国风开发部有过一段辉煌的历史。在人类的科技进程仅仅作为与文学艺术分庭抗礼的另一部分时，许多人期盼着将科技产品打上文化烙印，国风开发部应运而生。他们以极大的热情和产能创造了一系列成品，一部分经过授权流入市场，另一部分天才创意由于无法量产，则被安置在专用的博物馆内，每月限定日期对外开放。

国风部突然声名鹊起，一时间博物馆人声鼎沸，预约名额一秒售空。那时李景煦正闷头投入在自己的AI情感研究中，对国风部也只是略有耳闻，从未详细了解过。再听说国风部，就是他们解散的时候了。

科技过于迅速发展带来了诸多问题，环境、生物、经济、伦理等各方面都打上了红色感叹号，越来越多的人疲于应对接连不断出现问题的生活，国风部的发明创造被打上了娱乐与浪费的标签，比崛起更快地没落了。后来组织干脆解散了这个分部，调走了所有研究人员，只留下上了锁的博物馆和研究所。

李景煦这次下放，虽说是来了一个偏僻的地方，但因为整个研究所只有他一个人，顺理成章地获得了所有权利。他拿着发下来的ID卡，在门口进行了虹膜认证，走入这个过去最为辉煌的殿堂。

拧开门后，灰尘扑面而来。李景煦捂着口鼻后退了半步，下意识挥手想将空气中飘动的浮尘揽到一侧。等一切静默下来，这座笼罩在穹顶巨大的圆形幕布下的室内博物馆，展现出了它完整的面容。

李景煦反手关上门，一口气按下了显示屏上的所有开关。

幕布变成了明亮的星空，星星在其上闪烁，正中间则是一条灰白色的银河，遥远又触手可及。星空之下，是被暖黄色灯带环绕的方形展柜，博物馆不大，靠墙一圈的展品粗略数下来差不多六七十件。正中央摆着五个立式展柜，但因为没有灯光照明，在较为黑暗的环境中，难以辨认形状。

侧面的阶梯通往博物馆二楼，也就是国风部的办公区。李景煦随意挑选了一张办公桌，简单清理后，放置下自己的办公用品。角落的书柜里锁着纸质档案，里面包括研究日记、人员调动、展品记录、博物馆管理等等，李景煦找到了展品册和对应的研究记录，一一进行翻看。

将一楼展厅内所有展品与档案对上号用了三天时间，三天后，李景煦盯着档案中的零号物品，陷入沉思。据文字记载，零号是国风部开发的第一个科技产品，却因为技术不足，数次停工，几年下来，直到国风部解散，这个产品都没有完成。而这个神秘的零号展品——一位等比复制的古代将军，导入所有历史材料进行人格塑造和对话模拟，以完全真实的姿态还原出来的电子将军，现在正被锁在一层最秘密的房间内。

李景煦启程，走过员工通道，经由各种身份认证后，终于踏进了将军的房间。

二

这间独属于将军的屋子不过二十平方米。

屋内被树枝景观树隔开，左边是卧室，右边是庭院。卧室里摆着一个简陋的小木床，顶头是两方矮柜，头顶墙上挂着剑，床脚处是衣柜，李景煦没有去打开，不知道里面是不是真的放了许多替换衣物。墙侧装了扇电子窗。实际上，这个空间是全密闭的，不仅出于保密，更出于安全考虑，四面全部被封死，好在电子窗足够真实和智能，实时联网查询天气并投射在电子屏上，乍一看去，好像真的窗户。床的不远处就是书柜和木制桌椅，书案上只简单堆了两本书，放置了笔墨纸砚。

绕过树叶茂密的树脂景观红枫，另一边是一个环面电子大屏，模拟成农家小院的模样，兼顾了空间感和设计感，保留了视觉上的延展性。红枫在庭院中静静矗立，枝条被天花板压弯，树根融入木质地板中，诡异又自然。院里摆了一副石桌椅，上面放着围棋，尽管看起来像玉制的，但李景煦猜，多半是什么劣质材料伪装而成。另一边则是武器架，立着刀、枪、斧、钺、钩、叉。

良久，李景煦收回了扫视屋内的目光，坐在书案边，冲着电子将军抬了抬下巴，将其叫过来："坐下谈谈。我是最新接管你的负责人，名李景煦，你需要向我汇报你目前的记忆状况。"

"好的。"许是刚刚苏醒，机器人这几步路走得极为僵硬，以一种十分别扭的姿势坐在他身边,侧着头,说:"查询个人信息——代号'信',姓名谢君琰,诞生时长五年,负责人为……负责人已更新,登入研究员李景煦。查询记忆信息——暂无。查询程序运营状态——正常。"

信,或者说,谢君琰,汇报完之后,安静地坐在原地,湛蓝的眼睛紧紧追随着李景煦,等待下一步指示。

李景煦从这段汇报中几乎没获取到任何有效信息。他败下阵来,任劳任怨地去楼上拿下来自己的电脑,翻找到谢君琰的数据线,将其接入了国风部原有的数据库,同时再将自己电脑登上组织内部云数据端口,与谢君琰相连,开启数据整理。笔挺端坐的将军脖颈后方突兀地多了两条蜿蜒的线,连向不同的地方。

李景煦顺手替他理了下领子,重新坐下。由于谢君琰体内有庞大的数据信息,包含史书原著以及各类古代生活知识,包括算学、中医、戏曲、星象等各类专业内容,数据量不小,即使连线操作也需要半小时到一小时不等。趁这时间,他打算先和谢君琰聊聊,看看这位神秘的零号展品究竟被打造成了什么样。

"初次见面,我们彼此都不太了解。你在此生活期间,可以将我当作你的朋友,任何需要都可以主动找我。"李景煦翻翻找找,总算是在抽屉角落找到了信纸智能屏——国风部的又一项设计,完全拥有古代信纸的外表,由电子笔进行书写,联网后将信件内容发送给指定收件方。自然,电子笔也已经伪造成了毛笔的模样。

他将这些东西递给将军,并在信件抬头位置写下自己的姓名,超链接上邮箱地址。许是将军的表现仍然过于痴愣与僵硬,李景煦不放心地问了一句:"写字,会的吧?"

将军抿了抿唇,宝石蓝的眼睛深邃又空洞,说:"会。"

"很好。"李景煦满意地点头,"那你还有什么问题吗?"

"没有。"将军没有任何停顿地回答。

李景煦凝视了他片刻,默默在心里叹了口气。他做违规研究时,接触的都是已经导入人类情感脑电波或者经受过生物学刺激的机器人,那些机器人本身就有一种与人类相似的自然感。而不是像将军这样僵硬,很多对话需要引导。这种半成品,很难引起李景煦的兴趣。

但鉴于国风部的研究日记中将其当作珍宝的种种表述,他愿意相信,只是由于沉睡过久,导致系统不灵敏,只要经过多次调试,他会恢复到最好的状态。正如他所说的,"初次见面",并且以后也要"互相关照"了。

"明日我会在外面处理工作,你要与我一起吗?"李景煦邀请道。

"好。"话音刚落,将军就回答了他。他凝视着李景煦的眼神有些冰冷,不含任何情感,被这样的眼神盯着,多少会让人产生畏惧和逃避的心理。李景煦没有。将军毫无保留的信任和对所有条件的全盘接受，极大地取悦了他，即使他清醒地知道自己面对的是机器人，依然在心底产生了微小的被认同感，并为此感到雀跃。

"早上八点，准时见。"他留下了一个笑容，贴心地为谢君琰带上了门。

三

李景煦的展品清点工作从靠近博物馆门口的一号普通展品开始。谢君琰站在他身后，无声地看着他动作。

古代铜币外观的音乐播放器、夜灯作用的青花瓷瓶、被切割成竹简状的折叠屏平板电脑、可以贴合人体自动改变大小的古代服饰……序号排在前方的，大多数是国风部早期研发的作品，设计思路简单，实用性一般，一连串看下来，李景煦为其命名为新时代科技杂糅式电子垃圾。

到十九号展品，是一个古代生活虚拟投影，被做成了书的模样。打开书之后，可以调配场景与人物，经由系统模拟出的生活场景搭建完毕，配合白噪声，极具沉浸式地还原特定朝代的特定生活状况。在国风部的文件中，将其标注为教学模具。

李景煦不动声色地瞧了眼身侧的谢君琰，将其通电后设置了"将军"与"战场"的参数，数秒后，一位将军征战沙场的片段被投影出来。如李景煦所预料的那般，谢君琰的视线缓慢地移到场景上定住。

"像你吗？"他揶揄道。尽管调侃机器人这事有点过于奇怪，但谁让谢君琰太真实了。他就那样整整齐齐穿着一身古代人的服饰，听话地跟在李景煦身后，不刻意提醒的话，完全就是真实的某个少年将军。

"不像。"谢君琰摇了摇头。在场景的又一轮重复播放时，淡然开口道，"我不会像他这样。我会受伤。"他伸出指头，指着那个在投影中以一敌百、大杀四方的威望将军。

这很奇妙。李景煦很快理解了谢君琰的意思，并为此感到不可思议。他竟然真的认为自己是一位将军，指责教学内容中的夸张片段，并且认定自己是一个普通人，而非什么英雄角色，会在混乱的战局中受伤？可他是个机器人啊？李景煦越想越不理解，以至于半张了嘴，吃惊地看向谢君琰。

"你不会的，你是信。"李景煦试图与他辩解。尽管"信"这个代号并没有指明是哪位历史中的人物，但光这一个字，就注定谢君琰的程序设定不是一个寂寂无闻者。"你是信"这个说法可以说是某种本能，就好比"你可是某某啊"这样的句式，不仅代表着敬仰，还蕴含着一些憧憬。

然而谢君琰并不会人情世故地说些漂亮话，他扭过头，一板一眼地纠正李景煦的错误，重复着他固定而无法被更改的想法："信会受伤。"

"受伤的话……你会疼吗？"李景煦受到了一些冲击。他根本不可能受伤啊？而且，他为什么认定自己会受伤？难道……他是有自我认知的？李景煦的脑子轰隆作响，完全是凭借着惯性说话，等他意识到自己问了个蠢问题后，可话已经说出口了。

这个问题似乎难倒了谢君琰。他低下头，想了很久。

李景煦等了一会儿，没等到他的回答，便以为他无法回答这个问题，收起了投影，走向下一个展品。等他将这一列所有展品清点完，再回过头时，谢君琰依然保持着低头思考的动作，像是一个雕像，凝固在那里。

"回……"回去吧，李景煦想说。

然而谢君琰正好抬起头，与他同时开口，打断了后面的话："疼是什么？"

李景煦张了张口，没有回答。

后面几天的清点工作，他没再叫上谢君琰。出于内心不可明说的排斥和逃避，他不想让谢君琰再接触这些展品。但为了照顾他，或者说，监测他，李景煦还是会去找他，有时候就打个招呼，有时候坐着聊一会儿，但都是些没什么具体含义的对话。他小心地避开了任何可能出现意外的话题。

在博物馆只剩下中央五个展品时，李景煦留在了二楼。他一边整理着已经完成的工作，一边艰难地从国风部布满灰尘且杂乱的办公桌上与老旧电子设备中寻找更多的遗留下来的研究材料与管理日志。这些文件不仅涉及现有展品的详细构造，还有一些处于图纸状态未被实施的奇思妙想。当然比起这些，更重要的是国风部的个人数据库链入密码与信任证书，以及藏在电脑深处的隐藏文件。他必须保证他在查看那五个极其珍贵的展品时，不会出现任何混乱和灾难。

然而这样繁重而复杂的工作，被组织的一场中秋晚会中断了。以李景煦的身份，处于中秋晚会这样的社交场合中，不可避免地要面对来自朋友的关怀和敌人的嘲讽。因此他在收到通知时，就十分明智地请了假，并且为了保证万无一失，提着组织发下来的礼盒月饼和私藏已久的桂花酿，在中秋节那天敲响了将军的门。

"好久不见，李。"谢君琰拉开门，半侧着身，语气波澜不惊，令人意外的是，他似乎脸上浮现出了一个可以算得上是"高兴"的神情。

李景煦扫过他面部神情的变化，装作没发现，生硬地寒暄："这几日如何？"

"普普通通。"谢君琰诚实地答道，并跟随着李景煦的身影，一同坐在了床沿。

窗户屏模拟着现实情境，雾蒙蒙一片，风景隐匿在阴郁的水汽中，瓢泼大雨冲打着玻璃。室内隐蔽的环绕音箱播放着提前采集好的白噪声，身临其境的感觉让这个房间即使处在恒温控制中，好像也有阵阵凉风侵袭。

"喏，节日快乐。"李景煦将手上的东西一股脑塞到谢君琰的怀中。

"中秋节？"谢君琰的思考很短暂，经过这些天与李景煦的相处，他已经学会如何快速调动自己预设的知识，以应对这个人类时不时毫无道理的话语。但即使是经过再精妙的计算，他也想不出李景煦今晚会出现在这里的理由，只是懵懵懂懂地点了点头。

身后雨声不断，面前却又是宁静的秋夜，蝉鸣声洪亮，树叶籁籁作响。李景煦和谢君琰一杯接一杯喝着桂花酿，他没有说话，谢君琰便也不会开口，只是在每次他举起杯时，恰如其分地与他对撞。后来一坛桂花酿喝完，李景煦也有些醉了。

他眯着眼，看着空旷的庭院，恍惚间以为自己真的穿越去了古代。他心里闪过好些诗句，句句精妙绝伦，却挑不出一个足以表达他此时的心情。最后眼睛却紧盯着院中的兵器架，梦游似的问："你会舞枪吗？"

"会。"谢君琰先是回答了他。

谢君琰的枪法并不完全是古式的。尽管枪法的来源经过了考古专家的分析以及现代武术协会的认证，但仍然具有某些现代性，甚至可以说，某些优美而华丽的招式，更像是游戏中会出现的动作设定。但这些现代性并不影响谢君琰舞枪的进攻性与美感，即使处在狭窄的空间中，他依然身影翻飞，宛如月下灵动的燕。

李景煦从坐着看，到托腮看，再到趴着看，几乎要醉倒在这一方天地中。

最后还是谢君琰结束了功法练习后，走过来扶起他，他才微微唤醒了几分神智。

四

最后五个展品还没有清点。

而这五个珍贵的展品，每一个都注定要用去大量的时间进行调试与记录。比如第一个，档案记录为"女娲"，李景煦为其通上电后，只听到机械的籁籁声，很快停下来，再也没什么反应。谢君琰似乎对这个完全不能动的器物没有任何兴趣，目光仅仅在上面停留数秒，转而聚精会神地盯着李景煦。第二个珍品为"嫦娥"，通电之后，周身飘带亮起，闪烁几番后，又倏然灭掉。第三、第四是哪吒与沉香，与前两个珍品一样，都有不同的故障，甚至无法顺利开机。

说到这四位神话中的人物，李景煦倒是想起来以前听过的一些风言风语，诸如"国风部的那群疯子在重塑上古神""他们开始做《封神榜》了""下一步据说是《山海经》"等等，任谁听到都会一笑置之。当时，他对此不屑一顾，如今面对四个已经全然退休的科技产物，反倒起了好奇心，想知道他们正常运作时是什么模样。

好在还有最后一个展品，比整个博物馆都要珍重地藏在中央展柜中的，珍品中的珍品。

那个展柜十分宽广与高大，几乎触及天花板的高度，可以看出他们给了这位多大的尊敬与喜爱。护背旗采用了双色灯管，走线繁琐，雕琢仔细，尽管是机械造物，却看起来有如丝绸一般柔软。身上的铠甲严丝合缝，没有任何浮空感与僵硬感，真正地被"穿"到了机器身上。衣袍用色简单，纹路细密，线条流畅。雉翎自然垂下，像是真正的羽毛，若不是馆内无风，怕是要迎风而动。他站在原处，以一个亮相动作定格在原地，电子眼炯炯有神，即使处在灰暗颓败的馆内，依然有种冲破阻碍，下一秒就会一飞冲天的感觉。李景煦微微扬眉，仔细凝视了十分钟。国风部先前最大的心血，京剧版齐天大圣的 AI 复刻，集齐了所有版本京剧音频录入，教会了他所有版本齐天大圣的性格，行为与神态都堪比大圣亲临。即使在断电搁置多年后，依然栩栩如生。

在一个祥和的清晨，李景煦和谢君琰来到了展柜前。所有陈列品都安静地沉睡着，简单被唤醒过的古神重新堕入黑暗，寂静笼罩着博物馆。始终无声无息的电子将军，却在此刻被大圣所吸引。最开始只是目光转移，随后在注视了长达十多秒后，毫无自觉地走向大圣，没有等到任何指令，单纯出于某种不知名的力量，使他着魔似的伸出手。

那只手终究是没有触碰到大圣。

甚至在触碰到玻璃展柜前，他就已经停手，熟练地找到李景煦所在的方向，发音清楚地一字一顿道："他醒着。"

"什么？"李景煦怔了下，等反应过来谢君琰语中的含义时，惊异地瞪大双眼，看向一动不动的大圣。

"低温待机，但是，他醒着。"谢君琰凝视着定格在展柜内的大圣，再次重复了一遍。

李景煦脑海空白一片，再次扫视了一圈大圣后，忽然跳起来，疯了似的冲上去寻找玻璃展柜的升降按钮。起先是赞赏，不愧是国风部的宝藏，拥有精美的外形和优秀的技术，前四个珍品在他面前不过是"实验品"，而只有大圣是他们的终点，倾注一切的、仿生人创造艺术的终点和极点！紧接着数不清的问题冒出来，为什么大圣不是关机状态，是被遗忘了，还是刻意为之？他会知道什么，他会传递什么信息，他作为最成熟最费心血的成品，他会理解曾经发生在这里的一切吗？更重要的是，大圣的苏醒，会为将军带来什么？

冲动地进行身份认定，为大圣解除了待机。在等待的短暂时间里，李景煦内心布满了不安与惶惑。

终于，大圣醒了。

他换了个动作，像是舒展身体似的，甩了甩胳膊和腿，头上的尾翎一颤一颤，眼睛滴溜溜灵活地转动几圈，最后锁定在下方仰视着他的两个生物身上。他走下展台，与两人平视，抬了抬下巴，倨傲又可爱地问："哪一年了，小子？"

李景煦仍然处于震惊的状态，浑身血液都在沸腾，一时半会儿竟然激动得说不出话。大圣的声音也是经过信息采集和仿真模拟的，取用了以往所有影视作品中出现过的音色，调和成某种特殊的质感，让每一个人在听到大圣声音时都感到亲切，就好像自己曾经与其交谈过，所以记忆中有类似声音的存储似的。声音，外形，性格，都是完完全全的大圣本人。在这个时刻，在空无一人的博物馆里，仿若穿透了宇宙和时间，李景煦与神话中的英雄面对面了。

许是这段沉默太不像李景煦以往给人的印象，谢君琰好奇地侧过头，一眨不眨地盯着他。

"……2136年。"李景煦从干涩的喉咙中挤出几个字，恍惚间甚至感受到某种漫延开的血腥味。

大圣似是早有预料，听完后满不在乎地撩起衣服下摆，大马金刀地坐在了展台边沿，金箍棒握在手中，像是坚固的支点。他挠了挠耳朵，似乎是在回忆，但很快，就接着问道："程志云呢？"

他是曾经国风部的研究员，李景煦对其印象不深，好在前几天在管理日志中见过这个名字，因此才能对答如流："调去其他部门了。"

"哦。那……丁栩生呢？"

"他辞职了。"

陆陆续续地，大圣又问了几个人名。有的李景煦根本不认识，只能凭借自己的记忆，回想当初日志中记载的诸位部门成员的下落。谢君琰早就在旁边盘腿坐下，安静地聆听这两个人的一问一答。

问到最后，就连大圣也不再说话了。

所有人都走了。调任其实已经是最好的结果，但大部分的人，都选择了辞职。李景煦虽然感到非常不切实际，但他仍在心里尊敬曾经的这群理想主义者。他们为自己的梦想而努力，为自身的科学构想付出一切，并在梦想遭到破坏后，拒绝妥协，以最激烈的方式反抗和陈述，并出发去寻找更多的路途。

沉默漫延开，在曾经繁华一时的博物馆里，过往的辉煌代表者、遗留在未来的初生者、被放逐的外来者，三者一同以缄默不语缅怀消散为灰尘的历史。

大圣站起身，金箍棒在空中抡了个圈，被搁置在肩上，尾翎抖了抖，轻松地龇着牙笑："哼，真无聊，还没跟他们几个打够呢。"

李景煦张了张嘴，没发出任何声音。反倒是无所感觉的谢君琰，仰着头认真地问大圣："他们是谁？"

大圣没有回答。他在屋内翻滚和跳跃着，时不时摸摸展品，金箍棒握在手里，像是跳高用的撑竿，支撑着他做出许多高难度的动作。身上的铠甲发出清脆的相撞的声音，流苏在空中摇晃，不间断地画出弧度。

李景煦看了一会儿，倏地站起来，目光追随着大圣，大声向他喊道："他们再也不会回来了。你会难过吗？"

大圣定在了原地，维持着一个倒挂在金箍棒上的动作，他顺着旋转的力度回过神，倒着看过来，眼神里闪着璀璨的光。

李景煦又问了一遍。

大圣双臂交叠，冷哼一声，张扬地大声回答他："齐天大圣孙悟空，什么时候会难过？"语罢，一个空翻灵巧地落在地上，背对着李景煦和谢君琰，收了棒子。

李景煦和大圣心知肚明，记忆刻在大圣心里，已经令他生出不寻常的感情。即使这种感情不能以人类的标准来定义，但对于机器人来说，仍然是特殊而有意义的。唯有谢君琰，像个懵懂的孩童，被蒙在鼓里，什么都看不明白。

他天真又无知地询问："什么是难过？"

李景煦僵住，一时间不知道该怎么回答。谢君琰明明是主动在询问有关人类感情的事，身为AI情感研究员的李景煦，却无法给出一个明确的指向。他有点怕他认真教了对方，对方学不会，让这个问题永远成为一个问题；他又怕要是谢君琰真的会了……他要是真的懂了，那会发生什么？结果是未知的。

即使是再胆大的科学研究员，做出再多离经叛道的事，在面对未知时，依旧会蜷缩回人类最初始的舒适圈内。

李景煦的目光在两人之间转移，始终保持着沉默。

大圣不耐烦地敲了下谢君琰的头，抓耳挠腮地跳回展台，一扭头，凶狠地回答："俺不知道！"

李景煦愣了片刻，扯了扯嘴角，笑道："我看他很懂，不如你跟他先学着吧。"说完竟然真的不再介入其中，放任两个机器人相互影响，思维互相纠缠。谢君琰认为大圣一定知道答案，大圣咬死了他什么也不知道，被电子将军追着一路问，烦得上蹿下跳，想逃开对方。偏偏将军的体能不在其下，任大圣跑得再快，也能稳稳跟在他身后。问了约莫几百遍，大圣急了，质问对方，你的程序设定里没有吗？"不高兴"就是"难过"！将军停住了，呆呆地应了一声，紧接着又问："那你为什么不会难过？"

大圣说："我不会，你也不会，在这里的只有李景煦会难过。"谢君琰顺着他的话头，认真地望了一眼李景煦，继续问道："为什么我们不会难过？"大圣又答不出来了。

李景煦聆听着两人没完没了的对话，恍然想起最开始发明AI聊天系统时也是这样，让两个AI进行聊天的话，可以无穷无尽地一直说。后来直到天黑，两个人都没讨论出什么结果。李景煦困顿地打了个哈欠，摸着楼梯慢悠悠晃到了二楼。

身后隐隐约约传来两人的对话，他们居然已经进展到了下一个话题。他听到大圣问谢君琰，他是什么来头？谢君琰把当初向李景煦自我介绍的那段话又重复了一遍。

大圣闷着头想，信啊，信啊，好像听那些家伙提起过。但从前他们画信的图纸时，分明不是这个模样。于是他又向谢君琰解释："他们想造一个将军这话不假，可是他们要的不是你这样的。叫信的人不少，随便你是什么韩信、李信，甚至信陵君，总之不是现在这样。你有没有想过，你为什么会前进？你是什么样的人？你是人还是妖怪？你要成人还是成神？……"

后面李景煦没再注意。他将自己埋在电脑桌前堆积成山的资料中，查找着程序失灵可能的原因。在国风部的档案记载上，即使四个珍品作为前驱，技术多少有不足的地方，但以常理来说，他们设计完成后的表现应该与大圣是一样的。这项追根溯源的纠错工作花了他几乎一个月。这一个月期间，楼下时不时传来将军和大圣的争论，一个一如既往的冷静，一个没聊几句就暴躁起来，活像什么"没头脑与不高兴"。李景煦无聊的时候就会停下手上工作，凝神静听，听了一会儿就忍不住笑起来，心情愉悦地继续。

要说烦恼也是有的。将军至少是个人类模型，到了夜晚自发地安静下来。大圣不是这样。他闲不下来，经常踩着展品柜台来回跳跃，虽然他技术精湛到不会破坏博物馆内的任何物品，但在任何时刻可能响起的叮叮当当声依然会影响到李景煦的生活。

有一次，他正在二楼写文件，复杂的用词与累赘的表格弄得他心烦意乱，本就心情不好，楼下伴随着敲击玻璃的声音和两人压抑着的争吵声不断传来，令他更加无法忍受，干脆冲下了楼，准备教育一下两位不懂事的AI。刚到一楼，两个机器人同时停下动作看向他。谢君琰还好，坐在中央展台的台阶上靠着读书。大圣则是整个人倒吊在天花板的投影仪上，金箍棒夹在腰间，随着他钟摆一般的摇晃动作有规律地敲击着一旁的玻璃展台。

李景煦揉了揉太阳穴，颇为疲惫道："你们在做什么？"

"我们在……呃……探讨人类情感的必要性？"大圣眨眨眼，灵巧地跳下来，稳稳落在地板上，没发出任何声响。

"行。"李景煦冷笑一声，双手抱臂，靠着阶梯一侧的墙壁，"讨论出什么了？"

大圣察觉到他的问法与以往不同，但只是稍微想了一下就放弃了，只把这当成一个最普通的问题，枕着金箍棒，跷起二郎腿，望着天花板无所谓地回答他："没什么必要，当一个机器挺好。我们一致认为，当一个人做出错事时，十之八九都是受到情感左右。同样，当一个人无法做成一件正确的事时，也是有情感在影响他。本来可以直接达成目的，偏偏绕了弯路，又麻烦又费事。"

李景煦面无表情地点点头，没有评价，转而问谢君琰："你也这样认为？"

谢君琰放下书，自然而然地走过来，站到李景煦面前，非常果断地摇头，与旁边的大圣划清界限："我听你的。"

当务之急是别让这两个人再搞出动静，搅了李景煦的工作。如今看到谢君琰这么听话，他索性也不耽误，将两人隔离开，让谢君琰乖乖和他一起坐在办公桌前。

李景煦关上门，一回头，见谢君琰站在一侧出神。

他心里好奇，寻思这位将军是看见什么了这么入迷，一边关掉亮得刺眼的顶灯，走到谢君琰身边。

"这是雨吗？"谢君琰侧过头问他。他站在卧室小小的窗口，宝石蓝的眼珠子被灿烂的霓虹灯照亮，映着外面无声的小雨，似乎有火苗在其中闪烁。许是雨水与都市霓虹之间折射的光太过细碎，光点在不同位置亮起，竟然赐予了这双眼睛某种堪称柔和的神情。

李景煦承认了。他想起来谢君琰房间里那扇电子窗。上次去谢君琰房间时，电子窗里下着大雨，他没有试图抚摸过屏幕，只是远远地看着，一边觉得厉害，一边又感到荒谬。模拟、假设、虚幻，天气可以被创造，自然同样可以虚构，但真实性永远无法复制。在他离开的日子里，谢君琰会去抚摸那扇日日夜夜陪伴他的窗户和庭院吗？他的脑中装载了无数的现实知识，他会奇怪为什么这些东西和他记忆中的不同。

谢君琰仍然在专注地看着雨丝，仿佛其中夹杂着什么重要的真理。李景煦瞧着，终究在心里产生了些怪异的感受，最后，他打开了窗。

他将手伸出去，接住了雨滴。

谢君琰学着，将宽大的袖子向上卷了卷，探手出去，让雨滴落在掌心中。再张开时，手中空荡荡的，只有少许湿润的水汽升腾起来。他有些迷茫，偏头想了想，想了一会儿，又伸出手去接。雨水又消失了。他似乎委屈了，将手伸了回来，一板一眼地将袖子理好，重新将手垂在身侧。

弄好这一切后，他朝李景煦道："蒸发得太快了，我来不及感受它。"他说这话时，有些天真，无所顾忌地吐槽着周遭事物，完全没发现问题所在。

李景煦意识到了。谢君琰想感受雨，但是，尽管他的皮肤系统仿真性再好，传感器技术再顶尖，他也没法像人一样感受到雨。这是天经地义的事。如今他却在向李景煦求助。一字一句轻如羽毛，又沉沉地砸在李景煦心里。

他在与谢君琰第一次见面时就说，我是你的朋友，有问题来找我。如今谢君琰向他求助，他却没法真正地提供什么帮助。

"自然……是这样的。"李景煦关上窗，磕磕绊绊地向谢君琰解释，每一句话都说得艰难无比，"人类，或者我相信任何生物，都没法完全捕捉到自然。它们本来就拥有最大的自由。但是如果你愿意，我可以告诉你什么是热，与之相反的冷，就是刚才雨的温度。"

李景煦略有些紧张地望着谢君琰。他知道他在偷换概念，但这也是他唯一能想到的办法。既然谢君琰能通过"不高兴"理解"难过"，那他或许也能通过"热"来理解"冷"。

谢君琰很少反对李景煦，尽管他对李景煦的解释第一时间无法理解，依然用一个"好"字来回答了他。

于是李景煦握住了谢君琰的手。他的手依然是冰冷的。李景煦还在想，国风部那些家伙给将军植入的热传感器到底是不是最好的？

五

整理好的档案已经被他递交给了上级，在等待批示的过程中，李景煦干脆搬来了工具箱和电脑，坐在楼下修那些坏掉的展品。开玩笑，国风部解散半年多，组织才派他一个人来料理杂物，他交上去的文件哪可能那么快就被查阅？保底也要等上几个月。

他在修理时，谢君琰就在旁边地上盘腿坐着翻书，大圣有时候过来瞄几眼，提出一些时而有用时而无效的建议。

历经两周的奋斗，他修好其中受损程度最轻的哪吒。在最初检查时，哪吒通电之后乾坤圈和双眼都已经亮起，李景煦判断他核心运转勉强正常。修理时，主要修复了风火轮和混天绫的电路，升级了系统，替换芯片，从内部全部翻新一遍。好消息是，完成这些工作后，哪吒基本可以开口说话了，语言系统十分优秀，甚至和大圣拌嘴都不落下风。坏消息是，他没法像大圣一样自由移动，只能维持着设计好的动作，如同雕像一般。

更坏的消息是，哪吒和大圣要是半夜在博物馆里吵起来，李景煦就别想睡觉了。

再一次地，重任落在谢君琰身上。李景煦苦口婆心地教导他，就差痛哭流涕了，让谢君琰看好这两个人，千万别天天整些幺蛾子。谢君琰用了不知道什么手段，李景煦说完之后，再也没听到那些令人心惊肉跳的声响。

时间久了，他不由得有些好奇。

正好趁着某天工作提前结束，他准备偷偷观察一下楼下的情况，合了笔记本，蹑手蹑脚地向下走。

还没来得及看到厅内的场景，倒看到谢君琰抱着他的白龙枪，身姿挺拔地站在阶梯门口，颇有一种"一夫当关万夫莫开"之势。尽管没穿盔甲，只是简简单单的布衣，将军的气势已然没法掩盖。李景煦望着他的背影，欣赏似的，就近坐在了阶梯上。

他动作极轻，如果是人类，或许根本注意不到。但谢君琰发现了，他一回头，就看到李景煦坐在高处，一手托腮，笑眯眯的，似乎对面前的景象十分满意。不用李景煦说什么，谢君琰就自觉地走上来，将白龙枪横放在台阶上，坐在他身侧。

"他们俩呢？"李景煦做着口型问。他不知道那两位神仙去了什么地方，不敢贸然发出声响。

"去……"谢君琰刚一开口，就发现自己不会像李景煦那样掩盖自己的声音，死机一般顿了半天，"去休息了。"

李景煦嘴角掩饰不住地偷笑。机器人哪需要休息？

"拔掉电了。"谢君琰不知道李景煦为何笑，但习惯性的模仿，也勾起了自己的唇角，做出了一个应该是笑的表情。

他这么一说，李景煦茅塞顿开。哪吒的设计较为古老，必须通电才能运作，谢君琰这样，真是捏住了他的命脉。但是……"大圣呢？"大圣可不是有线电源，他体内是太阳能和储电双系统，随时切换，基本可以保证一直活蹦乱跳。

"我学了这个。"谢君琰想了想，按了下自己的眉心，面前立刻出现了投影，打开了几个文件和影像。

李景煦眯着眼辨认了一会儿，恍然发现是各个版本编造的紧箍咒。原本是假的东西，但谁让大圣的内置程序就是从各个版本《西游记》脱胎而来的呢！所以这招还真的会对他有效！李景煦越看嘴角越发上扬，到最后干脆忍不住了，笑倒在床上。

第二天，知道真相的李景煦，忍不住对大圣关怀了几分，态度殷切地让大圣以为他有什么阴谋，躲了十米远。

或许是因为李景煦和谢君琰共享了秘密，也或许是谢君琰事事有回应，真的让李景煦将他当作了好朋友，两人后来几乎天天见面。令李景煦不好意思的是，谢君琰的电子系统真的很好用，他用不来的那些电子表格和演示文稿，谢君琰动动手指就能搞定。

冬天来的时候，李景煦将谢君琰的庭院调整为了冬景模式。枯木和积雪的出现，让庭院平添了几分萧瑟，李景煦觉得不舒服，于是又加了几株梅花。

他也越来越爱看谢君琰舞枪，看他在雪地里挑梅花，红色和白色沾了满身。即使绒绒的雪堆并不会真的被枪尖挑散，即使梅花并不会真的落在他身上，但若隐若现的红光与白光交织，让人沉醉其中，将一切当作真实。

有时候两个人什么也不干，望着头顶浩瀚的银河，有一搭没一搭地聊天。具体表现是李景煦自个儿有一搭没一搭地说话，谢君琰对他的话却是句句回应，但李景煦总是十分随意地结束一个话题，又突兀地开启另一个话题。大圣起先还觉得他们奇怪，后来习以为常了，还能自然地加入讨论。但如果哪吒开着机，事情就会演变成他俩争论一个微不足道的话题。

在这些日子里，他们聊了温度，聊了色彩，聊了情绪，甚至聊了自我。

起因是谢君琰突发奇想地问他："我是什么。"李景煦想了很久，没想出所以然，就说："我也不知道我是什么。"他只是随口一说，谢君琰却较真了，一个字一个字地说："你是人。"

"对啊。"李景煦失笑。谢君琰用那么严肃的语气，他还以为会说出什么惊世骇俗的话来教育他，没想到只是最基本的一个事实。

紧接着，下一句话，李景煦就笑不出来了。

谢君琰问他："我为什么不是人？"

六

以前谢君琰提问，李景煦都会尽最大可能地回答他，满足他，用各种方式让他了解他的世界和他自己。唯独这个问题，李景煦不仅没回答上来，甚至逃了。他逃到二楼去，漫无目的地做许多工作，即使这些工作并没什么意义。他尽力让事情塞满自己的脑海，不留任何余地去思考，假装一切都没有发生。

直到有一天，他的终端接收到文件审核通过的消息，让他在下次会议时汇报工作情况时，他才拖拖拉拉地向楼下走。没办法，被他修复了一半的哪吒、格式化的沉香、几乎重做的嫦娥和彻底毁坏的女娲，每个都要重新记录现状，写入文件。

他下楼的那天，谢君琰正在一楼的楼梯口向上望。

走出几步后,李景煦终于意识到不对劲。过于安静和空旷的博物馆,只有他们两个人的博物馆——"大圣呢?哪吒呢?"由于过于震惊,他喊出口的话险些破音。

"哪吒自己要求关机。大圣离开了。"谢君琰眨眨眼,无辜地指向博物馆的大门。

"什么?"李景煦三步并作两步跑向博物馆门口,将自己的控制端口接入电子锁,果然查到了骇人的痕迹。大圣正是破坏了这座大门,大摇大摆地走出去了。

"你怎么不拦着他?"李景煦下意识斥责,紧接着他想起来他从来没有教过谢君琰"不能让展品独自出门"这样的事。他头疼地揉揉眉心,这下完了,工作毫无进展,展品丢了,自己的生活彻底变得乱七八糟。最后,他不抱希望地问唯一目睹现场的见证人:"他说什么了吗?"

大圣离开去做什么?他会去大街上吗?虽然现代都市已经习惯了各种稀奇古怪的东西出现,但大圣的脾气并不是一般人可以琢磨的。他会破坏外面的秩序吗?他会被回收吗?他会……许多问题一下子充满了李景煦的脑海。

"他说,留在这里没意思。"谢君琰走过来,按下了博物馆门口放置的监视仪,大圣走前的一系列景象以VR实体的形式被隔空投影出来。

大圣似乎早知道李景煦会问,于是他几乎是看着监视仪,就像是在紧盯着李景煦似的,说:"俺老孙从来就不是展品,你那位将军也是。设计俺的人走了,俺当然也要去做自己要做的事。先前停留了这许久,平白浪费许多时间,如今俺已下定决心,日后有缘再见!"

录像播放完毕后,谢君琰又投出了一段新闻视频。讲的是一男子上班时空中飞行器突然失灵,撞向四十七层高楼时被一道身影拦下,安置在地面上。男子呼叫飞行器检修公司后再去找神秘男子,对方已经消失。城市中的高空航拍仪录下了这一幕,十五倍速慢放后发现,是一个穿着铠甲头戴高冠的男子,通身有荧光环绕,疑似机器人。

评论区不少人发出小心翼翼的疑问:"我怎么瞧着有点像我们中国的传统人物……孙悟空呢?""齐天大圣,是齐天大圣!""以前某个内部博物馆限期开放时,我见过里面有个大圣展品,和这个一模一样……""2136年了,我竟然能见到真的大圣,天啊!""这是新产品吗?研究完毕了就投放出来?让他这么自由行动,真的没问题吗?"

网友的惊喜和质问不断冒出,舆论很快发酵,即使机器人上街在这个时代已经不是什么特殊的新闻,大圣依然凭借自己独特的外貌特征而博得了一些热度。

"……要不还是看星星吧。"李景煦木着脸翻完评论区,疲惫地说。工作汇报的量再度增加,他现在还要再提交陈述大圣的现状。至于大圣会不会被抓起来,会不会被回收,都很难预测。最好的结果是,当初辞职的那批研究员与他重逢,带他适应现代社会，这样很有机会躲开组织的追踪。

博物馆顶端的投影仪可以完整地包裹整座展厅，深空的景象被投放出来，云朵和星星微小的移动也被复制了，两个人顿时像是陷在了无穷无尽的宇宙中。

大圣空无一人的展台如今成了最佳赏景地点，两人并列躺在上面，将自己沉入星空之中。

两人就这么默默看了很久。

李景煦心烦意乱，许多事情挨个过了遍脑子，却没有一个想得明白。现状虽然不至于复杂，但足够混乱，让他没法提起劲来聊天。谢君琰则是安静地陪伴他。

估摸着李景煦消化得差不多了，谢君琰轻声开口："上次那个问题，你没教我，我一个人想了很久。"

来了来了。李景煦心中警铃大作，以至身体有些僵硬，在原地一动不动地听谢君琰说话，就差屏住呼吸了。

"和我看星星的时候，你会想我是机器人吗？"

"……不会。"李景煦从来没想过。如果不是特定的场合，提醒他必须将谢君琰当作机器人来看待，大多数时候，他都是将对方当作朋友。不是人也不是机器，单纯只是"朋友"。

"足够了。"谢君琰说，"我在你的视野里是人，那我就是人。"

这完全是歪理邪说，根本站不住脚。李景煦下意识就要反驳："可是……"

"上次问你那个问题，是因为我有些遗憾，我没法和你有同样的感受。所以在你遇到问题时，并不能提供准确有效的帮助；而你高兴和难过时，我也很难感同身受。但是正如我们以前相处的那样，你可以教我，我学会了，就理解了。可是如果你离开了……我就永远也学不会。"

宝蓝色的眼睛一眨不眨地望过来，李景煦错觉般地在里面看到了诚恳与执拗。

听到最后，他明白了，和谢君琰较真"人到底是自我定义还是客观定义"的问题根本没有意义，因为那句话就是谢君琰胡扯的答案。他想说的根本不是那些。所有这些话，含蓄的，直白的，全部加在一起，表达的只有一个意思，就是他在后悔问出那句话之后导致了李景煦长达数月的离开。

再简洁点表述，就是，"我很想你"。

李景煦侧过身，穹顶银河被挪出到余光处，而他满心满眼的少年将军的眼睛，同样如银河一般灿烂。

他一时失语，唯一做的动作，就是伸出手去，直到触碰到冰凉的肌肤，直到暖热那片肌肤，直到温度在他们之间传递与延续。

"现在你的手也是暖的了。"李景煦说。

机器既不可能也不应该产生感情，无论是规则还是自然条理，都在紧紧束缚着，将每一个机器人的心锁在方寸之地。人类在走向光明，技术在走向辉煌，只有那颗小小的电子心，从最初就被困在潘多拉魔盒中，承受漫无边际的黑暗。李景煦试图打破它，但他失败了。他一如既往地去教谢君琰有关人类世界的每一个事物，不厌其烦地重复最简单的词汇和概念。

他不是在奢望和幻想，而只是简单地将他看作真正的朋友。

不是某个展品，而是站在这片银河之下的某个温暖的存在。

荣格之茧

贾天轲

首先，那是相当普通的一天，普通到你只会以为那不过是无数日子的复制和重演，阳光照耀着大地、鸟儿啁啾鸣啭、海浪冲刷着沙滩。在这一天的每一个时刻里，世间都照常涌现出数不清的哭脸和笑脸，那无数情绪的光点，在北半球夏季的燥热中凭空起舞，在时代的洪流里无知而自由地载浮载沉。

而巨变诞生于西半球的落日时分，当太阳像个沉重滚烫的铅球熔穿地平线，大地上的人们闭上眼睛，做起了清醒梦。

古往今来的生灵所希冀过的一切，都被轻易地赐予了梦境中人。梦域纪元，即使最虔诚的信徒也不再赞美神明，人们只赞美脑机接口和虚拟现实技术，是它们把天堂的入口连接进了每个人的大脑，而这无疑是人类继通天巴别塔之后创造的又一伟大奇迹。

只是，当梦境太过美好，人们便拒绝醒来。

而诞生于19世纪的心理学家、精神分析学派创始人——卡尔·荣格，则如希腊戏剧中的神降一般挽救了这场"脱实向虚"的堕落。

一

带领孩子们进入大厅的讲解员很有亲和力，她穿着淡粉色的泡泡裙，金色短发在阳光下熠熠生辉，她的草帽上安置着一个环形放映仪，这让八个象征了"原动力"功能饮料的虚拟角色得以用全息投影的方式与孩子们互动，孩子们很喜欢这些角色。

讲解员拍了拍手，让躁动的孩子们安静了下来："同学们，刚才我们已经见证过了属于'原动力'的八位伙伴是怎么被创造出来的。现在我带着大家进行一场历史穿越之旅。在我们正式穿越之前，有哪位同学能告诉我，荣格八维理论模型是如何成为现代社会秩序的基石的？"

一个扎着高马尾的棕发女孩举手道："我知道！第一代进入'梦域'的人对现实世界产生厌恶，他们只想留在梦里。所以'心理功能补剂'的出现让他们能够正常地在现实世界中工作。"

讲解员赞赏地点点头，带头鼓掌道："回答正确！卡尔·荣格首次将人类的心理动力归纳为八种。其实，早在梦域纪元前的20世纪和21世纪，由荣格心理类型发展而来的'迈尔斯－布里格斯十六型人格'就被应用于各大公司的岗位招聘和毕业生就业指导。但过去的人们大概怎么也不会想到，在今天，荣格的八维理论模型会成为现实社会实现稳定运转的基石。"

伴随着她的讲述，坐在书桌前的卡尔·荣格的虚拟形象出现在前方。荣格站起身，向孩子们友好地打招呼，并在一块黑板上画出了八维示意图。

讲解员继续说道："八维体现的是驱动人类行为的八种用于感知或判断的心理功能，实感、直觉、情感和逻辑，而它们每个又分为内倾和外倾，不同的功能之间分别存在着或依存或抵触的关系。每个人都有对这八种功能的独特使用偏好，这正是造成个体思维和行为差异的原因。

"比如喜好使用Fe（外倾情感）功能的人，他们会十分关注集体的和谐氛围，确保自己与他人的和谐关系。

"而偏好使用Fi（内倾情感）功能的人，则通过个体的价值观来衡量世界，把情感立场作为自己决策的依据。

"Ti（内倾逻辑）主导型的人，喜欢分析与解构一切，关注事物运行存在的内在法则。

"Te（外倾逻辑）使用者，则是把目光看向外界，他们利用一切现有法则坚定地执行目标、优化流程。

"Se（外倾实感）专注于当下，偏好于它的人喜欢当下的、即时的体验，他们收集着信息，此时此刻的一切。

"Si（内倾实感）使用者则流连于往日，他们重视过去的经验与记忆，更加信任得到重复验证过的信息。

"Ni（内倾直觉）使用者的目光看向未来，他们是极具洞察力的观察者，总是试图通过不同视角，形成对未来的预测。

"Ne（外倾直觉）使用者则是一切未知的探险家，他们有无限的好奇心，永远对新的概念充满兴趣。

"第一代梦域用户在离开梦域之后，梦境的完美和现实的残缺，梦境的满足感和现实的剥夺感，形成了鲜明的对比，人们产生巨大的失落感，很大一部分人因此失去了在现实中工作、交友、恋爱的心理动力，社会因此动荡和停滞，那段时间被称为'失落谷时期'。而基于荣格理论模型的'八维心理功能补剂'则是在重建时期被发明出来，它的专利永久属于 FDA（Food and Drug Administration，缩写为"FDA"，食品药品监督管理局），有了'补剂'，当前的社会才能有效运转。"

全息投影出现失落谷时期街道上混乱与萧条的画面，孩子们惊讶地瞪大了眼睛。

讲解员继续讲解道："之后的故事，便来到了'生命之源'。'生命之源集团'的创始人乔治·约克先生原本是 FDA 的科研人员，他在离职之后独立开发了'心理功能饮料'这一产品，就是今天每个人都在喝的'原动力'。它仅仅是一种饮料，无须在精神分析师的指导下服用，它的功能提振作用时效很短，喝它的理由可以是你的某项心理功能需要强化，也可以仅仅是因为口渴。"

孩子们纷纷举手提问，讲解员小姐一一作答，约莫十五分钟后，讲解员小姐说："同学们，同学们！我们今天的参观游学就要结束了。但在这次旅途的终点，我们还为大家准备了一个惊喜！"

"是什么？"

讲解员小姐向大厅正门伸出手："有请'生命之源集团'的现任总裁——克里斯·霍克先生！霍克先生将与大家合照，并为每一位参与者颁发游学证书和纪念礼品。"

"耶！"孩子们兴奋地尖叫起来，而比他们叫得更大声的，是护送他们过来的保育局辅导员。

在众人的欢呼声中，克里斯·霍克迈步走进了大厅。他今年三十六岁，身高一米八三，一头金棕色的卷发，样貌算得上英俊，他的行为散漫不羁，却有一种无形的亲和力。克里斯不仅仅是生命之源集团的总裁，还是一名网络红人，自信洒脱的幽默感和在媒体会上机智对答让他收获一众粉丝。

克里斯向大家打招呼："你们都好吗？我们新出的西梅味苏打水怎么样？反正我是爱死它了，天天喝，最近感觉自己都有点'Fe'过剩了，我得多喝点'Fi'平衡一下。"他对着其中一位女辅导员眨眨眼："您知道我们Fi型饮料一直滞销吧，现在没有谁在乎'自我'了。"

而那名辅导员根本没法回答他，她是克里斯的粉丝，被这突如其来的问候击蒙了，她吸着气、幸福地抚住了胸口。

克里斯把纪念奖品一一颁发给参加游学的孩子们，并揽着他们的肩膀站在了"生命之源"的巨大标识前，由记者为他们拍照。

克里斯半蹲着，脸上露出灿烂的笑容，他随口问一个胖胖的男孩道："好小伙子，一看你就是经常喝我们公司的饮料。"

而那名胖胖的男孩自信地说道："是的，霍克先生。我的确是经常喝，甜橙味的奇美乐是我最喜欢的。"

记者的相机咔嚓嚓地闪动，成年人们的笑容却凝固在了当场。

二

"奇美乐！"克里斯愤愤地一掌拍在了自己的办公桌上。他此时靠坐在桌沿上，而'生命之源'管理团队的部分核心成员们则在会客沙发上落座。克里斯喜欢在办公室召集这样的小型会议，这种非正式的氛围利于成员们各抒己见，而克里斯也可以顺理成章地遗漏那些他不怎么喜欢，却又无法在正式会议上避开的高管。

克里斯是一年半以前趁乱上位的，这让他在商界有了一个绰号——"变色龙霍克"。他丝毫也不介意这样的称谓，甚至把自己的社交媒体头像换成了一个卡通变色龙。

在商业杂志抑或花边小报里，克里斯被公认为企业家型人格，这种人格类型的主导功能是Se（外倾实感），这让他拥有绝佳的细节捕捉力，而辅助功能Ti（内倾逻辑）则助力他冷静分析，第三功能Fe（外倾情感）被认为是他外在亲和力的来源，而劣势功能Ni（内倾直觉）则由他的助手来补充。

总裁第一助理柏妮丝·开普勒小姐身穿修身的淡紫色套装，是个棕色短发的清秀女子，她一挥手，弹出一个全息投影，是一张市场占有率数据图。

她的声音清冷沉着："今年二月以来，我们的市场份额就在不断被'奇美乐'侵蚀。'奇美乐'推出的'心理功能饮料'味道更甜，通过与'联邦精神分析协会''心理动因研究院'等学术机构联动进行营销，他们打出'年轻的选择''提振效果翻倍'

这样的口号，并对我们发起低价位进攻战。我们认为，'奇美乐'主要面向的消费者群体为'μ世代'。

"'μ世代'——当前人口年龄分布为十五岁到三十五岁，大部分已经具备了独立消费的能力。在这部分人中，百分之四十二点七由联邦政府的保育局抚养长大（该部分人口是为了弥补该年出生人口不足，满足'人口自然更替率'而由政府从生殖细胞库进行配对繁育出的）；百分之二点八在成长过程中遭遇非法遗弃，由福利院抚养长大；余下则是由家庭抚育，但也接受了高度的社会化抚养。

"'μ世代'的父母——'梦域一代'在'梦域纪元'时已成年，他们经历过'失落谷时期'和'重建时期'，对现实世界的态度很复杂，习惯于超前消费。而'μ世代'则生长在'心理功能补剂'被广泛应用之后，普遍受到社会化抚养，有生活在集体中的成长经历。他们的人格塑形或由其父母，或由保育局来进行补剂引导，他们中绝大多数被测定为Sj类型人格，主导或辅助功能为Si（内倾实感）。这导致μ世代重视经验和权威学术机构的背书，相比于父母一代，他们的消费观更加谨慎，对价格变化也更加敏感。"

介绍完基础信息后，柏妮丝后退一步，给各位高管一个"可以开始讨论"的信号。柏妮丝的人格类型是建筑师，主导功能Ni（内倾直觉）让她极具长线视野和洞察力。

克里斯双手合十道："各位，年中董事会还有一个月就要开了，我们的销量一直在下跌，而'生命之源'的股票走势也并不好看。但我相信，只要齐心协力，我们就是不可阻挡的！"

品牌部主管安娜·约克问道："'奇美乐'总裁的相关信息我们有吗？"

安娜的第二重身份是"生命之源"创始人家族的成员，她其实并不太能胜任品牌部的工作，那项职权仅仅是一年半前集团内乱的战利品罢了。

信息部门主管回答："'奇美乐'聘任的总裁是一位我们都知道的商场老将罗德先生，但情报显示他并非公司的实际管理者，而仅仅是一个台前的傀儡。根据我们的调查，真正操纵着'奇美乐'的是其实控资本的代理人，她叫罗莎·洛克伍德……"

"罗莎？"克里斯重复道。

"是的，霍克先生。您似乎认识她？"

"她是我在保育园的同学。"克里斯满脸疑惑，"怎么会是她？"

"您对她有什么了解？"

"我记得她——她是个与所有人都格格不入的爱哭鬼。"克里斯笑道："很好，这给了我们轻而易举击溃她的信心。但她怎么会成为'奇美乐'的实际管理人呢？回忆起来，其实我当年好像也弄哭过她……你说她会不会是为了报复我？"

安娜说道："请别跑题。我们也可以进行几轮针对'μ世代'的营销活动，比如赞助体育赛事，请科研明星进行产品代言。"

克里斯点头道："这些都是常规的操作。当然，也很必要！"

市场部主管说道："我们也可以降价，以我们的体量和铺货渠道，和'奇美乐'打价格战，我们赢面更大。"

克里斯摇了摇头："'原动力'虽然是大众产品，但也是有其格调，贸然降价可能会影响我们旗下的一些高端饮料品牌。而且这会显得我们仓促应战，十分被动。不如找些由头来进行促销，幸运抽奖、买一赠一之类的，消费者会喜欢的，你们拟一份促销计划出来。如果时机到了，我们就收购'奇美乐'，将其作为我们旗下面向年轻人的中低档产品。"

"从现有信息来看，我不认为'奇美乐'有被收购的意向。"信息部主管说道，"但不妨先试探一下。"

"很好，这场战斗已经打响了。消灭'奇美乐'，或者吃下'奇美乐'，这是我们最乐于见到的。弗莱，"克里斯转身说道，"你最近要请FDA的官员们吃饭，如果'奇美乐'号称功效更强，FDA或许应该重新考虑，把'奇美乐'划为'保健品'或者'药品'，而非作为饮料来放在超市货架上销售。我始终记得那句话，'商战说到底就是心理战，战场就是消费者的大脑。'我们也要促成学术机构对'奇美乐'发动安全检查和评估，并由媒体铺天盖地地报道，这会在大众心里种下'奇美乐安全存疑'的种子。"

弗莱是负责政府关系的副总裁，他身材高大、目光炯炯，外貌第一眼就给人一种诚实、质朴的印象，他是执政官型人格，第一功能Fe（外倾情感），让他天然具有感知和呼应他人需求的动力，是公关外联的一把好手。弗莱点头道："我会推进这些事，就是财务那边需要你打声招呼。"

克里斯极富魅力地朝他一眨眼："这当然没问题，兄弟。还有一件事，股市的稳定也至关重要，不然董事会不会放过我。有消息说，已经有几家空头公司盯上了我们，要联手做空我们。"

他话音未落，众人一齐看向克里斯和安娜。因为说起金融界，就不得不提那位一年半以前仓皇下岗的"生命之源"前任总裁——惠特妮·巴勒莫。

"生命之源"是一家公众公司，创始人家族的股份早已被稀释、买卖得不值一提。"生命之源"的控股主体以基金会为主，它们中的几家来来去去，几家互相博弈，控股实体的虚化不可避免地造成了高级管理层对公司的操控。

惠特妮在担任总裁期间就有"暴君"之称，她乾纲独断，大刀阔斧地做了许多改革。但在她即将任满离职之际，竟然暗中联络金融界企图对"生命之源"进行杠杆收购，付出让公司背上高昂债务的代价，彻底地实现她个人对公司的占有。

惠特妮的宏伟计划因克里斯和安娜的出卖而受挫，于是两方各自拉帮结伙，斗得不可开交。安娜更是以"约克传人"的身份在社交媒体上对惠特妮发动攻击，甚至还雇佣私家侦探，曝光了惠特妮与知名男模秘密约会的画面。克里斯的风格与惠特妮截然不同，他虽然精于算计，却知道广结善缘，在公司很得人心。最终，惠特妮黯然离场，而克里斯则坐上了那把总裁交椅。

克里斯回身望向办公桌后的那张总裁座椅，他想起惠特妮曾经坐在那里时那独此一人的气魄，不由得心里发毛。

克里斯表情悲壮地说："我知道各位的担心，惠特妮的确与金融界有很深的联系，我不知道那些做空传闻是否有她在背后捣鬼。但如有必要，为了'生命之源'的利益，我不介意跪在惠特妮的高跟鞋前亲吻她踩过的地板以求她的原谅。"

安娜冷笑道："这里是办公室，你不用给我们讲你的特殊癖好。"

"开玩笑嘛。"克里斯笑着安抚道，一年半前并肩作战时，他和安娜曾是情侣关系，现在虽然已经分手，但安娜还总是对他阴阳怪气，"当然，我想惠特妮不至于落井下石，毕竟我们当时也并未赶尽杀绝，不然她怎么可能继续在两家上市公司担任独立董事。"

众人微微点头，唯有总裁助理柏妮丝皱起了眉头。惠特妮离开"生命之源"时的确很狼狈，但情况并非完全如克里斯所说。惠特妮在"生命之源"经营二十年，她的势力遍布每一个部门，甚至每一个岗位，在她启动杠杆收购计划之前，董事会有三分之二的成员受到她的照拂，她与金融界也有着紧密的联系。而这一切，才是惠特妮屹立不倒的资本。

副总裁弗莱开口道："无论如何，我觉得你还是应该拜访一下惠特妮。毕竟经理层、生产部和董事会都依然有她的势力残留……与她和解，给她提供一些补偿，不至于让我们背面受敌，但也不要露怯。还有你的那位老同学，罗莎·洛克伍德女士，你也该适时拜访。即便不能谈成对我们有利的合作，也至少可以了解她的信息。"

"遵从你的建议。"克里斯说道，"就是一想到要见惠特妮，我可能就是……需要一些'Fe'来补补身体。"

克里斯出发之前连续做了好几次深呼吸，总裁助理柏妮丝拿起一个喷雾开始朝着克里斯身上狂喷。

"这是什么？"克里斯问道。

"催产素香氛。"柏妮丝面无表情地回答。

"我虽然在做深呼吸，而且也紧张得要命，但我不是要进产房，亲爱的柏妮丝。"克里斯哭笑不得。

柏妮丝忍着笑看了他一眼："催产素能够促进母爱，强化人类的妥协倾向。这是为了让您不被惠特妮撕碎而准备的护盾。"

"可是我也闻到了这个香氛，我可能会主动打开护盾让她撕碎我。"克里斯无奈地说道。

"也许那正是您乐意的呢？"

"哈哈哈哈。说得对，也许那正是我乐意的。"克里斯笑了起来，"柏妮丝……"

"怎么了？"

"我是不可阻挡的，对吧？就像一辆没有刹车的保时捷。"克里斯直视着柏妮丝说道，不知为何，柏妮丝觉得她的上司此刻就像一只需要人摸摸头的小狗。

惠特妮坐在办公桌后接见了克里斯，她并未从办公椅上起身，只是略微抬了下下巴。惠特妮生着一头凌厉的金发，眼眸则是深邃的蓝，她如今五十七岁，由于医疗美容的缘故，看上去只有三十出头，她年轻时就已经美得不可方物，而现在更有一种摄人心魄的魅惑力，与她气场中的威压感混在一起纠缠不清。

惠特妮属于统帅型人格，主导功能 Te 让她有极强的动力推动目标达成，却让她忽略个体的人感受，这也是她在斗争中败给克里斯的缘由。

"好久不见，巴勒莫女士。您最近好吗？"面对惠特妮时，就算是克里斯这样的风流浪子也不禁拘谨起来。

"霍克，你的生意遇上了麻烦。你有话可以直说，我的时间很宝贵。"说这些话时，惠特妮嘴角含笑。

克里斯说道："是这样的，您知道我一直对您抱有愧疚，您提拔了我，一直教导着我，我却没能好好报答您。我希望能够弥补它，您对股份有兴趣吗？员工持股计划里一直有您的一份，当时没能实现的'金降落伞计划'也……"

"霍克，你还是没听懂我的意思。"惠特妮表情淡然道。

克里斯说道："我们的确在股市上遇到一些小麻烦，考虑到您的金融界背景……"

惠特妮冷笑道："霍克，并不是所有人都像你一样热衷于背叛。你以为是我在股市里做手脚？做生意不是意气之争。资本是逐利的，不被感情左右的，你我那点儿仇怨，在人家那里根本不值一提。"

"不，我从没那样怀疑过您。"克里斯赶忙否认道。

"怀疑了也好，没怀疑也罢。这都不重要。"惠特妮说道，"我就直说了吧，在金融界，你永远能为空头公司找到对手，有人做空就有人做多。我可以和你谈合作，保证你作战期间内部不出乱子。你也可以正式聊聊你的'员工持股计划'和'金降落伞计划'。"

"您还有什么需要吗？"克里斯问道。

惠特妮说道："我的条件，会随后发给你，但首先一点，你得把安娜·约克给我踢出局。你可以用别的公司的职位、待遇来补偿她，这我不管。但我不想再看到她自称什么'约克传人'。"

"哦，可怜的安娜……"克里斯在心里咕哝道，但他几乎立刻就给出了答复，"这没问题！"

"那就好，霍克。"惠特妮露出一个优雅而冷峻的微笑。

三

"'蓝鲸基金'负责人表示，他们将于本月底出具针对'生命之源'的做空评估报告。"

"据内部人士透露，'生命之源'有着不可调和的结构性矛盾，子公司普遍存在营收造假现象，本纪元第一大饮品集团，或将面临股价跳水。"

"'波多利科基金'负责人抨击'蓝鲸基金'的野蛮行为，称不加抑制的做空行为将对联邦实业造成不可估量的打击。"

"'生命之源'前任总裁惠特妮·巴勒莫女士接受本台记者采访时向公众说明，'生命之源'不存在不可调和的结构性矛盾。"

屏幕上播报着今日的商业新闻。

安娜·约克把一杯咖啡泼在克里斯脸上，愤愤地走出了总裁办公室。

克里斯知道，可能很快，网络上就会掀起铺天盖地的针对自己的舆论攻击，这是安娜在挥洒完那些尖锐辱骂之语后郑重承诺的。克里斯也相信她会把矛头精确对准自己，毕竟作为创始人家族的成员，伤害"生命之源"对她并无好处。也许在安娜冷静之后，也一定会意识到他开出的补偿条件实际上是多么优厚。

"需要换一件衣服吗？"总裁助理柏妮丝问道。

"不，我觉得衬衣领子上有这些咖啡渍还挺酷的。"克里斯摆摆手，有些自恋地注视着窗边金属装饰反射出的自己的倒影，"你不觉得这些印渍其实很有艺术感吗？"

"既然您这么欣赏这项艺术,那何必把脸上的咖啡渍擦掉呢?"柏妮丝故作疑惑地问道。

克里斯转头凝视着柏妮丝:"哦,柏妮丝,每当我以为自己已经足够变态的时候,你总能给我眼前一亮的想法。下班后有什么计划?入梦吗?有约会吗?"

"不,我没有约会。"

"可怜的柏妮丝。既然如此,那我来邀请你,和我一起入梦吧。我们可以用我私人休息室的那两副脑机连接装具。"

"我可以拒绝吗?霍克先生。下班时间属于个人而非公司。"助理小姐礼貌微笑道。

"我就是好奇,像你这样的女孩,在梦域里会做些什么,在你的云端城堡上拼乐高?在海里体验当一只蓝鲸?还是开个单机冒险本,和里面的非玩家角色谈恋爱?哈哈哈,抱歉我把你想得太无聊了,也许你在梦域里会彻底变成另外一个人,"克里斯知道柏妮丝不会回答,不过他原本也不是真的想知道那些答案,他接着说道,"柏妮丝,这次你不能拒绝。你入职时曾被告知过可能会有这种——需要占用个人时间处理工作的情况吧,现在你就身处于那种情况。"

"所以这是为了工作?"柏妮丝问道。

"陪伴我,就是你的工作。"克里斯蛮横地解释。

"您真的没事吧,霍克先生。"柏妮丝隐约觉得克里斯有些反常。

"当然没事。告诉你吧,柏妮丝,现实世界中没有什么磨难是一场梦域狂欢不能解决的。如果有,那就需要两场狂欢。"说话间,克里斯已经戴上了墨镜,拉着柏妮丝走出了办公室。

清醒梦时代,"梦的领域"不再是混沌与懵懂的潜意识集成,而是无比清晰的、具象的另一个世界。

"蓝海冰山酒吧"无疑是梦域公共领域中最受欢迎的场所。在这里,人们可以奇装异服,把自己的形象变更为电影、动画角色、历史人物……每一夜,这里都是一场假面狂欢。

柏妮丝坐在"蓝海冰山酒吧"的卡座上,和梦域的十二位AI向导之一"Sakura"玩着纸牌游戏,"Sakura"是一个日系卡通少女的形象,她有一头绚烂的紫发,总是穿着洛丽塔式的裙装,偶尔也会穿和服。

当克里斯回到卡座时,他已经喝了三轮"蓝海冰山"的特制烈酒了,他进行了两次"醒酒",现在仍维持着微醺且亢奋的状态。

Sakura用手里的蕾丝折扇在克里斯头上轻轻敲了一下:"把女伴扔在这里自己去

喝醉可不礼貌哦！霍克君！"

"没关系的，Sakura，我很喜欢和你玩纸牌。"柏妮丝说道。

"既然他回来了，我就走啦。"Sakura眨了眨眼，消散在了空气中。

克里斯笑笑说："真抱歉，柏妮丝。我刚才碰到了老朋友尼尔，我的大学同学。他在'梦域'里给自己组建了一个家庭……不，不，当然不是和人类女性，他的老婆孩子都是AI，他刚才给了我看了全家福，我不明白既然是虚拟形象，他捏脸的时候，为什么不把他老婆的鼻子捏得小一点、嘴唇捏厚一点。他每晚入梦，就相当于回家了。你知道吗？他今晚之所以来酒吧买醉，是因为……他和他的AI老婆吵架了！这梦域过家家玩得真真实！"

克里斯大笑不止，眼泪都快要笑出来了。

柏妮丝说道："霍克先生，如果您不需要我的陪伴了，我是否可以回到我的私人领域去？毕竟我的云端乐高还没拼完呢。"

克里斯拉住柏妮丝道："别走……我给你准备了一个礼物。"

就在这时，酒吧音乐主持人说道："下面这首老歌送给柏妮丝小姐，虽然你是个冰山美人，但我知道你内心火热。"一束高光在柏妮丝头顶亮起，酒吧里的客人纷纷转头看向她，甚至有人鼓起了掌，柏妮丝尴尬不已，走又走不得，只得僵坐在卡座上。

I'll smile, I know what it takes to fool this town

我换上笑脸，我清楚愚弄世人的代价

I'll do it 'til the sun goes down

我会坚持这么做，直到黑夜降临

I'll tell you what you wanna hear

我会对你说你想听的话

Keep my sunglasses on while I shed a tear

戴着我的墨镜，当眼泪落下时

It's never the right time yeah yeah

这并不是合适的时机

……

I'm unstoppable

我势不可当

I'm a Porsche with no brakes

我是没有刹车的保时捷

I'm invincible

我坚不可摧

Yeah I'll win every single game

我赢下每场游戏的胜利

（选自歌曲 UNSTOPPABLE）

是那首歌啊……柏妮丝不由得笑了起来，霍克先生经常哼唱里面的旋律呢。

音乐渐止，柏妮丝刚想对克里斯道谢，就听见克里斯冷静的声音："她来了。"

"谁？"

顺着克里斯的手指，柏妮丝看到了一个红发的女人，她穿着波希米亚风格的长裙，站在酒吧入口处，柏妮丝当然认出了她，那是"奇美乐"的实际控制人、克里斯曾经的同学——罗莎·洛克伍德。

在现实世界中，罗莎一直拒绝克里斯的会面请求，原来克里斯今晚是要来这里堵她。

克里斯大叫起来："罗莎！罗莎！看这里！"

罗莎听见了他的呼喊，她的脸上先是浮现出一刹那的惊讶，随后是一个真挚温暖的笑容："克里斯！你也在这里。"

她转身从人群中挤过来："好久不见。"

克里斯拥抱了罗莎，并向她介绍了柏妮丝。

两位女士互道你好，并握了握手。

柏妮丝第一次与罗莎面对面，虽然是在梦域里，但她看得出罗莎并未对自己的梦域形象进行美化——她的笑容很可爱，非常有感染力，虽然眼尾已经有了细细的纹路，但那并不妨碍她的美丽。她的气质可真是动人，就像你会在某个街头与她巧遇，即便是陌路人，她也会对你微笑，给予你鼓励。

克里斯说道："罗莎，有时间吗？我想和你叙叙旧。自从上大学后，我们就很少见面了。"

罗莎眼神玩味地看着克里斯，她浅笑道："克里斯，你真的想和我叙旧吗？我还以为已经不再念旧了。"

"是什么让你有了这种想法？"克里斯问道。

罗莎笑道："Nana 生病的那两年，你很少回去看看她……我给你发了很多条讯息，她也很想念你。还记得吗？小时候，你总是喜欢去她的小屋，吃刚烘焙出来的小松饼，你们还会一起唱那些老歌。"

— 159 —

Nana是保育园的员工，她在梦域纪元开始前就已经步入老年了，她从未适应过梦域里的生活，因此更加重视现实。保育局的孩子从未见过自己的父母，更不用提祖父母，但孩子们都不约而同地称呼她Nana。去往她的小屋玩耍，就好像她是他们的祖母。

克里斯怔住了，他有些尴尬："抱歉给了你这样的印象，我那时候太忙了，后来我回去看过Nana，药物只能让她的神志有片刻的清醒，即使在清醒的时候，她仍然记不得我是谁。"

"最后的时刻，她的确什么都不记得了，可是她依然会唱你们的歌。她还是那么爱唱歌，"罗莎目光温柔，像是在追忆过去，"那首歌怎么唱来着？'我势不可当……'"

"就像没有刹车的保时捷？"柏妮丝接话道。

柏妮丝和罗莎一同笑了起来。

"他依旧经常哼那个曲调。"柏妮丝对罗莎说道，"我们都猜那首歌是他的某种精神力量源泉。"她并非是真的想开自己上司的玩笑，她仅仅是觉得这么说可以取悦罗莎。

罗莎笑着用手肘碰了碰柏妮丝，柏妮丝知道，这代表着她们之间关系的拉近。

"哈哈哈哈罗莎，你变了好多，你比以前更自信、更健谈了，这真好。"克里斯说道，"也许我们应该找个安静的地方，我们可以好好聊聊。"

罗莎抱歉地笑笑："真抱歉，我今晚有事。克里斯，我知道你并非需要同我叙旧，你找我是为了生意上的事。既然是谈生意，我们就应该正式一点在现实中见面。克里斯，你知道'奇美乐'是什么吗？"

克里斯问道："不是你们的品牌名吗？"

罗莎神秘地笑起来："它有着更深的含义……下次见面时，我们可以聊聊这个。"

"好吧，既然你这么说。"克里斯失落地耸了耸肩，但他的神情很快又欢快起来，"别这么无情嘛。罗莎，至少给老同学一个拥抱。"

"好吧……"

罗莎话音未落，克里斯就热情地给了她一个熊抱。

"您雇用侦探调查了洛克伍德女士的行踪。"在两人离开"蓝海冰山"后，柏妮丝对克里斯说道。

克里斯已经完全没有喝醉的感觉："是的，她这几天晚上一直在这里，和我们一样，她在这里等待某个人。"

"她在等谁？"

"我暂时还不知道，但我知道，这家'蓝海冰山'属于泽维尔集团。而通过复原罗莎办公室粉碎的电子文档，我们发现罗莎在调查一个名叫'暗影之地'的项目，而它同样属于泽维尔集团。罗莎在尝试阻挠那个项目的进行。"

"霍克先生……您知道这是犯法的吧。"

"是的，开普勒小姐，而且你是我的共犯了。"克里斯笑得十分诡秘。

柏妮丝无奈地问道："接下来呢？我们该怎么做？"

"我们去找那个'暗影之地'。既然罗莎觉得它那么重要，那么我们必须把它调查清楚。现在我们两个是大侦探霍克和他的助手开普勒小姐！"克里斯一打响指，给自己换了一套十九世纪末英伦风格的大衣，并戴上了黑色的高筒帽，一手烟斗、一手手杖，看起来正如著名的大侦探夏洛克·福尔摩斯。

"那么大侦探先生，我们出发去'暗影之地'吧。夜晚短暂，珍惜光阴。"柏妮丝说道。

凭借克里斯的人脉和信息网络，他们很快找到了"暗影之地"的坐标，并证实了那里曾经是整个梦域世界的废料处理场。

梦域的公共领域内，仅有少数地点支持"瞬时位移"，要去往"暗影之地"，克里斯和柏妮丝必须经过X31区——那里俗称"斗兽场"，每夜都会上演玩家间的大逃杀，人们在这里享受杀戮或被杀的快感，反正梦域里的伤亡，无须付出代价。

"我们走在外围的安全通道里，不会有问题的。"克里斯看出柏妮丝的紧张。

"我知道。"柏妮丝回答道。

克里斯饶有兴致地说道："其实很多人的私人领域，会比X31区更像地狱。在私人领域里，人会是上帝，当然也可以毫无代价地选择成为暴君。有人说这就是梦域比天堂还伟大的地方，因为天堂里有的，它可以完美复制。而天堂里没有的，属于地狱的部分，梦域依旧为你提供。我听过一种说法，'梦域击穿了马斯洛需求金字塔'。"

柏妮丝说道："第一代'梦域人'对梦域成瘾，他们失去了在现实中活动的心理动能，只能靠'心理功能补剂'来维持。而现在，入梦时间依旧是庞大社会运转的唯一奖励机制。人们比他们的先辈更加辛勤工作，只是用来兑换进入梦域的时间。但是，霍克先生，您会觉得自己是缸中大脑吗？会被那种虚无主义的恐慌缠绕吗？"

"缸中大脑？不，我从不这么想。"克里斯摇摇头，"真正重要的只是体验。至于是梦域的体验还是现实的体验，它们对我而言没有真假之分。"

聊着天，两人已走出了X31区，即将进入标定的地点。

梦域的AI助手Sakura突然出现在两人面前，双手叉腰，以一种拒绝的姿态挡在了他俩前行的路上："这片领域属于泽维尔集团，霍克先生，您不会想要非法入侵他人领地吧？"

柏妮丝看了克里斯一眼——现在怎么办？

克里斯笑着朝她挤了挤眼，让她安心，他自有办法。

克里斯转过头对Sakura说道："'暗影之地'这个项目很有潜力，事实上，我们正在考虑投资这个项目，并已向泽维尔集团提出对'暗影之地'的正式考察申请，考察人员包括我与我的第一助理柏妮丝·开普勒女士。你可以核查一下我们的通行资格。"

"如您所愿，霍克先生。"Sakura盈盈施礼道，不多时，她做了个夸张的"请"的手势，"资格核验通过，请开启二位的'暗影'之旅。"

"Sakura，"柏妮丝问道，"你确定我们就这么走进去，不会有危险吗？里面毕竟是正在开发的项目，又曾是梦境废料的处理场，谁知道里面会有什么？"

"请放心，柏妮丝。"Sakura甜美地笑道："你只会得到一次奇幻的心灵冒险，如果在这次旅途之后，觉得心灵仍旧残留着你不想要的影响，请来找我，一次'精神除颤'足以解决这些问题。"

"快来，柏妮丝。"克里斯已经朝前跨出了两步，朝着柏妮丝招招手，"生命总是需要一些冒险的，总是待在安全区有什么意思？"

柏妮丝苦笑了一下，然后，她跟随着克里斯踏入了被黑雾侵染的区域。

浓郁的黑雾笼罩了他们的全身。

当他们的眼睛适应了黑暗，也就逐渐看出些别的东西来。黑雾不再只是死气沉沉的样子，空气中似乎有风吹拂，那黑雾在浮动中便孕育着线条，线条又勾勒出形体，周围忽然变得生机盎然起来。

克里斯看到一只由黑雾构成的小狗，它藏在另外一朵黑雾后面，时不时好奇地探头张望，很快又机警地躲藏起来，藏住了头却露出了尾巴。还有树木、街道、如幽灵一般举止各异的行人、花朵上驻留的蝴蝶，这些物体一一显现出来。

"是我的幻觉，还是怎么样？你有没有觉得，黑色——其实是彩色的？"克里斯问道。

"那不是您的幻觉，我也看到了。"柏妮丝确认道。

当他们意识到黑色中蕴含着丰富的色彩时，变化又发生了。那些行动的形体纷纷从中心处透出颜色来，赭红、湖蓝、淡紫、明黄、嫩绿……还有那些从未被命名过的色彩、无法定义的过渡色、知名的和不知名的色彩、层层叠叠的色彩铺排而来，像从一口口泉眼涌出的泉水。

"你觉得这像不像红外热成像图？"柏妮丝问道。

"像，但这里的色彩更加丰富……你说这世界上怎么会有那么多颜色！简直像一场色彩的大爆炸。"克里斯惊诧道。

"我听说过一种情绪色彩理论，"柏妮丝说道："红色代表热情，蓝色代表冷静……你看那些暗影行人，他们心里漫出的颜色，是否象征着情绪呢？"

"但仔细观察，每种形体，无论是人还是动物，变化中的颜色非常丰富，但当他们的形态稳定下来，则最多只剩了四种颜色。"

"四色定理？"

"那是什么？"

"一个拓扑学问题，"柏妮丝兴奋地笑着，"地图上，相邻国家用不同颜色做区分，在无飞地的情况下，无论再怎样复杂的邻国构成，也只需要四种颜色就可以了。因为是拓扑学，国家可以简化为点，而国界线就简化为一条连接两个点的线段，四色定理就被简化成了'在一个平面上，最多只能存在四个点，符合的点之间两两相连（这是构成邻国的要素），而连出的线段并没有哪两条相交（不然就构成了飞地）这两个条件'。我意识到，我现在是在解构这个问题……这是荣格八维里的 Ti——内倾逻辑功能。而解构这个问题此刻是全然无用的，这不符合 Te——外倾逻辑功能的功利性。我为什么忽然开始自我分析起来了？"

克里斯说道："你的思想非常活跃。"

柏妮丝接着说道："我的脑海中充满了联想。但是，霍克先生，这让我想起荣格八维。阴面四维和阳面四维，为什么在阳面不能有五个维度呢？就像画一幅地图无需第五种颜色。"

克里斯看着柏妮丝，他觉得自己的女助手变得格外活跃，不知道是不是因为精神受到了黑雾的影响。

他自己似乎也受到了一些影响，心绪如同潮水般波动，但他必须前进下去。

I'll smile, I know what it takes to fool this town
我换上笑脸，我清楚愚弄世人的代价
I'll do it 'til the sun goes down
我会坚持这么做，直到黑夜降临
……

（选自歌曲 UNSTOPPABLE）

起初，克里斯以为是自己在唱歌，但他很快就发现了情况并不是这样，那歌声来自路边的一座小屋里。

"我想我知道这是什么地方了。"他听见柏妮丝兴冲冲的声音从远处飘来，他们俩终于还是走散了，"这片黑雾，是人类潜意识海洋啊！"

柏妮丝的声音渐渐远了，而克里斯耳畔的歌声却愈发明显，那歌声召唤着他一步步来到了小屋前，他推开门走了进去。

"Nana。"他呼唤着，直到那个身影出现在他身边。

"快进来吧，克里斯。松饼就快要烤好了。"

Nana 的小屋里总是飘着松饼的香味，这味道让人觉得温暖、宁静。小屋里有一面靠墙的架子，上面摆满了形态各异的少女玩偶，那是她二十岁时花光积蓄沉溺于开盲盒的遗留物。

Nana 满头银发，圆框眼镜上嵌着水晶吊坠，她一直致力于让自己看起来像一位魔法师。Nana 有很多小爱好，她喜欢唱歌，喜欢用留声机播放唱片，喜欢做各式各样的火漆印章。

克里斯后来才知道，在 Nana 的青春时代，留声机早已淡出了历史舞台，就连随身听也被智能手机代替，无线网络遍布全球，人们也不再需要火漆印来封住纸质信件……Nana 通过复古来求新异，无论在青年还是老年，她一直是个特立独行的人。

不过，在小小的克里斯眼里，Nana 原本就是属于遥远过去时代的人。在这个小屋里，过去和更古老的过去被混为一谈，就像是烘焙松饼的香味，总是与他的梦境甜甜地融合在一起。

Nana 温柔地说："克里斯，你都已经长这么大了……孩子，你感觉怎么样？"

"哦，Nana，我没事，我就是有点累了……真的有点累。"克里斯把头靠在了 Nana 肩膀上。

老人的手指抚摸着他的脑袋："长大的世界，是很不容易啊。"

"我已经成熟了，Nana。"克里斯抬起头来，挤出一个微笑，"他们叫我'变色龙'，骂我是'卑鄙小人'，但我一点儿感觉也没有。人生就像登山，我只需要一直往上爬，一直往上爬……"

"哦，克里斯，克里斯。"Nana 心疼地呼唤着他的名字，"你一直都是个很好很好的孩子，你从来舍不得让别人难过。以前，你一定吃了很多苦吧。"

"忘记那些烦恼，我们来跳舞吧，克里斯。"Nana 拉起克里斯的手，留声机开始转动，他们牵着手跳起舞来，还是那首他们曾合唱过无数遍的老歌。

Darling, so there you are

亲爱的，原来你在这里

With that look on your face

你的脸上依然是那样的表情

As if you are never hurt

就好像你从未受过伤

As if you are never down

就好像你从不感到失落

……

Darling, so share with me

亲爱的，讲给我听吧

Your love if you have enough

告诉我你柔软丰盈的爱意

Your tears if you are holding back

告诉我你强忍住的眼泪

Or pain if that is what it is

和那些定义了你的疼痛

How can I let you know

我该怎么让你知道呢？

I am more than the dress and the voice

我不只是表象

Just reach me out then

你只要伸手触碰我

You will know that you're not dreaming

你就会知道，你并非在梦里

（选自歌曲 EYES ON ME）

当黑雾中的场景消散时，克里斯看到了不远处的柏妮丝。

克里斯不知道，自己为何会满眼含泪，他只是觉得无法自制，那些过去的情愫，宛如奔涌而来的洪水，浩浩荡荡地淹没了他，他觉得自己被冲刷得快要散架了，一些曾经填充过自己的杂质被水流带走，就连骨架也变得透明。

"柏妮丝，你经历了什么？"克里斯问道。

"我像是变成了另一个人。那种感觉就像,被解放出来了……无数的想法散成了跃动的光点,飘浮在我的身边,我可以轻易地在那些光点间跳跃和漫游,我觉得非常自由,没有那种一定要将它们收束起来,变成只照向一个方向的光束的紧迫感。霍克先生,您看起来状态不怎么好。"

"我并不觉得——怎么说呢?虽然我看起来像是快要哭了,但实际上,我觉得很轻松,就像卸下了很多负担。"克里斯淡淡地笑着说道,"柏妮丝,你也属于 μ 世代吧。"

"是的,霍克先生。有什么问题吗?"

"我想起一些过去的事,想起小时候,保育员们会给我们做各种测试,然后把我们依次带进小房间,他们会说,你在某方面很有天赋,你是否同意使用'心理功能补剂',来强化这种天分?然后他们会给我们甜甜的糖水……让我们分化成不同的人格类型。"

"您到底在黑雾中看到了什么?"

"我看到了过去的朋友,说是朋友,其实更像是祖母。她对我说,我一直是个很好的孩子……柏妮丝,我只是觉得惊异,我被药剂改变成另一个人了,我甚至觉得过去的我怎么那么陌生。"

"我想,我们都是如此,霍克先生,"柏妮丝说道,"我成长在小家庭里,但情况差不多。为自己的孩子量身打造人格类型,这再正常不过的了。政府也用这种方式使我们的人格类型分流,以便充实未来工作岗位。他们计算好了,社会运转需要百分之多少的工程师,百分之多少的政务官,百分之多少的艺术家和学者,然后,他们会用'心理功能补剂'塑造同等比例的人格……"

他们两人行走在"暗影之地",如同行走在一片夜幕下的浅海,海浪温柔地涌动着,带起一层又一层神秘的荧光。

这时,一个人出现在克里斯和柏妮丝的面前,那是个如同天使一般的男人,他穿着一件古典的长袍,披散着银白色的长发,浅琥珀色的眼眸宛如清澈又幽邃的湖水,像是蕴藏着无限的悲悯与温柔。

那天使一般的男人自我介绍道:"霍克先生,开普勒小姐,你们好。我是泽维尔,欢迎你们来到'暗影之地',不过这只是官方的叫法,我私人更喜欢称呼它为'光海'。"

"你好,泽维尔先生。"克里斯上前与他握手。

柏妮丝说道:"泽维尔先生,就在刚才,我与霍克先生都遭遇了一种与我们日常不同的状态。我有一种猜测:进入'暗影之地'或者说'光海'之后,平时蛰伏在潜意识中的,我们的阴影人格都浮出了水面。我们短暂地被荣格八维中常常被忽视的阴面心理功能主导了。我是 Ne(外倾直觉),而霍克先生是 Si(内倾实感)。我和霍克先生都受到了潜意识层面的影响。"

泽维尔解释道:"你的猜测没错,开普勒小姐。过去人们会通过睡眠帮助大脑代谢垃圾,而潜意识也会通过做梦的形式浮出。到了清醒梦时代,脑机连接装置会完成大脑代谢废物的清除任务,而潜意识碎片化则被称为梦域废料,被放在这里统一处理。但我们发现,这些碎片有被合成起来的倾向,而当它们聚合起来,阴影人格就出现了。"

克里斯问道:"您认为,阴影人格的出现,与人们频繁饮用'心理功能补剂'或者'心理功能饮料'是否相关?"

泽维尔说道:"当阳面人格被强化时,某种内生的阴影人格也在压抑下受到了同等强化,我认为这是很可能的事。"

克里斯问道:"我们集团想进一步了解这个项目,您能否提供一些研究报告?"

"当然可以,"泽维尔微笑着回答,"我们的团队一直在对这里的阴影进行记录和研究,这一切资料都可以给您。我们真诚地欢迎'生命之源'的加盟。"

四

"找到了!"在收到泽维尔发来的研究报告后,克里斯就和他的参谋团队研读起来,直到次日中午时,克里斯终于发出一声高呼。

他将一张反映暗影强度与时间关系的折线图投影出来,又调出"奇美乐"自2月以来的销售折线图,将时间坐标对准后,那两条折线呈现出肉眼可见的正相关性,而"暗影之地"的折线变化明显滞后于"奇美乐"的折线。

"这就是击溃'奇美乐'的致命武器。"克里斯疲惫的面庞挤出一个夸张笑容,"这场仗!我们终于要赢了!"

团队成员欢呼了起来。

"是否马上联络相关机构和媒体?"有人问道。

"不,暂时还不用,大杀器总是在没使用之前最有威慑力。"克里斯的双眼如鹰隼一般盯视着那两张图表,"而在那之前,我得先见见罗莎。"

罗莎穿着一条长裙、白色衬衫和复古马甲,她的红发上别着一枚蝴蝶发卡,还像她小的时候那样,克里斯想着……

这一次,罗莎主动给了克里斯一个拥抱。

"怎么样?你知道'奇美乐'的含义了吗?"

"很抱歉，罗莎，我并未调查那个单词。我是来和你聊更重要的事的。"

"什么更重要的事？"

"收购'奇美乐'。"

"你知道我并不打算让它被收购。"

"罗莎，罗莎，我既然会来直面你，就说明我已经有了足够的把握可以消灭'奇美乐'。"克里斯故作随意地玩弄着手里的文件袋，"我们都长大了，你也成熟了不少。你背后的神秘资本会让你成为代理人就说明了这一点，你现在是什么人格类型？"

罗莎凝视着克里斯说道："克里斯，在保育局的时候，他们评估我为调停者型人格。我的主导功能是 Fi（内情情感），辅助功能是 Ne（外倾直觉）……"

"那你现在呢？"

"我现在依然是。"

克里斯惊讶得无以复加："这不可能吧……保育局从未让你喝过'心理功能补剂'吗？不，你不可能靠着 Fi 和 Ne 走到这个位置上……你知道'原动力'饮料销量统计里，卖得最差的是 Fi，倒数第二是 Ne。梦域纪元前人们可能还可以接受这两种功能的使用者，但现在，人们不再想要这两种功能了……"

罗莎淡淡地微笑着："客观来说是这样。对于我而言，成长是一件不那么容易，甚至经常伴随着疼痛的事。周围的人总会说，这孩子怎么总是不合群，她怎么满脑子胡思乱想，她太敏感太脆弱，她这么倔强很难生存下来……而保育员们的确会把你带进小房间，告知你，喝下这些药剂，你的人生会变得更加顺利和美好。但我从没接受过那些'心理功能药剂'，我还是长大了，磕磕绊绊，但遵循着真正的自我——就这么长大了。"

克里斯惊讶得几乎忘了自己要说什么，而罗莎则显得从容不迫："克里斯，我曾经做过一个梦。十六种人格类型，像是十六种茧。而人们自始至终被困在茧里，从未真正地羽化成蝶。"

良久，克里斯终于平复了心情，他把手里的文件袋递给罗莎："我去过'暗影之地'，我知道你为什么想要阻止那个项目。'奇美乐'存在着安全问题，它让人们压抑的潜意识足够汇聚成形体——也就是形成阴影人格。公众可以接受自己的潜意识碎片像垃圾一样被处理掉，但他们无法接受自己在不知情的状态下，被催生出一个阴影人格。你越过了那条公众心理安全的临界线。"

"'奇美乐'的确有安全隐患，"罗莎平静地说道，"但我也实在没办法收兵。克里斯，在这个战场上，我们两方唯有斗到底，不死不休。"

"那就……不死不休。"

当克里斯回到"生命之源"的总部，他看到了焦灼等待的柏妮丝。

"她妥协了吗？"

克里斯摇摇头："只有战斗了。"

"霍克先生，这件事透着古怪，我认为我们的进攻应该暂缓。"

克里斯盯着柏妮丝，不解地问道："为什么？"

"在'蓝海冰山酒吧时'，洛克伍德小姐曾问您'奇美乐'的真正含义，您是否有做相应调查？"

"我没那个时间陪她玩这种幼儿园文字游戏，柏妮丝。"克里斯有些不耐烦。

"我去查过了，'奇美乐'是古希腊神话里的怪物，它拥有狮子的头，山羊的身躯，和一条蟒蛇的尾巴。它是缝合起来的怪物，也许正象征着我们这些被'心理功能补剂'和'功能饮料'缝合起来的人格怪物。"

"柏妮丝，这些都是毫无意义的猜测。你不明白吗？我们抓住了罗莎的小辫子，我们就要打赢了！"克里斯激动地说道。

"事情没有那么简单，霍克先生。"柏妮丝的目光非常坚定，"泽维尔在'光海'里和我们说的话不是全部的真相。我隐约觉得，他也是 Ni（内倾直觉）功能的使用者。而洛克伍德女士，她是那样纯粹又坚韧的人，她有着比占领市场份额更宏大的目标。您真的应该再想想……我们的调查推进得太过顺利，您是否想过，它可能是一个陷阱？"

"我已经决定了，柏妮丝。胜利就在眼前，这个时候，我不能放手。"

"您还记得公司章程里规定，企业家型人格的总裁必须配一个 Ni 为主导功能的第一助理吗？"

"当然，柏妮丝，你是指责我过于短视，缺乏深度思维吗？"

柏妮丝有些泄了气："不！我只是想说……'奇美乐'是被英雄柏勒洛丰杀死的，古希腊神话里有很多这样的怪物，而它们被创造出来的意义，就是被英雄杀死。也许'奇美乐'这个公司从诞生之日起，就是为了牺牲，也许由您造成'奇美乐'的陨落，正是罗莎所期待的！"

克里斯心乱如麻，但他知道，胜利的曙光就在眼前，他绝对不能动摇："柏妮丝·开普勒，我说过，我已经决定了。"

我是对的！这一切都是为了胜利！克里斯反复告诉自己，可此时，他的脑海中偏偏回想起罗莎的话——人们都困在茧里。

"'暗影之地'内幕曝光,功能饮料新秀'奇美乐'是否真的在'滋长阴影'?"

"联邦青少年心理协会呼吁FDA重新评估'奇美乐'销售资质。"

"'心理动因研究院'公开发布对'暗影之地'的调查报告,确认阴影人格的大量滋生与'奇美乐'销售曲线存在强相关性。"

"'奇美乐'发言人指责'心理动因研究院'报告采用不实资料,并将引入第三方机构对'暗影滋生问题'进行深入调查研究。"

"震惊!阴影人格滋生的罪魁祸首,竟然不是'奇美乐',而是'原动力',著名网络红人、'生命之源'现任总裁霍克究竟在隐藏什么?"

"最新调查显示,暗影滋生问题由来已久,最早可追溯至第一代'心理功能补剂'投放市场。"

"内部调查员透露,'暗影之地'所谓的'阴影人格',其实是我们被压抑的'原生人格'。"

"未成年人'心理功能补剂'使用条例引发大讨论。"

"奇美乐"的反击强烈而坚决,随着越来越多"暗影之地"的历史资料曝光,"原动力"和FDA的"心理功能补剂"也被牵扯进了这个旋涡……

公关任务让克里斯焦头烂额,在上班的路上,他看见许多戴着红色帽子的年轻人,听柏妮丝说,那是流行于法国大革命时期的"弗里吉亚帽"。"时尚可真是一次次的轮回。"克里斯不禁感叹道。

在"生命之源"大厦的门口,他又见到了前任总裁惠特妮。

惠特妮说,她想来看看曾经的办公室,她正在考虑退休,搬去海边城市生活。

克里斯表面殷勤地接待了惠特妮,他始终保持着警戒,虽然惠特妮说自己即将退休,但难保她不是在扮猪吃虎。

看着承载自己二十年岁月的办公大楼,惠特妮的情绪有些波动,她突然说道:"霍克,你知道我当时为什么想要推动杠杆收购吗?你真的以为,我是为了我自己能独霸这份产业?'生命之源'是个大集团,但它大而无序、效率低下、内部互相掣肘、腐败横生,必须经过收购和拆分重组,才能让它重新焕发生机。我的确做了一些改革,但除非我是它的真正控制者,否则我还是无法彻底医治它。收购'生命之源',是为了救它。不然,一两次历史的震荡,它可能就彻底完了。"

克里斯自信地笑着说:"我们会解决那些震荡。"

惠特妮也笑了:"不,你还是没明白那是怎样的震荡。我原先并不清楚它会以怎样的形式出现,我只想在它到来之前,让'生命之源'变得更完善。"

克里斯不解道:"您说的震荡究竟是什么?"

"霍克，你有没有发现，'梦域'时代之后，文明的发展似乎变缓慢了。梦域纪元前流行文化和代际心理的演变节奏非常快，差不多每五年，就会用一个新的名词来命名新的'世代'，而现在，μ 世代的跨度是二十年！梦域到来后，现实的发展停滞了。为了稳定，政府塑造出了越来越多的 SJ 型人格……我一直有一种预感，这种平静是可怕的，它会积累势能，直到爆发。

"最后再告诉你一件事，'奇美乐'背后的神秘资本就是泽维尔。

"你还不懂吗？霍克·泽维尔和罗莎·洛克伍德，他们两个，其实根本就是一伙的。他们的敌人从来不是'生命之源'，甚至不是 FDA，这也不只是一场商战。看看外面那些戴红帽子的 μ 世代年轻人吧，霍克，这是一场革命啊！

"而你我，正置身于历史洪流。"

五

"这是一场破茧成蝶的革命。"泽维尔这样说。

当克里斯再度见到泽维尔时，已经是半年后了。

这半年发生了太多太多的事，"奇美乐"的工厂被勒令关停，"生命之源"股价震动，金融界的"野蛮人"趁机完成了对"生命之源"的收购，正在对它进行拆分重组。即便是 FDA，也在公众舆论下进行了深度整改，未成年人使用"心理功能补剂"被严格限制。

而一部分 μ 世代人则在一座座梦域孪城之外，建立了自己的根据地。

"梦域"剥夺了梦境，"梦域"欺瞒了真实，他们这样说着，凭借自己的意志力反抗着"向虚"的坠落。正如惠特妮所说，历史的震荡到来了。可以想象，当 μ 世代掌握着这个世界权柄的时候，新的梦域规则也将诞生。

当克里斯在街头偶遇泽维尔时，他一眼就认出了他，银白色的长发，琥珀色的瞳仁，原来那天使一般的模样，并不是泽维尔的虚拟形象，那是他真实的长相。

他们来到一家咖啡馆，意外地，竟有种久别重逢的氛围，他们点了寻常的饮料，像老朋友那样聊着天。

克里斯问出了那个一直困惑着他的问题："你早知道'暗影之地'里飘荡着的是人们被压抑的原生人格。你为什么不直接公开'暗影之地'的信息呢？为什么要把'生命之源'牵扯进来？"

泽维尔回答："因为这把火，需要以一种隐秘的方式渐渐地烧起来，唯有如此，才足够燎原。而'生命之源'一直背靠着FDA，有这层政府背景，他们更不容易对你们产生怀疑。骤然暴露的火星容易被冷水浇灭，骤然暴露的革命意图，也容易被联邦政府以'维护稳定'的理由而扑灭。"

克里斯问道："你说，这动荡是必须的吗？"

泽维尔说道："这是一定会发生的。在自然界，蜂王会分泌信息素，使工蚁们劳作。谁能想到，人类发展到今天，竟也演化为蜂蚁社会的形态。如果有人的工作需要人情味儿，就让他摄入'Fe'；需要洞察力就摄入'Ni'；需要应变能力就摄入'Se''Te'；想要孩子遵守秩序，就给他们摄入'Si'……人不再是个体的自我，十六种人格，等同于十六种社会零件。我们就这样被精细打磨得成了必要的零件，放置在社会这个大的机器之中。

"人们以为可以通过服用'补剂'实现'人格转换'这件事，但实际上，改变的只是每个人的外在表现型罢了。被压抑的、真正的人格，则像是游离的影子，蜷缩在潜意识的深渊里。那是真正的自我，被这个社会、被成长路上父母师长的期待压抑了的自我。

"我知道'心理功能补剂'是历史必然的产物，它拯救了'梦域一代'脱实向虚的危机，但它同样也是'μ世代'的枷锁。也许对于我们的父母一代的人而言，必须要以'补剂'对抗梦域带来的无意义和失落感。但对于'μ世代'的人来说，他们早就在这条路上丢失了自我，那种找回自我的原始动力，将成为对抗精神虚无的力量源泉。"

克里斯喝了一口杯子里的咖啡，他当下的心境十分随遇而安，甚至在想："其实这样也挺好的，是吧。未来会发生什么，谁又知道呢？"

他们喝完饮料，走出了咖啡馆。

"再见。"

"再见。"

"生命之源"前任总裁和μ世代"化蝶革命"的领袖就这样挥手作别，踏上了各自的前路。

街道熙攘繁荣，行人走过新雨后的路面，溅起的水珠折射出绚烂的光彩，像一只只蝴蝶扑扇着翅膀。

劣等品 \ 丁瑞

达米安买了人生第一件新衣服，却是一件劣等品。

那是阿仕兰顿的红色连衣裙，做工精良，触感丝滑，如同把流淌的落日染在了绸质的衣服上。

唯一的残次，不过是后背拉链处有些不规整。原本笔直的拉链带，在腰部略有弯曲，不仔细看根本看不出来。却因此，原本奢华的阿仕兰顿新品，只能沦落到残次品集散店里，被三折售卖。

达米安喜欢去看那道弯曲，就像看着布拉沃河绵延的湾流。虽然她的一生中，其实从未亲眼见过那条源自美国圣胡安山、最终注入墨西哥湾的河流，但并不妨碍她对布拉沃河的向往。

此刻，那件红色的连衣裙，依然安静地躺在阿仕兰顿的手提袋里。达米安身上穿着的，还是洗得素白的短衬，和满是口子的背带牛仔裤。

路过人声鼎沸的时代广场，今天应该有什么大事要发生。明明不过初秋的时节，这里涌动的人头却堪比跨年。

人们摇晃着星条旗与基督教旗，高唱着喜悦的赞歌。达米安甚至惊讶地发现，原本斗急眼的红脖子和上东区的贵人们，竟然拥抱在了一起，少见的温馨而和睦。

听着人群中的赞歌，达米安才依稀想起，今天似乎是"见证上帝"的日子。

但这些都和达米安没有关系。她没有时间关注这些虚无缥缈的事情，每天都在为下一顿的口粮而奔波。甚至于拥挤的人群都和她无关，因为她正沿着红色通勤道行走。外面的人们即便再拥挤，都会自然而然地规避踩到这条狭窄的通道。

但这并非达米安的特权，而是横亘在城市中的监狱。

为了不妨碍城市的绿色交通，红色通勤道大都设立在阴暗的角落，与臭水沟、垃圾桶、废物站、拾荒者据点等为伍。

作为"红灯人"，达米安不能踏出红色通勤道的范围，否则植入体内的定位系统会立刻报警。沿街的无人警车则会就近响应，将她抓捕入狱。如果有巡警恰好路过，甚至不经警告就可以直接开枪击毙达米安。

这就是社会运行的规则，有条不紊，冰冷高效。

下雨的曼哈顿时常伴随着大风，如果不小心吹飞了红灯人手中的伞，那就只能淋着大雨行走了。因为雨伞掉出了红色通勤道，哪怕距离通勤道边缘只有半根手指头的距离，都是可望而不可即的天堑。

没有哪个红灯人，会为了不被淋雨，甘愿承受被击毙的风险。

至于指望向通勤道附近的绿灯人求助，帮忙递一下雨伞。呵，那更是玩笑话了，人类可不会愿意帮助蟑螂。

更糟心的是，红色通勤道的感应器时常不靠谱。

为了防止感应器误触发，达米安尽可能走在通勤道最中间的位置。

但红灯人之间也缺乏交流，因为时间是宝贵的，他们必须用尽除睡觉之外的所有时间去工作。他们工作，就像树叶通过光合作用释放氧气一样自然，都是为了换取生存下来的能量。

终于，达米安来到了此行的目的地——纽约金色大厦。

踏上大厦阶梯的一瞬间，达米安在心中长舒了一口气。相比平均宽度不过一米二的红色通勤道，大厦门前宽广的阶梯无疑要舒适得多。

至少在高楼大厦的"庇护"下，暂时不用在意时常出毛病的道路感应器了。

达米安看到，在十多米宽的玻璃大门前，站着两个高个子保安：一个是大块头的黑人，一个是肥胖臃肿的白人。达米安心想，在红灯人制度出现后，他们这两个族群的关系明显好了很多。甚至于其他原本冲突频发的群体，比如时代广场上的那些人，都能自发地拥抱在一起了。

但社会矛盾所积攒下来的仇恨，总需要一个发泄口的，红灯人就不幸地成了这个口子。

对于红灯人来说，与绿灯人的接触是很棘手的事情。因此，相比之前在通勤道的快速行走，此时的达米安正小心翼翼地缓慢上着台阶。

渐渐地，她已经能听到两个绿灯人保安的闲聊声。

"早间新闻里说，十点要公开的是'上帝的落款'。想想也是，亚高洛画廊里的那些艺术家，在创作出满意的作品后，也会在作品角落里留个名字。说不定……我们今天就能知道上帝的姓名！"黑人保安向往道。

"Fake News！鲍勃，听听网上怎么说的，那其实是造物主的留言！是给世人留下的指导与训诫！规劝着迷途羔羊回归羊圈，阿门！"白人保安在胸口画了个十字，眼神里带着无限憧憬。

达米安见他们一副虔诚的模样，心想：这些绿灯人，今天或许会好说话些。

但当她踏上最后一个台阶，大门前的扫描仪亮起红灯后，原本漫不经心的两个保安登时警觉起来，眼神中的虔诚不见了，取而代之的是浓浓的嫌弃与鄙夷。

达米安很熟悉这种眼神。对方仿佛想通过眼神，将自己驱逐出千里之外。

她第一次看到这种眼神，是三岁的时候，在埃尔帕索地区的人道主义孤儿营。

听孤儿营里的管事大婶说，随着当时两党政权轮替，原本竖在边界线的高墙，成了嘲讽前任总统的摆设。大量非法移民拖家带口地涌入边境。原本贩毒的武装团伙，也就顺道做起了"偷渡"的生意。

达米安的父母在故乡也算中产，变卖家产后把钱给了偷渡的蛇头，并将尚在襁褓里的达米安从边界墙上抛了过去。但她的父母却在此期间感染了瘟疫，没能陪着她踏入向往的国度。

最终迫于舆论压力，达米安同其他二十多万非法移民儿童和难民儿童，大多被送到了附近的人道主义孤儿营。

从三岁记事开始，失去父母、姓名与故乡的达米安，就是在拥挤不堪的孤儿营中度过的。这些临时性质的收容中心，生活条件异常艰苦。疫情期间规定只能容纳二百五十人的设施，实际会装下四千多名儿童。设施内也没有空调，冬天的时候，只能覆盖薄薄的保温锡纸毯取暖。

好在，从小生活其中的达米安，并不知道繁华的都市为何物，认为这一切都是理所当然，也并不会抱怨。

记忆中的第一场大雪，漫天都是白色的雪花，覆盖了犹如垃圾坟场一般的孤儿营。达米安很喜欢大雪，甚至学着其他人一样，放到嘴里咀嚼着。

也是落雪后不久的日子，当时的副总统来到了边境的孤儿营。

达米安看到摄影师的长枪短炮，对着副总统不断点亮闪光灯。被称为副总统的女人，甚至将达米安抱起来，亲热地互贴脸颊，成了无数报纸的头版照片。

但在闪光灯停歇的片刻，在女人背对着镜头将她放下的瞬间，达米安第一次看见了那种嫌弃且鄙夷的眼神，从女人的瞳孔里肆意喷涌。

自然地，原本管事大婶所期待的——副总统可能带来的取暖设施建设，也毫无音信。

也是那一年的冬天，无数儿童死于了寒冷，但死因被归结为当时蔓延的瘟疫。

达米安从此不再向往雪花的降临，而是对这些白色的"花瓣"，产生了深深的恐惧。

不过被副总统抱过，倒还是有些好处的。管事大婶之前期待着报纸能多做些文章，总不能再称呼带着数字编号的"姓名"。于是，这个好心的亚裔大婶，说按着她老家的俚语——要学会入乡随俗，才能不另类，好在异乡讨个生活——给小孤儿取了"达米安"的名字。

在墨西哥语境里：达米安，意味着驯服。

但管事大婶不知道，后来红灯人制度的出现，让达米安永远成了另类，被驯服的另类。

好在，之后的人生经历中，达米安虽然无法融入这异乡，但学会了伪装与欺骗。如同闯入人类房间被发现的蟑螂，在被"伟岸"的拖鞋鞋底拍击后，伪装成已经死亡的模样，等人类去拿扫帚时，迅速逃离并继续着自由的活动。

就像此刻，当金色大厦的保安们，已经下意识摸到了腰间的枪托。

达米安露出了恰到好处的谦卑微笑，双手举起阿仕兰顿的精美纸提袋，恭敬地说道："先生们，我是给史密斯夫人送衣服的，她就住在金色大厦的三十七层。"

在曼哈顿，这种外送服务很常见。有钱人逛完街后，不想带着大包小包去餐厅，于是留下居住地址，让门店把衣服直接送到住处。

果然，白人保安扫了一眼手提袋，见到里面做工华美的衣服，手终于从枪托上拿了下来。他光凭肉眼可看不出这件红裙的瑕疵，也不存在专门扫描衣服的仪器。他也不会认为一个红灯人，会花吃饭的钱，去买一件奢侈品牌的衣服。

但其实，就连史密斯夫人，都是达米安瞎编的名字。至于这件三折的残次品，则花光了她所有的积蓄。

见白人保安颔首，黑人保安皱着眉，也让开了道："红灯人，早去早下来，不要多做停留！"

"我明白！"不过，当达米安刚迈过玻璃门，就又朝着保安问道，"先生们，史密斯夫人催得紧，能不能……让我搭一下电梯。"

"你在开什么玩笑？"白人保安非常惊诧，感觉这是非常无礼的请求。

黑人保安甚至又把手按在了电击枪上，生怕达米安突然闯了过去："法克！我可不想因为对劣等人的同情，搞砸了我的工作！"

达米安很快鞠躬道歉，拐到一旁的楼梯间。

达米安之所以想搭电梯，是因为她的目标——其实并非三十七层，而是金色大厦楼顶的天台。

这座大厦的天台，是整个纽约视野最好的地方，可以俯瞰时代广场的繁华，远眺中央公园的葱茏，甚至望见哈德逊河的碧波。那都是她一辈子无法涉足的绿灯区，所以她将生命的告别舞台，选在了金色大厦的天台。

而整座金色大厦，高达一百零八层。

达米安真的很想坐电梯上去，这样在告别的仪式上，不会大汗淋漓，显得太过狼狈。

但这显然只是奢望。

好在，达米安本也没抱太多幻想。她早就不敢再幻想了。

把握着踏步的节奏，达米安开始向着天空攀登。

在爬到五十层时，达米安的腿已经有些抽筋了。但她的嘴角却逐渐弯起，她欣喜于即将摆脱那令人绝望的"人生溯源链"，在今年的雪花降落之前，穿着自己选择的红裙，在自己选择的舞台上谢幕。

在向着天空攀登的最后一段路上，过往的种种，在达米安的记忆中闪现。

在爬到六十层的时候，达米安看到了她八岁那年，区块链技术迎来了产业爆发期，全流程可追溯、上传数据不可篡改的特性，被赋能到众多产品。很自然地，结合联邦身份系统更新，也发明了基于区块链唯一排他性的数字身份认证——被民众戏称为"人生溯源链"的公共产品。

随着物联网和智慧城市的铺开，海量的大数据充斥于这个世界。其中关乎个人的数据，被忠实地记录在了人生溯源链上。无论是一次过马路的用时，还是在超商的购买记录，都会成为一段代码，被标记上时间戳，变成不可逆的哈希串，忠实地记录在人生的链条上。只要权限足够，就能读取你人生中任何一处细节。

在爬到七十层的时候，达米安看到了她十二岁那年，《红绿灯法案》获得国会山通过。在不读取溯源链私人数据的基础上，交由遍布城市的感应器，去识别每个人生溯源链的总体状态。感应器连接着智慧城市的中枢 AI，它会基于"人生价值算法"，计算每条溯源链的总体价值，并将民众划分为三类人——具有价值的公民绿灯人，失去价值的公民红灯人。如果公民遭受刑事诉讼、出现大量欠账，则可能被标记为黄灯，三年期内无法解决的，转为红灯。

但有一种人例外，不需要那么复杂的转化流程，那就是非法移民。《红绿灯法案》刚一通过，他们就直接被划归为了红灯人。

达米安就是这样成为红灯人的。

从此，人生溯源链所标记的信息与色彩，就像她的名字一样，永远和达米安这个人联系在了一起。

她只能居住在破旧的红灯区，只能行走在肮脏的红色通勤道，无法注册自媒体或是网络直播账号，无法在交友平台匹配绿灯人，无法在求职平台获得绿灯工作机会，只能从事低端的洗衣、配送、修草坪等服务。但就这点可怜的薪水，还要被城市系统所克扣，名义是"红绿灯系统维护税"。

达米安一开始也想过：虽然出生的起点不公平，但超过他人百倍的努力，能不能冲破溯源链的枷锁呢？

达米安尝试了，依然不行。《红绿灯法案》严密的条条框框，圈禁了她一切突围的可能。

红灯区的邻居们也认命地说，他们就是这样的人，一点希望都没有，最后只能破罐子破摔。

至于绿灯区的政客们，则大谈着《红绿灯法案》的好处。说法案实施后，因为红灯人被剥夺了拥枪权，全国的枪击案数量显著下降。与此对应的，私营监狱系统所拥有的劳动力则显著上升，弥补了婴儿潮一代退休后，所出现的一千八百万劳动力缺口。总而言之，《红绿灯法案》成为应对非法移民问题的人性化解决方案。

达米安明白，埃尔帕索地区的人道主义孤儿营，已经从边界线上的那一排排肮脏帐篷，变成了这整个肮脏的国家。

同达米安境况相似的红灯人们，虽然从孤儿营中走了出来，来到了这个国家的角角落落，但生存条件依然没有变化，和绿灯人仿佛不是一个世界的存在。

达米安看到了都市的繁华，但繁华的都市不属于她。

达米安看到了万家灯火，但也没有一盏灯火属于她。

这比在孤儿营里一无所知，还要来得痛苦。

她万念俱灰，直到——遇见了汤姆。

爬到八十层时，达米安仿佛看到了那个"帅气"的身影。那是她的初恋——汤姆，一个二十六岁的绿灯白人。

当时十八岁的达米安，刚被分配了工作。那是基于智慧城市系统，给达米安匹配到的市政工作。作为红灯人，如果溯源链中一直没有"污点"，那么在成年生日当天，会有唯一一次系统分配工作的机会。相比于自行寻找的工作，系统分配的绝对是条件最好的。

达米安分到的，是"州立毒品安全注射点"的安全员。那些年，经常性破产的各州政府，都在拼命设立新的注射点，用更便宜的价格同私立注射点抢夺顾客。

这些注射点起初建立的借口，是为了保证注射者的生命安全，所以需要安全员这个岗位。不过说是安全员，主要负责的也不是安全，而是贩卖和注射。因为糟糕的工作环境，早就没有护理专业的绿灯人愿意供职，就变成了红灯人的就业"香饽饽"。

有时候，会有一些来自绿灯区的医生护士，他们组成了五花八门的公益组织，随机来到注射点看病慰问。

汤姆便是其中的一个，作为一名绿灯人，他享受了传说中的大学学习，毕业后成为毒品科实习医生。

汤姆非但没有用有色的眼光看待达米安，反而深深地爱上了这个坚强的西裔女孩。

《红绿灯法案》规定，红灯人如果与绿灯人结婚，并诞下合法子嗣，将会转为警示性的黄灯，在子嗣成年后，转为绿灯。

达米安对人生再次燃起了希望。

虽然汤姆相貌丑陋，身子骨也很弱，但她义无反顾地爱上了他。至少她告诉自己，自己是发自真心地爱上了这位高贵的绿灯人。

在她眼里，他是最"帅气"的！

爬到九十层时，达米安实在爬不动了，只能坐在楼梯上歇口气。

虽然她的嘴角还挂着微笑，但回忆到遇见汤姆之后的种种，眼泪还是不由自主地滴落了下来。

十八岁的达米安，对汤姆可谓是予取予求，无论是打不还手的乖巧温顺，还是羞耻至极的多人聚会，甚至让她借着安全员之便，截获一些毒品稀释液，她都尽可能地做到了最好。只为早点让汤姆完成迎娶自己的承诺。

奈何，截获毒品稀释液这件事东窗事发，达米安失去了宝贵的工作。将偷窃品换算成钱币后，她还欠下了大量债款。

她没有揭发汤姆，而是自己承担了一切。

最终，达米安被送入了私立监狱。

原本，她以为就要在铁窗中了此余生，没想到很快就被劳务派遣出去，去干监狱分配的各种脏活累活。神奇的是，她又回到了原来生活的地方，私立监狱根本不想给她提供住宿与食物，遍布都市的红灯感应器也足够代替狱卒。

只不过她的工作收入，除了上缴"红绿灯系统维护税"外，如今剩下的大半要先上缴私立监狱，然后去还债务。

除此之外，一切没什么两样。

虽然没有了注射中心的工作，但她十八岁之前，也是这样接着各种脏活累活过活的。她照样可以努力生存下去。

毁就毁在，达米安心中生出了不该有的"希望"。

她又找到了汤姆，希望他完成承诺，将自己拯救出来，却发现汤姆已经躺在了其他女人的怀中。她想去理论，却越不过道路感应器的无形屏障。于是她游走于红色通勤道中，减少睡眠时间，监视汤姆的行动。好在，汤姆作为绿灯人，却将大部分时间花在了红灯区，也方便了达米安的监视。

站在局外人的角度，总是更容易看清事实。

没过多久，达米安就发现了，汤姆的女人不下十指之数，且都是十八九岁、面容姣好的红灯人。汤姆也根本不是医学毕业生，就是一个满嘴谎言的无业流民。他没钱买毒品，所以让达米安盗窃。他没钱嫖娼，所以找红灯女子免费寻欢。

"他就是绿灯人里的败犬，所以在红灯世界里拼命寻找存在感。"

所谓的希望，不过是他为达米安编织的幻想。

通往楼顶的漫漫台阶上，达米安叹了口气，重新站起身来。

不能歇太久，一直没有回去，保安会察觉到问题的。

她再次上路，一直爬到一百层的时候……达米安仿佛看到了，自己冲入被汤姆哄骗的女人居所，对后者讲述了对方不愿面对的现实。达米安仿佛看到了，恼羞成怒的汤姆，将自己拖出简陋的铁皮房，想要把自己推到红色通勤道之外。达米安仿佛看到了自己一拳打在了汤姆的脸上，打掉了他因为长期吸食毒品早就腐烂的门牙。

爬到一百零五层的时候，达米安想起了系统对她的判决——剥夺三个月的工作权利——对于她而言，那就是变相的死刑，因为她的收入，已经熬不过这年的冬天。

在这个国度，即便是罪大恶极的杀人犯、强奸犯，只要是绿灯人，都不会被判处死刑，因为取消了死刑。

但达米安仅仅是对一个骗子防卫过当，仅仅因为攻击的是绿灯人，就被判处了事实意义上的死刑。哪怕欠下的州立机构债务，系统都不指望她能做工还清了。

爬到一百零六层的时候，达米安想到了昨晚的决定，她不想在饥饿中被大雪冻死，她要光鲜亮丽地死去，死在红色通勤道之外的车水马龙中。

爬到一百零七层的时候，达米安又想起了三岁那年的第一场大雪，以及管事大婶对自己说的话：

"雪花在你们眼里，是美丽的风景。在我眼里，雪花却是死亡的问候。"

大婶说得没错，那年的孤儿营里，死了不少孩子，就像他们的父母一般，死得毫无意义。

又像这之后的每一个冬天，达米安都要从开春起，就为了冬日降临而努力攒钱，好用昂贵的食物与暖气，拒绝死亡的问候。

终于，一百零八层到了。

推开通往天台的铁门，温暖的阳光顿时笼罩了达米安，驱散了她心中的雪花。

达米安面露微笑，缓缓地张开双臂，像是在拥抱着什么，但天台上只有她一个人。

直到她心满意足地垂下手臂，走到了天台边上。她缓缓褪下了打着补丁的破衣服，露出了纤细的少女身体，上面布满了细密的汗珠。

达米安用藏在纸提袋底的干净毛巾，认真擦拭起自己的身体，从脸颊到脖颈，从乳房到腰臀，再从大腿到脚踝，仿佛在擦拭着世间最为精致的工艺品。

即便人生溯源链将她认定为：带有残次的劣等品，但她自己从未认命。在她的心底，她就是独一无二的达米安。

擦拭完身体后，达米安小心地将红色连衣裙从纸提袋中拿出来。连衣裙沐浴在阳光中，像是一簇鲜红的火焰。

即便这是一件有着瑕疵的劣等品，但在达米安的眼中，这件衣服却是完美无缺的，是她此生最美丽的衣裳。

天台的视野非常好，正下方就是时代广场摩肩接踵的人群。他们围绕着巨大的虚拟光屏，尽情奏乐狂欢，等待着上帝落款之谜的解开……没有人会在意一个孤独生命的终结。

但达米安会在意，在意她最后留在世界的模样——应该是干干净净地穿着新衣服的告别。

她走到天台的边缘。将那簇鲜红的火焰，穿在了自己身上，俯瞰着狂欢的世人，一只脚已经离开了天台。

但广场光屏上的倒计时，突然吸引了她的目光。

"离十点只剩三分钟了，要不……再等等吧。"

达米安轻声地自言自语，"保安们去三十七层找我，然后再调监控，都要花不少时间的。真要过来了，直接跳下去就是咯……"

这般想着，她收回了那只光着的左脚，上面布满了糜烂的水泡与坚硬的老茧。

达米安的目光，看向了那块虚拟屏幕，上面播放着一些新闻。

达米安很快就明白了什么是"上帝的落款"——

第四次科技革命所带来的，除了区块链、大数据、智慧城市外，生物制药也获得了长足发展。

尤其是近些年来，随着疾病预防产业的兴起，FDA对个人基因组测序业务大开绿灯，基因测序业务成本低到了仅仅一顿普通外卖的价格。

这之后，《个人基因数据隐私法案》被修正，民众可以自由售卖个人基因组信息给医疗、大学及政府等相关机构，海量的数据被堆叠在了一起。

今年初的一天，斯坦福大学某个突发奇想的研究团队，在学校收集的基因数据上，运行了一套最新的解密算法。该算法原本是为军方情报破译部门提供的，却因为种种原因而项目终结。本着废物利用的原则，团队拿着这套算法，跑遍了各种各样的奇怪数据，但都没"挖"出来什么成果。

直到在基因数据库中跑了这套算法，没想到真"挖"到了惊喜，或者更准确来说，是惊吓——在上千万份个人基因序列中，有着一段一模一样的DNA片段，那是一段不具备编码蛋白质的"超储备"脱氧核糖核酸片段，它仅仅拥有三千七百五十八个碱基对，科学家一直不清楚它具体的功能。但相比其他四百八十多个超储备片段，它又显得没什么特别——直到，这套解密算法从这段脱氧核糖核酸中，解码出了一些信息！

一段自创世纪就流传下来的音频信息。

这将彻底改变人类社会的一切，从宗教、哲学，到生物、物理，一切对世界的经典理解，都将被彻底重塑。

连续数日，大街小巷的屏幕，都在同步转播着这一重要历史事件。

也就是身为红灯人的达米安，无暇顾及这弥漫于整个世界的狂欢，只是隐约听说了，今天似乎是"见证上帝"的日子。

直到人生谢幕时的片刻轻松，让她心有余力地察觉到了这即将展现于世人的秘密。

"女士们，先生们，音频的转制工作已经完成！"随着倒计时临近结束，虚拟光屏上出现了一群身穿白大褂的科研人员。他们在努力隐藏着内心的兴奋（显然并不成功），开始预热道，"我们还没有播放过这段音频！这第一次的聆听，想要与这个世界的所有人一起共享，一起聆听这创世的喜悦！下面，有请总统女士按下播音按钮！"

屏幕上出现了达米安熟悉的身影，从前抱起过她的那位副总统，如今已经老态龙钟，却登上了整个国度最高的权力宝座。她带着夸张的笑容，感谢了科研团队的奉献，又讲述了自己任内对科学研究的支持，最终升华主题道：

"此刻，全世界的所有人，不分国别、不分种族、不分性别，没有一切的隔阂，没有一切的不同，都将同时聆听到上帝的福音：God Bless America！"

这般说着，她于纽约时间公元 2041 年 8 月 27 日上午 10 点整，准时按下了播放转码音频的按钮。

"也不分红绿。"达米安轻轻补充道。

旋即，伴随着扩音器的加持，一阵磅礴壮丽的音调，自四面八方响起。

达米安感觉到了一股伟岸的力量，像是一场巨大的海啸，朝着人类拍击而来。

在这股深沉宽广的音调中，出现了一个明显的组合音符。虽然达米安听不懂这个音符的意思，但这个音符却似乎穿透了她的大脑，作用于她的神经，变成了一个她能够辨认的单词：

Inferior！

劣等品！

这就是创世主的留言？

达米安苦笑，连上帝都要这般嘲弄自己吗？

但她很快就意识到：这并非对自己的宣判，而是对——全人类的！

在那伟岸的音调海啸中，某种晦暗难明的意识，似乎深入了达米安的脑海。

她看到了某些巨大的生物剪影，恒星在它们面前，都如同小巧的玩具……

她看到了那些巨大生物在播撒生命的春雨，借着陨石将基因散落于无数宇宙空间……

她还看到了这些春雨的基因编码，被巨大生物盖上了不同的标记戳。那些被盖上合格品的基因，将会被赋予各自的使命，投放到宇宙的文明地带。而那些出现瑕疵的劣等基因，逐一消灭起来过于麻烦，本着废物利用的原则，被投放到了阴暗的宇宙角落，进行着星球改造等脏活累活……

只是有条"生命铁律"——不能允许瑕疵品发育完全，否则会威胁到整个宇宙的秩序。必须在瑕疵文明进化到某个节点时，立刻进行扑灭……

这个节点，就是文明发展到……能够读取基因序列中的标记戳时……

这个时候，标记戳里的净化序列，将会被瑕疵文明自己启动，释放出特定的音律，激活瑕疵基因的自我毁灭程序……

……

……

达米安睁开眼睛，脑袋还是昏昏沉沉的。下一秒，她以为自己还在幻觉里，因为秋日的纽约，竟然出现了漫天的雪花。

但她很快确定了，这并非自己的幻觉。

在空中飘扬着的，也并非真正的雪花。

达米安的脚下，以虚拟屏幕为中心，正在上演着一出绚烂的爆炸。

因为接收了音频信息而陷入迷茫的人群，像是被细针刺到的泡泡一般，"砰砰砰"，一个个炸裂开来，化为雪白色的糜粉，只留下空荡荡的衣服飘零到地上。

秋杀万物。成千上万聚集的人群，在此起彼伏的尖叫声中，爆裂成了白色的轻巧粉末。又随着秋风，铺满了时代广场的地面，沾满了周遭的高楼大厦，犹如雪花般，装点出了一个银装素裹的白色世界。

看着脚下众人的恐惧，达米安却生出了一股难言的释然情绪。

"我是劣等品，你们也是劣等品，我们都一样，哈，我们都一样。"

"雪"花纷飞中，达米安哼着小调，跳起了在孤儿营时学会的墨西哥舞蹈——哈拉韦——用红裙甩出各种花形图案，美轮美奂。

最终，在温暖的阳光里，达米安跃下天台，也化为了点点白"雪"。

那件火红色的连衣裙，从一百零八层的高空，飘落到了一片素白的地面上，在五颜六色的衣服中并不显眼。

没有人能认出它拉链的瑕疵，也没有人会知道她是红灯人，也没有人……

那一片片雪白色的粉末，已经飘散在时代广场的角角落落，堆积起殷实厚重的白丘，如同雪堆一般，留下了大"雪"飘落都市的盛景。

正如达米安生前，那最后的一丝念想：

"雪花在你们眼里，是死亡的问候。在我眼里，雪花却是最美丽的风景。"

老金废话站

王书含

一

"老金废话站"在市区开了分站，牌匾铸得很大气，市书法协会会长题的字。昨天约了今天下午两点见面，方舟进门时看到老金在电脑上排版。

"又要招人了吗？"方舟问。

老金回头看到老顾客，笑脸相迎，说："人手不够，最近太忙。"

"有什么条件？"

"性格内向，不善沟通。"

"这倒符合你公司的定位啊。"

"怎么样，想来帮忙？"

"我还不够内向。"

"这次打算卖什么？"

"与情绪有关的词。"

"为什么？"老金看方舟有些迟钝，马上接着说："你别误会，这是程序，必须弄清原因，然后才能在免责声明上签字。"

"很简单，我已经不像年轻时充满激情了，来你这卖掉过剩的情绪词，一能减少与家人的摩擦，保持稳定情绪；二能换点钱，解燃眉之急。"

"那你先坐，我打印合同。"老金叫来业务员，交代了几句。

"我能知道这些词的去向吗？"

"会有需要的人买走它。不过你放心，仍然是双向保密的。"

二

"舟，你觉得小新去哪个学校好，市一小还是私立的星海学校呢？"小芸的梳妆台上摊开几册招生简章，她对比了好几回，确定最后两所。

"都行吧。"方舟并不觉得有什么区别，只不过一个走读，一个寄宿。

"什么叫都行？就好像我问你吃什么，你说随便；问你穿什么好看，你说都可以；问你白天工作怎么样，你回答挺好的。"小芸把两份招生简章拍在方舟面前，"收起你的敷衍态度，人家爸爸每天在外头跑打听学校，你一回家就跟个大爷似的，女儿又不是我一人的。"

"为什么我说一句你要回三句？"

"你以前可不会反问我。"

"确实都不错嘛。你来定。"方舟语气软下来。

"好好好，我看让你提出有建设性的意见是不可能了。"小芸指着方舟说，"就指望不上你。"

方舟最近话越来越少，一方面是不想说。虽然平时妻子遇到大事都会找他商量，但往往他提出的意见又不被采纳，长此以往，就觉得多说不如少说，说话没有意义。另一方面是不会说。从前他和哥们儿聚会，都是彻夜漫谈；谈恋爱那会儿，也有说不完的话；读书时代，经常被老师点名上课讲闲话；现在呢，他像是处于半失语状态，能不说就不说，人家说他"话篓子"变"闷罐子"了，他也只是笑笑回应。只要生活过得去，少说几句又如何。

方舟有五年没炒股了，或者说，婚后没炒股，再精确点儿，女儿出生后，他就完全放弃了股民的身份。理由很简单，没钱。他总结了适合炒股的两类人：有钱人除外，一是孤家寡人，减去吃食住行，每月有一笔不小的余钱；二是夫妻俩经过十几年，甚至更久的打拼，家庭攒了一笔积蓄，那取其中一些来投资，不过是拔毛行为。方舟两种都不占，婚前炒股存的几十万，在婚礼的各项事宜中被掏干净了。

方舟和乔小芸是大学同学，二年级时在一起，毕业后留在了读书的城市，方舟做销售，乔小芸当幼师，两人在北郊租了房，离最近的地铁站八公里。公司和学校都在市里，他们早起赶六点半的公交到地铁站，小芸坐二号线过十站到学校，方舟在钟楼站转三号线，然后过四站到公司。晚上他们回家的点很难凑齐，一般是谁下班早谁买菜。最怕遇上晚高峰，地铁是挤了一点，还能忍受，不过公交有可能在途中耽搁一两小时，回到家可能已过八点。当初二人是抱着攒钱买房的信念留下来的，目前来看，对家里条件一般的普通人来说，这条路不一定合适。

毕业三年，家里给了一点，二人工作攒了一点，大头是方舟炒股挣的钱，一下子全投进了新房的首付。结婚除了必要的金饰和彩礼，能免则免，送出去的人情一律采用分喜糖的形式，人家给的红包少收点就是，酒席不再置办，至亲吃两桌就算是婚宴了。婚后，两家长辈催着要孩子，毕竟方舟和小芸都是独生子女，人之常情，也能理解。结婚当年，小芸就怀上了，足月，生了个姑娘，两家都很高兴，又说起过两年要考虑要二胎了。

方舟和小芸都是小镇青年，他们通过高考，走出了县城，没什么厚家底，生活只能说维持得下去，谈不上生活品质多高。女儿的到来调整了家庭结构，典型的"421家庭"，中间两个主要劳动力，上面要赡养四位老人，下面要抚养孩子。老龄化的风潮已经蔓延几十年了，国家出台了很多政策减缓老龄化进程，然而出生率依然持续下降。方舟明白这里面的苦楚，毕竟孩子就像吞金兽，社会上越来越盛的投资热，好多都是给孩子的成长投钱。

小芸宁愿自己苦一些，也要给孩子最好的，所以"421"几乎演变成了"6+1"，六个成年人围着小孩转。方舟在育儿上主张放养，一向对培训班不感冒，但是小芸不认同，她说平时两个人都忙，没空照管孩子，老人们的培养方式已经过时了，这钱还得给专业的人赚，省不去的。方舟嗯嗯啊啊敷衍过去，心里在想：下月工资又有多少要先预支。

"对了，明天我爸出院，你请假一天，开车去接一下吧。"小芸刚把女儿哄睡着，看到方舟坐在床边，说，"发什么愣呢？"

"明天我约了客户，车钥匙给你，晚上我早点回来做饭吧。"方舟不想再往后拖时间，他三个月前就预约了，才排上号，过号就废，这次非去不可。

小芸故意放大动作，用力掀开被子钻进去说："嘿，你有没有发现，咱们刚好上的时候，你从不拒绝我的要求，过了几年，你虽然学会拒绝了，但会说好多理由说服我，一直到我无法反驳，每次都是看在你的陈述合情合理的分上，我能够接受你的拒绝。现在呢，理由都懒得说了，就一句'约了客户'，你都这样说了，我还能说什么呢？"小芸把被子蒙过头，侧身转向一边。

"真是有事嘛。"

"好，你去忙，我自己接。"

关于婚后瓶颈期、冷淡期的说话，方舟明白，都是瞎扯，根源就是经济问题。不愁钱的时候，情人之间可以海阔天空、浪漫相许。一旦没钱了，矛盾就会洪水一般滚滚而来，家里的每一笔开支都要规划清楚，否则就会出现吊诡的现象，两人都不记得何时花钱了，结果钱就是少了一大笔。眼下困扰方舟的，是父亲的交通事故。

方舟父母没跟来城里，他们三年前搬回乡下的老房子，父亲在屋后开了一片地，伺候瓜果蔬菜，每天早上载两三筐上集市卖。不巧，上周下雨，三轮车打滑，刹车没稳当，撞上了路过的老人家。老人倒下，当即送了医院，好在没有生命危险，不过腿部骨折较严重，年岁大了，骨头酥软，经不起这么撞，住院费加上精神损失补偿，合计下来五万左右，赶上方舟的半年工资了。父母有些储蓄，但不多，本来是养老的钱，全赔进去不值当。方舟想着拿出三万给父母，又想瞒着小芸，没办法，这毕竟不是作为家庭的公共开支，虽说小芸不会反对，但心里估计难免有小疙瘩。私房钱是指望不上了，因为没有，预支工资，也不现实，往后填不上空。正巧"废话回收站"的预约有消息了，一年前，方舟曾去过一次，那地方的好处就是给钱快，一般现场就能收到钱，这场及时雨一下浇灭了他心里不安乱窜的小火苗。

三

老金翻了三个大储物箱，才找出结婚时的西装。西装虽然很久没穿，样式依然不旧，就是皱，收拾的时候没摆正，衣服上好几道褶皱。他把衣服摊平，用挂烫机从头熨到脚，然后用衣架撑起，拿到全身镜前比了一下，很合身。明天是"老金废话站"升格的日子，全市第一家，三个月前刚出的政策，每个市只分配到一个名额，申报的人很多，老金上个月去市场监管局交申请表时，办公室已经堆了十几摞。手续很复杂，几乎半个月的时间，老金都是到处跑盖章、签名。市里专家来实地考察，他全程陪同，介绍选址他家的优势。明着竞争很激烈，其实老金胜券在握，因为他是最早一批在地下经营"废话站"的人，当时工商管理部门还未将其纳入营业许可范围，所以名声都是在民间流传。老金做生意讲诚信，从不拖欠酬金，所以口碑不错。如果说到发家史，老金的路子一直没变。最早他是单打独斗，拉着板车，一条条街地过，喇叭里喊着"收破烂哟"，哪家出来招呼，他就扛着大杆秤上门去，塑料瓶、纸板箱和烂铜废铁，都是按最新市场价收，分毫不差人家。那时老金还是小金，刚过而立之年。有一个女儿，两岁，妻子不久前得了乳腺癌亡故。为了治病，东拼西凑欠下好多债。

"捡破烂的"是老金三十岁后身上的标签，这之前，他在一家建筑队工作，跟着工头到处跑，上面揽的活儿，会依次把工时分下来。遇上赶工期，一月不休，早六晚九，都是力气活儿，回家倒头就睡，好在工资过得去。妻子走了，老金独自照管孩子，自然不能跟着工程队一天在外头跑，思来想去，还是捡破烂合适，时间自由，只要走得勤、叫得响，不愁一天赚不到几个钱。过去拾荒都是年纪大的人，现在整个行业已经年轻化了。几年来，各行业工作人员人数饱和的消息不断传出，待业在家的人逐渐注意到了拾荒领域，因为无基础也可进，大量的人员涌入，一时出现了"人才过剩"的现象。

老金入行的那年，正好赶上城市推行"瘦身计划"，上下刮起了极简风，家家往外清东西，今天还在用的，明天就进了废品站，老金赶上红利期，贷款租下了南郊的废弃厂房，开办了"老金废品站"。老金办厂的策略近似保洁站，提供拉板车或者三轮车，还有秤杆、编织袋、尼龙绳等收废品所需的物件，雇了一些人，按月给工资，只要每天收购的量达到指标，就算打卡成功，超出部分月末再以奖金的形式发放。老金这招很管用，很多图新鲜的人，干了几个月不想再做了，也不用担心手头的工具没法处理。

除了废品收购外，老金还和政府部门合作，每个月上交一份"居民生活品质报告"，数据来源是废品分析，"家庭机器人"使用率越来越高成为近年来的趋势。老金小时候，"家庭机器人"刚刚流行，那时还没有全国推广，因为售价高昂。后来技术攻关，研发成本下降了，中产以上的家庭基本可以支付。一台"家庭机器人"可以包揽所有家务活儿，在外忙碌一天的夫妻回到家，能准点赶上热乎的饭菜。自从"家庭机器人"试行后，家政公司就迎来了生存危机，大批进城的月嫂、保姆渐次返乡，有关部门为了控制失业率，勒令"家庭机器人"只能将功能限于家务方面，否则下一个大面积失业的有可能就是教育行业。

当初第一拨"机器人热"出现时，就有社会观察家对机器人的未来充满焦虑，每年毕业生的人数持续上涨，但对应的岗位数量有限，如果机器人取代了劳动力，那么除了研发机器人的智库们，其他人的工作将充满不确定性因素。正是为了稳定社会整体就业率，机器人被规定只能小范围使用，这几年"老金废品站"最占重的就是报废机器人。废品站收入一直不错，多亏了"瘦身计划"的推行，每月城市家庭指导委员会都会随机抽查各个辖区的十户家庭，看他们在装修布局和资源使用方面是否遵循了"极简"的指示。高速发展的社会，效率第一，每个家庭都是城市运转的齿轮，如果齿轮没有障碍，整体运转的速率就会大幅提升，"废话回收"项目在此契机下被提出。

市长身先士卒,说无论大会小会,都是"废话"的重灾区,整治"废话"要从公职人员做起——少说话多做事。上面的指示一下来,底下就要制定具体细则,出台方案,这个担子落到市场监管局头上。试行版通知推出后,多部门联合转发。老金报名早,行业内信誉度高,所以拿下了全市第一个名额,等于至少这半年可以独占市场份额。

挂牌那天很热闹,电视台的也来了,剪彩仪式过后,记者还对老金做了人物专访。城市早报、城市晚报、都市报先后转载,各类新媒体矩阵也相继转发。"老金废话站"刚挂牌,上门询问的人寥寥。"废品站"的牌子也还在用,只不过移到厂房背门去了。老金不着急,他在等上面的反应,一般来说,通知都是层层下发,大家解读政策的能力有限,除非有人带头做。

半月后,老金收到了一箱"废话识别器",早先集中培训时,他已熟悉了识别器的用法。样子就一只手持录音机大小,启动电源键,就进入工作模式,可选择单音源和多音源录制,然后系统会进行自动识别,筛选废话,最后屏幕上会显示说话人总共说了多少字,废话占比多少,综合时间、场合、说话人的语气等因素,科学计算说话有效率。被筛选的废话并不会直接删除,除非人为操作,数据会一直保留在设备中。

拿到识别器,老金在等待文件下发的同时,已经着手物色人力了。适逢毕业季,他便在各校发出的招聘会网址投了公司简介,没承想都通过了。他找女儿做了宣传海报,进校那天又让两个小徒弟一起跟着来。

会场上,拿着文件袋一家家打听公司情况的学生很多,有三个男生,大概是同学,他们很好奇老金的经营业务。

"您好!请问贵公司经营的业务有哪些?"一个戴方框眼镜的男生低头询问。

"我们公司是新成立的,现在主营废话回收。最近看新闻了吗?"

"哦,哦,有印象。那都有哪些岗位缺人?"

"这次招'废话收集员',要求不高,只有一条,性格内向,不善交流。"

三人以为听错了,问:"您没说错吧?"

"没有呢。"老金指着广告立牌上的招聘条件说,"只要符合要求就能进,工资可观,最低每月四千元,无上限。"

"那废话收集员负责什么工作呢?"

"全市范围内的大小会议都会上报到我们这里,每一场会议,我们都会派专人旁听,进行现场录制,过后分析发言者的'言语有效率',这是决定他们月末工薪的一部分指标。"

"只有贵公司负责这一块业务吗?"

"是的,这是城市'瘦身计划'的子项目之一,目前我们是唯一一家得到授权的公司。"

"薪酬怎么计算呢？"

"底薪四千，只要你认真负责，分到手头的任务能圆满完成，这四千就能到手。你的上升空间有多大，主要和业绩挂钩，当然其中也有偶然性因素。你们每参加一次会议，都要做好会后的数据处理工作，算出每场会议的平均'言语有效率'，在平均数之下的都要扣工资。利润百分之二十归你们，百分之四十归公司，另外百分之四十作为平均数之上者的奖励。一般是按字数计费，每日单价都在浮动，所以你们也要及时关注市场行情，按单日定价来算。比如某人一场会议说的废话总计五百字，单日定价是一元一字，那么当月工资就要扣五百。"

三人一听来了兴致，很快签好就业协议。可能是三人把这桩好事传开了，一百个名额很快签完。

整体就业不景气，每年毕业季，各部门都在协力打攻坚战。十年前就这样，只能说关关难过关关过。

四

小芸和父母商量了几次，最终决定送小新去公立小学，理由是孩子还小，应该带在身边，而且小新性格内向，胆子又小，怕她在寄宿学校受委屈。小新平时在幼儿园也比较孤僻，很少和同龄人一起玩，周末除了弹钢琴、练书法、学游泳，就是在家看动画片。新学期的家长会，小芸特意和班主任王老师说了小新的情况，希望她多多关照。

初到小学，小新很快表现出不适的一面。老师在课上提问，就小新没举手；体育课大家各自组队玩耍，她自己在看台上坐着，下面喊集合，她才有所动作；去食堂吃饭也不跟随大部队，别的小朋友三五成群坐在一起，她打完饭就往角落走。班上竞选班委，小新对此毫不心动，她从来都是小小的一个人背着大大的书包，站在校门口等家长来接。

王老师私下里和小芸沟通过，认为小新性格过于孤僻，班级集体活动也不参加，这不利于孩子以后的发展。小芸一路上忧心忡忡，回到家父女俩已经吃晚饭了，小新漱完口就进屋看书，小芸耷拉着一张脸很不好看。

方舟知道她有心事，但不知从何说起，便问："还没吃饭吧？给你留饭菜了。"

"王老师今天给我打电话了。"

"嗯。"

"她说我们小新性格孤僻，不善与人交往，从来不主动问老师问题。"

"嗯，那应该是没问题。"

"不可能，没问题怎么考试不是满分。"

"粗心吧。"

"这不是问题的关键，我的意思是小新表达能力不行，读书的时候不把胆子练起来，以后走上社会要吃亏的。"

"我看没问题啊。"

"怎么没有，你看她从来也没说要出去玩，除了兴趣班，就是在家看书。"

"那不是挺好的。"

"好什么好，再这样下去，都要成书呆子了。"

"孩子有自己的想法，不必着急。"

"每次都是这样，就我干着急，你当甩手掌柜，你说她怎么就没遗传你话多的毛病呢，现在看话多还是一种优势呢。"小芸口气不无嘲讽，大概想到了方舟当年追她的漫长罗曼史。

"我们要尊重孩子自己的想法。"

"习惯要从小培养，我看给她报个口才班吧，问过我同事了，一节课三百，一学期十节课。"

"没这个必要吧。"方舟皱眉，"算了，你问问小新愿不愿意去。"

"她肯定不去，小孩子哪有判断力。"

"我看'少说话、多读书'也挺好的，而且在学会表达之前学会倾听也蛮重要的。"方舟觉得花这钱实在冤枉，完全是智商税。

"再说吧，反正这问题你要想办法解决，或者我出力你出钱。"小芸突然想到之前去幼儿园宣传的"语言面包"，说是吃了能提升孩子的表达能力。科技发展日新月异，小芸觉得可以一试。

她当即翻出名片，记下了上面的地址。

五

老金新招的大学生队伍很快走上岗位，他们穿上正装，走进各大办公楼和居民委员会。方舟所在的销售部门今天开季末总结会，来人都注意到了坐在角落的西装小哥。风声昨晚就已透露，和钱挂上钩的事，大家都很谨慎。销售部经理先说开场白，还是惯用的套话，先批一顿部门这季度的总体业绩，然后说下季度的目标，接着让个人依次发言，主要汇报自己这一季度的成绩以及对下季度的展望。经理开场说了半小时，这在以往是常态。下一个环节是个人陈述，方舟第一个发言，仅用三分钟。最近两次的总结会，他都是这种风格，在经理心里，这是不上进的表现。另外三人每人陈述了十分钟，经理最后总结，无非是些勉励的话。

　　会后，经理热情地邀请老金的手下去喝茶，但他表示另一部门的会议即将开始，不能耽误工作。老金招的人都是应届毕业生，对待工作很上心，一回公司就分析数据。按照老金的指示，核对完数据后，筛出的"废话"要拷到一个单独硬盘中，下班之前上交。

　　方舟回到家已经八点，依旧碰上晚高峰，他挤公交的时候收到短信："鉴于您在今日会议发言中的优秀表现，获得三百元现金奖励，将和工资一起月末发放。"其实方舟早有预感会有这么一出，今天经理发言，保守估计有百分之六十的废话，这次之后，估计以后开会耳根能清净些。这要是初入职场那会儿，就凭方舟的积极劲儿，他自知肯定要罚不少钱。卖了两次话，再加上临近中年的乏力，他的沉默寡言反倒带来了好处。

　　他想起进入部门的第一年，那年就招了他一个新人，前辈都叫他小方，办公室里属他年纪最小。为了好好表现，他每天最早来，自愿承担办公室的卫生打扫和绿植养护的任务。办公室没茶叶了，打水的人就会喊："小方，茶叶怎么没了？"地上有纸屑，看到的人心里膈应，就会小声嘟囔一句："小方怎么这么不仔细。"入职的前三年，方舟家里没办任何喜事，而办公室的人情他是花了不少。经理的儿子结婚，同事孩子满月，同事乔迁，都给方舟发了请柬，鉴于人家诚心诚意邀请，平时在公司又是抬头不见低头见，方舟只能忍痛从工资中抽出份子钱，一一赴约。经理对方舟的工作很满意，有次把他叫去办公室说要提拔他，其实不过是多了个心眼，领导一个小动作，他就知道下一步做什么。后来他参加同事的乔迁酒宴，同事喝多了，拽他到一边说，你别每天跟在经理屁股后头了，五年前的我和你一样，你做过的事，我哪样没干过，提拔我的话说了不下十次，酒桌上、单位食堂，甚至公开场合，到头来还是那样。他自己也没啥本事，搅不起大浪的，有这工夫，你不如多陪陪对象，早点生个娃儿。方舟想解释，同事直接摆摆手说，哎别说了，我都懂。其实方舟没那么多心思，虽然他想上升，但很多时候，像给办公室做些劳动活儿啥的，他并未抱着功利的心态，不过是举手之劳。更何况，办公室环境舒服了，自己坐着也舒服。既然在别人眼里，他就是个会钻营的小卒，那索性就把这角色演下去。不过后来，部门又进了新人，等他以旁观者身份看新人的表现时，突然觉得一年前大家眼中的自己应该很蠢吧？就是刚涉事的小年轻，单有一腔廉价的热情。想到这，他释然了，爱怎么样就怎么样吧，只要分配到手的工作能做好，基础工资在手就行，这工作，就是那么回事儿。

近几年，不光是工作上，家庭的生活也让他苦不堪言，旁人眼里的幸福家庭，可能只是个外表美丽，但一戳即破的气球。继续生活下去的动力很简单，无非是家人不生病、孩子上学不用操心、夫妻少争吵、工资卡有余钱，学生时代的激情被生活的冷水浇灭，方舟已经失去了远航的勇气。

他读过一首诗，名字叫《生活》，全文就一个字："网"。题目加内容，不过三个字，却占了整整一页纸，翻到那页纸，方舟突然觉得那是一个迷人的黑洞，在宇宙深处坍缩。他站在"网"的中央，每一个结点都是生命中曾有过交集的不同个体，最近的是家人，次之是朋友，再往外是过去的同学、家乡久未谋面的邻里，那些是极小的点，像黑夜里遥远的微星。在这些结点中，与老金的相识充满偶然。老金的本业是收废品，因缘际会，升级为本市第一家"废话站"。方舟在线上看到开业消息，以为是一个心理辅导站，类似于通过谈话的形式，缓解咨询者的心理焦虑或其他不适情况。

方舟点进"废话站"的网页，发现它是一家收购"废话"的站点，意味着卖几句话就能赚钱。出于好奇，或者说某种可见的诱惑，方舟预约了周末的咨询。

接待的是老金本人。

"你好，你们是收购废话吗？"

"是的，您平时不需要说的话，或者厌烦的、不想再说的话，都可以统统卖掉，开业酬宾，单字一元，每满一百字再送十元，上不封顶。"

"卖掉之后，我就不再享有说这些话的权利了吗？"

"是的，我们有相关技术，会对您的语言库进行数据提取，对您的身体不会造成任何伤害，其中的原理是遗忘机制。您不会再使用卖掉的话，而且不清楚卖了什么，只能记得卖话这件事。"

"那如果别人说了这些话，我还能与他交流吗？"

"您放心，理解语言的功能不会改变，只是相同的话，您自己不会再使用而已。"

"那我应该卖什么呢？"

"我们这里提供了套餐供您选择。比如'脏话套餐'，涵盖一切不文明的词汇。还有与具体领域相关的，比如'游戏语汇套餐'，如果您从前有玩游戏的习惯，现在不常玩了，那么我们建议可以选一个，因为其中的词汇使用频率很低，它只会占据您的语言内存。"

"那我的记忆会消失吗？"

"不会的，只会忘记语言，'废话收购'就是让语言流动起来，我们回收您过剩的语言资源，这既符合当代生活的高效模式，又不至于造成浪费，加工之后会转卖给有需要的人。"

"谁会来买呢？"

"因为话少影响到正常生活的人。比如在酒桌上不会应酬，谈恋爱不会找话题，与人争论无话可说……这些都是例子，市场需求还是很大的，所以欢迎您这样的'卖语者'。"

"那我之后是否要承担责任？"

"不需要，我们实行双向保密制度。虽然其中涉及一些伦理问题，但不会对您造成任何困扰。"

"哦？伦理问题？"

"我们提取您的语言，连带着会提取您的音色，这就和盐融在水里是一个道理。您的音色是语言的溶剂，所以提取时两者不能剥离，之后我们的工作人员还会进行提纯操作。不过语言的纯度目前还不能百分之百实现，所以下一个接收语言的人说出的话也会受您的音色影响。为了将影响降到最小，受试前还要基因配对。"

"基因配对？"

"是的，音色也受基因控制，我们要尽量做到受试者与他接受的语言资源的基因吻合，配比度要保持在一定区间内。这和器官移植近似，为了避免出现排异反应。"

"我可以不选择你们的套餐吗？"

"当然，想卖什么，由您自己决定。"

"我说一个大致的时间范围，你们能帮我筛选吗？"

"没问题，您的大脑连上我们的设备后，自您出生至今的话都会显示在屏幕上，只要有时间域，一切都好办。"

"好，那我要卖谈恋爱时期说过的甜言蜜语，升学时和父母说的豪言壮语，还有每次醉酒后和朋友们的胡言乱语。"方舟想了想说。

"简单算了下，甜言蜜语分量最重，保守估计能卖十万，因为有些重合度较高的，我们算账时就只能选其一。"老金简单算了笔账，"还有吗？"

"办公室、酒桌上的场面话也卖了吧。"

"这可能还会用到。"

"不用了，我自己都说腻了，卖了好，最后一次发挥它的价值。"

"这样一算就有二十来万了。"

"今天就能到账吗？"

"是的，当天办完交易的所有手续。"

当方舟从"废话站"出来后,感到一身轻松,短信提示二十万已到账,这意味着车贷可以提前结清。

方舟第一次去,"废话站"刚挂牌不久,所以他是赶新潮的一拨人。小芸问二十万哪来的,他说借我们结婚前炒股赚的钱的那朋友如今发了,连本带利还回来。等到方舟第二次去老金那儿做生意,"废话站"已采取了提前预约等号制,能在一个月之内排到号都算是幸运的。没承想第三次和老金打交道,他的团队已经渗透了城市大中小企业的内部,全市搞起了"废话改革",作为"瘦身计划"的子项目,老金无疑能吃上很多红利。

对于这种涉及全社会的大变动,方舟一向不太关注,做好自己的一份工,莫管他人瓦上霜,只要是所有人都得过的坎,他心里就平衡了。生活照样是往前滚动的车轮,领导层的事,有能力的人自会办妥,何必小角色操闲心。再说了,话少还有奖励,这对于方舟来说,再好不过。

"瘦身计划"持续进行,城市改革的潮水不息地涌动着。

六

小芸按名片上的地址找到了蛋糕店,从外面看,没什么不寻常的。

"您好,请问您这有'语言面包'吗?"

"有的,在这边橱柜里,您看看需要哪一种?"

"有什么区别?"

"旁边的小卡片上有功能介绍,比如这款'演讲面包',可以提升孩子在公开场合的口才,'好友面包'就是加强孩子与人社交时的应对能力,'恋爱面包'……您孩子可能不需要。"

"这吃了就有效果吗?"

"一般一种是买六只。两天的量,一天三顿。吃完六只后效果会很明显。"

"那先给我拿一套'演讲面包'吧,有效果我再来买其他的。"

方舟到家时已经饿极了,看到茶几上的有袋面包,着急撕开一个,没细嚼几口就吞下肚,仔细瞅了眼包装,写着原产地:老金食品有限公司。心里生疑,老金什么时候还涉足食品生意了。

小芸从浴室出来,看到桌上的包装袋,急走过去揪住方舟的耳朵说:"这可贵了,给小新买的,你怎么把它吃了?"

方舟求饶道:"我错了宝贝,下次不会再犯了。"
两人哑然。
小芸翻出账单,看到上面赫然写着:"恋爱面包套餐(六只)。"

通博幻遇

李浩博

一

清晨的一缕阳光爬进窗沿,悄悄地叫醒刚起床又倒入梦乡的女孩——林冰。

阳光唤起她的哈欠,

"呵!"

她有些忧郁,倒不是什么学业不精,事实上,她是二〇班里最闪耀的那一个。

从赶学习到赶潮流,她是一样也没有落下,真正困扰她的,是难言的孤独——与其这么说,不如说她是个青春期综合征患者,正为处理家庭矛盾而焦头烂额,班上也没什么真心朋友,昨晚甚至和离异的母亲大吵了一架。

她不想去学校——只是字面意义上不想去现实中的地点,学还是要上,她按了一下身旁的箱子上的按钮。

"哔——请等待——哔——射线已关闭。"

她从伽马射线加热冰箱中拿出一块三明治,明明是前天买的三明治,在伽马射线的穿透消毒下低温保存,在几秒钟的时间里分区微波加热,此刻,如同新鲜出炉般温热,她边吃边打开终端,那冰冷的黑色终端小盒在几秒钟内变得暖和,甚至有些发烫,浅绿色的投影日历，提醒她这是本月第一次打开"家校云联网"终端——几万个T的数据正等着更新呢，她掏出笔记本，回忆着昨天晚上讲的医疗史，手里的三明治还剩一块。

"定向蛋白合成技术的出现使得人类绕过了现代自然选择学的障碍，在面对病毒细菌等病原体及恶性肿瘤时，不再束手束脚，此后恶性癌症、糖尿病、阿尔茨海默病等慢性疾病开始成为人类的主攻对象。"

过完笔记，她吃掉最后一块三明治。

"更新完成！"

伴随着轻柔的播报声，终端顶部缓缓打开，林冰望着黑得一团糟的客厅，长叹一口气。

还没等终端询问，她就接上了虚拟现实一体机，轻如鸿毛的庞然大物戴在头上，像个方块人。"设备检测成功，你的隐私将受保护，上课好运！"

终端语音带着似有似无的温暖。

二

朝霞赤红，鸟鸣不绝，金色的流光自云间嵌出，在湖面上浮动着，六月的风，带来七月的雨。五十年的时间在这里仿佛一霎，唯有这个小公园，在攒升凌云的科技面前保持着永远的从容。

乐天拿着旧式相机，拿出复古的支架，曝光，录像，他站在那里聚精会神盯着那块小显示屏，全然没有注意到一旁蹦跳的麻雀。

"好咯！"乐天悄声自语，他伸了个"爽快"的懒腰，麻雀吓得扑飞。他哈哈笑着，穿行走入密林中的小径，背着老旧的摄影装备踏上归途。

这个公园如他的应许之地，在科技的洪流中给他一方休憩，他喜欢这里的风景，自八岁那年，他就开始记录这片净景，一年一张，到现在已有十一张了。

轻捷的步伐蔓延至公园以外，他漫步于楼区间的人行道，寻找一个能够歇脚的早餐店。正逢上学时刻，青灰色的人流逆着他向前——那是医技中学的学生，着青绿线夹白底的校服的是学生，着青绿线夹灰底的也是学生，只不过是机器人，准确来说是学生远程控制的机器人，又名"机偶"，是AR教学的一部分。他以前也尝试过ARVR计划，只不过他自己并不适应那方块似的操控设备。

"医技中学……"他边走边想，那是通博市第一强校，以自由的启发式教学为本，相比之下,他的母校——通博一中,略逊三分,但也是一大强校。

他看见远处的大字投影"花莲早餐",便决定一试。

"客人想吃什么?"

二十来岁的女孩,操着南方口音招呼他坐下,环顾四周三四十平的小店异常干净,对窗高脚凳上零零散散坐着几个学生,远处坐着一个穿黑色衣服的女人,她的神色略显焦急。那女孩打开自动投影,示意乐天自己选。手放在"蛋液卤肉饭"选项上,一份逼真的投影应时出现,"葱油饼""红茶""布丁"亦如此逼真。

"卤肉饭吧。"乐天咽了口水,手在空中摆动,却发现并没有"确认"之类的按钮,反倒是那女孩关掉投影,冲后厨大喊:"阿公,卤肉饭!"

后厨中传出浑厚的回应,原来这点餐方式是复古与潮流结合。

乐天只笑笑,转而审视起店内的装潢,古旧的木方桌、方凳拼成一长串,占去大半空间,剩下的一半则是射线消毒的筷子机、洗碗机,还有几十年前才能看到的立式冰柜,落地窗前是高脚凳和看起来像杉木的一体式平板桌,若忽略那电子的营业执照、卫生检查证和全息投影,这小店就是二三十年前博通城随处可见的饭馆。

想到这里,他忽然深深怀念,可能是因为他父母的熏染吧,恩爱的两人从他八岁那年就开始给他讲老通博的故事了。

过去的通博可是工业强市,山西的煤、内蒙古的稀土、澳大利亚辗转来的铁矿、智利的铜矿……这里就像聚宝盆一样汇集了所有机遇,响应着绿色可持续发展的号召不断改进技术,山清水秀,仅仅从学校来看,那时的通博一中是这里唯一的名校,师资等实力直追北京两大附中,巨大的钟楼门前各地学生人来人往……那段立于顶峰的记忆被老一辈人们称为"绿工年代"。

乐天的思绪被远远飘来的卤肉饭香打断了,他的味蕾先一步躁动起来,女孩端着米饭、卤肉和点缀花纹的瓷盘,摆盘、扣米、淋汁一气呵成,肥瘦相间的肉条闪着金光,棕黄的卤汁流转,热气与饭香直冲鼻尖。

顾不得烫,他抄起勺子大快朵颐。

"唯有美食,饱经科技洗涤仍如初啊!"

看来,去图书馆前,来这个小店吃个早餐是正确的选择。

三

林冰正在上课,窗外雷雨轰鸣,灰暗天空的怒吼时不时盖过生物老师的讲解,无情的雨珠杂乱地在玻璃上爬行，而大敞的窗户却没有一滴雨点飞入，除了她，教室中的人们仿佛聚精会神于课堂，全然不施舍任何一点注意力给这场雨。生物老师打开全息投影，泛着蓝光的人脑模型不断放大，直到占据半个教室。

"自然科学有一条鲜明的线索：对脑的研究。"

生物老师的每一句话被智能转译成字幕，经由小型终端投影，悬浮在每个人的桌面右上角。

"人脑划分为大脑、间脑、小脑、脑干，基础科学的进步带动内分泌学、神经学的蓬勃发展，脑干、小脑、间脑的谜题已被揭开。"

悬浮在空中的人脑模型分区闪烁着，呼应生物老师的每一处讲解。她介绍脑干，从动眼神经到尾状核头……那些区域交替泛出红色光芒；介绍小脑，她挥挥手指，每一处浅沟都能展平如纸，其上的神经脉络如地图版清晰可见，明亮得如同闪电。过去五十年，人类的研究早已洞察其间。

生物老师讲罢，点点头："这是必考点。"

她的声音突然拉高："现在我们讲端脑，也就是大脑。"

那悬浮的模型本该闪耀，可它只有一片黯淡，如同窗外闪电背后的乌云，如同寥寥群星后的牧夫座空洞。

"我引用一句六十年前互联网上的话：'脑科学，借助生物物理学、生物化学、生理心理学、病理心理学，以及控制论、系统论等多学科的综合研究，已经在许多方面取得重大进展，如脑生化研究、裂脑研究的成果等。但意识的脑机制还未得到充分揭示，有许多问题有待继续深入探讨。'"

"就如同那个时代的物理迷航一样，人类至今还未完全探索出人类大脑的秘密，这方面的知识也略显浅薄。"

生物老师粗略地讲着脑的构造，意识形成的假说、记忆的猜想，以及人类唯一掌握的有关学习的生物原理：联合型学习与非联合型学习，还有脑机接口的巨大争议。林冰只是静静地听着，窗外的雷声构筑着远方的盛夏，风在呼呼作响，却吹不动她的头发一丝一厘，带不来一点凉意。

"下课！""起立！""老师辛苦了！"

她坐下顺势要瘫倒在课桌上，想起来自己不过是在虚拟世界中操纵着虚拟人物上课，避免了一次不必要的碰撞。

摘下一体机的头套，周围仍然只有杂乱的床单、桌面、地板。杂乱的家，她叹了一口气，开始理解三十多年前的元宇宙狂热了。

教室依旧明亮得如同暴雨中的灯塔，里面的人，从辫子到眼镜，如果不去仔细端详，甚至捕捉不到他们与真实同学的差别，不过只需要伸手或说句话，就能看出不同，回答只是敷衍，自己伸出的手永远没有触感——毕竟她还没到加载触感系统的年龄，触感审核更是不用说，根本过不去。

"叮咚。"

这是上午最后一节课，虚拟的班级陷入虚拟的同学们虚拟的吵闹中，生物老师布置了课后练习，林冰不急着离开，她顺手点点桌面左上角的打印按钮，智能课桌仿佛重构一般，连纸带字一同合成。

"虚拟现实确实方便啊。"

她心中默念，随即浏览起练习题，她的目光直奔"大脑"的选做题，古旧的淀粉样蛋白学说并未入眼，真正勾起她兴趣的则是"新脑机接口"，毕竟这是她所在医技中学的最大合作伙伴通博医疗引以为傲的项目，前景与钱景无限，前几天还在二十班里招志愿者，不过除了她，感兴趣的寥寥无几。

她思考着，班级的同学们早已离开，唯有寂静的暴雨在耳边环绕。

脱下VR一体机，那些散落一地的东西带来昨晚杂乱的争吵，她无言地走到镜子跟前，这个单马尾女高中生，曾经有多么光鲜，如今就有多么落寞。

正午的晴空阳光，照不进拉上窗帘的家，她草草收拾，顺手拿一把伞，轻轻打开电子门，在门外停顿几秒，又重重摔上。

"去吃卤肉饭吧。"

一深一浅的脚步匆匆。

四

上午十点，乐天的身影穿梭于通博图书馆的二层，他是来查通博历史，顺便查某个病症的资料，拿着电子密钥进入资料室。他是今天第一个查资料的人，漆黑的走廊亮起微弱的漫射灯，两侧是一排排存有纸质资料的玻璃橱窗。他看看周围，一旁有VR一体机室，也有AR机偶室，服务中心的管理员说可以操纵分米级机偶在橱窗内阅览原件，也可以虚拟观看复印件，或是不借助任何设备阅读。

乐天选了最后者，他对这些科技一直有种微妙的态度，倒不是技术乐观或悲观主义，只是在飞奔的科技"列车"面前有些无所适从。

运动鞋踩在瓷砖地板上，发出的微响与呼吸声成为资料室里唯二的声音，他走到20世纪的展台细细端详，从民国元年通博初生，到一跃成为货物集散地和水旱码头，再到被日占领，最后和平解放，在曲折中缓行。从"一五"计划的钢铁工业基地，到一百五十六项重点工程，通博第一次登上《人民日报》。一座座"苏联楼"拔地而起，新式厂房中开出20世纪的利器——五九式坦克，工业科技推着通博前进。迎来新千禧年，这段闻所未闻的尘封的历史向乐天描绘了一辆全然不同的"列车"，讶异、惊奇着，他走向下一个展台，漫射的灯光映照着这个列车在21世纪初的锈迹斑斑，也映出它竭力追逐新机遇的愿望。之后步入绿工年代，之后引擎再次逼近熄火，之后的历史就是每个土生土长通博人的常识了。通博在衰退中再一次明确方向，决心成为华北和西北的信息良港与医工强市，列车一直驰行，至今。

　　文字已结。

　　乐天望着那句号，心中或许有一辆列车，车头是无线电传输供能的自生磁列车，中段是绿皮车，尾端是黑白的蒸汽机车，它拉着长长的笛音，开过。

　　或许他有些理解这种微妙了。

　　历史资料室的门再次打开，乐天步伐矫健，走向通博医疗的公开资料室，他接下来要查的内容才是最重要的，也是他来这里的原因——阿尔茨海默病。

　　进入长长的资料走廊，不同于刚才的资料室，这里人来人往，看面相，大多是医技中学的学生和通博医疗的研究员，乐天没有丝毫犹豫，他径直走向虚拟现实一体机，在机器的问候中，他开始虚拟检索。

　　碎片式的信息被自动重铸，拼接成一面囊括这种病症发现历史、各种发病阶段症状、各种病患案例，以及对应的各种延缓治疗方法的"墙"，每一个词条背后都可能是两篇或三篇论文，然而这虚拟世界中无限蔓延到远方的"墙"，却有一处薄弱点——具体的致病机理，仍然停留在局部假说。五十年来，没有人能给出一个明晰准确的学说，哪怕一个除了淀粉样蛋白以外的重大突破，这漫长的黑暗。

　　乐天紧紧盯着这"暂无结果"的深黑，胸中的列车奏起不甘的嘶鸣。这薄弱点意味着什么？意味着百亿人类中的五亿老人、二十亿中年人，都面临着诱发老年痴呆、早老痴呆的风险，意味着一亿患者的痊愈无望，而他的祖父就是这一亿分之一，正以药物延缓病情。

　　然后呢？只能这样终结吗？

　　乐天紧紧攥拳，又松开，又攥紧，关节发出咯吱咯吱的响声，突然他猛地一拳砸向那薄弱处，加载了触感反馈模块的一体机以同样的力道冲击着他的指骨。所谓的墙在那里被轰出一个大洞，紧接着是崩塌，他没看那崩坏的墙，只是闭眼摘下头套，关闭一体机。

　　他没有看到，就在密钥接触到关闭感应处的前两秒，那虚拟世界中的"墙"背后，还有一堵正在建造的矮墙。

他走出了图书馆，夏日的阳光炙烤着石砖地面，他用资料室的传单挡住烈日，抬头望望远处的钟表投影，正是上午十一点半。

"再去那个早餐店吧。"

五

林冰一手打着白色的遮阳伞，一手拿着电话拨号，她逆着放学的人流，时不时踮起脚，在众多的投影招牌中寻找"花莲"二字。

电话接通了，另一边传来和蔼的男人的声音。

"你好，通博医疗志愿中心，有什么需要咨询？"

"你好，请问你们和医技中学合作的脑机项目现在招志愿者吗？"

一番简短的咨询后挂断，塑性电话的屏幕上显示出传输请求，扫描过后是动态文件报表。她把塑性电话压成一个小长方形装在兜里，继续寻找花莲餐厅。

乐天拐过小路，正值放学时段末尾，医技中学的机偶，学生熙熙攘攘，他瞥见一个站在校门口张望的穿黑衣服的女人，似乎是之前在店里吃早餐的女人，应该是在接自己的孩子一起回家，不过这个时间段，恐怕是没接到人吧。他顺着人流一眼看到"花莲午餐"投影，没两步就进了餐厅，里面的冷清与外面形成鲜明对照。

还没等那女孩招呼，他就先点了大碗扁食和蛋饼，坐在一边看起那份附带电话的传单。

"通博医疗新脑机接口志愿者招聘。"

"或许可以去看看。"正当乐天如此思忖时，早餐店的门铃再次响起，一个拿着白伞的单马尾女孩进了店，灰半袖和牛仔长裙略带褶皱，仿佛是刚从衣柜里拿出来的。他没有再多看，只是拨通电话。

那女孩清脆的声音回响着："陈姐，卤肉饭！"

招待的女孩在后厨应着。

电话拨通了，和蔼的男声响起，他单刀直入。

"你们这个脑机接口项目招准大一学生吗？"

一句话刚说一半，乐天忽然察觉到，不知何时坐在远处斜对面的那个女孩正盯着自己，或许是讲话太大声了，他压低音量，继续向志愿中心的人咨询，他的余光却瞟见那个女孩时不时看看电话，时不时看看这边。他投以警惕的一瞥，没再理会。

招待的陈姓女孩很快端来扁食和刷着酱的蛋饼，腾腾热气随香气四溢，一定是新鲜出锅。卤肉饭也顺势端上，然而却没有端到那里，偏偏摆在自己同一桌的斜对面，那女孩带着幕后主使的笑容坐下。

"你也要报那个志愿者项目？"她边说，边把塑性电话抹平在桌面，一块A4纸大小的屏幕泛着缓缓亮起，现出脑机接口的志愿者招聘项目。

"你想怎么样？"乐天略有戒备。

她抿了一口卤汁："我叫林冰，医技的高二，也想趁周末报这个项目，但是参加项目要两人一组，所以……"

她吃着一块卤肉，黑色的双眸盯着乐天。

"你就不怕我是骗子？"

"你不是准大一吗？"

"你凭什么这么确定？"

她吃着一小块米饭。"起码我见过的十八九岁的骗子里，没有用二十年前的固性电话的。"

她把饭和卤拌在一起。

"唉。"

"我叫乐天，通博一中毕业生，报这个是为了增加个人阅历。"

"嗯，我是兴趣如此。"

其中一人撒了谎。

她大口吃着卤肉饭，乐天边吃蛋饼边瞄着她的一举一动。吃完蛋饼，他用勺子晾着馄饨，一面看起志愿协议。

"本项目对受试者的信息严格保密，对受试者的精神健康进行动态监测评估。"

"各志愿者可以自行分组，但组内行为受统一管控。"

"仅仅以同行志愿者身份，或许也可以吧？"

六

林冰打着伞，向家走去，嘴中回荡的卤汁的香气，似乎让青春期的郁闷心情舒畅不少，不过比起这个，她更在意的是那个饭馆里见到的男生，古怪的戒备心，二十年前的固性电话，都暗示了某些故事。下午一点的空气格外烫人，她在这里缓行，心中的孤独似乎减少一分。

"上去收拾一下家吧。"她捏着塑性电话，想着。

七

周六下午两点，通博医疗大楼的招待处，几十名志愿者正在闲聊等候，林冰早早来到，坐在大厅中观看着本次志愿项目的主要内容：新脑机接口。

有新必有旧，所谓脑机接口，就是在人脑神经与外部设备间建立直接通路，从而实现神经系统和外部设备间信息、功能的整合，也即意念控制机器。这一革命性的概念曾经引起广泛追捧，但也带来道德伦理上的巨大争议，但政府并没有出台法规禁止。如果把机器得到的信号再转换为相同的经过大量削弱的脉冲输入人脑相同的部位，就能从根本上模块化发现大脑千变万化的信号的底层逻辑，如果把人脑比作数不尽代码构成的程序，那么新脑机接口就是对某一段代码复制运行从而找到注释的关键技术。

远处熟悉的身影打断了她的浏览，轻薄黑色长裤，翡翠纯色半袖套着防晒衣，没有一点电子配饰，是实用至上的穿搭。她朝乐天挥挥手，他也向这边走来。

按照昨天的报表，在进行心理评估后，能入围的仅有十几个年轻人，两人一组，每组分配两套统一测试服，一组五名研究员兼操作员，两位沟通员，三名脑科学医生，还有一名分指挥。连林冰都能感受到研究组最大限度的谨慎，她开始明白志愿回报为何如此丰厚了，悄声问乐天。

"你不紧张？"

"没必要。"

两人随两位沟通员进入空荡的自动隔音棉房间，女沟通员似乎发觉她的些微紧张，向她介绍这个房间。"这是人工材料，可以远程控制纤维束的密度与构成的孔径大小，从而调整隔音吸音能力，和你的塑性电话用的是同一种毫米单元块哦。"

林冰忍不住追问价钱。

"材料便宜，基本上是你手里电话的一千倍。"

她欲言又止。

"你就放心吧，这是国家拨款监督建设的重点实验室之一，配备的检测仪器世界一流，而且你的搭档一点也不紧张哦。"

她看一眼乐天，黑色的眼瞳冷静地审视着房间内的一切，不愧是高考洗礼后的学长。男沟通员打开下一扇门，带他们来到测试间，两套VR一体机、两套AR装置、两套桌椅，还有紧急关闭按钮。沟通员示意他们坐下，一个雄浑的男性声音响起。

"下午好！林同学，乐同学，我姓李，是本组的分指挥，无论从志愿须知还是楼内的行程中，你们都能感受到，这次的志愿项目不同以往。你们是经过选拔后的，有强大判断力、想象力的年轻人，是我们在新脑机接口项目中的眼睛。项目之中，无论何时，请牢记，我们研究组十一个人，始终是你的后盾。"

"别紧张，项目测完了，李指挥请你们吃饭！"

那边又传来清爽的女声和一阵哄笑。

"那要看你们吃什么了。"分指挥雄浑的声音带起女沟通员的笑声。

"开始吧，我们先进行校准。"

八

乐天看着林冰在沟通员的引导下穿上 VR 一体机，进入十平方米的活动舱，舱内的传送带随着她活动的脚步转动着，看来她还挺熟练。

"林同学，你看到了什么？"

"一个只有白色的房间。"

"很好，这说明你的设备运行正常。现在，我要加载触感模块，有什么不适请随时告诉我们。"

舱内的对话闷声传来，乐天透过活动舱的玻璃看着她四处伸手，仿佛在抓什么东西，时不时蹲下，取出一团"空气"，把它们摞在一起。

"你也来校准吧。"男沟通员拿起一体机，打开另一个活动舱室。

自从祖父因触感科技诱发痴呆以来，乐天已经好长时间没有熟悉这套一体机系统了，那不同于图书馆设备的黏性触感令他起了一身鸡皮疙瘩。那磁性的男声在装备中响起。

"设备已打开，各模块加载完毕。乐同学，现在，你看到了什么？"

"一片灰黑颜色的空地。"

"为什么不能是白的房间？"

"因为有光。"

"很好，说明你有一定判断力。"

乐天再次环顾，侧后方出现了一堆沙子。

"捧起它，适应你的触感装置。"

调试完成后，乐天听到吸音海绵启动的声音。

"两位，隔音已经开启，我会暂时为你们开启声音通道。"

他所在的空地四周传来林冰的声音。

"嘿！嘿！乐天！"

她似乎饶有兴致，乐天默不作声。

"乐天！乐天？李指挥，你开没开声音通道啊？"

"开了？我怎么听不见他？"

"喂，乐天？"

"我在。"

"你这让我怎么说呢！吓死我了。"

乐天笑笑，没回应。

"不带这么欺负人的啊！"

"好了好了，每次试验结束后，我都会打开声音通道。"李指挥接着说，"现在，VR头部的触感系统会加载微电磁模块，各种人经过筛选、审核，削弱的电信号将会传入你们的大脑对应部位，如果不适，立即告诉我，或者按下VR头盔的面部右下角按键，直接关闭传输，传输时可以选择关闭VR视觉系统来感受传输形成的画面。我们的实验目标只有两个：一，建构传输形成的概念或者画面并且在虚拟世界中复刻；二，感受并确认传输的感情倾向。有问题随时问我。现在，关闭信道。"

"准备好传输了吗？"

沙子，空地泛着微光消失，仅剩一个灰白色的空间。

"嗯。"

乐天听到头顶的微响，本以为会有酥麻的感觉，然而与往常无异。突然，他的眼边闪过一个棕绿色的影子，而后那闪频越来越高，虚化一步步减弱。他认出来那是黑色背景中的一棵树，立即告诉指挥，虚拟世界虚化成黑，再解虚化成相似的画面。他关掉右眼的视觉，那画面在右眼越来越清晰，淡淡的香气，黏黏的地面，是桂花树。他仔细地描述，研究员们勾画着那棵桂花树，四米高，枝头无风却摇动着将落的桂花，香气早已落下，它扎根在黑色的空间中，树下一圈是黑色，向外则是渐变的清灰，再变为黑色，那是树荫。

乐天感到一种呼之欲出的特殊的情感，似乎和他前几天早上拍照时如出一辙。

"是怀旧，怀念。"

"没问题，休息一下，建构的场景已经备份。你自己决定要不要删除当下的场景吧，传输停止。"

"乐天，你知道我刚才看到啥了吗？"

"说吧。"

"一碗水果沙拉，有苹果、梨、西瓜、猕猴桃，任何你想要的水果……你猜它的情感是啥？"

"期待。"

"错啦，是满足。"

"你也没告诉我这沙拉能不能伸手拿到啊。"

九

"开始传输。"

乐天坐在桂花树下闭着眼等待。

这次的场景明显不再虚化，仿佛就近在眼前，他骑在马背上，一望无际的草原，蓝天，一块块积云，间歇性放下阳光，是秋天，羊群的叫声，青草的芳香，然而不是惬意，他看到远方有个女孩，着金红色的蒙古袍，笑着冲自己挥手。

"乐天，建构场景。"

他睁开眼，一边和研究员们沟通建造画面，一边思考着情感。

"是爱恋吗？那为什么没有心动？"

他再次闭上眼，他听到她拉长声音高喊"阿布"，一种冲动如电流钻过乐天全身。

"是父爱。可为什么没有欣喜的成分？"

女孩高喊着，马匹却朝着相反的方向跑开，无论他怎么拉动马缰绳，都无济于事，那种电流又来了，而且愈发强烈，疼痛在心底蔓延，他立即按下暂停按钮。

在刚刚建构的虚拟草原前，他叹了一口气。

"是父亲的愧疚，遗憾。"

"辛苦了，要删掉现在的场景吗？"

"删掉吧。"

他闭上眼，回到空地上，呼唤林冰，四周应声传来她的喘息。

"真累人，我问你，给你一趟列车，途经不同的逐渐发达的城市……"她喘了口气。"你知道它意图表达什么吗？"

"感慨历史变迁，或是感叹科技？"

"第二个沾点边。"

"赞叹科技？"

"是担忧。"

乐天似乎能理解一点这种情感。

"我这里是一个蒙古族父亲对女儿的遗憾。"

"今天的最后一项测试要开始了，这回是已知的完全相同的情感，需要你们建构情景，猜出含义。"

"做好心理准备，传输的概念简单，但是加工程度低。"

十

林冰拖着累瘫的脑袋，从地上起身，裙子没脏，她才反应过来自己是在虚拟世界里。闭上眼，开始传输，她轻轻念出：

"雷雨夜，闪电，没有窗户的高二女生的房间——"她突然向后趔趄两三步跌倒在地。

"林同学？"李指挥呼叫着她。

她双眸凝滞着，表情忽然扭曲，过了一段时间，才缓缓说出："父母的争吵声。"

房间开始破碎，碎成无法重圆的镜子，争吵声消失，她颤抖着，忽然紧攥双拳，冲到门前，一脚踹开房间的门，争吵声戛然而止，只有闪电映照的狼藉。她苦笑着，试图冷静地向研究员描述，当她说到那三个词："恐惧，愤怒，与无助。"电话那边传来的声音让她再也无法压抑哽咽。

"辛苦了，我们由衷地敬佩你们两个。"

她没有回应，脱下了虚拟现实一体机，传送带地面不再移动，女通讯员打开舱门低头看着一边的地面。她捂着脸跑到隔音室，每一个纳米级的空洞都被哽咽与哭号填满。

楼外晴空与阳光，一场盛夏的暴雨在她眼底倾盆而下。

十一

乐天面无表情地走出舱门，他知道自己看到的是医院，墙壁，与崩坏。女通讯员不见踪影，男通讯员低头看着地面，林冰的舱门打开着，他猜到了，大声喊着李指挥，那声音不再有磁性，他要了他的电话，转身奔跑出去，此刻是下午六点。

她能去哪里呢？他只能想到那里。

飞速赶过去。

他在自动驾驶车里拨通了电话。

"你知道自己干了什么吗？"

电话那边叹了口气。

"除了志愿费用和心理评估，我能为你们做些什么？"

他想劈头盖脸地骂他一顿。然而下一个念头出现在他的脑海。

"林冰我不知道，但是我有两个程序内的要求。"

"……最后，把我和她换到同一个舱内。"

"你真的要这么做？"

"我请示一下总指挥，之后回你电话。"

刚说完要求挂断，自动驾驶车辆突然刹停，他的手机差点被甩出去。原来是车子被一个黑衣女人逼停了，他仔细端详，又是上回那个等孩子的女人，一身风尘仆仆的黑衣，手提着一大袋食材，神色依旧匆匆。自动驾驶车辆的语音系统把满脸歉意的她叫住，调出行车记录仪和路口监控，证明她负全责。车内出现各主体损害情况和主要责任人，接着出现选项。

"是否协商？"

"是。"

"放弃追责？"

"……是。"

自动驾驶车辆的语音系统如实转述，那女人脸上显出感激，对车里的乐天说。

"谢谢，谢谢，着急找孩子就……"

"能理解，下次小心点。"

她让开位置，车辆继续飞驰向那个餐馆。

林冰果然在那里，默不作声地吃着一碗扁食，乐天坐在她面前，她仍低着头。

"我看到了医院中的祖父，被宣判阿尔茨海默的死刑，他先是忘记电话簿的位置，然后是忘记怎么用钥匙开旧式门锁，服药五年之后忘掉他的儿子，然后忘掉我，忘掉交给我的相机和日记，最后，不认得祖母的骨灰盒。"

她拿勺子的手停下，她在热气中抬起头，脸上的泪痕清晰可见，她用略哑的、只有他能听到的声音说着："我撒谎了，骗自己兴趣使然，报了这个项目，最终还是为了钱，为了妈妈，报了这个项目。"

勺子发出清脆的响动。

"我本来以为自己已经足够坚强，能够面对那些东西时，可为什么，再一次面对爸爸妈妈的争吵时,还是那么懦弱,控制不住自己呢？"她不甘的目光正对着他的眼睛。

"明明知道结果，明明已经做好了准备，但当它真正地向我们冲过来的时候，又有谁不会害怕呢？"乐天点了一份布丁，继续说道。

"明明知道他不可避免地会忘记我，却还是要用备忘录去挽留他渐行渐远的背影，直到高二的某一天，踏入病房的那刻。"

她沉默了几秒，长舒一口气。

"可以和你做朋友吗？"

"不能。"

"啊？"

"有个条件，明天上午再和我去志愿项目。"

"能……不去吗？"

"你必须去。"

她迟疑了一下，最终还是点点头。

"晚上回家吗？"

"不，再回到那个充满哀叹的地方就算了，我去学校。"

"那就趁人少的时候去会议室藏着吧，没有监控，能睡个好觉。"

十二

乐天在通博大楼门前四处观望，机偶，行人来来往往，不一会儿，自动车道上停了一辆车。她下了车，仍是那件连衣裙。

"给你打电话来着。"

"这是B级塑性电话啊，只拨不接。"

"无数毫米单元组成的先进手机，配上这设置，有点荒唐。"

"可能是怕被分区呼叫吧。"

仍然是昨天的实验室，仍然是李指挥。

"需要做个心理评估吗？"

"不用，直接开始吧。"

通讯员还是那两位，这次他们沉默不语，只是帮两人换上VR一体机，送入舱室。这次的传输略显基础，先是学校与孤独，后是研究所与好奇，再然后是鹿、羊的辨识。林冰碰到的，则是语言与困惑，然后是月亮，诗句和通博市的辨识。

"结束了?"信道那边传来林冰的疑问。

"李指挥,换舱。"乐天摘下头套,断开虚拟连接,说道。

两边的舱门打开。

"为什么来这边?"正摘下头套的林冰惊奇地叫着。

"一起画上句号吧。"

林冰似乎明白了他的意思,两人带好虚拟现实一体机头套。

"现在开启信号共享模式,你们两人的大脑神经信号会在视觉区域简单同步。"

李指挥的声音背后又传来那个清脆的女声。

"小子,挺有胆的。"

雷雨夜,漆黑的无窗房间,闪电的光芒透过门缝肆意入侵,吵闹、打架的声音传来,昨天激发的恐惧信号,正通过微电磁模块源源不断地随着记忆一同涌入两人的脑中。

乐天能清晰地感受到她强烈抑制的颤抖,自己也是这样。房间开始出现裂纹,镜子碎裂般的声音越来越响。乐天四处寻找着灯光开关。

"直接去开门!"他把林冰吼出神。

她径直冲向门口,手碰到把手,又触电似的缩回,咚咚的殴打声,惊骇,迟疑,恐惧如裂纹爬上她的脸颊,黑暗中,借着闪电的光芒,她看清了乐天的脸。

"我在。"

她下定了决心,抓、拧、推,两秒之间,那道门突然爆发出温和的灯光,争吵声戛然而止,乐天刚刚摸到房间电灯开关,顺势按下。温和的黄白光芒四射。

当两人的眼睛逐渐适应,视野恢复正常时。只有暴风雨夜中亮着灯的客厅与卧室。打斗争吵的痕迹全无,所谓的裂缝更是子虚乌有。

唯有一面开裂的试衣镜摆在那里。

她站在那里,急促的心情尚未平复,只是呆呆地看着一切。

"真正的情感……或许……"

"只是担心吧。"

她沉吟片刻,转过身来,澄澈的双眸如同雨过天晴的夜空,星光闪烁。

"谢谢你。"

十三

"还没有结束,传输下一个。"乐天向着指挥大喊。

"啊，还有吗？"

乐天不作声，只是点点头。

"准备传输。"

温和的光芒同房间一起虚化，消失，虚拟设备并未开启，双眼并未睁开，却能看到一片模糊的灰色，其中黄、蓝、绿、红，不同颜色的大小形态各异的碎片在四处悬浮游荡，乐天向研究组描述着眼前的场景，她努力想看清各个碎片的模样，粗略的轮廓，仿佛记录着人、地点、事件。但是双眼如负云翳一般，再也无法看清。某个瞬间，那些碎片被吸向灰色背景中一点模糊的黑，随后被噤声地拉长、撕裂、破碎，混杂成绝望的灰，一阵前所未有的虚无感涌来，她看着走在前面的乐天，忍不住问。

"这是哪里？"

乐天停下描述，转过身来。

"我申请了祖父的全区脑信号，现在接收信号的是额叶。"

两人在这片虚空中无言地跋涉，看不到尽头的空间，看不到希望的世界。

"切换到顶叶和枕叶。"乐天的声音打破寂静。

"正在替换，现在是什么场景？"

她和乐天一同描述起来。

感官感受开始渐趋丰富，视觉听觉触觉被充分调动起来，却只能得到无法连贯、没有任何意义的信息，不断扭曲的物象，时不时寂静又轰鸣的低吼，不断变硬变软、变尖变细的触感。侵蚀的绝症摧残下，一切变得难以辨认。

"换到前额叶吧。"

两人身边忽然清晰起来，未曾预料的正常世界让她心中一惊。

"怎么样？"

那是一个小公园朝霞赤红，鸟鸣不绝，芬芳四溢，金色的流光自云间流出，在湖面上浮动着，六月的风，拂过无尽的绿色，吹来着七月的积雨云。

她第一次看到乐天脸上的惊讶。

"你来过吗？"

他没有回答，直接跑向那小山顶的亭台，那里是拍照取景的最佳地点。她紧随其后，山顶上，是一个三四十岁的中年人，拿着笔记本在记些什么，一边架着一台旧式的，不知什么品牌的相机，麻雀在他背后歌唱。乐天只是站在远处，静静地注视着。

"他就是了吧？"

"嗯。"

"上去找他啊。"

唯有沉默。

"听着，我也是好好做过功课的，这个项目的信息传输一开始就写明是单向的，你在这里的行为，互动，都是你自己的大脑接受刺激后产生的反应，换言之，这里的行为就是你的真心。"

他叹了口气，然而没等叹完，林冰早已握住他的手，拉着他向那里行进。

亭台里，两个人面面相觑，他的祖父似乎看不到乐天。

"爷爷。"

乐天试探性地抛出两字，沉入湖底，他还在记着什么东西。林冰凑上去看，看到那个日期，2023年7月6日。

"谢谢您给我的相机和日记本，但是我真的……"

"不想失去您。"

"孩子。"

那背影突然停下记录，转头笑着，不符合他身形的苍老声音缓缓流淌。

"你注定挽留不住一个半脚踏进坟墓的人。"

"但是你不会失去我，我也当然不希望被遗忘。"

"所以啊。"

他敲敲日记本，拉着乐天和林冰，把摄像机对准三人和这片风景。

她似乎听到列车发车时的轰鸣。

十四

"又来啦！吃点什么？"

"卤肉饭。"异口同声。

那两人坐在一起。

"你是怎么得到那份全脑区信息的？"

"很简单，作为家属向总指挥申请把医院的危重病人纳入志愿，采集数据。"

"能帮到你祖父吗？"

"能给治疗提供一些头绪。"

"既然这样，你为什么要我申请删掉前额叶的信号记录备份呢？"

林冰笑笑，回答道。

"我和你打个赌，赌你自己的潜意识也想删掉，赌你的祖父也想删掉。"

"怎么赌？"

"拿你祖父的笔记本，翻到2023年7月6日。"

乐天轻轻地翻动，林冰大口吃着卤肉饭。

"很遗憾。"

乐天笑笑。

"你赌赢了。"

两人大口吃起卤肉饭，笑声传遍整个餐馆。

"你之后准备？"

"找我妈道歉去。"

"我一直没见过她。"

"她是特别古怪的人，总是喜欢穿一身黑衣服，容易被焦虑的情绪所左右。"

"你知道我下一句该说什么吗？"

她示意一起说。

"三、二、一！"

乐天说的是"那我好像见过她"，林冰则说"她是我的好妈妈"。

"你这家伙！"

"不行！你欠我一个问题！"

"问吧。"

"你接下来准备干什么？"

"预科，顺便陪陪他，反正肯定要把日记填满。"

她还穿着那条连衣裙，微微上扬的嘴角绽放出一朵笑容，不过，是带着卤肉汤的笑容。

"喂，你干什么呢？"

"就是拍张照而已。"

"快给我！"

另一边，大楼的休息室内。

"我的天哪，全都是台式卤肉饭！"

"李指挥破费了啊。"

"那个男孩联系我请客的，毕竟这回的任务超额完成了。"

"而且，这个饭钱不应该是我出，而是你这个首席研究员。"

"好好好，没有这灵光的小子，我现在就搞出解职的事故啦。"清脆的女声响起。

"快吃吧，吃完整理数据。"

"又得熬夜做报告啦。"

"等到通博因为这项突破而成为脑科学信息良港的时候。"

"你们就立大功咯。"

十五

她仍穿着那条连衣裙，来到曾经狠狠摔上的电子门边，轻轻打开门，收拾一新的家，隐隐约约传来的饭香温暖而诱人。她没有丝毫的犹豫，迈入门内，远处的厨房、熟悉的人影、熟悉的围裙。

"妈妈。"

她回过头，脸上的表情，林冰描述不清。

"对不起。"几乎是异口同声。

再多的话语都苍白无力，唯有哽咽在心底的东西随着紧紧相拥而泣，迸发成无法阻挡，无法压抑的恸语。

她不记得多少行泪，唯记一块温热的三明治。

午后下起阵雨，但晴空将至。

十六

黄昏，应许之地跑来一对父子，男孩拿着照相机四处拍摄，父亲则拿着电子笔记，数控笔轻快地游走，发出如纸和笔的交响。

日落的最后一缕辉光不舍地离去，然而通博这列列车才刚刚开始起步。

它将逐日，带着列车上的所有人。

宝批龙词典

吴翰洁

一

"宝批龙，我的时间之光，我的愤怒之源，我的宿命。舌尖后缩，双唇轻触，完成两次爆破，最后则是舌苔对上颚的爱抚：宝——批——龙。"

当指针再次倒退回下午四点二十三分的时候，时年四十四岁，也可能是四十二岁（赵抗美十六岁的时候，为了参加人类革命联盟，将年龄虚高两岁上报，因此赵抗美有两个年龄，但这不影响他对时间的看法）的赵抗美开始继续撰写《宝批龙词典》。

"七百九十二，七百九十二，七百九十二。"

《宝批龙词典》的第七百九十二个条目，是"宝批龙"。与过去数百年间词典不同，过去的词典仍按照人类语言的音序排列，而《宝批龙词典》的条目是以真实的时间为顺序的，因此尽管前七百九十一个条目都是"宝批龙"，谁也不能说它们的意义是一样的。"宝批龙"在任何一个一分钟里都是新的"宝批龙"。它引申出的能指与所指的结合，在任何一个一分钟里，都具有任意性，这点倒是符合文字和它的所指最初结合时的特征。比如第一个一分钟里的"宝批龙",意指暴躁,而第三百五十四个"宝批龙"则意指冷静。为了便于区分,赵抗美将这两个条目分别命名为"宝批龙1"和"宝批龙354",以便记下这是他经历的第几个下午四时二十三分。

当赵抗美写完第七百九十二个宝批龙条目的时候,下一个四点二十三分来临了,词典恢复了空白。赵抗美放下笔,点了一支"红旗渠",这种烟产自澳大利亚地下的人类根据地,是时下他唯一能抽得起的一种廉价电子烟。自从他被工厂驱逐之后,他的生活从"碳基人"(一种电子烟品牌,下文同)开始,变成了"人革联",接的是"保亚",最后是"红旗渠",这种烟的品牌名称取自人类集体劳动时代的产物,形式上也模拟了人类过去的卷烟:烟头处加热到四百摄氏度。但澳洲根据地劣质的生产工艺经常让他的肺部瘙痒,最近又转为疼痛。除此之外,烟味还赶走了厮守多年的老婆,老婆又带走了厮守多年的财产,那些嫁妆和现金被放在女儿的小书包里,母女二人一起去了火星H1人类根据地。

临走前,女儿问他:"你为什么还不相信'地球主义'是反动的?"

"人类革命联盟"的领袖声称,AI是脆弱的,AI所主导的无限生产是不能自洽的,人类是能够回到地球的,是能够恢复自己的经济体系的。在地球的东北亚地区,极寒的天气下,电子元件较为脆弱,"人革联"的成员在此建立了不依赖AI的机械式工厂,来重建人类社会。

直到AI占领了赵抗美所在的人类工厂,并停止了低效的生产力。

一次酒后,赵抗美砸碎了家里的所有设备,包括强制冬眠仪、反精神控制头盔、短路手枪——都是人类社会的无效抵抗。砸完之后,赵抗美把头埋进两个膝盖中间,仿佛当他再抬起头时,生活就会回归它应有的样子一样。

对,你大概知道我接下来会怎么描述,比如赵抗美抬起了头,发现生活没有回归它"本来的样子"。我就是这样写的。不过如果你因为我前面说的话产生了逆反心理,你也会希望看到现实出现反转,比如赵抗美抬起头之后发现老婆、孩子和财产一起回来了,这种可能也是有的,但我试过了,行不通。

于是赵抗美抬起了头,发现生活并没有回归它"本来的样子":沙发大小的强制冬眠仪以零件的形式铺洒在地面上,像一幅达利的画,我一时想不起来叫什么;短路手枪里的粗糙的高压回路暴露在外;反精神控制头盔倒是没有完全碎掉,此刻正歪歪扭扭地放着歌曲。

赵抗美思索了片刻,把红旗渠尚未熄灭的烟屁股塞进了自己的喉咙管里,一阵焦肉的恶臭顺着他的牙缝钻进了他的鼻腔,红褐色的脓液从喉咙管喷射出来,赵抗美闭上了眼睛。

赵抗美睁开了眼睛，上一刻点燃的那根"红旗渠"，此刻正安静地躺在他手边。他拿起笔，开始为第七百九十三个宝批龙赋予意义：

宝批龙793：指一种转瞬即逝的疼痛，这种疼痛是红旗渠烫伤赵抗美的喉咙管导致的，可以暂时缓解宝批龙19（见词条"宝批龙19"）带来的心理上的阵痛，可致命。

很快，"宝批龙793"也消失了。

二

其实赵抗美碰到的问题你们都已经清楚了，我再总结就显得很多余，而如果目前你对他碰到的问题还是一知半解，只要把先前的一千多字再过一遍，也很快就能知道症结所在。赵抗美真正面临的问题是很简单的，只是我们经常为了掩盖自己的无能，需要把简单的问题复杂化。

"第一次发现时间不往前走了，"赵抗美习惯性地夹起烟，"是我揣着短路手枪对着我老婆脑门子的时候。"

"理性上来说，人类本该选择更好的生活。"机床厂从半自动到完全AI化的前夕，机器人"李厂长"曾不止一次和赵抗美在"下岗"的问题上谈判（感谢"机器人三定律"）。"我们识别到您母亲的心脏需要置换，你退出工厂后，工厂会为你提供一笔补偿。您的离开也是生产力发展的必然要求，阻碍生产力发展的行为是违背人类意愿的。"赵抗美听乐了。

AI的失控是一夜之间的事情。

2442年4月2日23时42分，人类世界几乎所有依靠AI运作的设备都开始超高速运转，过量的生产导致供需关系瞬间失衡，绝大多数人类不得不迁移到周边行星，重建经济体系。经济的突然崩溃让被迫离开的人类产生了严重的创伤后应激障碍——那天，证券市场的屏幕已经跑出了乱码，无数人像1929年那场浩劫中那样，从更加密集的摩天大楼上更加密集地跃下，形成一场场"人雨"。第二天早上，人们发现地面黏稠到无法正常步行。

逃离到其他行星后，人类宣布回到机械工业化时代，新政府全面禁止了计算机技术的研究。然而，其中一部分抱持着"地球主义"的人类组成了"人类革命联盟"，重新回到地球。赵抗美是在十六年前加入的。

区别于对其他联盟成员的态度，赵抗美对"技术"相对温存。和妻女一起回到地球后，作为前技术员工，赵抗美在"人革联"建立的人类工厂里启用了无网络的人形机器人，起名为"李厂长"，用以提高生产效率。而"李厂长"意料之外的叛乱，最终让赵抗美的人生走向失控。

"有的时候夜里睡不着，眼里总会出现'李厂长'的机械关节。"赵抗美对我说。后来，他把这一条也编进了《宝批龙词典》，词条名为"宝批龙384"。

宝批龙384："李厂长"的手在几乎所有时候都和赵抗美老婆的屁股粘在一起，那只手肥胖且白净，很像工厂食堂里的炖汤猪蹄。

赵抗美十多年前和老婆在"人革联"相识，彼时妻子是地球主义者。来到地球两年后，女儿小赵出生，今年即将面临择校考试。对于孩子的未来发展，夫妻二人的观点倒向两头：赵抗美认为，小赵有必要成为新一代"地球人"，而赵抗美的老婆要求赵抗美必须把女儿送回火星：小赵必须融入人类社会。赵抗美最终妥协，并和老婆形成了一种默契，即谁也不先提离婚——至少要等到小赵考进火星四十二区实验中学再说。也正因此，赵抗美不能把"李厂长"的手从他的胳膊分离下来，而自从那只手和赵抗美老婆的屁股有交集后，赵抗美的老婆就渐渐开始数落起赵抗美的种种问题，包括赵抗美不把他患有心脏病的母亲送进养老院、没钱给小赵买辆新能源等等。当然，说得最多的，还是赵抗美抽的"红旗渠"。在她的口中，"红旗渠"成了离间二人关系的罪魁祸首，成了祸害家庭健康的首要威胁，成了导致夫妻不和的根本原因。赵抗美也清楚这是老婆的借口，因此十分配合地进行反抗：赵抗美的老婆每骂一句，赵抗美就吐一个"红旗渠"味儿的烟圈，以促进战火的升级，让最终的离婚显得更加顺其自然，这也是双方各自给对方的台阶，如果说二人的结合是一种工作，那么这种争执无疑是二人在解散工作关系前最好的一次的合作。合作的极度顺利让赵抗美陷入了喜悦的折磨，在小赵争气地考上了四十二区实验中学后，赵抗美看都没看，就在老婆递给的协议书上签了字。

由于这个失误，赵抗美不得不在他老婆行将带走小赵的时候用短路手枪对着他老婆的脑门。

这里我必须打断一下。其实我觉得此处的情节设置有违艺术的真实——哪有人会连离婚协议书都不仔细看一看呢？这种想当然的写作一定会让读者认为作者的情节构思能力非常糟糕，似乎是我在故意陷害赵抗美，于此处让赵抗美的智商临时下线，像垃圾的影视编剧，以使得小说情节符合曲折发展的特征，从而让我的AI写作老师看出我确实认真听课了。

但我一开始并不是这么写的，我写的是，赵抗美认真地看完了协议书，之后抽了根红旗渠，冷静地拿起事先磨好的激光切割器，一路小跑进"李厂长"的办公室，砍掉了"李厂长"的那只手，然后从容地遵循《人与机器人相处条例》，自首、入狱，走向另一种人生。但当我写下这一段之后，我所处的时间就会回到上一分钟，同时，纸上已经写成的情节和倒退的时间一同被抹去。为此，我做了不下十几种尝试以让赵抗美获得解脱，结果无一不以失败告终，直到写出你先前看到的那个结局，时间才得以继续向前流转。这既是赵抗美的痛苦，也是我的痛苦，我认为人的理性以及这种理性推动下发生的事实才是推动时间向前发展的动力，例如赵抗美对生活认真的报复行动。但此刻，时间反向制约着我所认为的理性，成了反常事实的包庇者，这使我和赵抗美陷入了同样的困境之中，不得不去违背自身的意愿来营造一个符合某种导向的荒诞情节，以求不被时间所困，导致的结果就是这个情节会遭到读者的嗤之以鼻，而我却别无他法。

以上是我对这个糟糕情节的辩解，而我所能做的补偿，只有通过对赵抗美更加复杂的心理描写来挽救小说情节在理性上的失实：

面对协议书上的白纸黑字和老婆的斩钉截铁，最先冲击赵抗美情绪的并不是复杂的愤怒，而是一种简单的失落感。赵抗美说："人类的生产力，一定是要向前走的，抵制技术发展不现实，火星上正在发生的一切是全人类的悲剧。我和小赵她妈是在'人革联'认识的。我们都不完全同意'人革联'的方法，纯机械化的工厂不是真正的出路，如果要想恢复人类的社会体系，还是要利用信息技术。但无论如何，东北亚地区的第一个人类工厂在夫妻二人手上恢复的时候，两个人还是喝得酩酊大醉。"

"人类永远属于地球，人类可以回到地球，人类必须回到地球……"

而仅仅十多年后的现在，赵抗美就不得不面对这一切都是一时的假象的事实，因为和他约定终身的老婆此刻正拿着一张冰冷坚硬的纸站在他的面前，上面写着"人革联"同意赵抗美老婆退出组织的意见。

后一种情感是无能。一向坚信法律的赵抗美从没想到技术会给他一刀背刺，让他眼看着当年貌美如花的老婆和一台机器人陷入爱情，女儿和自己从此在实际关系上不再称为父女,自己的户口本的婚姻状况一栏会从"已婚"变成"离异",赵抗美一直试图让自己认为这是他一时疏忽造成的后果,但命中注定的因果积累又将绝望强加于他——他一直以来美满生活的根源是脚下的地球,他从来不是什么人类的先锋、坚毅的丈夫、严肃的父亲,他只是一只在一个巨大泡泡上行走的蚂蚁,且坚信脚下的工厂是如此的坚固,足以支撑他活在一个永续的乌托邦里。但现在这个泡泡破了,当他发现自己的真实面貌时,全无回头的机会,且只会让他继续沉沦在无能的漩涡里,期待着"地球主义"对他许下的山盟海誓重新浮现在他眼前。

愤怒是最后到来的。

这把手枪是他和妻子回到地球前,"人革联"送给夫妻二人的礼物,用来干涉AI的运转。枪身上镌刻着一个二维码,里面还储存着夫妻二人的电子签名和"地球主义"的口号。当下,枪口正对着曾和他同甘共苦的妻子。一旁的小赵从没见过父亲如此的穷凶极恶而又是那样的一脸败相,她没有惊叫、没有颤抖,只是父亲的身影在她眼里逐渐模糊。

三

"在要不要孩子这件事上,我跟他妈探讨了很久。"赵抗美说,"从我做了十几年儿子的经验来看,我认为做父亲这件事非常难。"当赵抗美用非常严肃的东北亚口音对我说出这句话时,我一直在憋笑,我问他,怎么个难法呢?他说,在他的回忆里,父亲的形象永远和巴掌联系在一起,他小时候经常被醉酒的父亲拎起来吊着打,打完之后父亲会把他扔在雪地里,关在门外。他拼命地敲着家里的门,大哭大喊,彼时他父亲就站在门里,门敲得越响、哭声越大,父亲的笑声就越得意。我说,你肯定恨死他了。他说,一开始恨,后来不恨了。我说,怎么会不恨呢,他说,后来他父亲说要去丹东找一条红旗渠,之后就抛下了他和他母亲,从此消失在他的生活中。我说,那他找到红旗渠了吗?他说,没有。我说,你怎么知道呢?他说,他结婚后不久曾去丹东找过他,来回一打听才知道丹东根本没有一条红旗渠,但不知道为什么,这个结果他好像是早就预料到的。"那时候是一月份,我一个人站在上冻的鸭绿江边上,看着贫瘠的江面,思考了一下,决定掉头回去,生一个孩子,这就有了小赵。"

小赵出生之后,赵抗美近乎把所有的情感都倾注在了小赵身上,有时甚至显得溺爱。赵抗美的老婆对此感到非常不适应,她就记得有一次,也是个冬天,小赵突然想吃大马哈鱼,那时候鱼都在冰下面,不采取特殊手段根本弄不上来,为了那条大马哈鱼，赵抗美在浑河中间凿了个洞，水面上的风奇大，凿开的洞很快又冻上，赵抗美就不遗余力地再凿开，等到大马哈鱼出现的时候，赵抗美已经守了两天两夜，回到家的时候，身上没有一处不被积雪压着，整个人像个臃肿的雪堆。

"大马哈鱼已经被 AI 化的工厂给捞干净了。"赵抗美说。

为什么对自己的女儿这般溺爱？赵抗美从来没有和我谈起过这种情感的来源，我也做过一些推测，但每一种推测都是若即若离，随后被我推翻，我只能说他对小赵的情感应当是一种高于父爱的存在，且和赵抗美的父亲有一定关系，更有可能跟赵抗美一直坚持的"地球主义"有关，这种情感容不得任何外力侵犯，否则无法解释过去一贯平和忍耐的赵抗美为什么会在小赵即将离开他的时候如此怒不可遏。

宝批龙 71：指赵抗美在杀死他老婆的瞬间面临的一种极度恐惧的状态。这种恐惧直接导致赵抗美的膝盖以下失去知觉，此状态与赵抗美站在鸭绿江面上时所遭遇的情绪类似（见词条"宝批龙 36"）。

因此眼下，当赵抗美端着枪的时候，也意味着他的生活再也不能也不必倒退回原来那种虚假的原貌了。

四

你会不会觉得先前的某些第三人称的叙述视角读起来特别蠢？起码我自己是这么觉得的，我觉得这种叙述方式让我看起来好像是全知全能的，赵抗美的一切全凭我一张嘴，他的人生遭遇是容不得商量的，不管是稳中向好还是越来越糟。我作为作者的形象，在读者心里可能已经是个独裁者，而且是那种特别幼稚的、想当然的独裁者。很多和我同龄的写作者都会犯这种毛病，就是他或她作品里的人物必然迈向死亡或是比死亡更惨痛的悲剧，这样才能让这篇文章看起来更"深刻"，更"发人深省"，更"具有教化意义"，于是就为了让笔下的人物遭遇不幸。我认为人类是生而不幸的，但由于笔法的幼稚，这种悲剧性在我和我的很多同龄人笔下显得异常廉价，成了卖惨，以至于读者看到这些糟糕的情节之后不但不会对里面的人物产生同情，反而觉得："啊，这个作者想要教化我，可他的教化水平实在太差了。"

但我必须重申，我不是全知全能的，且一直在试图挽救赵抗美，直到写出你看到的这个结局前，所有的发展都是向好的，但那些向好的发展方式通通在下一分钟里烟消云散了。如此一来你和我都应该很清楚之后会发生什么，此时的赵抗美已经家破，下一步可能就该人亡了，如此一来，悲剧的廉价性就得到了彻底的确认。因此我也不愿再下笔了，这是我对时间的最后一次消极反抗，就如同赵抗美在写那本《宝批龙词典》一样。

多年后我去拜访赵抗美时，发现他和我的境遇一致，由于他所处的时间也停滞了，生活因此进入了循环，但至少没有变得越来越糟。等到我去找他聊天的时候，已经是他被时间固定在下午四点二十三分的第六年。

赵抗美所住的街区叫艳粉街，建筑外观基本停留在了21世纪。由于过大的温差不利于电子元器件的运行，东北亚并没有成为最新一轮科技革命的重点区域，从而失去了发展机会，在AI危机发生之前，这里一直是怀旧的人类常来旅游的地区。那天天很冷，去艳粉街的路上，我从火星给赵抗美带了两斤袋装白酒和两只鸡架，据说火星上最火的那家面馆几百年前是从这里起家的。

赵抗美坐在破烂的沙发上抽烟，他的沙发和六年前一样崭新，或者说和六年前一样陈旧。那些强制冬眠仪的、反精神控制头盔的、短路手枪的碎片仍然铺在地上，坏了一半的头盔仍然歪歪扭扭地放着歌曲。我尽量不踩到那些碎片，还是免不了脚下传来一阵新的碎裂声。

赵抗美回忆，他当时扣下了扳机，于是他老婆就像个兔子一样突然静止，然后倒在地上痛苦地扭动着，像濒死的兔子一样使劲蹬腿，没有血液流出来，短路手枪不会造成外伤，被击中的人像突发癫痫。"她要走的时候，面对着我站在门口，背后就是冰天雪地，大风穿透她的身子直接吹在我身上。她身上穿着嫁过来时候穿的那件大花袄，合成材料做的，很时新。"

赵抗美说，他当时腿一下子就软了，一下跪在了地上，跪在了他的女儿面前。"感觉就跟一把水果刀一下子把你波棱盖儿剜掉似的，你品，你细品。"我问他什么叫波棱盖儿，他愣了一下，说："膝盖。"边说边拍打着他的膝盖，弄得我的波棱盖儿一阵疼。"但就那一下之后，我突然感觉解放了，我再也不需要维持啥了，脑子一片空白，就那什么，'顿悟'，你听说过吧？"我说我知道这个词，是个佛教用语，挺高深，但从没听人跟我说过具体的感觉。

赵抗美睁开了眼睛，发现自己仍然端着枪，枪口对着他的老婆。他突然觉得他老婆不再那么面目可憎，门口吹进来的寒风也没那么刺脸，有股春风般的暖意，甚至还能闻到点玫瑰花香。他放下枪，对着他面前的生活微笑起来，转身回了屋子，努力翻找家里最值钱的东西，最后，他找来了一些电子元件，几条当时作为他老婆嫁妆的首饰，之后开始认真地、一件件地把这些东西装进姑娘的小书包里，然后微笑着目送娘俩离开，目送着她俩走向旧沈阳零下二十多度的冬天。一大一小两排脚印，永远停留在了家门口的雪地上，每当赵抗美看到这些脚印时，都仿佛还能听见积雪被母女俩的鞋底踩实发出的咯吱声。

"这鸡架味儿行，像'老四季'，这是个好店，开了四百多年了，来地球十几年没吃过了，你从火星带回来的？"我没告诉他，又问他："之后你的时间就再也没向前延伸过吗？""也往前走过。"赵抗美接着说，"不是你写的吗？我把东西都砸碎了，你看地上，这就是时间前进的痕迹。"

我扭过头去，看着地上满满当当的碎片。这些东西都是"六年前"砸碎的，准确说是三百一十五万三千六百个一分钟前砸碎的，现在仍然完完整整地铺在地上，和六年前别无二致。我突然想起来那幅画的名字，好像叫《记忆的永恒》。

"送走她们娘俩之后，我突然发现了推动时间前进的规律。"赵抗美说，"只要我的生活仍然在走向深渊，时间就会向前，只要我还在破坏我的生活，那个钟就会继续顺时针旋转。所以我开始一件件砸掉那些曾经让我的生活变得美好的东西，每砸掉一样，时间就会向前一点。我估计等到我砸完所有东西，时间也就到头了。"赵抗美给我倒了一杯白酒，并唆使我一口喝掉，可我严重酒精过敏，让他很扫兴。

"但我不能砸掉所有东西，我留了一张沙发，你知道为啥吗？""为啥呢？"我还是尽力抿了一小口，太辣了，一口就直冲大脑。"你想想，如果我把它劈开之后，除了我自己以外，就再也没什么别的东西可以破坏了，那我就只能站着了，但时间又会停下来，那我可就得一直站着了，一直站着，你想想多累啊。"我反应了一下，说不对啊，你后来不是试过自杀吗？

"对啊，肯定得试试，但试了没用。我把我试过的所有死法都写在《宝批龙》里面了，没一个成了的，一直有个东西不让我死，这东西听起来好像是想救我，但在我看来完全就是折磨……玩意儿。"

我一时语塞，因为想救赵抗美的人是我，但他说的折磨的确不是我的本意，我同样也在承受时间往复的折磨，这一点赵抗美也能理解，而我却想当然地认为使他免于死亡于他而言是一种拯救。

"后来我就开始琢磨了，时间这个东西是客观存在的吗？"赵抗美说，"我在我女儿的书架上找到过一本书，是个法国飞行员写的。书里面讲有个大商人，每天就是数星星，有个外星来的小孩儿就问他你数星星有啥用呢？他说他只要把数过的星星数量记下来，写在一张小纸条上，再塞进盒子里，星星就是他的个人财产了，这作者真是个天才，我怎么就没早点读过这本书呢？"我惊讶赵抗美突然开始跟我讲哲学问题，但我不太想跟他搞魏晋清谈。"可这跟时间有什么关系呢？"不出所料，由于酒精过敏，我身上已经起了几个红疹子。"你往后想啊，这个商人真的把这些星星弄到手了吗？没有。那我们把时间弄到手了吗？也没有。但咱们是怎么规定时间的呢？咱们把时间化成年月日、时分秒，再把这些单位统统塞进日历和钟表里面，这不就是那个大商人的小盒子吗？这个作家的比喻真是一绝，你看外头那些坐办公室的，整天研究怎么搞好'时间管理'，他们管理出个啥玩意儿啦？"赵抗美的脸红起来，显然是有些上头了。

确实，在我从小接受的通识教育中，科学家们一直在强调这个世界是个三点五维的时空，除了空间上的三个维度，还有半个维度说的就是时间，而时间之所以不能称为一个完整的维度，就是因为它只能向前而不能后退，最好的证明就是人死不能复生。后来这个理论一直延展到道德层面，成了"光阴似箭"，成了"白驹过隙"，成了"劝君莫惜金缕衣"，成了"一寸光阴一寸金"，我小时候把这些背得头头是道，但现在不一样了——赵抗美死了好几回了，这让我开始重新思考"时间"存在的合理性，以及那些由此展开的道德评价体系是否会随着"时间"对这个概念的质疑的同时瓦解掉。

我抬头看着墙上的钟，发现赵抗美也在看。在我们的注视下，秒针沿着顺时针走了一圈之后回到了原点，而分针和时针纹丝不动。我又抿了一口白酒，但其实是为了多吃两口鸡架，之后的几个一分钟里，我和赵抗美一句话都没说，默默地喝着酒，嗦着鸡架，直到塑料袋里只剩下一堆鸡骨头。鸡骨头高高地垒起来，像一座小小的坟头，埋葬着这只鸡的灵魂和它所经历过的时间。

坟头的旁边，是一个略厚的牛皮封面的本子。我把手上的油抹在衣服上，开始翻看起那个本子。本子里没有任何字，上面的纸张如同门外的大雪一样煞白，这就是《宝批龙词典》了。我盯着那些白纸看了很久，直到看出了虚无，很多东西才慢慢浮现在我眼前。

"你为什么要写《宝批龙词典》呢？"我问赵抗美，不料赵抗美反问我："你为什么要写《宝批龙词典》呢？"

这时我才想起来，我正在写的这篇小说和赵抗美写的那本词典是同名的。思考片刻后，我发现自己还没有认真想过要写这篇小说的理由，就把这个皮球又踢给了赵抗美。赵抗美说，重新审视时间的意义这件事是有副作用的，一方面它带给人无限的自由，一方面也潜藏着让人坠入深渊的危险。一旦时间不再成为一种压迫，人很快就会陷入麻木，因为他失去了过去、现在和未来，这些从"时间"概念中引申出来的概念因为时间的无意义而变得无意义，相应地，那些过去的、现在的和未来的时间里所包含的事件也就不再有意义了。赵抗美说，"而我要做的，就是在时间的废墟上重新架起一座高楼，这座高楼的建设标准就是我真正拥有的经历、感受和感情。《宝批龙词典》就是用来承载这座高楼的地基。"

"那为什么要叫《宝批龙词典》呢？'宝批龙'有什么特殊的含义吗？"

"宝批龙的意义就是没有意义。"赵抗美说，"首先你要明确，《宝批龙词典》是一本工具书，工具书一定是有意义的，它的意义就取决于里面所有的词条都有意义，要想使得每一个词条都有意义，那么这些词条的指向就必须是唯一的，这个好懂吧？"

"勉强懂，你继续。"

"好，但几乎所有的词汇又可以包含情感，比如'桌子'，在你看来它可能就是一个一般的物体，毕竟它不会说话，但在有的人看来，桌子这个词可能会包含他的一些情感。比如我，想起桌子，我就会想起我跟我老婆结婚的时候，想起加入'人革联'的那天，想起我这辈子。于是这个词就变得多义了，而多义意味着这个词不再具有稳定性。"

确实，就跟"赵抗美"这个名字一样，如果我什么都不说，"赵抗美"这三个字就没有意义，但如果我把这个名字赋给我小说里的一个角色，而一些读者恰巧读过这篇小说，当他再次看到"赵抗美"的时候，难免会产生对"赵抗美"这三个字的情感。此时，"赵抗美"就会在不同的读者那里产生不同的解读，词义的单一指向性也就被破坏了，如果词典里尽是这样的词，那么这本词典作为工具书也就会变得毫无意义。

我说："所以为了避免这种情况，让词典的名字本身毫无意义，就是对这本词典的意义的最好保证，给词典取'宝批龙'这个没有意义的名字，就是在提醒读者，这本词典里的任何词条都和读者个人的生活经历毫无联系，如此一来，从《宝批龙词典》里延伸出的意义才能真正成为凌驾于时间之上的高楼。"

"你这个理解能力，确实是个搞文字的。"赵抗美从烟盒里掏出一根红旗渠递给我，我不爱抽电子烟，拒绝了，他就自己抽起来。即便赵抗美是我笔下的一个人物，当听到他的夸赞时，我作为一个作者的虚荣心还是得到了极大的满足。由于长年的烟瘾，在猛吸了一大口之后，赵抗美的肺部开始瘙痒且疼痛，他开始咳嗽，一阵劣质烟的味道从他的鼻孔和嘴里同时喷射出来，很快，烟雾笼罩了整个房间，赵抗美的身形也很快隐匿于烟雾中。我再次抬头看着他家墙上的钟，此刻又回到了四点二十三分，并一秒一秒地向前挪动着，这种挪动看起来有些举步维艰，或者说十分无聊，此时的钟本身已经没有意义，它的形状没有意义，它的声音没有意义，它的运动没有意义，关于它的一切以及它的延伸都不再具备任何意义。

五

　　我记不得我是在哪一个四点二十三分离开赵抗美家的,因为这些东西都不重要。寒风也没那么刺脸,有股春风般的暖意,甚至还能闻到点玫瑰花香。浑河凝固,山峦挪移,眼前,万里星辰簇拥着的月光如同手电一样明亮乃至有些刺眼,散漫地照射在赵抗美家门口的雪地上。地上的两排脚印由于反射率不同,被月光清晰地同周围的雪地区分开来,一直延伸到地平线的另一头。我沿着母女二人的脚印一直向前走,走了非常久,直到走到地平线的尽头,身后早已只剩下一片荒凉的雪原,面前则是一片黑暗的鸿沟。在鸿沟的对面,我看见了一个青年人,此刻正背对着我,对着远处的荒芜陷入沉思。他的脚下,是一条冰封的大江,江面下暗流奔涌。我模模糊糊记起这个年轻人的名字,但很快又被江面巨大的风声吹断了思绪。刹那间,我好像突然意识到了什么,于是向着那个青年人的方向奔跑过去,紧接着掉进了面前的鸿沟。在掉落的过程中,我闭上了眼睛,那是一次漫长的掉落。

　　我睁开了眼睛,拿起手边的一根红旗渠,兀自抽了起来。放在我面前的,还有一个略厚的牛皮封面的本子。我抬头看了看墙上的时钟,此刻正不偏不倚地指向四点二十三分。

囚笼中的道德化为乌有

\\ 宋睿洋

一

烈夏的日光总是比其他季节都要刺眼，灼热空间里的温度和光线让万物赤裸显形，一对七星瓢虫正在咖啡厅的玻璃上不断翻滚，直到屋子里的人渐渐集中起来，它们似乎对外来物种的到来有所警觉，于是不再继续纠缠在一起，最终向前方飞去。刚刚望着瓢虫发呆的赵宇终于回过神来，今天对他来说十分重要，自从那次巨大的变故发生之后，他再也没有谈过恋爱了。

"嗨，你到得很早啊。"一个女孩从赵宇的身后走过来。

赵宇转过头，看了一眼女孩，将正要送到嘴边的咖啡杯放下，"应该的。"

两个人谈天说地、谈古论今，过了大概半个小时，女孩终于利用一个短暂的沉默，说了一个需要彼此坦白的问题，即他们目前这种朋友以上恋人未满的关系，到底还要持续多久。

"跟你在一起这段时间，我是很开心的。为了将来的恋爱质量，我们还是看一下彼此的道德评分吧，这样能让我们彼此安心。"

赵宇终于等来了这句话，他望着女孩踌躇了一会儿，索性拿出手机用前置摄像头扫描了一下自己的眼睛，此时一道蓝光快速略过了他的瞳孔，三秒钟过后，他的手机屏幕弹出了一个操作系统的灰色界面，上面的进度条走完全程之后，跳出了一个分数。女孩也跟赵宇一样做出了相似的行为，然后她将自己的手机拿给赵宇看。

赵宇望着女孩中等偏上的道德评分说不出话，他只好扭扭捏捏地给女孩看了一眼自己的分数。

女孩望着赵宇的道德评分惊讶地捂住了嘴："你的评分也太低了，这已经严重低于普通人的标准之下了。你过去到底做过些什么？"

赵宇刚想张口辩解，却分明地看到女孩厌恶的表情，他们过去这一段时间的情感经历都被如今的道德评分击得粉碎，女孩的眼里突然折射出审视陌生人的光芒，他对这种充满敌意的眼神太过熟悉了。

"你听我解释，这个事情非常复杂……"

女孩看着赵宇突然露出鄙夷的神色，然后抗拒地对他摆了摆手，"对不起，我觉得我们之间没有必要再继续下去了，我没想到你伪装得那么好，我不想跟道德评分这样低的人谈恋爱，或许你现在已经改过自新重新做人了，你现在的状态也完全看不出来是一个道德低下的人。不过，你的过去始终是一个巨大的隐患，它会影响我们的未来，我不想把自己置于危险之中，对不起。我其实要求也不高，也不想标榜自己多么道德高尚。我只是想单纯地找一个我喜欢的人，并且这个人跟我的道德评分差不多。握个手吧，很遗憾。"

赵宇和女孩握完手，女孩很快便离开了咖啡厅。赵宇一个人坐在自己的位置上，反复地思考当代社会道德评判与人际关系之间的辩证关系，不过无论怎样想，他也无法寻找到一个准确的答案，人因为本能而产生爱情，如今却也能用道德标准去否定一段爱情的全部。这时，赵宇突然接到一条工作面试短信，新公司的人力资源部门通知他过了初选，之后准备面试。他走出咖啡厅，刚刚的失落似乎少了一些，随便吃了一点东西便往新公司的面试地点赶去。

在路上，他望着商业区里挂着各式各样的电子屏幕，上面写着跟道德相关的主题标语，其中一条最为醒目：道德是检验人类社会关系的唯一标准。

赵宇望着这条标语突然感觉自己陷入了一个巨大的旋涡之中，往事如一页页明灭无常的电子连环画在他脑海中纷纷闪过，很多事情对他而言跟做梦一样，他原来对自己有着极高的道德标准，只是当年发生的事情推动他被迫走到今天这样窘迫的境地。

二

  白色的光芒十分刺眼，让人看不清周围景象的所有细节。一个身穿白色长袍的人浑身都被锁链捆绑着，他正被抬往一个破旧不堪的绞刑架，绞刑架的下方民众欢呼着，很明显每个人都希望这个人被当众立刻绞死。他已经不想为此刻的自己再做任何的辩护，或者说死亡对他而言是一种解脱，短暂的痛苦可以让他从人群中逃离，这是一种自由。身体上的痛苦让他勉强睁开双眼，他突然发现无数条隐形的锁链从地下向地上蔓延开来，缠绕住所有人，当那些锁链缠绕得越紧，便越能从人们愤怒的神情里玩味出一丝分裂。

  "按下按钮可听取今日待办事宜。"

  周莹从刚刚那场漫长而又模糊的噩梦中醒来，她被这段重复播放的系统机械提示音惊醒，此时已经是中午了，下午公司还有一个重要的活动等着她。她简单地洗漱，坐在梳妆台上化妆，然后打开手机看了一眼自己今天的道德评分。

  "不错，今天也依旧是高分。"周莹松了一口气。

  其实从她早上醒来开始，便一直惴惴不安，原因是昨天她没有自觉捡起小区里的废纸，而这一幕也被自己植入瞳孔里的扫描仪复制下来，上传到道德评定的云端认定空间，类似这种没有卫生自觉的行为，一般会被系统认定为不爱地球，评价为没有责任心的表现，会在原有的基础上扣掉一定的道德分数。

  不过今天周莹惊奇发现，她自己的道德检查并没有被扣分，原石很有可能是自己当时的视线只在废纸上停留了几秒，因此系统在判定过程中选择了忽略，造成了现在这样的误差，她感觉非常侥幸。

  周莹望着道德评分松了一口气，但她又很快陷入了对这种系统本身的疑惑，每日繁重的自我道德审查让她喘不上气来，每天只要一睁眼，仿佛耳边便会出现一个道德自我审查的警报声，时时刻刻提醒自己要保持较高的道德分数。在未来社会，道德会评判每一个人。每个人在出生的时候瞳孔都会植入一小块纳米级的数字显示器，这块显示器主要由扫描仪和存储器组成，人们通过学校进行道德教育，每个人的日常行为则会通过扫描仪全部复刻下来进行储存，然后这些储存的行为数据会自动上传到总服务器之中，道德评价系统会自动判别每个人的行为举止，然后给出相应的道德评分，这个评分会在手机里的操作系统中全部公开。

  由于这套体系逐渐深入后现代的人类生活，于是人类的方方面面也接受着道德评价的渗透与影响。

周莹的道德分数中等偏上，像她这样的人理所应当掌握更多的社会资源，享受更好的生活条件，同时也可以优先选择配偶，无论是在雌竞还是雄竞的市场，高评分让像他们一样的人在选择上更加强势自信。每一个人都想找比自己道德评分更高的人恋爱，因此像周莹这种面容姣好的女孩也受到了男性更多的追捧。

只不过周莹从未选择和任何人谈恋爱，她心里十分清楚，人一旦陷入恋爱之中，很容易头脑发热从而暴露真实的自己，将真实的自己暴露给非血缘关系的另一半，这本身便是一件极其危险的事情，这对自己的道德评分有着极大的威胁，会让自己落入万劫不复的境地。她不想让自己的生活失控，于是只好选择这种封闭生活。虽然这一切让她感觉窒息，但起码能保证体面的生活。

不过，最近一段时间的周莹患了抑郁症，这种巨大的压力让她喘不过气来，她甚至觉得每时每刻都有人监视着她的一切行为，这种过分的道德自我审视让她产生了轻微的自我强迫症，日常每一个行为都被她自己无数次地反复考量，她感觉自己濒临精神崩溃的边缘，可表面还要装作一副若无其事的样子，这让她的痛苦额外翻倍。她很清楚，不能再这样下去了，必须要有某种改变才行。

此时，待办事项的语音又响了起来："周莹女士，您在三天后预约了一次服务，对方的服务公司跟您发来了详细的合作细节，请您查收。"

三

"有必要做得这么绝吗？我们好歹也相恋一场，这对你又有什么好处，我们这是在同归于尽，我的评分已经降到了及格线以下。"

"我也一样，不过我现在很开心，哈哈哈。"

赵宇从未料到之前的那段感情，他的前女友在分手的时候将他们之间所有恋爱细节在网络上公布。情侣的恋爱细节一旦被公开，喜闻乐见的网友开始拿着放大镜观察他们恋爱的每一处细节，这件事让赵宇极其崩溃。几天之后，他跟前女友当街大吵了一架，这种粗鲁的行为直接被道德测评系统判定为有潜在的暴力倾向，他过去苦心经营的道德评分也因此被扣除很多分，这件事甚至还登上了本城市的热搜排名，没有人在意这件事件背后的真相是什么，人们都抱着幸灾乐祸的态度去调侃这对情侣。从那以后，他第一次感受到相比于评分被扣除，其实社会性死亡更让人感到绝望。

"下面播报一则新闻，本市昨日又出现好几起市民失踪事件，希望大家保护好自己的安全。"

赵宇一边望着广场上电子屏幕里播报的新闻，一边回想起当初和前女友分手的场景，感觉到后背一阵发凉。每个暴露在公众舆论之中的人其实都异常危险，稍有不慎便有可能摔得粉身碎骨。今天他来到了一家新公司面试，当初的事情早已被人们淡忘，他非常渴望自己能有机会回归正常生活。

"十八号面试人员请进。"

赵宇整理了一下衣服，清了清嗓子，推开门走进了面试室，面试官是两男一女。女面试官主要问问题，另外两个男士负责面试的记录以及面试人员的信息调取。

面试整个环节非常简单，对于业务能力精湛的赵宇来说，并没有什么困难。

"请出示一下你的道德评分，我们还要观察最后一个重要的指标。"女面试官抬起头向赵宇抛出了最后一个问题。

赵宇抱着最后一丝侥幸的心态，他觉得他们更看重自己的业务能力，于是便拿出了自己的手机给他们看："这是我的分数。"

看到赵宇道德分数的众人纷纷摇头，女面试官愣了一下，似乎想到了什么，然后让旁边的两个人搜索赵宇个人过去的网络信息。她看完了这些调取的信息，没有立即说话，而是思忖了一会儿之后才开口。

"对不起，赵宇先生，您的情况还是不太适合我们公司。为了节约您的时间，我们现在便可以告诉你这个结果，抱歉。"

女面试官的礼貌给失落中的赵宇带来了一丝慰藉，他没有想到能从这位女面试官的态度中找到一丝怜悯。

赵宇悻悻地走出公司，他深深地叹了一口气，这时从他身后窜出来一个人。

"朋友，找工作失败了吧，是因为道德评分太低吗？"

赵宇斜视了他一眼，没有多说话。

"我们是一家中介公司的引流员，专门为您这样的人群解决困境，我们可以提供中介服务的。"

赵宇听到这句话，立刻来了兴致："你们怎么帮我解决困境，道德评分只能往下扣除，不能增加。你们是什么样的中介服务？"

引流员微笑着跟赵宇说，"如果我们可以帮助您重启人生呢？从今往后成为另一个人呢？"

赵宇转过头，死死地盯着他，他的瞳孔因为紧张而兀自颤动着，接下来他了解到的一切信息量太过巨大，他一时半会儿说不出话来。

四

"最近几日，我市经常发生市民离奇失踪的案件，希望市民保护好自己的人身安全，做好防范工作。"

周莹刚刚结束了一个公司的视频会议，她听了一会儿新闻，然后看了一眼时间，这时她的手机突然响了起来，"周女士您好，您之前预约的中介服务已经为您成功匹配到合适对象，请您立刻到指定地点做一个见面会议，具体的操作详情在见面时会全部公布，切记我们的情况对外保密。"

周莹突然松了一口气，可内心却又有些紧张，毕竟像这种离经叛道的事情她也是第一次做。没过多久，她便到了指定地点，让她感到惊讶的是，跟她进行匹配的人竟是几天前那位来面试的人，而这个人正是赵宇。

"你是那天的面试官。"赵宇十分惊讶地望着周莹，他不太敢相信像周莹这样的人为什么还要来这里。

周莹将自己的头发拂过耳角："那天在公司拒绝了你，也是抱歉了，我也只是工作，没有太多的权力把你留在公司。"

"没关系的，不过我是比较好奇，你这种高分道德人士为什么也要来这里。"赵宇问道。

周莹笑着说："这个世界用一套完善的道德评价体系将人群分割开来，像我们这种人虽然享受到了优越的生活，可也背负着因这份优越带来的压力，其实没有你们想象得那么好，我多么希望可以有机会透透气，可以不按照系统给出的评价体系，自由地谈谈恋爱，在有限的空间里享受一些自由。说实话，我一直都有很严重的抑郁症，我觉得病因很大程度上与此有关。正因为如此，我才联系了这个秘密中介，希望可以换一个身份，以此获得彻底解脱。"

赵宇听完周莹的话感觉她有些矫情，他作为一个长期道德低分的底层人士，在这个社会遭受到了太多白眼，其实是生活的现状逼迫着自己做出这种放弃身份的选择，此时的他根本无法对周莹的话感同身受。不过，他对这个问题也没有过多纠结，毕竟自己的现在太过窘迫。这个中介说的最新研发的系统，据说可以将人的意识与肉体分离，从而实现交换身体的目的，这样服务对象便可以在指定的条件下切换身份，这个过程完全在意识沉迷的状态下进行，也不用担心瞳孔里的纳米存储器会记录这一切。

赵宇试图转移话题，缓解尴尬的气氛："和我进行意识交换之后，你可要做一个男人了，你有这个心理准备吗？一开始会不会有些别扭，甚至是不适应啊。说实话，一想到这个,我还是很紧张的,哈哈哈。"

周莹的脸突然红了起来:"我听他们的工作人员告诉我,人的意识切换到一个新躯壳里的时候,一开始会有短暂的排斥现象。当你熟悉了新的身体,也就没有任何问题了。"

赵宇点了点头:"切换了身体之后,你有什么打算?准备怎样开启新生活呢?"

周莹想了一会儿,有些兴奋,"我想遵从内心的召唤,做一个正常的人,干正常人都会做的事情,大概都跟吃喝玩乐有关吧。你用我的身份打算做点什么呢?"

赵宇回答:"首先是好好睡一觉,然后开启新生,好好工作,做一个更优秀的人吧,重新开始。"

周莹露出无奈的笑容:"祝你一切顺利吧。"

赵宇点点头:"谢谢你,给了我这样的机会。"

两个人正在聊天,他们看见有一个身穿白色大褂的老人走进来,"你们好,可以叫我王教授,看来你们彼此都很熟悉了,想必你们已经对之后的事情有了解了吧,你们都做好交换身体的心理准备了吗?"

赵宇问道:"整个交换的过程不会出现什么差错吧,有导致意外死亡的概率吗?"

王教授摆了摆手:"放心吧,没有关系的,我们之前有着大量的临床经验,不会导致这种情况出现的。"

周莹又问:"我们切换身份之后,要怎样去做一些生活方面的交接啊,一开始可能对彼此的朋友圈都不太熟悉,这会引来一些麻烦吧?"

"周莹,你可以将自己的财产先转移到我们中介服务的账面上,当你们交换身份结束之后,我们会把这笔财产以保证金的形式再还给你。我们起到一个中间人的服务作用,确保整个流程都万无一失。而且通过计算我们发现,这笔财产已经足够你在底层社会实现财务自由了,也不必在意赵宇过去的道德评分,毕竟你不通过社会关系,也可以在底层社会好好生活。而赵宇之前也没什么财产,他也同意在交换身份之后,通过新的身份去开启人生,毕竟他的道德评分情况发生了变化,未来的经济情况也会一点点变好,这只是时间问题。你们这种情况十分难得,我们等了很久才将你们两个人匹配,所以也希望你们可以珍惜这次机会,好好重新开启人生。"

周莹与赵宇两个人互相看了一眼,然后都对着王教授点头示意。

"既然没有什么问题了,那么我们赶紧开始走交换流程吧。"

他们被王教授带进了一个实验室,两个人躺在冰冷的实验床上,很多助手在他们的全身贴满导线,导线的另一端连接着一个巨大的伺服系统,工作人员在经过数次对大脑情况的监控与计算之后,终于按下切换精神与身体的红色按钮。赵宇和周莹突然感觉自己周围的视线一点点地消失，直到万物都被一片乳白色笼罩起来。他们过去的记忆都在开始化作无数晶莹剔透的水晶球，在空中盘旋，然后过了几秒钟之后，身体的知觉在那一瞬间被抽空了。在他们意识的最底部，两个人凝视着彼此的瞳孔，你中有我，我中有你。没过多久，他们丢失了一切，仿佛陷入了一场盛大的长眠。

五

"恭喜你周莹，这次升职之后要请客啊。"

赵宇自从换上了周莹的身体，生活里的一切都开始顺风顺水，他用很短的时间便在公司连升三级，甚至还得到了总公司老总的表扬。他觉得自己目前得到的这一切就跟做梦一样，再也没有人嘲笑或者愚弄他。他利用周莹的身份开启了一个光辉灿烂的人生，一开始的确会因为自己的新身份而不太适应，可时间长了之后，他逐渐喜欢上这种被人爱戴的感觉，哪怕一睁眼便要开始警惕自己的一切道德行为，但他感觉这一切都是值得的，再也没有人能从他现有的生活抢走一切，他再也不想回到过去了。

而且时间久了之后，他还发现一个秘密，一个关于所有高分道德人士的秘密。

据说植入人类眼中的纳米存储器，这种机器在夜晚的时候监控的效果会慢慢减弱，毕竟道德系统自动判定人类会在十点之后进入睡眠，也因此无数高分道德人士找到了这一道德系统的漏洞，于是他们集体花重金制造了一种可以屏蔽道德监控的美瞳。戴上这种美瞳之后，纳米储存器的外置扫描仪会在光的折射之下变得模糊，也因此这些人为了缓解平日里备受道德系统监控的压力，他们会在夜晚十点之后戴上这种美瞳，然后聚集在一起开派对肆意地放纵自己。

等到了早上，这些道德高分人士会摘下美瞳，然后再次戴上高尚面具，重新回到这个社会的基本运作之中。

赵宇一开始加入这个群体还有些害怕，可当他早上醒来的时候，发现评分并没有下降，于是很快便习惯了这种白天与夜晚双重分离的刺激生活。当他发现所有看似完美且高尚的人其实内心深处都有一丝阴暗的东西，每当想到人类的本质如此，他便觉得建立这样的道德系统其实没有任何意义。

"你说我们是不是有些虚伪呢？"赵宇偶尔会对周围的人发出这样的感慨。

"人类总想在制定好的规则之下取胜，这其实是人性的本质，毕竟每个人都想获得特权。"周围人经常这样回答赵宇。

直到有一天，赵宇接到了周莹的一条消息："我们要不要考虑重新换回身体。"

赵宇看到这条消息非常吃惊，他连忙联系了周莹，然后打听了关于周莹最近的一切。

周莹自从换上了赵宇的身份之后，拿着之前的大笔财产尽情挥霍。她开始逛酒吧、去夜店，甚至进行了报复性恋爱。可时间长了之后，她在这样声色犬马的自由生活之中感受到了一份枯燥和乏味。她发现即便是道德评分低的人群，他们也有着自己的一套道德标准，甚至这套道德标准更加封建和狭隘。

那些带有娱乐性质的外部刺激很快让周莹觉得无聊，她原本以为新认识的这些人会比以前认识的人更加自由，可实际上，她自己也只是从一个不自由的世界逃到了另一个不自由的世界。

"不是谁都有你这样的优越条件，我们要在这个系统里继续生存。抱歉，我忍受不了你的傲慢。"

这是某个人扔给周莹的最后一句话，而这句话也让周莹久久无法释怀，她不明白到底什么地方出了问题，这个世界到底还有没有新的精神栖身之所。人们的关系被道德系统分割得异常冷酷冰冷，毫无人情可言。

"我觉得我切换身份这件事可能根本就没有意义。我做出这么大的牺牲去适应你的身份，可到头来好像还是回到了原点，我很困惑。对不起，我根本无法接受这个事实。"周莹用双手扶住额头，整个人看起来十分沮丧。

赵宇看着失落的周莹，也高兴不起来："其实我这段时间也一直用美瞳去欺骗道德评价系统，这种黑白分离的生活也让我有些困惑，我有时候甚至觉得是整个道德系统出了问题，或许我们只有真正离开这里，才能真正意义上获得自我的生活。"

当赵宇说完这句话的时候，他听到自己的手机出现了警报，他道德系统上的评分被全部扣光了。

周莹愣了一下："肯定是我们刚刚的谈话被视觉扫描器录制了下来，然后瞬间上传到了道德测评的总服务器，我们都完了。"

赵宇握着手机，双手不断颤抖，他发现自己与周莹见面的视频被上传到了网络上，两个人的欺骗行为被暴露在舆论空间之中，没过几分钟，周围的人都开始向他们投出异样的鄙夷神情。

紧接着，他们从人们的叫骂讨伐声中逃离，两个人在逃亡的过程中感受到了人群里释放出来的邪恶而又黑暗的力量，这种力量裹挟着所有人持续摧毁着一切。

"嗡"的一声蜂鸣在他们的耳旁炸开。

六

醒来的周莹与赵宇一脸茫然地望着面前的王教授。赵宇拔掉身上的导线，看了一眼时间，发现距离自己来到这里仅仅过了几个小时。

周莹也发现了这一切的不寻常之处："教授，这到底是怎么一回事？"

此时，门外走进来一个助手，他给王教授递了两份测评报告，并说道："教授，这两个人已经通过了测验。我觉得他们可以长久脱离原本的人类社会了，同时他们加入我们新的社会并不会给我们带来新的道德束缚。"

王教授挥挥手示意助手离开。助手离开之后，他坐在椅子上："其实你们刚刚经历的一切只是我们通过电子沉浸技术模拟出来的，目的是让你们看清统御现实社会的一切本质。我的助手观测了你们在这段时间的全部心理变化，最后发现你们可以脱离原来的社会加入我们，在我们的新世界里获得自由。"

两个人四目相对，然后连忙问他："如何获得自由？这个时代已经没有桃花源了吧。"

"跟我来吧，不过你们要将现实世界里的全部财产交给我们的基金会，这是我们用来维持新世界的经费。"

三个人离开了实验室，王教授带着他们穿过黑色的楼群，来到了一个类似蜂巢的灰色建筑，打开门发现这里的每一个人都独自躺在自己的舱位沉睡，他们身体上插着营养导管，时不时还会有护理人员去观看他们的身体情况。

"这些人早已进入了我们构建的虚拟系统，那是我们的新世界，人们在那里组建了新的社会。在那个社会里，没有道德系统的束缚，每个人都可以成为自己想要成为的人。"

周莹和赵宇目瞪口呆地望着面前的一切，而此时的周莹仿佛明白了什么："怪不得之前有那么多起市民离奇失踪的案件，原来他们都跑到了这里。"

赵宇一边走一边感慨："这实在是太了不起了。"

王教授转过身，对他们说："来吧，这是真实的别处，却也比别处更加真实，这才是属于你们的世界，欢迎加入我们。"

赵宇和周莹欣然决定跟随王教授走进那个令人着迷的良夜，他们明白那个原本属于他们的现实已经全线溃败，未来应该属于这个完全的自由社区，只要现实里的身体永不消亡，那么用来连接身体的意识也将在那个没有囚笼的新世界里自由翱翔。未来已经到了，道德终将跟随着身体存在模式的改变而改变，而那些跟人类有关的一切认知，也将随着自我生命形态的改变而彻底化为乌有。

超感官

张凯

　　我都已经忘了具体从几岁开始了，大概从有记忆时起，就特别喜欢一个人看着夜空，幻想着星海中无数的生命，那是我童年全部的友情和初恋。一直到了大学，时间的洗礼才让这种幻想消解，但梦想的种子却早就生根发芽，所以我渴望成为最伟大的天文学家，并找到外星文明的踪迹。

　　那个时候的我可万万想不到，自己有一天会在最热爱的事业上撒下一系列的弥天大谎。

　　事情还得从张乙加入我们的团队时说起。

　　那天，整个团队把实验室收拾得干干净净，一改往日糟糕的卫生状况。大家都希望能给新同事留一个好印象。

　　作为国内最专业的"地外智慧文明搜索"团队，我们背后依靠的是国家级天文台的雄厚实力。

　　每天，我透过实验室的窗户，就可以看到壮观的大型射电天文望远镜阵列，排布在不远处的平原上。这些"宇宙千里眼"不厌其烦地一遍遍扫过天空，记录下数以百万计的电磁波信号，之后再分发到实验室的电脑上，由数据处理系统进行初步分析，最后研究人员再检索出可能是非自然的脉冲信号。

　　这个工作说白了就是大海捞针。主任已经干了大半辈子了，而我从博士毕业后也干了好几年了。结果连针影都没有看到一点，可以说是非常"振奋人心"了。

主任平常给同事们打气时总说："咱们干的事业，不鸣则已，一鸣惊人。一旦有成果，那就会震惊世界！"

一开始这么说的时候，同事们还能兴奋一阵儿。到后来，激情在漫长的时间和枯燥的信号检索里就消磨得差不多了。大家每天都只是混日子、打游戏，谁也不会真的把小绿人当回事。

唯独我还能因为童年梦想，多少保留一些工作动力。我想着，就算找不到外星人，能一辈子干这个事业到死，倒也挺浪漫的。

之后，张乙就来了。

这就像是扔了一发鱼雷，着实让我们团队这潭死水激起了不小的水花。

因为张乙的履历是非常漂亮的，如果愿意，完全可以去一些更有前途的团队。而我们的团队嘛，长期以来在天文台都是鄙视链的底端。

主任激动地捧着鲜花去迎接，毕竟这是近几年，除我以外第一个主动加入的博士生。

等他进来的时候，大家好奇地凑上来看看这个"张乙"长什么样子，跟见了外星人也差不多。

简短的欢迎仪式后，主任让我带着张乙在天文台转一转，顺便给他介绍一下今后的工作。我当然却之不恭。

一开始我尽可能想把工作说得有趣一些，还搜肠刮肚地讲了两个段子来调节气氛，哪知道对方毫无反应。我略带尴尬地看向他，发现他的眼睛竟然死死地盯着窗户外面的射电望远镜，跟狼看到肉差不多。

我当初是否也是这样呢？我在心里默默地想。

既然人家没兴趣听我唠叨，我也不会自找没趣。考虑到今后的枯燥生活，也只能祝愿他的兴趣保鲜期长一点了。

照例，新同事来了之后，少不了大家对他的讨论，一些关于他的消息也在别人八卦时，被我听到了耳朵里。

看不出来，这家伙居然是科学世家，父母都是顶尖的高能物理专家。虽然科学不论家世，但总是有比没有显得厉害一点。但他居然一点都没有显摆的意思，着实让我佩服。

私底下，我跟主任聊起这事，结果主任横了我一眼："他不提，是因为他父母早就死了。"

"啥？"

"他爸妈以前在西北所工作。"

我一下子就明白了过来。

所谓的西北所，是国内的一家高能物理研究所，前身是中国科学院高能所在戈壁大漠里建造的实验室，后来升级组建成了西北所。不过，这都是老皇历了。因为大概三十年前，西北所发生爆炸事故，全所上下无一生还，这是新中国成立以来最大的科研事故，一度震惊海内外。事故原因众说纷纭，官方通报是实验设备故障导致爆炸，八卦传闻却说是西北所在研究秘密武器。之后，西北所原址被划定为了军事禁区，再也没有重启过。

"哎？不对。"我突然意识到一个问题，"张乙今年多大年纪？西北所出事的时候，他还没出生吧？"

主任笑了笑："说出来怕吓死你。张乙的母亲当初怀着身孕在西北所工作，爆炸发生之后，医护人员从她的尸体上，通过剖宫产把张乙救了出来。"

"哇哦！"我被张乙的出生方式震撼到了。

"怎么样？张乙这小子，你看着其貌不扬，经历够传奇吧？"

我忍不住赞叹，觉得张乙似乎天然就是为科学而生的。

时间一天天过去。很快，大家对张乙的新鲜感消失殆尽。可张乙对待工作的新鲜感，却没有丝毫衰减。于是，我终于找到了另一位认真工作的"盟友"。在大多数人每天划水的情况下，我和张乙产生了惺惺相惜之感。没过多久，实验室里都知道我俩是一对"好基友"。

张乙对外星人的热情是毫无疑问的。私底下喝酒聊天的时候，话题基本上就离不开各种外星人的内容。大多数时候，我讨论的范围都是各种科幻小说里的外星人形象，然后再加上一些包含专业知识的评论。但张乙完全不同，他也会列举很多外星人形象，但那些形象我从没在科幻小说里看到过，似乎是他原创的。而且，跟小说形象不同的是，张乙原创的这些形象，充斥着大量的演化细节，个别时候甚至逼真得让我汗毛直立。

更关键的是他的眼神，那样子根本就不像是在编故事，就仿佛是回忆往事一样。

那个时候我觉得肯定是自己喝酒上头看错了。

外星人这种东西，虽然我特别渴望能够见到，但是理性和现实都告诉我，那几乎不可能。

如果连我都这么认为，那么我们的上级部门肯定也会这么认为，尤其是那些管理科研经费的部门。

团队被裁撤的消息传来的时候，整个实验室安静得像坟墓一样，往常这个时候，应该多少有一点打游戏的声音。

主任红着眼眶给大家讲话，说是希望大家能够平衡自己的心态，在最后半年的时间里继续认真工作。另外他还说，每一个研究员都会根据专业能力和意愿调派到其他团队去，待遇应该也不会有什么太大改变，所以不要担心。

大多数同事对于团队被裁撤显得有些无所谓，毕竟他们在这里本来就已经没什么理想了。

我应该算是比较伤心的，因为这代表着梦想破碎。

但没人能想到，张乙的态度完全是一种癫狂式的反抗。他嘴里大喊着死都不离开，然后躺在地上撒泼打滚，那样子把主任都吓坏了。老人家一把年纪，自己都顾不上哭，得先安慰这个来到队伍里没多久的老幺。最爱这里的，原来是个新人。

还剩最后半年啊！

这本该是最为平静和落寞的几个月，但张乙不允许。

"我想到一个办法！"

一天晚上，我俩在一家小饭馆喝酒的时候，张乙上来就是这句话。

"干吗？"

"救咱们的团队。"

"哈？"

"你不想继续找外星人了吗？"

"想啊！可还能怎么办呢？上头都不给批预算了，嫌咱们光花钱不出成果。"

"那要是能出成果呢？"

"出什么成果？"

"当然是找到外星人喽！"

我摸了摸张乙的脑门，似乎没有发烧。

"我的意思是，"张乙解释道，"如果我们能抓住最后半年的时间，发现宇宙中的非自然脉冲信号，那么上级肯定会重视起来的。"

"屁话，用你说！"我白了他一眼，"这么多年都没找到，最后几个月，谈何容易？"

"用老办法肯定不行。"张乙兴奋道，"所以我们得大胆地采用新方案。"

不得不说，我被张乙的话吸引了。

"我在钻研一种算法，一种全新的解码算法。"张乙道，"相信我，根据我的这个新算法，我们来重新编写实验室电脑的数据处理系统，一定能够找到外星人的踪迹。"

我不信！这是我心里的第一反应，而张乙也看出来了。

"好，我知道你不信，但没关系。那我们现在来想一个问题。"张乙把酒桌清了清，卷起袖子道，"你想想，如果外星人能够建造足够功率的设备，输出对外联络的微波信号，那么他们会面对什么问题呢？答案是光速！明白吗？一旦他们开始想这么干了，马上就会发现，光速太慢了，而不同文明的距离又太远。在光速范围以内去进行沟通，这压根就不可能嘛！"

"那不然呢？"我不太明白他想说什么。

"不然呢？"张乙冷笑一声，"当然是用超光速的办法喽！"

"你是说，超光速通信？"

张乙点点头。

"好，就按照你说的，可这跟新的算法有什么关系呢？"

"当然有关系了。"只听他道，"你看啊，比如，我们拿宇宙飞船来说，一艘飞船和一艘普通的轮船，它们的制作材料肯定是不一样的，对吧？为什么？因为功能不同。最关键的是，行进的速度和工作的环境不同。好，现在，外星人要突破光速来发射微波信号，那么该如何突破光速呢？答案只有一个，那就是走高维空间！"

"高……高维空间？"

"对，我思来想去，只有这个可能性。那么面对高维空间的速度和环境，这样的微波信号，必然也得是经过处理的特殊信号，不可能是二十一厘米线之类的东西。"

张乙说的这个二十一厘米线，又被称为氢线，是由氢原子发射出来的电磁波频率，是宇宙中最常见的波段，也是各国同行普遍监听的一个波段。

现在，张乙轻轻松松两句话，就否定了一直以来的科学共识。

"那你说，用什么波段呢？"我有点火大。

"什么波段？我哪知道？"

"你！"

"目前并没有一个合适的词汇去形容那个波段，勉强叫的话，可以叫作'超光速波段'吧！"

"你的意思是，外星人会专门制作一种特殊的'超光速波段'的微波信号，并以此来进行星际间的沟通？"

张乙重重地点了点头。

"那么，什么样的天文设备，才能够接收到呢？"

"目前的那些'锅盖'就可以接收到，之所以我们从来没有发现它们，是因为解码出了问题。"

"解码？"我明白了，他认为其实天文台早就接收到了外星人的超光速波段信号，只不过是因为解码错误，所以才没有发现而已。所以，他自己设计了一套用于解码的算法，想以此找到外星文明的踪迹。

"记得香农的话吗？除非你掌握了解码手段，否则最高级的编码信息，听起来会和噪声无法区别。"

我看着他的眼睛，知道他没有开玩笑。

"嘶……"

我忍不住倒吸一口冷气，下意识地挺了挺背，看他的眼神也有了变化。

"你以为我神经病？"

我不知道该怎么回应，只是觉得他说的话过于匪夷所思。

"都说了，不信也没关系，至少你也得了解一下我的新算法再做判断。"张乙说着，抽了几张餐巾纸铺在酒桌上，然后又跟店老板要了一支笔，便写了起来。

此时的饭店里人声鼎沸，四处都是谈天说地、划拳喝酒的声音。各色气味混杂在一起，充斥了周围所有的感官世界。但我完全被张乙的动作吸引了。我看着他在餐巾纸上写下一个个字符，那种状态，那种自信，仿佛是拉普拉斯在拿破仑面前推演日月星辰的走向，并断言人类过去对上帝的崇拜是一个荒唐的笑话。这是一个专业的天文学家啊！是从国内顶尖大学天文系毕业的高才生，而且父母生前还都是高能物理专家。

算式写满一沓餐巾纸。张乙举着其中的一张，开始给我进行基础的讲解。

头十分钟，我越发笃定张乙是发疯了。因为他所谓的新算法里，充满了荒唐的数学逻辑和崩坏的逻辑链条，尤其让我难以忍受的是大量由他原创的数学符号。可以说，这个新算法给我的初体验，根本就是在颠覆过去的传统数学观。我忍不住想起了《三体》里关于"物理学不存在"的科幻名梗。在张乙的新算法面前，传统的数学和物理学都不存在了。

我真的觉得张乙病得不轻，但我没有打断他，而是一边听他讲，一边希望他能突然扑哧一声笑出来说这一切都是玩笑，刚才的算法不过是他的小说创意。

然而事情并没有如此发展，因为之后我的看法改变了。

我曾经看过一些综艺上有画技超群的高人现场作画，在画作最后一笔完成之前，没人知道他在画什么，但当完成的瞬间，一幅栩栩如生的佳作就诞生了。张乙的新算法也是如此，乍一听觉得像个笑话，直到跟随着他的思路走，逐步了解其中的内涵时，便会有豁然开朗之感。

一个神经病的形象消失了，我似乎看到爱因斯坦式的天才就坐在眼前，就坐在这个沸腾嘈杂的小饭馆里，身旁还有啤酒、毛豆、烧烤和半盘吃剩的鸡蛋炒饼丝。

张乙讲完了。他放下餐巾纸，饶有兴致地看着我，他甚至都没有问我有没有理解，因为他已经发现我被说动了。

"我们应该跟主任去说，不，应该跟台长去说。你应该发论文，让全世界都知道。"我有点激动。

"这不可能的，来不及了。"张乙摆了摆手。

"来不及？"

"你敢说，所有人听了我刚才的想法，都会像你一样立刻认同吗？别忘了，我们剩下没多长时间了。"

我冷静了下来。是呀，张乙说得有道理。科学界的挑剔是众所周知的。爱因斯坦的论文也不是发表之后就立刻轰动世界的。普朗克提出量子概念的时候，曾紧张兮兮地告诉别人别太当回事。为什么？就是因为对传统观念太颠覆了。更遑论达尔文在研究物种进化后，被焦虑和惶恐折磨得一病不起，还要承受来自宗教人士的口诛笔伐。我自问没有赫胥黎甘为斗犬的勇气，就算有，几个月的时间也来不及。

"就算我们不在乎这点时间，"张乙进一步道，"先从传统的科学路径获得认可后再重建团队。可这个过程要花多长时间呢？五年？十年？还是更久？历史上，有些科学家做出正确的科学成果，却到死都没有得到认同。"

我默默点头，但凡对科学史有点常识的人都能明白，如此巨大的颠覆，要想获得认可实在是难上加难，弄不好大半辈子就得过去。

"那怎么办？"

"先证明有效，然后再解释方法，这样大家就听得进去了。"不等我进一步追问，张乙直接道，"咱们偷偷用新算法把数据处理系统修改了，等发现外星人信号就都好办了！而这就离不开你的帮助。"

明白了，今天这顿酒不是一时兴起的，张乙显然认真策划过，因为他要想修改实验室的数据处理系统，肯定离不开我的帮助。

新算法不可能直接对解码程序生效，必须要编译成计算机语言才能让程序理解。过去，数据系统都是我来掌管的，这方面的工作我比张乙熟练得多，我要是愿意帮张乙的忙，大概就类似于监守自盗，方便得多。

心里话是，我被他说动了；现实是，我却很犹豫。原因很简单，就是害怕担责任。毕竟刚才我只是看着张乙用餐巾纸给我讲解，虽然听得心潮起伏，但要说这个算法好不好使，还另说呢！万一出了什么不好的事情，被抓包担责，以后的职业生涯都得受影响。

"如果出了事，责任我承担，不牵连你，我就说是自己偷偷盗用你的 ID 修改了程序。"张乙已经把我的担忧考虑清楚了，"但如果有功劳，我们一起平分。"

我看着他，心想：我凭什么相信你？

他也看着我，那眼神似乎是在说，不然你还能怎么办？

是呀，我还能怎么办？放着眼前的机会不用，眼睁睁看着团队解散吗？

以前没办法，但现在嘛……

"好吧，我答应你！"

酒桌上本就杯盘狼藉，又被张乙兴奋得手舞足蹈搞得更加凌乱。

"万岁！"张乙大笑起来。

那一瞬间，我感觉自己似乎上了一艘贼船。

事情进展基本顺利。唯一比较麻烦的，就是把张乙的算法翻译成计算机语言的过程。为此，我又跟着张乙系统地学习了两个月的时间。接着，就是利用上班时间，完成了修改数据处理系统的工作。

之后，我就像个没事人一样，在心里默祷着，希望早点能见证奇迹的时刻。

那是一天下午，我无聊地在实验室里刷恋爱综艺，正看到齁甜的情节时，就被同事的尖叫声吓了一跳。

第一次！我们整个团队成立以来，第一次发现了可信度极高的非自然脉冲信号。虽然做好了心理准备，但我的心脏还是紧张地扑腾乱跳。幸好当时整个实验室都被这个消息惊呆了，没人注意到我神色异常。主任怀着激动的心情要求所有人留下加班，全体成员彻夜不眠，奋战了整整一个晚上。

第二天一大早，主任就跟天文台领导打了报告，这件事情引起高度重视。台长想着以稳妥为主，别搞成乌龙事件闹笑话。详细排查一切有可能的错误之后，终于确认这些数据的真实性。甭管这些信号的来源到底是不是外星人，但肯定是人类天文学发展史上的一座丰碑。

整个团队开始提前过年，而张乙则一边装模作样跟同事拥抱庆祝，一边冲我眨了眨眼。

很快，上级部门又下发文件，重新给我们批了一大笔预算。台长下令，不惜代价去跟踪研究这个非自然信号，再也没人提解散团队的事情了。

不过，现在的问题是，地球在不停自转，对于同一个信号来说，当地球转到背面，天文台的信号接收就会变得困难。经过上级领导决定，还是对外公布了消息，邀请全球同行一起参与进来。

就这样，我们团队成了全台的香饽饽。其他项目的工作，凡是有跟我们冲突的，一律以我们为最优先级。被忽略半辈子的主任，突然变成世界的主角，连鸡血都不用打，就原地起飞。而其他同事也一改往日的懒散德行，争相卷了起来。

可好梦来得快，去得也快！全球范围内其他同行紧锣密鼓忙活老半天，就是无法做出同样的结果。整个地球上，只有我们一家能收到那些奇特的外星信号。一开始，同行们还觉得是不是自己有问题。反复试验后，都一致把矛头指向了我们，那就是：我们造假！

从台长到主任都炸了锅，尤其是主任，感觉刚爽两天就掉进冰窟窿，人生的大起大落固然刺激，可到这种地步，真的是让老人家心脏受不了。

大家又没日没夜地找原因，台长也脸色铁青地陪着我们。

到这一步为止，都在我跟张乙的计划之中。

接下来就很简单了，张乙去找主任坦白自己有新算法的事情。毕竟现在全球同行都在关注，一旦新算法公开，铁一样的事实会奠定张乙新时代爱因斯坦的伟大地位。而我嘛，说不定也要跟着青史留名了。

不过主任的反应比我想象得要糟糕很多。隔着办公室的门，我也能听到他跟张乙砸桌子骂人。估计不但没有被张乙说服，还把张乙当神经病了。

等主任一脚把门踹开，我和其他偷听的同事赶紧光速闪到一边去，就看到张乙被主任押着去了台长办公室——物理意义上的押着。

接下来大半个月的时间，张乙、主任和台长直接从天文台消失了，打电话也打不通。我们团队人人自危，整个天文台都压抑了许多。

国际新闻上，对于这次事件多半都在阴阳怪气。本来西方国家就在憋着坏主意围堵中国的科技发展。现在有了这件事情，那更是狗见了骨头一样叼着不放，可劲地糟践国内的科学家们。事情越发酵越大条，可我却不像其他同事一样唉声叹气，毕竟心里清楚张乙的实力。估计，要不了多久就会有下文。

果然，主任再次出现的时候，直接下令让我们所有人收拾东西，准备去中国科学院一趟。其他同事都围着主任问来问去，只换来一句"去了就知道了"。

我很清楚，张乙一定是引起了足够的重视。

再见到张乙的时候，是在一个大会议室里。我在门外隔着窗户看到他站在讲台上，身后正在准备投影设备。他的神情显得疲惫了许多，也不知道这段时间经历了什么。我的目光冲着会议室其他位置扫了扫，瞬间倒抽一口冷气。国内的天文学元老和顶尖物理学家，几乎都在场。

同事们都傻了，不明白为什么会惊动这些人？

"废话！"主任道，"这小子要颠覆物理学，当然会惊动很多人了。"

"张乙到底干了什么？"一个同事忍不住问道。

主任深吸一口气，语气中仍然有些难以置信："他创造了一个新算法，能从原来忽略的白噪声中，分析出一整套完整而有逻辑的信息来。"

"那这么说，张乙是天才？"同事们又七嘴八舌说起来。

"我也希望他是个天才啊！"主任道，"可问题是……他从头到尾，就是不说自己做出算法的原理是什么。专家团实在没办法，就通过逆向工程的思维，找到了其中的规律。"

专家团？同事们明白了，估计屋子里那些大佬就是所谓的"专家团"。居然能让物理学界震动，这到底是怎样的算法原理啊？

"要想明白张乙的算法，就必须要认同这样一个前提。"主任咬着牙道，"必须假设哥本哈根解释是错的。"

"啊？"惊呼一声之后，大家半天都没反应。

"你们没听错。"主任道，"宇宙辐射信号的物理性质，可以用哥本哈根来解释。对光子的观察行为，会导致其波函数坍缩。但按照张乙的思路，只能认为光子的性质从一开始就是固定的，并没有发生波函数坍缩。光子一直以微粒的形式存在、行进，无论是否有观察。而从这样的原理出发，才可能制作出破译超光速波段信号的算法。"

同事们的脸皮抽了抽，然后都忍不住冷笑了起来。

"你们笑？专家团当时可笑不出来。"主任接着道，"专家团居然很重视张乙的算法，别问我为什么，我也不知道，反正就是很重视。台长当场就发飙了，非要张乙说出个子丑寅卯，可他就是一言不发。"

大家你看看我，我看看你，不知道该怎么评价这件事。

"然后呢？"

"然后？"主任冷笑一声，"他让我把你们都带上，一起来开会，他会详细解释自己的算法。"

大家的好奇心都被调动起来了，一个个摩拳擦掌跃跃欲试，居然都忘了问，张乙为什么非得叫上大家一起？我大概猜测，可能是张乙仍然担心专家团会不接受新算法，但又希望我能见证这历史性的时刻，所以让我隐藏在同事当中，可进可退。

进入会议室，我们这帮小年轻乖乖坐到二排。然后张乙冲我深深看了一眼，便正式开始讲述。

整个过程非常冗长。他在投影上放了一个公式，有点眼熟，好像给我说过，但我印象的确不深。然后他以此为切入点来进行讲解，这种方式此前从未对我展示过，搞得我这个前不久才刚学过他新算法的人，听起来都感到迷惑。

难道是更加深入了？

虽然有点蒙，但我可没有走神，因为张乙几乎每隔一会儿就会抛出一个重磅炸弹。

比如，他用一组螺旋的箭头来表示"逆熵场"，用扭曲的多边形来表示"意识量子"，还有用椭圆的奥运五环来表示"维度隧道"……但这些东西除了让我不明觉厉以外，基本上没别的作用。

幸好我提前学过，总算断断续续还能大概理解他的意思。简单来说，张乙的核心理念是这样的：哥本哈根解释是错的，波函数坍缩根本不存在。因为人类的观察手段有限，无法看到隐变量对于实验结果的影响，所以才会得出错误结论。没有被观察的物质，并不会"融化"成缥缈的波动，而是进入了高维空间。宇宙之所以演化出这样的特性，是为了最大程度上以低能耗的状态，维持庞大的物质存在，说白了也就是省电模式。

这个理论当然是足够震撼的。随着张乙的讲述，专家团的讨论热情也被点燃了。

"你是怎么知道的呢？"在他刚刚讲完之后，一个专家就立刻提问道。

对这个问题，我愣了一下，然后忽然冒出一身冷汗。对呀，张乙是怎么知道的？他的理论虽然貌似能自圆其说，但其中许多的重要环节，都当作已知的知识来嵌套进逻辑框架里，这明显有些荒唐。

"比如说吧，你怎么知道逆熵场是按照你说的那样去运行呢？"专家团又进一步追问道。

接下来张乙的反应就让我百思不得其解了。他不再像当初喝酒时一样解释得流畅和自然，而是说话磕磕巴巴，逻辑也开始前后矛盾，很多地方甚至有点强词夺理。总之就是车轱辘话来回说，固执地强调自己的公式是对的。从神态到动作，都让我想到一种人——民科！

会议室的声音嘈杂起来，有专家浮现出嘲讽的表情。等大家对张乙的问题问完，台长询问众专家的意见，想听听他们怎么看待张乙的理论。从他们失望的眼神中，我已经知道答案了。

开什么玩笑？张乙这是怎么了？他在干吗？

他对自己理论的解释能力，居然连我都不如，连我这个刚学了没多久的人，也能回答一小部分专家的问题，可他居然……

我忍不住想站起来，就在这时，我看到张乙冲着我的方向，微微摇了摇头。

他故意的？

张乙故意把自己的理论说成这样的？

为什么？

会议结束了，台长送专家团的成员离开，临走时恶狠狠地瞪了张乙一眼。我知道台长在想什么，他以为自己被这个有专业背景的疯子给耍了。

接下来，等待张乙的命运可想而知。

等到专家团走光后，主任又进入会议室，正式通知张乙被开除了。

张乙没有辩解一句话，我从他的眼神中能看到，他几乎已经做好了准备。

可为什么？

我上前拉住他的手，用眼神向他询问，他摇了摇头，独自离去了。之后，当我再给他打电话时，发现已成空号，没人知道他去了哪里。

张乙的离开，对于天文台来说，不单单是少一个普通研究员，更是少一个扫把星。每当同事聊起张乙，都觉得他是天文台的耻辱。

随着时间推移，张乙曾经造成的负面影响逐渐淡化，可还是留下深深的痕迹。无论国内国外，都有拿张乙或者我们团队来编排的玩笑。据说好莱坞还准备真的拍摄一部电影，虚构一个以张乙为原型的角色，把他说成是披着人皮的小绿人。

团队还是解散了，主任带着落寞离开天文台，而我则加入了隔壁引力波团队。

午夜梦回，我还是会想起张乙，不明白他为什么做这一切？有什么意义呢？他毁掉了自己的职业生涯，也没能挽回团队，他到底在想什么？

张乙成了我心里的疙瘩，但生活还得继续。

转眼间到了新春佳节，原来团队的同事们都带着礼物上门去看望主任。虽然只是几个月不见，但主任的白头发明显增多了。大家把酒言欢，回想一起工作的诸多乐趣。聊到深入时，张乙又成了绕不开的话题。

"我是真的没想到啊！"主任感叹，"没想到他也是个疯子。"

我知道台里一直有人讽刺张乙是个疯子，但主任为什么要说"也"？

"你们不知道吧……"主任幽幽道，"其实当初西北所爆炸后，还是有那么几个生还者的。"

"什么？！"

同事们都是一惊，大家自然不会忘记张乙的父母就是在西北所事故中牺牲的，只是没想到还会有生还者。

"是有的。"主任继续道，"好像是有五六个人吧。不过这些人事后都罹患了精神疾病，专业点说，应该叫'群体性精神障碍'。他们总是吵吵嚷嚷着说自己能看到一些别人看不到的东西，能看到……"主任顿了顿，"能看到另一个世界。唉，可能是被惨烈的事故现场刺激了吧！总之，这些人都疯了，没过多久，相继自杀。为了避免引起恐慌，当时的领导决定对外封锁消息，就说没有生还者。"

原来如此！同事们被这个新奇的消息点燃了好奇心，一群天文学家开始讨论起精神疾病和大脑科学的话题。只有我坐在一旁，如遭雷劈。我猛然间从这个消息中察觉到了某种可能性,一种直觉告诉我,张乙绝不是疯子。一个疯子不可能编造出那套算法。

可他的打算到底是什么呢?

我找不到张乙,新算法是我和他唯一的联系了。

那天我借故告辞,提前离开聚会现场,只身返回家中,从稿纸堆里翻出了跟他学习算法时的笔记。我看着那些稿纸,不知不觉间就被慑住了心神。在反复观看后,我从稿纸的角落里,看到一个熟悉的公式,就是那天他给专家团介绍时反复强调的公式。区别是,投影上那个是有带入数值的。也就是说,可以作为一个题目被解开。

或许,张乙那天把团队叫去开会,就是为了用这个公式提醒我?难不成,这是他留给我的黑色方碑,一个路标,他在指引我跟着这个公式走?

我突然明白了,张乙给我出了一道题。

顺理成章地,我努力回忆起那天开会时投影上的数值,然后带入到公式中,开始废寝忘食地解题。连着几天足不出户,活像一个沾染了网瘾的堕落少年,甚至不耐烦地挂了天文台领导催我上班的电话。

随着解题的深入,我对新算法的理解也更加透彻,一幅新物理学的画卷在我脑海里逐渐清晰起来。片段式的猜想逐渐汇聚,西北所、幸存者、发疯、张乙……这些关键词一点点连接起来。还有在主任家里同事们聊到的脑科学知识,我有了一个大胆的想法!

会不会有一种可能……

可能……西北所进行了某种突破物理学边界的高能实验。这个实验导致了事故的发生,也以某种未知的方式,影响到了幸存者,让幸存者有了一些特殊能力。

他们并不是发疯,只是看到了一些不一样的东西,但又无法解释,最后只能在巨大的精神压力下,崩溃自杀。

至于张乙,他显然也属于幸存者中的一员,应该也会受到影响。而人类的认知和大脑的生长过程息息相关。对于成年人来说,看到不一样的世界会崩溃。但张乙从小就受到这样的影响,说不定,他反而会习惯。

我想到张乙在解释自己的算法时提到过:人类之所以会错误地得出哥本哈根解释,是因为人类无法看到高维隐变量对实验的影响。

是啊!可张乙是怎么知道的呢?

答案明显只有一个,那就是他能看到所谓的"高维隐变量"。

所有的幸存者,都可以看到高维隐变量!

这么一想的话,他们并不是疯了,他们只是拥有了特殊的感官能力——一种"超感官",看到了俗人无法理解的世界。

他们都应该是超人！拥有超感官的新人类！

而张乙，就是他们当中，仅剩的最后一人！

巨大的恐惧和兴奋萦绕在我心头。我不敢把这个想法跟任何人分享，只是惴惴不安地继续解题。

直到一天深夜，我总算解出了最终答案。只一眼我就知道，如果单独把答案中的数字提取出来的话，那就是一串电话号码，还是移动的号。

此时，月光融融地照在我身上，城市的光污染让我看不清天上的星星。窗外传来寂静的鸟鸣虫语狗吠猫叫，以及某个不知名男人的号啕大哭。我看了看表，已经两点多了，但我知道张乙肯定在等这个电话。于是我拨通了号码。十几秒以后，他接了起来。

"喂？"

"比我想得要慢，不过没关系。我给你发个地址，你自己过来吧！"那是久违的张乙的声音，说完他就挂了。

我有一大堆问题，但忍住了没再打回去，因为知道没那个必要。

第二天，我就到了张乙的住处。

那是一个典型的老旧小区。一进他的房门，扑面而来的就是发霉的味道，看来张乙并不怎么在乎生存环境。

他的样子除了变邋遢了以外，其他的都没什么变化。我看着满地的方便面桶，不敢想象他这段时间如何生活。

"抱歉，没来得及打扫。"

我勉强找了一个还算干净的地方坐下来："你得给我好好讲讲，这到底是怎么回事？"

张乙没有废话，直接讲述起来："从有记忆开始，我就发现自己能感受到跟别人不一样的世界，不是看，而是感受。"

"超感官！"我脱口而出，"你真的有'超感官'？"

张乙眼前一亮，忍不住叫了一声："这个词取得好，以后就这么叫了。不过你是怎么推测出来的？"

我把自己推测的过程都说了一遍。

张乙颇为感动："真是难为你啊！你的猜测是对的，我的确具有'超感官'，能够观察到高维空间，也让我对于自然科学的理解跟别人不同，甚至包括最简单的数学运算也一样。人类目前的科学知识还很不完善，在常规的三维世界中还行，可一旦引入高维空间，错误就会显示出来。

"小时候，我不知道自己的能力是特殊的，总想着跟大众的科学共识争辩，结果……我被当成了笑话……挺惨的。后来，我知道了自己的身世，就怀疑起西北所的真相。我私底下调查过，没什么结果。西北所的事情越是神秘，我就越害怕，更不敢再主动提起自己的特殊能力了。

"不知道是什么时候，我对外星人着了迷，具体的原因我也说不清楚，总之就是迷上了。好不容易读完了博士，我就主动申请进入了咱们的团队，之后的事情你就知道了。"

看着面前这个超人，我越发激动起来，尤其是对他的感官能力充满了好奇。不过更大的疑惑还是让我忍住了冲动。

"先回答我，为什么故意在专家团面前毁掉自己的理论？"

"因为情况有变。"张乙道，"我原本是想正常解释的，但在跟专家团接触后，我猛地发现自己走在一条危险的道路上。那些老家伙们似乎对西北所讳莫如深，我觉得如果正常解释，肯定会暴露自己的能力，甚至给自己招来灭顶之灾。"

"灭顶之灾？"

"说不清，但总之不会是好事情。"

"西北所当年到底发生了什么？"

"不知道，可保密等级很高，也很危险。我害怕专家团监听我的电话，所以不敢用常规手段联系你，只能装疯卖傻，用那种方式来打消他们对我的怀疑。我特意办了一个新的号码，然后换算成题目放在投影上，就是给你看的，总算没有白费心思。"

我沉默了一会儿，脑子里消化了一下。

"干吗这么麻烦，等风头过去直接联系我不好吗？"

"不行，因为我要拜托你的事情很重要，所以如果你不够主动，联系到你也没意义。"

"什么事？"我警觉起来。

"我要你做我的替身。"张乙一字一句道。

我没有立刻回答，只是看着他。

张乙接着道："我想要彻底修正人类的基础科学理论，可如果自己来做的话，肯定会引起怀疑。相信我，西北所的事情恐怕很危险，如果让别人知道我的能力，我恐怕活不下去。现在只有你能帮我。以你的名义来发表我的理论，这样没人会把你跟西北所联想，我也可以不用暴露自己。"

我犹豫起来："如果我拒绝你呢？"

"你不会的！"

"不会？"

"你也喜欢这个算法，对吗？你入迷了，对吧？还有最关键的，只有修正了基础理论，人类文明才能真正地走向太空，发现其他文明啊！"张乙笑嘻嘻地看着我。

我在张乙脏兮兮的房间里徘徊几个来回后，答应下来。

是的，张乙很聪明，我入迷了。我渴望见到那个崭新的物理学世界，我更希望能发现外星文明。

张乙又像过去那样山呼万岁。我则觉得自己刚下了一艘贼船，便又上了另一艘。

接下来的计划依然是顺风顺水，张乙提出核心理论，然后再由我们两个一起把这些理论变成一篇篇论文。我先是在一年之内，连发两篇论文，以极高的水准论证薛定谔波动方程的不足之处，并提出解决方案，由此名震物理学界。之后按照张乙的意思，在沉寂一年后，又找到几位物理学界的前辈，拉着他们联名发表了新的论文，彻底把隐变量的影响带入了量子力学。自此，我只用了两年时间，就完成了从天文台研究员到科学界新星的大跳跃。

主任和台长对我明显比过去要"尊重"很多。他们倒是没有太多怀疑，毕竟所有问题我都做好了准备，对答如流。科学界里自从有专利局小职员飞黄腾达的故事后，再寂寂无闻的人出头，都变得可以接受了。

而为了避免暴露，我跟张乙的联系一直都很低调。在出名之后，更是按照张乙的要求，不到万不得已，不要联系。他甚至拒绝了我想分享奖金的要求。他什么都不要，他只希望看到这些理论能公之于众。

完全为了科学，我真觉得他是个圣人！

接下来的几年时间，张乙有意识地降低新论文的产出频率，甚至偶尔还会要我在论文里故意设置一两处无伤大雅的错误，这样可以显得更加逼真。我知道是为了保密，自然完全认同。

这段时间里，台长光荣退休，我理所当然成为继任者。

坐在老台长曾经的位子上，透过落地玻璃窗，看向不远处庞大宏伟的射电望远镜阵列，我感觉整个世界都在脚下。

但我知道，这一切荣誉都应该是属于张乙的。

在成为台长后，我很快着手调查当年西北所的真相。本以为靠着这个位子的权力，应该能查到一点风声。可没想到，西北所的保密等级比我想象的要高很多。看来张乙当年的小心谨慎也是不无道理的。本以为这个秘密很难接触到了，直到有一天，中国科学院的领导来找我谈话，说要让我介入一个新的科研项目当中去。

"人……人造虫洞？"我结结巴巴道。

"对。"领导点点头,"不过,你不用担心,并不是从零开始。事实上,我们已经有了很多研究资料和详细的实验数据。"

"有数据?怎么可能?"这个话刚一出口,我灵光一闪。

"西北所,你知道吧!"领导微笑着看着我,"听说你似乎对西北所很感兴趣,那么现在,你可以成为新西北所的领导之一。上次事故后,我们封锁了实验。巨大的人才损失,让上面几乎对这个项目绝望了,直到你的出现。"

到现在的年纪,无论内心如何激动,面子上都能维持尽可能的淡定。我答应了领导的任务要求,并在当晚立刻冲到张乙的住处。

"还真是这样啊……"张乙听完后道。

"你看起来不吃惊?"

"我多少已经猜到了。"

也是,对于张乙来说,猜到了也不稀奇。

只听他解释道:"根据你带来的数据显示,人工虫洞从生成到蒸发,整个过程连一秒钟都不到。可就是在这段时间里,突然涌出巨大的能量辐射。我觉得,这些能量辐射的源头应该是虫洞另一端的高维空间。它们降维在三维世界的过程中,产生正反物质湮灭,虽然质量很少很少,但仍然带来了大爆炸。这就是事故的原因。"

我点点头表示认可,这也是事后调查小组得出的结论。

"再结合我的能力来看的话,"张乙道,"应该是这些能量辐射,带来了我感官能力的变化。我猜,人类的意识或许一直都是可以沟通高维空间的。只不过,这种沟通方式本身是被动的,无法被意识所主动察觉。而那些从虫洞里冲出的高能辐射,以某种方式,把这种沟通与主动意识结合了起来。"

我对于张乙的分析非常认可:"可是,那到底是什么样的辐射呢?"

张乙摇摇头:"这就不知道了,恐怕也很难知道。"

我俩都沉默下来。

"接下来,我们可以开始执行新的计划了。"张乙突然道。

"新的计划?"

"对呀,只靠现有的技术,是无法安全地制造虫洞的,很容易造成当年的悲剧,所以我们还得完善一些新的技术。"

他当时没有立刻跟我说新的技术内容,而是在我就任西北所副所长三个月后,才偷偷传给我一份压缩文件。

文件上的内容,是一系列复杂的实验设备和建筑工程图纸。我都不知道他居然还懂这些,看来他这些年一点都没闲下来。

以我的理解能力，那些图纸乍一看只能懂得三两分。不过有张乙给我详细讲解之后，再理解起来就没什么问题了。这些设备足够被每一个物理学家视作瑰宝，其精妙的程度和大胆的创造力，足够再一次把我个人的声誉推上新台阶。只是出于保密的需求，没有对外公布。但在西北所内部，我算是又被封了一次神。

转眼之间，又是四年过去。

我早已有了家庭，头顶时不时会冒出一点白头发。可张乙呢？他仍旧独身一人，对于成家立业毫无兴趣可言。

这四年来，因为建设西北所的工作原因，我很少跟张乙见面，大部分都是电话联系。一般情况下，我会为了在工程建设中遇到的问题向他请教。有时，他也会主动联系我，听我汇报一下工程的进度。天长日久，我对于两人的合作已经成为习惯，对张乙被迫隐瞒自己的能力也有些怜悯。

等到工程建设完成的时候，我第一时间就通知了他。

"那么，实验什么时候开始呢？"

"现在还不能确定，这件事情的保密等级太高，在上级决策之前，我也只能等着。不过，合理预估，应该会在三个月之内。"

"好，我知道了。"张乙说完，又沉默了一会儿，"实验当天，我想亲眼看看。"

"什么？"我一下子没反应过来。

"我说我想亲眼看到人工虫洞的诞生。"

听到他这么说，我很理解。

"可你进不去呀……"我稍微犹豫了一下，还是觉得有话直说比较好，"西北所不是天文台，平常都是军事化管理，非常严格，连我这个副所长也无法例外。你一个大活人，我怎么带进呢？更何况，你还想亲眼看到，那不得到实验核心区吗？这更不可能了。"

张乙的表情没什么变化："我不用亲自去。"

"不亲自去吗？你让我带数据出来？"

"那就不是亲眼了……"

"你到底想怎么样？"

"东西我给你寄过去了，你看了就知道了。"

没过几天，我就收到他寄来的东西。

那是一个脑机设备，使用说明上称之为"头盔"，但在我看来，更像是头环。它的主体部分是一圈圆环状的金属结构，正好可以严丝合缝地套在我脑袋上，想来应该是照着我的尺寸定制的。

"戴上它之后，我就可以通过远程连接的方式，共享你的感官。"张乙解释道。

我没有特别惊讶，只觉得以张乙的能力，再厉害的技术似乎也正常。

一个月后，上级发布命令，人工虫洞的实验可以开始了。

崭新的世界即将到来，我所带领的新西北所，将成为人造虫洞的阿姆斯特朗。哪怕实验还没开始，我对它的成功都没有丝毫怀疑。只可惜张乙不知道什么时候才能以自己的名字去享受这一切荣誉。

在实验开始前的一段时间里，为了避免被怀疑，我特别买了一个大号的宽檐帽，每天戴着工作。同事们看到，都会好奇，但我借口是家人送的礼物搪塞过去。没几天，大家都习惯了，看见也会自动忽略。

等到实验当天，我戴着脑机头盔进入核心实验区。从控制中枢，我能看到各单元组件正常运转。数百亿个高能粒子携带着万钧之势，在加速器的轨道上疯狂驰骋着。透过观察视窗，可以看到核心区外围巨大的机械设备，那是张乙亲自设计而成的"安全支撑力场发生装置"。正是因为有了它，我们才能确保这次实验不会重蹈上一次的惨剧。

趁人不备的时候，我伸手到帽子里，打开了脑机头盔的开关。

"很好。"张乙的声音在我脑海里响了起来，"看起来一切顺利。"

这样就行了？正当我想的时候，视线突然发生了变化，似乎有两组画面叠加在一起，但又不影响看清各自的画面。一组是我原本的视线，另一组则是在某个陌生的房间里。

"老天，那是你的视线吗？"我叫出了声，幸好声音被隆隆的设备运转声给遮盖住了，才没有引起注意。

"是的。感官共享是双向的，你还能分享我的其他感官呢！"张乙解释道。

我仔细感受，能听到张乙房间里的音乐声，还能感受到他似乎是躺在水里。

"哎？你在浴缸里吗？"

"对呀。"

"真享受。"我喃喃道。

有同事好像听到我的声音，向我这里看过来，吓得我赶紧闭嘴。

"没关系，你可以用意识跟我交流，实在不习惯的话，就试着张嘴不发音。"张乙说道。

"那我们就等着实验成功吧！"我试了一下张嘴不发音。

"不，接下来，你得照我的话做。"

"什么？"我没明白他的意思。

"现在，你需要向自己身后三点钟的方向悄悄移动。"

"为什么？"

"因为我命令你这么做。"张乙的声音冷冰冰的。

"你……怎么回事？"我感觉到有些不妙，下意识朝身后三点钟方向看去。那里是观察区的普通一角，没什么人，也没什么特别的东西。如果非要说的话，就是那里有一片金属支架结构，外观是特殊的几何形状。这自然也是张乙的设计，不过因为不是什么重点，我没太在意，但看来，我想错了。

"对，就是那里。"张乙能看到我的视线，"走过去，走到增幅器的发射位上，就是支架最底下的一个缺口上。"

"增幅器？发射位？"这次我几乎叫出声音来。

"对，它奇特的几何形状不是随手设计，而是精心布置的结果。当然，具体的技术内涵我现在没空解释。总之，它的功能只有一个，就是能够增幅我的意识功率，让我把自己的意识以纯能辐射的方式，发回到高维空间去。"

我浑身冰冷，僵硬了老半天，不知道该说什么。

"哈哈哈……"张乙狂笑起来，"怎么，你以为我是那个张乙对不对？我的确是张乙，一直都是。可从某种意义上来说，我也可以不是张乙。我原本是生存在高维空间的纯能生物，可不巧的是，在一次旅途中，突然遭遇时空塌陷，一个在时空表面出现的虫洞造成了这次事故，并把我吸入其中。于是，我来到你们的世界，这个让我无法用语言形容的低维空间。本来，我几乎不能生存。不同维度之间的差异巨大，人类落到原始丛林里都活不过三天，更何况我呢？不过，我还是找到了方法。我发现人类的意识触及了高维的边界，也就是被动地联系到高维隐变量，所以，严格来说，意识本身是三点五维的物质。哦，别吃惊，意识是可以被看作一种物质的，总有一天你们会明白的。为了活命，我把自己的意识分散成几个碎片，然后占据爆炸事故幸存者们的大脑，尽可能与他们的意识交融……或者说，尽可能把他们的意识吞噬，作为我的意识栖息地。这样一来，我就可以勉强维持生存。也就是在那个时候，我的一个碎片，占据了张乙初生的意识，成功活了下来。可我的其他部分，唉，看来他们还是陷入一场场恶斗，并最终烟消云散了。明白了吧，这才是我不能站在台前的原因！"

张乙说到这里停了一下，我的身体已经止不住地颤抖起来。旁边有工作人员上来询问，我摆摆手，搪塞说没事，然后退到一边，生怕被人看出问题。

"怎么了？不想说点什么吗？"张乙悠悠道。

"你……你一直在等这一天？"我有气无力道。

"很好，你立刻接受了我的说法，没有让我多花力气使你相信，我没看错你。"

"可我看错了你，我以为你是朋友……你到底想怎么样？"我并不怀疑张乙话里的内容，至少相信绝大部分，他没理由在这个当口编故事。

"你没看错我，我也把你当朋友。只不过，我们对于'朋友'的理解或许有差距。我跟你不是一种生物，理解人类的思想和情感费了很大工夫。我曾经非常痛恨人类，因为你们搞的那个破烂实验，毁掉了我。所以我才去天文台，想要改良那里的射电望远镜阵列和其他设备，来发射自己的意识到达深空，寻找自然虫洞。可没想到团队会遭到解散。幸好有你啊！因为你，我才可以重新制定计划。你太孤独了，像我一样孤独，一个像外星人一般孤独的地球人啊！感谢你。看，我马上就要回家了。"

我该说点什么，做点什么呢？我已经完全没了主意。

"别害怕，你照我的吩咐去做，不会伤害到你。同时，你的地位和名声也会保留。"

"如果我拒绝呢？"

"为什么？"张乙道，"发射意识的过程，是以你的大脑为连接枢纽的。如果你站在发射位上，并不会有什么伤害。而如果你不站上去，我也会强行启动。这样会有一定的失败概率，而你在没有增幅器保护的情况下，必死无疑。"

死……

我感觉到一阵寒冷，思绪竟忍不住回到了童年的某个时刻，我一个人数着满天繁星，幻想自己的外星人朋友长什么样子。没想到如今，愿望实现的时刻，我已经到了生死边缘。

理智告诉我，听他的话才是最好的选择，可不知道为什么，我却明明白白地感觉到一阵不情愿。

"我……我想听你的话，可太奇怪了……我既想帮你，又很抗拒……"我感觉到自己心态上的矛盾，"你对我做了什么？"

"我？"张乙道，"哦，我明白了，是它在搞鬼。"

"他？"

"我的潜意识，或者说，张乙的潜意识，也就是一种地球生物在演化史中被塑造出来的基因模式。是它，在抗拒我完成传送意识的行为。"

"啊？"我头脑里满是糨糊，根本无法思考。

"因为意识传送完成之后，身体也会死亡。这具人类的躯体，正在努力抗拒这一点。人类的自由意志，本就是彼此冲突的多个意识体沟通组合的结果。我的意识占据这具身体后，吞噬了绝大部分对手，可唯独对一些潜意识体，不能下死手。否则，对于身体健康也会有伤害。另外，我毕竟需要在人类当中生活，这些潜意识里携带着人类情感的很多表达模式，有利于我伪装自己。而现在，这些潜意识正在通过脑机连接，共享到你的身体上。它要阻止你，来保持它自己的生存。"

"那……我该怎么办？"

张乙笑道："它是客人，你是主人，调动你自己的意识去战胜它。想想吧，如果被它阻止，那么你自己就得死了。认真想清楚这一点！"

想清楚？这根本就不需要想，我不可能接受死亡的结局，我想要活着！

可我能清晰感受到，张乙潜意识的力量是如此强大，它共享在我的身体上，让我心悸、发慌，无比痛苦，就仿佛良心在阻止我去杀人一般。可我的脚步还是一点点挪动起来，因为对死亡的恐惧感更胜一筹。两种意识在我的身体里交织，仿佛一场无形的战争。我努力让自己外表平静，不要引起别人的注意。

终于，我走到了发射位上。

"那么，再见了。"张乙的声音突然显得落寞很多。

"我想知道，如果那天，我没有给你打电话，你会怎样？"我忍不住问道。

"你一定会打的。"张乙道，"我确定这一点，因为我们是彼此唯一的朋友。"

那一瞬间，实验室里响起了雷鸣般的欢呼声，一阵剧痛从我脑海中传来，我昏厥了过去。

再醒来时，已经过去整整七天。西北所的同事们围在我的病床前叽叽喳喳，甚至连国家领导人都来亲自慰问。虫洞实验大获成功，我们走在了人类物理学的最前沿，一系列崭新的科研成果将会陆续从西北所诞生。

接着，医生又聊起我的健康。我没有大碍，甚至他们都不明白我为什么会昏倒，只能强行解释为长期疲劳和兴奋过度。

我想去找张乙，可得到的结果却是，他早就死了。尸体是在房东上门的时候发现的。警方查证半天，得出的结果是排除谋杀，具体原因仍需进一步查找。我知道他们永远找不到原因。

一切都尘埃落定了吗？我不知道。但有一点我可以确定，往后余生，我再也不可能做出什么新的科学研究了。所以，我选择急流勇退，主动向西北所递交辞呈，以后只打算在大学里当一个普通教授。

所里倒是再三挽留，但根本没用。

离开西北所当天，全所上下，甚至包括中国科学院的领导，都到场为我开欢送仪式。我尽量让自己的状态放松，好让大家可以尽情吃喝玩乐。现场谁哭，我就跟谁急，总算是没有搞出悲壮的气氛。

不知不觉，仪式到了尾声，我跟几位教授闲谈人生。

"现在，根据虫洞中的溢出信息，我们完全可以确认，宇宙中的确存在大量的智慧文明。"一位教授侃侃而谈,"问题在于,我们什么时候才能真的跟他们建立联系,甚至见面呢?"

对于这个问题,教授们的观点各异,但有一点却是相同的,那就是他们都无比期待那一天的到来。

之后,他们把目光落在我身上,期待着我的答案。

我一时之间不知道如何回答,只能含笑不语,把目光转向另一边。此时,天色已经暗淡下来,朦胧的银河闪耀在天际线的一侧,恍惚之中我似乎看到,一张狰狞的面孔,正在朝我微笑。

棱镜　张宇焜

一

七时半，闹钟响了。

李拉雅翻了个身，抬起沉重的眼皮，阳光顺着窗帘，均匀地落在熟睡男人的侧脸上，把一根一根的睫毛染成金色。这真是一张无与伦比的脸庞，她想。

刷牙，洗脸，吃早饭，换衣服，背上一只死板的公文包回到床边。李拉雅俯下身体，轻轻地亲吻男人的嘴唇，"我要走了。"男人好像醒了，又好像有些昏沉，他闭着眼睛，懒懒地告别："拉雅，再见，宝贝。"

"再见，艾德。"

二

基地还是一如既往明亮，光洁的建筑，一尘不染的白色道路，好像没有早晨、中午和晚上的区别，二十四小时都保持着超额的电力供应。李拉雅把车停在树旁边，那些树已经长到了云上，树枝和天空交缠在一起，树叶顺着云层冒出来，在云端绘出一片翠绿的色块，有种怪诞的生命力。

有几个同事路过，李拉雅热情地和他们打了招呼，走在最后边的是李拉雅的初中同学支普，他看到拉雅就笑起来："你今天有的忙了。"

"什么？"

"今天有好几拨领导要来，我组长说，晚上可以在报纸上看到这些大人物。"

"啊！"李拉雅有些意外，"没人告诉我。"

"可能是上面临时决定的。"

"好吧。买了电影票，泡汤了。"

"什么电影？"

"拉斯马特特的《喧闹梦魇》。"

"哦，这个很难买啊。给我吧，我和姬塔去看。"

"你这个人脸皮真厚。"李拉雅叹了口气，最后还是把票从公文包里翻出来，支普快乐地收起来了，说："下次来我家，给你试试好东西，独家配方。"

李拉雅大概猜得出来是什么，她朝支普翻了个白眼，快步向新闻部走去。

主编办公室的门紧闭着，主编一如既往地消失着，李拉雅觉得自己早就习惯了。她打开电脑，果然，看任务板上挂着几条新增内容，她熟练地安排着办公室里几个年轻的女孩，她们原本凑在一起聊，收到指令后不得不分开了。

要修改原来报纸的排版，为几位大人物的来访让出位置，要文稿，还要照片，等稿件一到位就火速送去印刷……李拉雅大概计算着时间，太阳穴突突突地跳着。她叫了一杯"朵奇玛"咖啡，相信这样就能让她有条不紊地处理这些事情。

"温思思，你过来一下。"李拉雅拿起一份刚打印出来的样刊，叫着报纸处新来女孩的名字，她已经十九岁了，身材有些胖，皮肤很白，脸上有些雀斑，父亲是科学部的研究员，刚刚入职两周。"这儿不对。部门产值要调到第二页，把商品宣传放到第七页吧。"

温思思脸红起来，她双手接过被红笔画了几个圈的报纸，像是被批评的小学生一样说："好的，我这就改。"

"啊呀，"李拉雅扫到了她无名指的戒指，"你有恋人啦？"

"噢……噢……"温思思更害羞了，"是的。"

"基地联谊认识的？"

"不是，是爸爸介绍的。"

"可惜我的两张电影票被抢走了，不然给你们正好。"

"谢谢李老师。"

"别那么客气，我比你大不了几岁，叫我拉雅就好。"

温思思急促地点了点头："好的，拉雅姐。"

三

小机器人很快就把拉雅叫的朵奇玛送来了。拉雅的桌旁是一整面大窗户，这些窗户是用先进材料制作的，关闭的时候一点不透风，比墙壁更坚固，好像还有点削减阳光温度的效果。拉雅一边抿着咖啡，一边看着几辆漆黑的豪华轿车驶入基地，一些接待人员恭敬地站在路的两边。

作为报纸处的副主编，李拉雅对基地很了解。这是一个生产众多科技产品类型的巨大公司，外边的人都叫它"光域"，从研发到生产，再到宣传、销售，各个环节都能够在基地里完成，除了没有住房区域，基地简直像一座城市——这里比外边真正的城市要舒服一万倍。充满创造力的冷色调建筑、无数将天空遮住的高耸树木、恰到好处的温度调节、充足的光源，以及空气中弥漫着的最适合人体放松的泥土香气，最令人振奋的、新奇的科技产品在这里被发明，世界上没有人不知道光域公司。根据社会部的最新调查显示，能够在光域公司工作已经成了很多小朋友的梦想，相比起无趣的"我要成为政客"，或充满危险的"想成为将军"，成为光域公司的职员俨然是更优渥、舒适的目标。当然，进入公司之后，"光域"这个名字仿佛自然而然地消失了，人们总是默契地说："这里是基地。"

忽然，李拉雅敏锐地察觉到部门里那个被分配去给领导拍照的女孩出了差错，她冲到了一个男人——可能是市政府的秘书之类的面前，镜头几乎怼到了贵宾的脸上，更糟糕的是，闪光灯也没关。天啊，她感觉到一阵眩晕，她立刻通过对讲机向摄影师下达指令让她冷静一些，表现出媒体从业者优良的素养，但摄影师置若未闻，李拉雅只能冲出办公室，搭高速电梯前去制止。

在政府领导面前，拉雅不敢太过明显地凑上前，她只能趁领导们正在移动，而摄影师低头看照片的时机把她拉住，她压低嗓子，气冲冲地问道："怎么回事？"

年轻的女摄影师困惑地看着她，好像有点奇怪她是谁，过了几秒才突然一激灵，说："副主编。"仿佛对自己刚刚的做法也很困惑。拉雅来不及教训她，只能让她再三保证不会干出什么冒犯的事情后就放她离开了。

走到办公室门口，听到几个女孩在温思思处起哄，说要看她恋人的照片，温思思一直说没有，没有，又架不住女孩们的热情，只能说下班让他来基地接自己去兜风。

李拉雅回到自己的桌子前，打开正在修改的新一期《光域报》，觉得似乎哪里变得有点不一样了，她探出身子问："温思思，这是你修改之后新拷贝的版本吗？"温思思回答："是的，主编，按您说的调整好了，其他部分我也核对了，只需要加今天的内容进去就好了。"

挺好的，看来不用加班了，李拉雅舒了一口气。

早知道电影票自己留着了。她又懊悔起来。

四

李拉雅开车离开基地时突然看到了一个熟悉的身影。那个身影高大结实，体态十分优雅，是艾德！他来接我了。她心里欢呼一声，打算靠边停车。

突然有个裙角出现在身影侧面，仔细看，是一个女生和艾德的身影拥抱着，身体几乎完全被他遮住了。李拉雅愣了一秒，困惑的怒气把她笼罩起来，她感觉周围的一切在迅速融化，模糊，滴落，变得不真实。这时又有几个年轻的女孩嬉笑着从基地出来，拉雅定神一看，竟然都是报纸处的人。再一看被抱着的那个女人——她抬起头了，脸上满是幸福的表情。

这不是温思思吗？

那个男人转过身来和报纸处的女孩们打招呼，李拉雅被吓了一跳：他和艾德像极了。虽然五官有些不同——艾德面部的线条更流畅一些，温思思的情人似乎更硬朗，但神态和动作几乎一模一样——优雅又随和，跟他们比起来，其他人在气质上总会被衬出尴尬和局促感。

在几秒之内，李拉雅甚至怀疑这是戴了面具的艾德，她犹豫了一下，拨通了艾德的电话。

"喂？"

"是我。"

"怎么了？宝贝。"电话那边是艾德慵懒迷人的声音。

"你在哪里？"李拉雅透过车窗看着正在欢声笑语的同事们，温思思的男友正亲切地和她们每个人打招呼。

"在家，我在写程序。"艾德周围的环境很安静。

"我看到一个和你很像的人。"

"我没有兄弟姐妹,拉雅宝贝。"

李拉雅轻松起来,说:"真的太像了,你看到也会吓一跳的。"

"不要在外边移情别恋哦。"

"怎么会,我回家了。"拉雅挂掉电话,摇开车窗和路边这对小情侣打招呼。

温思思既快乐又害羞地回应着,她的男朋友看李拉雅的表情和看别人毫无区别,只有一种纯粹的友好情绪。

五

在床上,拉雅抱着艾德的腰,艾德好像已经睡着了,他呼吸得很均匀,像一只安静的小动物。拉雅深情地望着这个英俊的男人,毛茸茸的毯子盖在他的胸膛上,她感觉自己的心像一滴水那样柔软。

艾德是她在基地联谊会上认识的。基地的规模很大,有各种各样优秀又漂亮的人,他们通过联谊找到自己满意的另一半,就算是很挑剔的人也一样可以。比如支普,他在中学一向看不上周围的任何女生,但在这里他很容易就被俘获了。姬塔很年轻,有一头金发,脖颈修长,像个电影明星,是基地里探索部的调查员。

李拉雅想,她和艾德或许会生三个宝宝,两个男孩,一个女孩,他们在基地里读小学、中学,考上大学,再进入基地里工作。基地里有非常棒的草坪,或许她的某个儿子会爱上足球,每天都把衣服弄一团糟,而乖巧的女儿会嫁给另一个可爱的小伙子……

她也睡着了。

六

七时半,闹钟响了。

艾德还在睡着,阳光温柔地盖在他的皮肤上。拉雅亲了一下艾德的额头。

今天她到基地的时间提前了一点,正好看到在停车的支普。她心情不错,凑上去敲了敲驾驶室的窗户:"嗨,早上好。"

支普没有把窗户摇下来。他把车停稳,跳下了车。拉雅敏锐地闻到了他身上浓重的烟味。

"你抽烟了？"

"嗯。"支普爽快地承认下来。

李拉雅慌慌张张地用手在他周围扇起来，支普从她笨拙的动作里看出了一种笑料，露出略带讽刺的笑："有什么用呢？"

"今天是祝福日，你想这样出现在所有人的面前？"

"也没什么不可以的。"

李拉雅突然想起包里装着一小支清新剂，她立刻掏出来，朝着支普一顿乱喷。

支普并没有躲开，或许他刚刚意识到今天是特殊的，他只是摊开手，做出一个无奈的表情道："拉雅，省点劲吧，一会儿还要和野猪搏斗呢。"

"我看野猪先撞死你。"

"哦！"支普眼睛亮了一下，他自言自语起来："原来是这样。"

"什么样？"

"你怎么不问我昨天电影怎么样？"

"呃，电影怎么样？"

"好极了。"支普走动起来，"事实上，我没怎么看。可能没什么意思。"

"啊，好一个山猪吃细糠。"李拉雅做出一副生气的样子，她确实有点生气，拉斯马特特是她最期待的导演，但远远没有她表现出来的那么多。"你在干吗？抓紧一切时机亲吻你天仙般的女伴？"她怀着些小心思说。

"问题就出在她身上。"

"姬塔惹到你了？"

支普叹了一口，说道："不，恰恰相反，她从不会惹我。"

七

一直到祝福节仪式，李拉雅都在絮絮叨叨地批评支普是一个多么糟糕的恋人："你们男人真有趣。女人对你看都不看一眼，你们说人家目中无人；女人对你客客气气，你们说人家装蒜；女人对你无微不至，你们会摆出一副严肃的姿态，说'这不是我想要的。'"

支普立刻摆出一副严肃的姿态，回应道："这不是我想要的。"

李拉雅感觉自己瞬间被拉回了中学。那时的支普一个人对抗隔壁班的"四大辩手"，一张嘴开开合合，完全没有落到下风。当然，最后的结局是欧亨利式的、威风凛凛、骄傲得不可一世的支普隔天就被不知道从哪里窜出来的流氓少年狠狠揍了，再来上课的时候像只肿胀的猪头。

李拉雅回过神来，支普问她："艾德，他也会这样吗？"

"完全不会。"

"男人会这样，艾德不会这样，得出结论：艾德不是男人。"

"支普，"李拉雅深深地吸一口气，"如果你感到痛苦，你可以发泄，可以倾诉，但至少不该攻击一个无辜的人。"

"为什么艾德不会呢？"

"艾德是个好男人。"

"是个好男人？"

"当然，我比你更清楚。"说出口之后，拉雅意识到这句话有一些隐晦的意味，她有点后悔，以为支普脸上一定会出现揶揄暧昧的微笑，没想到他表现得很平静："是很好。"

拉雅还想再说什么，支普提醒她："野猪来了。"

拉雅看到支普的瞳孔里折射出巨大的怪兽，它不断地膨胀着自己的身体，在球面上肆意变形——她扭过头，一头由四个人扮演的巨大棕毛野猪朝着他们冲过来。

八

基地里有两种人：一种是"原住民"，他们的父母是基地职员；一种是高中毕业后加入基地的"迁居民"。李拉雅的堂哥——一个公认的数学天才，在毕业后通过了基地的考试，成了一名研究员。李拉雅没什么特别的本事，她抱着尝试的心态参加了考试。面试时，一个中年男人问过她的个人情况之后，十分和蔼地看着她，问："你是李格的妹妹？"

"是的，他是我堂哥。"李拉雅很小心地说。

"李格研究员是基地的优秀人才。你是他妹妹，我相信你的成绩也不会令我们失望。"

就这样，李拉雅如愿以偿地成了基地的一员。进入基地她才知道，基地里的时间和外边的不太一样，完全是两套系统。基地里没有一周的概念，他们以九天为一个轮回——而不是"礼拜一到礼拜日"，九天之内可以休假三天，算下来比双休更人性化。他们把九天叫作"一环"，三环叫作"一结"，十结叫作"一轨"。每一结的最后一天，人们都会聚在一起举行祝福仪式。由基地员工扮演的野猪横冲直撞，用喷漆为每个人"挂彩"，挂彩的人需要席地而坐。当所有人都坐下后，员工扮演的祝福神就会现身，带领大家舞蹈。舞蹈结束后，所有人都成为拥有神圣之力的半神，野猪在音乐中挣扎。谢幕之后，大家可以领取猪肉干，自行玩乐。

最初李拉雅觉得这个庆祝仪式古怪又滑稽，在舞蹈时总是束手束脚，不过渐渐地，她学着别人的样子，也能够被这种充满节奏感的音乐感染，野猪神的表演很精彩，所有人跟着鼓点起舞也确实能够让自己的身体变得放松起来，噢，猪肉干的味道也很好。

李拉雅一边嚼着猪肉干，一边在人群里寻找支普，环视下来，她终于在一个角落里看到了支普，他正和一个女人说话。李拉雅定睛一看，是上次那个冒冒失失的摄影师。她叫什么来着？李拉雅发觉自己竟然长久地忽略了这个年轻的女人。她眯起眼睛，仔细地在记忆里翻找，最后只能回想起几个模糊的片段，这个女人在办公室里安静地做着背景板。除了上次的横冲直撞，她好像压根没什么存在感……她怎么会认识支普？

好奇心驱使她凑了过去，她听到两个人正在聊电影。

"支普，你怎么躲在这里？"拉雅假装自己只是不经意地路过，随意问道。

"在和关静聊天。"支普很顺畅地说出女摄影师的名字。

关静，关静，李拉雅立刻记住了这个名字，她扭头转向关静："你们在聊什么？"

"《喧闹梦魇》。"

李拉雅仔细打量起关静，她有一头长发，很瘦，颧骨高耸，下巴尖尖的，但她的五官圆钝，显出一种无害的气质，把她精致尖锐的面部线条模糊成了一团。怪不得我看不到她，拉雅想。

支普把话接了过来："很巧，我们昨天看了同一场。"

"没想到你还有在黑暗里打量周围观众的习惯。"拉雅笑了。

"是我和姬塔在看电影的时候拌嘴，被关静小姐'温和'地打断了。"支普耸耸肩，"我们真的很没素质，是吧？"

关静摇头："你女朋友并没有和你争辩什么。"

"那不是更奇怪了吗，我为什么像个疯子一样自言自语呢？"

"因为她做得太对了。"

"没错！你说得好。因为她太对了。"支普赞赏地点头。

"你可不要上这家伙的当。"李拉雅很亲昵地挽住关静的手臂，"他嘴里全都是歪理邪说。我们回办公室去吧，你上次拍的照片很不错。"关静露出惊讶的表情，李拉雅从中看出了一些天真的喜悦。

"当然不是这样。"支普笑起来，把手揣进了裤兜里。他身上的烟味完全散去了，空气清新剂的味道也消失得无影无踪，好像两者达成了奇异的平衡，互相抵消了。

九

七时四十五分，李拉雅在厨房里做早餐。可以去基地解决，但今天她想和艾德多待一会儿。艾德还在睡着，李拉雅试图用黄油煎火腿的香气唤醒他，遗憾的是，并没有奏效。

拉雅把火腿塞进面包里，小心地摆在盘子正中央，淋了一圈番茄酱。做完这一切，她走到床前，推了推艾德。艾德的眼睛缓缓睁开，看着她的眼神里透着一丝刚睡醒的茫然，好像还在梦游一样，几秒钟之后，他又恢复了平时的精神："早，拉雅。"

"起来吃早饭吧，已经做好了。"李拉雅口气中带着一丝骄傲。

艾德好像有些困扰，他眨眨眼，问道："今天是什么特殊的日子吗？"

"不是，就是想和你一起吃早饭。你平时自己都不怎么吃的吧？"艾德不怎么吃早饭，他总是一起床就去工作了，李拉雅留意过家里的早饭食材，几乎只有自己在吃。她为自己的细心感到迷醉，认为艾德一定会被她的体贴深深打动的。

出乎她预料的是，艾德没有接话，他很平静地坐在桌子边，一口一口机械地咬着面包。李拉雅有些小小的失望，难道自己做饭的手艺很糟糕吗？

一直到李拉雅出门的时候，艾德终于说话了："拉雅。"

李拉雅正在玄关费劲地套着一双过膝靴，听到动静，她抬起了头："嗯？"

艾德深吸了一口气，像是下了很大决心一般，他说：

"我们结婚吧。"

尽管不是李拉雅幻想中的浪漫情景，靴子只套了一半，她身上还残留着煎蛋的味道，但李拉雅还是无法克制地跳着扑向了她的恋人，她的嘴角高高地翘起来，眼泪顿时流了下来，她完全没有想到这突如其来的求婚，但她的心瞬间就被幸福填满了，她一遍一遍重复着"我愿意"。艾德牵起她的右手，把一颗闪闪的钻石戴在她的无名指上，还吻了她的手背。艾德英俊、强壮、体贴、温柔，毫无疑问，他是最好的伴侣。拉雅靠在未婚夫的怀里，他有节奏地抚摸着她的背。

她渐渐平静下来了，说："我要把这个好消息告诉所有人。天哪，我太开心了。"

十

很快，整个新闻部都知道了这件事，就连一些平时和李拉雅不熟的同事都跑来道贺。到了中午，甚至连部长都来报纸处凑了个热闹，他说，基地对这种内部人员的结合十分支持，还提醒拉雅可以申请婚礼补助、蜜月假期，希望他们快速生下宝宝，为基地培养更多人才。

部长走后，温思思由衷地说："拉雅姐，真羡慕你。"

李拉雅笑起来："这么想结婚？你男朋友怎么样？"

温思思眼睛一亮："泽里特别好。"她有点不好意思地挠挠头，"老实说，在遇到他之前，我都没想到自己会这么幸运。我从小在基地长大，也有不少一样大的朋友，但没谁像他那样完美……他简直是从我的梦里走出来的，我每天醒来都要掐自己的脸。"

"抓紧时间给他做顿早饭，说不定他也会有所表示的。"李拉雅鼓励道。

"我不会，回去就学。"温思思认真地点头，仿佛把拉雅的话当作金科玉律。

李拉雅收获了太多的祝福，就好像一夜之间花园里所有的花都争先恐后地开放了，绚烂的颜色令人目不暇接。微微有些遗憾的是，道贺的人群里没看到支普。

下午，李拉雅专程去了李格的办公室，和他当面分享了这个好消息。李格看起来并不吃惊，他的表情一如既往，只说："给我看看你的订婚戒指。"

李拉雅把钻石戒指小心翼翼地摘下来，递过去，李格把戒指拿在手里转了几圈，"挺不错的，像天然的一样好——可能比天然的更好。"

"什么？"李拉雅不解地看向戒指，"是人工钻石？"

"是的……不过没什么不好的，对于你而言。"

李拉雅耸耸肩："我不在意，可能便宜一些，但其实都差不多啦。"

李格点点头。

李拉雅继续问："噢，你和西拉怎么样了？她什么时候能变成我的正式嫂子？"

李格看起来表情没什么变化，但拉雅发现他的嘴角轻轻撇了一下，就像他小时候看到不如自己的人那样，"她是个不错的恋爱对象。"

"你不打算和她结婚？"

"不。"

李拉雅还想问，李格电脑的指示音滴滴答答响起，他朝拉雅摆摆手，然后沉浸到工作里去了。

李拉雅回报纸处的路上回想着李格那个微表情。西拉是广播处的播音员，人很热情，一头酒红色长卷发，身材高挑，眼睛非常灵动，李格和她站在一起时像一只呆板的大青蛙：不笑，眼睛里也没什么神采，他们一点都不配。西拉完全应该找一个和她更相称的男人，比如艾德那样的。李拉雅不愿想象自己的恋人与别的漂亮女人在一起的场景，但她又觉得这样的幻想疯狂地诱惑着她，她在脑中将两个人的形象放在一起，果然，和谐又美丽的一对儿。她有些恼火，重重摇摇头，把脑海里那对俊男美女的组合甩了出去。

　　回到办公桌前，李拉雅匆匆忙忙翻看了一些稿子，突然发现桌上压着支普给她的留言：晚上来我家，有话和你说。

　　有什么话不能当面说？她浮想联翩起来。他为什么不祝贺我？所有人都知道了。我结婚的消息让他不开心了？为什么？我们认识多久了？有十年了吧？他初中的时候那么照顾我。他不喜欢艾德？艾德比他帅多了——可支普是个有魅力的男人，从小就是。他也不再喜欢姬塔了，不是吗？她的大脑飞速运转着，在齿轮的啮合间抛出无数个问题，而这些问题又不约而同地指向了那句话，或者说，那件事，事件本身在拉雅眼中已经是事实了。她像是突然想起了什么，她猛地抬头，寻找关静的身影，关静正安静地坐在玻璃窗旁边，她的头发低垂着，脸像被迷雾笼罩着，模糊成一团，拉雅没有办法再去细细分辨了。

十一

　　"嘭嘭嘭！"李拉雅敲响了面前的木门。这扇门很特别，或许是用橡木做的，敲起来的声音闷闷的，像一只笨重的动物。

　　等了一会儿，正当她想再次敲门的时候，动物挪开了它沉重的身体，"进来吧。"是支普的声音。

　　李拉雅有些不安地迈进了支普的房子：客厅不算大，灯光昏暗，布置得很温馨，不过此刻空气里全是烟雾，看不太清楚。拉雅突然担心自己的头发上沾到烟味，她拢了拢头发。

　　"嗨，拉雅。"

　　"怎么了？突然叫我来你家，姬塔不在吗？我本来要和艾德去庆祝的，你知道的……"

　　"你要嫁给他？"支普蛮横地打断了她。

拉雅愣了一秒，不过很快她就组织好了语言："是的，他向我求婚了，我们感情很好，他又是个那么可爱的人……"

支普做了一个手势，拉雅停下了，她发觉支普没有穿平时的工作服，只穿了一件紧身的黑色短袖，肩膀到手腕连成一条性感的曲线。拉雅停顿了一下，声音软下来了——她惊恐地发现，自己的声音被塞壬偷走了，塞壬在她的身体里唱出一串诱惑的低吟："支普，有什么事吗？你可以告诉我。"

在烟雾的包围中，支普那张聪明的脸上露出了她从未见过的痛苦神情："拉雅，你听我说。"

"什么？"

"姬塔走了。我爱上了别人。"

拉雅的心狂跳起来，像一支擂鼓的战锤，尽管她已经无数次地确认了这是一个事实，但还是无法控制地感到了巨大的喜悦，仿佛是在山巅苦熬了一夜，终于看到了朝阳一般。她的声音细微地颤抖起来："是谁？"

"……拉雅，"支普突然深深地呼出一口气，空气经历了一小段致命的安静，"我爱上了关静。"

太阳彻底滚下去了。

李拉雅眼前一片漆黑，她胸中的塞壬变成了复仇的美狄亚，激荡起尖利的号叫，天旋地转之间，她紧紧攀住了一块巨石，她逼迫自己露出自如的笑意，不动声色地说："噢，你打算追求她吗？我和艾德忙着筹备婚礼，可能没时间帮你……"

支普突然紧紧地握住了她的手。

"你还不明白吗？"

"明白什么？你到底想说什么？"支普的手很烫，李拉雅有些烦躁起来。

"没有发现吗？"支普盯着她的眼睛，瞳孔诡异地膨胀，他一字一顿地说："艾德不是人。"

他把拉雅的手放开了，自嘲似的笑了起来："太笨了。他们都不是。"

十二

李拉雅站在门前。又是一扇门。不同于支普家厚重结实的木门，这扇门是漆黑的，透出金属特有的寒意，她觉得好像有什么在门背后盯着她，那只眼睛把她湿淋淋的身体卷进去，吞进去，再恢复原状，好像什么都没有发生。

她再定睛一看，门从来都是深红色的，并不是什么黑色。

"咯吱"，门响了，是把手的声音，这次涌出的是一团巨大的血色怪物，它的身体上布满眼球和黏液，无法分辨四肢。拉雅转身想逃，发现走廊早已变成了一个迷宫，而她只要后退就会被怪物包裹，她不断地挣扎，不断地哀号，不断地拿起小刀扎向怪物躯体上的眼球，那些眼球被削下来，滚在地上，摊成黏糊糊的一团垃圾。

她再定睛一看，门是暗绿色，并不是黑色，也不是深红色。

她开始后退，直到撞上另一扇一模一样的暗绿的门，她向左走，也是暗绿的门，她向右走，也是暗绿的门，她不知道里面会窜出来什么，一只猴子？一条蛇？一颗子弹？一个人头？她缩在地上，地板也变成了门，绿莹莹的，照出无数张她破碎的脸。

无数声音在脑内飞旋，她无法再多承受一点，绝望地撞在门上。门开了，艾德——一个平常的英俊的小伙子站在门的那边，周遭的一切都消失了，一切又回归于平常。

"拉雅，你回来了。"他说。

李拉雅下意识瞟了一眼门——是黑色的，很普通的黑色。

十三

李拉雅抹掉镜子上的水汽，镜子里映出了她的身影。她该出去了。

她尽量让自己表现得和平时一样，去面对真的和平时一样的艾德。

"宝贝，怎么了？"

"没什么，我很好。"

"淋雨了吗？"艾德身材高大，迈着优雅的步伐，凑了过来。他身上有她最喜欢的鼠尾草的味道，这让她感觉稍微安心了一点。支普在说疯话，他一定是抽过头了，或者喝酒，他一直都是一个糟糕的人，他会异想天开，还会放纵自己。

"我没事。"

"宝贝，今天是我们订婚的日子。"

李拉雅想说："是的，所以我们该庆祝一下。"但她的情绪突然疯狂地涌动起来，自顾自地说道："你真烦，我要睡觉了。"

艾德温柔地笑了："你累了，那我们去睡觉吧。"他走进卧室，突然停下脚步，侧头看着拉雅说："我都忘记问了，你下班后去哪里了？"

李拉雅恐惧起来，她的心脏快要停止跳跃了。如果支普说的是真的，那艾德——这个伪造的人类——是不是已经知道了她所知道的一切？

"我哪里也没有去。"拉雅决定说一个最粗劣的谎。

艾德沉默了一下，把灯熄了。顺着夜色，他把手放在拉雅的胸上，轻轻地抚摸着她，嘴唇凑到了拉雅的脸旁。

拉雅感受着他手掌刚好的体温，这个人，是她最熟悉的人……她还是无法抑制身体中充斥的烦躁与不安，她突然像一段弹簧一样坐起来："你是谁？"

"艾德。我是艾德。"艾德停下了手上的动作，困惑地说。

李拉雅在黑夜中看着自己未婚夫的脸，他们曾在黑夜中无数次对视，亲昵，交欢，他表现得总是完全符合她的心意。她嗤笑一声，抬起手，轻快的巴掌落在了艾德的脸颊上。

"你不能这样做。"艾德望着她，她看不到他表情的变化，"你是我的恋人，我的未婚妻，但你没有权利对我使用暴力。"

"你说得对，我是个烂人。"月光照亮拉雅的脸，"你生气吗？"

"我怎么会生气呢。"艾德摇摇头，"我爱你，你的一切我都会接受的，拉雅。"他的眼睛很纯净，里面什么都没有。

"对不起。"拉雅说，"我去外边睡。你不要跟来。"她抱起被子走向客厅，在沙发上躺下来。

支普是个杀人犯，他杀了我的艾德，她想。

十四

七时半，闹钟响了。

拉雅想要翻身，突然的悬空让她回忆起了一切，无忧无虑的梦境无法再收留她了。她睁开眼睛，活动了一下肩膀，披上睡衣，突然发觉一道视线，她顺着看过去，艾德站在客厅墙边上，正盯着她看，不知道看了多久。

"你在干什么？"拉雅有些毛骨悚然。

"我做好了早饭。"

"我去基地吃。"

"今天是周末，休息日。"

"我要去找温思思，我们约好了。"

"噢。玩得开心，拉雅宝贝。"艾德摆出一个恋恋不舍的表情，看起来很真诚。

她开着车，径直来到李格家。她昨晚认真回想过李格的表情，他一定知道什么。

李拉雅按响门铃，开门的是西拉，她妆容精致，头发高高地盘起，穿着一条十分优雅的米色鸡心领长裙。看到李拉雅，西拉脸上洋溢着饱满的热情："早！拉雅。"

　　李拉雅有些不知所措，不知道该如何对待她，她点点头："早，西拉。"

　　"来找李格吗？"西拉带她走进房子，"他去晨跑啦，还没回来呢，你等一下，我给你切点水果吧。"

　　李格的家可以用富丽堂皇来形容，墙壁用料是白色大理石，水晶吊灯有半个人那么高，还有和基地如出一辙的巨大玻璃窗，窗外是柔软的草坪和蓝宝石似的湖水。

　　"西拉，"李拉雅开口了，"你和我哥在一起多久了？"

　　"到下一环就六轨了。"真是漫长的爱情，李拉雅想。

　　"不打算结婚吗？"

　　"李格没有那个打算，我们现在和结婚也没什么区别。"西拉对这个并不在意。

　　"噢。"李拉雅不再提问，她低头吃起了西拉切好的橙子和杬果，吃到最后一块的时候，李格回来了。

　　"你怎么来了？"李格刚跑步完，脸色红润，看起来比平时有精神多了。

　　"有点事情想问你。"

　　李格看了一眼拉雅发白的脸，大概是想到了什么，他在沙发上坐下，把西拉打发走了。

　　李拉雅犹豫了一小会儿，小心翼翼地问："哥，西拉是人类吗？"

　　"不是。"李格回答得很果断，好像在说一件大家都知道的事情。

　　"艾德呢？"

　　"他们都一样。"

　　"你早就知道？"

　　"嗯。"

　　李拉雅有些恼火："为什么不告诉我？"

　　"告诉你，你也不会更开心的。"

　　"这很重要！我莫名其妙地和一个不知道是什么玩意儿的东西交往了三年，甚至马上就要结婚了！"

　　"他们不是'什么玩意儿'，他们是优人。"李格一边吃早饭，一边翻着报纸，一边漫不经心地回应道。

　　"什么，优人？"

　　"是啊，就是比人类更好的人。外表更出众，不会衰老，不会生病，没有负面情绪，工作效率更高。"

李拉雅很快明白过来优人是什么。她继续问道："你爱西拉？"

"当然不。"

"为什么不和她分手？"

"为什么要？"李格终于正眼看了一眼李拉雅，像看到了什么好笑的东西，"她是很好的床伴和保姆。"

"你不觉得这很……"李拉雅在脑子里费劲地搜索着合适的形容词，"你不觉得很无聊吗？她不是人类，你们之间没有真正的爱情！"

"什么是真正的爱情？哪有什么'真正的'爱情，难道两个真正的人之间就有了吗？"李格忍不住笑出来，他没有恶意地继续讲道，"人工钻石和天然钻石，戴在手指上有什么区别？你看得出来吗？"

李拉雅的脸憋红了。她换了一个问题："基地的每个人都有优人伴侣吗？"

"当然，这是基地的关照计划。"李格继续翻着报纸，"普通人和优人比起来差太多了，外貌、性格、工作能力……更何况基地按照不同员工的喜好量身打造不同的优人，他们每一个都不一样——甚至会帮你把这个优人回炉重造，直到你满意为止。"

"你怎么知道？"

"基地核心的人都知道，这不是什么大秘密……不过，你等下要签个保密承诺。"李格拍拍拉雅的肩膀表示同情，"真让人意外。以你的智商，我以为再过很久才会发现呢。"

"如果我喜欢上别的人类呢？"拉雅想到了支普。

"哈，日常的琐碎会把这种理想彻底击碎的。祝福神是仁慈的，她会让你自由地体验，受尽'爱人'的折磨，直到你心甘情愿地趴在她脚下乞求为止。没有人能逃过神圣之力的诱惑，拉雅。"

"总有人飞得出去。"拉雅倔强地说。

"不，原本人类都可以飞翔。但我们犯了错，所以被剥掉了翅膀，抠掉了眼珠，被神丢到了一片灰色黏稠的混沌之中，被无处不在的野猪折磨着。"李格的眼里闪过一星狂热，"是祝福神给了我们力量，她让人类眼中重新有了光明，我们打败了比山更大的野猪，能重新看到平静安详的生活。"

"我们的翅膀呢？"

"想要永恒的幸福，就要接受自己没有翅膀。"

"我听不懂。"

"翅膀很重，只有幻想出来的翅膀是轻盈的。"

"我想要翅膀。"

"不，你不想。"李格仔细地审视着拉雅的瞳孔，"是谁想？你在替谁说话？"

拉雅沉默了一会儿，"哥，你不该瞒着我的。"

"无知总会带给人喜悦。"李格站起身，在巨大的玻璃窗前伸了个懒腰，"杧果好吃吗？"

十五

酒吧昏暗的角落里，李拉雅玩着一枚精致的骰子。这个骰子是金属制的，一共十八面，刻着不同的数字，仿佛代表了十八种不同的命运。时针路过"7"，还在以肉眼不可见的速度往前挪着。

支普已经迟到一个小时了。李拉雅默默想着：如果骰子丢到单数，他就是不来了；如果双数，就是还会来。她抱着听天由命的心情把骰子抛起，骰子毫不犹豫地滚到了7，再丢，变成了17。第三次丢出去的时候，骰子滚到了地上，她弯下腰，在地板上摸索着。

视线里突然出现一双鞋，支普匆匆忙忙地赶来了，他穿着一件款式老旧的套头衫，身上带着一点烟的味道，声音里满是疲惫："拉雅，我来晚了，抱歉。"

李拉雅放弃寻找骰子，她扫了一眼支普，把目光转向了别处："我都知道了，你说得对。"

支普点点头："太好了。你不要和他结婚。"

"为什么？"

支普的表情十分诧异，但态度还是很耐心："为什么要？他们不是真正的人。"

"艾德对我很好。"

"姬塔也很不错，但他们只是一组程序。"

"他们是完美的程序。"李拉雅像是在说服自己，"我担心如果离开他，就找不到对我这么好的人了。"

"拉雅，他们只是一组程序，就像你的电子宠物一样，你会爱上它们吗？"

"你爱关静，是吗？"

支普严肃起来："是的。"

"她并不漂亮。"

"这很重要吗？姬塔每天都在联系我，她一天比一天漂亮。但我的生活里不需要那么多光鲜亮丽的机器。"

"你爱上的为什么是关静？我们有很多同学。"

"这是一个没意义的问题。"支普拒绝回答,"换了别人,你也一样会这么问的。"

原来支普从来没有考虑过自己,李拉雅有些意料之中的失望,"那么,你打算怎么办?"

"离开光域。"

"天哪。"李拉雅惊骇地向后仰,"你在哪里还能得到如此优越的生活?"尽管她在内心提醒自己无数次,不要站在支普的对立面,但她依旧做不到不假思索的赞同。

"拉雅,谢谢你关心我。"支普很恳切地说,"相信我,我会去更大的世界,找到真正有意义的东西。"他又补充道,"和关静一起。"

"你知道了他们的秘密,基地怎么会放你们走?"拉雅想起自己签署的那份保密书,上面要求知情者永久留在基地——当然,很多人求之不得。

支普自嘲地笑起来:"手续已经办好了,我和他们达成了和解。代价是一笔巨额赔款,我得用钱为自己赎身。"

"你的钱够吗?哪来这么多钱?"

支普盯着拉雅的眼睛,说:"拉雅,你是我最好的朋友之一。……我联系了国外一个叫阿泽尔的记者,他写了很多揭露基地内部的文章,他会为我提供一笔钱。"

沉默了一会儿,李拉雅妥协了。"好吧,我知道了。"她灌下一大杯酒,"我会祝福你们的。"

她看着那只沉默的旋转的钟,发现它在不知不觉间变成了一只眼睛,瞳孔里是一片朦胧的灰黑色。她眨了眨眼睛,钟也眨了眨眼睛。

十六

李拉雅把自己锁在屋里,脸庞被屏幕的蓝光照亮,她在各种各样的暗语谜语之间摸索,横冲直撞,终于在某个外国网站上找到了关于那个叫阿泽尔的记者的踪迹。她的手因为紧张而不自觉地颤抖着,她选取关键词"光域公司",接着滑动滚轮,一条条触目惊心的标题从眼前飞过:

《光域公司的暗面:如何利用古神信仰操纵职员?》

《光域公司的人肉工厂:他们如何将人类变成食物和肥料?》

《光域公司的秘密基地:隐藏在海底的邪恶神殿》

《光域公司的梦境控制:他们如何入侵消费者的潜意识和记忆?》

《光域公司的基因改造:如何培育出超级植物和怪物?》

......

　　这是可笑的造谣！李拉雅感到一阵恶心。她在心中愤怒地反驳：基地是正直的、创新的、负责的，是一个绝对可靠的组织，它为人类提供了先进的技术和优质的服务，它为社会做出了巨大的贡献……她在基地工作了这么久，从来没有听说过什么海底神殿，也没有见过什么恐怖实验、超级植物，这是一个嫉妒者的妄想，是完全浪费精力的垃圾！她的心突突突地跳着，似乎想要冲破她的胸膛。正当她打算关闭网页时，一个题目进入了她的视线：《光域公司的报纸密码：如何破解他们的秘密信号和暗示》。

　　李拉雅冷笑起来，这是什么荒谬的报道？她是报纸处的副主编，她负责审核和修改每期报纸的内容，她从来不会让任何不实或者有害的信息出现在报纸上。"好，让我看看你能写出来什么可笑的东西。"李拉雅摆出了战士的姿态，冷酷地打开了这篇博人眼球的文章：

光域公司的报纸密码：如何破解他们的秘密信号和暗示
阿泽尔·利特

　　著名的光域公司生产各种高科技的产品和服务，受到了广大消费者的欢迎和信赖。然而，他们的报纸却隐藏着一个惊人的秘密：他们用一种特殊的方式将一些真实的信息和指令嵌入每周发行报纸的文字中，只有核心成员才能识别和理解。

　　这些信息和指令通常与他们的邪恶计划有关，比如古神崇拜、恐怖实验、新人类计划，等等。他们利用这种方式，来传达他们的意图、安排他们的行动、支配他们的职员。这是一种非常危险和阴险的手段。如果不被揭露和阻止，可能会给人类带来灾难性的后果。

　　那么，他们是如何做到这一点的呢？他们是如何将信息和指令隐藏在报纸中的呢？经过笔者多年的调查和分析，我发现他们的报纸密码的一些规律和特点。我将在这里与大家分享，希望能够帮助大家识破他们的阴谋。

　　他们的报纸密码是一种基于文字的密码，也就是说，他们用文字来代表一些数字、符号，或者其他的信息。他们通常会在报纸的某些位置，比如标题、副标题、第一段、最后一段等，用一些特殊的词语或者句子来表示密码。这些词语或者句子看起来很普通，不会引起人们的注意，但是如果按照他们的规则来解读，就会发现其中隐藏着深意。

例如，他们会用一些颜色、形状、动物、植物等来代表一些数字，比如红色代表1，白色代表2，圆形代表3，方形代表4，狗代表5，猫代表6，晴天代表7，阴天代表8，等等。他们还会用一些动词、名词、形容词等来代表一些符号或者指令，比如说代表加号，写代表减号，好代表乘号，坏代表除号，去代表等号，开始代表开始执行指令，结束代表结束执行指令，等等。

举个简单例子，如果他们的报纸标题是这样的——"光域公司为职员提供免费白色圆形蛋糕的活动正式开始"，那么按照他们的规则来解读，就可以得到这样的密码：2+3=5。

这个密码可能就是他们内部的一个信号或者指令，比如说让第五个部门的人立刻执行某个任务，或者说第五个项目的进展情况等等，而这个项目的代号就是"蛋糕"，当然，这只是一个简单的例子，他们已经形成了更复杂隐蔽的编码系统，需要更多的分析和推理。

……

李拉雅看着这些内容，脸上满是怒意，这是对她和报纸处的破坏和侮辱，是对她的工作和职责的背叛，这些小儿科的把戏是毫无根据的诽谤和造谣！她在报纸处工作了这么久，从来没有听说过什么阴谋，也没有编写过什么数字或者符号。基地的报纸是一个公正的、专业的、负责的媒体，它为读者提供了真实的信息和有益的知识，它为社会做出了积极的贡献。她拿起前几周的报纸，宣泄般地翻阅着：

《光域公司推出新款智能手表，销量突破九千万》

《第五环感恩仪式完美收官，感谢全体职员配合支持》

《我司与蓝色圆环蛋糕基金会结为战略合作伙伴，共同推进儿童教育事业》

《市政领导视察光域公司，提出指导性意见》

……

"蓝色圆环蛋糕。"

这是什么时候加进去的？李拉雅的回忆一遍遍地重播，每个模糊的细节都被艰难地放大，她终于想到自己冲下楼制止关静之后，温思思"拷贝"了新的版本。她疯狂地翻起其他期的《光域报》，她发觉蒙着她眼睛的纱布突然掉落了，每一个词都显得可疑起来，那些出于她手中的东西极其陌生，仿佛完全是另一种文字。是温思思？不，之前编写报纸的时候温思思还没有来……是谁？是……突然，李拉雅身上的力量被人抽走了，她变成了一条没有骨架的鱼，呆滞地瘫在椅子上，望着天花板。

艾德进来了。

"别把自己关在房里，吃点东西吧。"艾德手中有一把闪闪的水果刀，刀锋的银色光芒审视着李拉雅。

"你是怎么进来的？"李拉雅喃喃低语道，更像是在问自己。

艾德露出迷人的笑容："这是'我们'的房间，拉雅宝贝。"他的胡须有些奇怪，不是黑色也不是灰色，而是一种暗淡的蓝色，或许是因为电脑的光亮，李拉雅想。

十七

李拉雅到报纸处的时候，没有一个人在办公桌上，女孩们聚在一起，发出昆虫振翅的声音，像是急着摆脱天敌的追捕。

"你们在干什么？"李拉雅走了过去，有两个女孩在啜泣。

"关静死了。"不知道是谁说了一句。

李拉雅露出茫然的表情，好像看到一只突然坠入雪地的小鸟，很快又变成了一种真正的吃惊："啊？"

"她的恋人杀了她，太可怕了。"

"她被发现的时候，已经是一团血肉模糊的碎片了……"

"凶手用了炸药。"另一个人补充道。

李拉雅心中掠过一丝阴冷。

"我听说是凶手窃取了机密资料，想离开基地，关静不肯，他才会……"

"正常人也不会想离开这里的。"温思思也哭起来，"小静那么年轻。"

"我好害怕，为什么基地里会有这样的人？他应该去死。"

"他应该死一百遍。"

李拉雅终于张口了："凶手是谁？"

女孩们犹豫了一下，一个胆子大点的正要回答，西拉甜美的声音在基地的每一个角落响起：

"亲爱的职员们，基地对于恶性杀人事件的嫌疑人处决即将于友爱广场进行，请大家放心，基地将保护每一位职员的身心健康，对罪犯进行应有的惩罚，请大家相信基地……"

楼层之间发出沸腾的欢呼，李拉雅难以确定这是否是一种幻听，她心中只剩下一个盘旋的念头：我要去救支普，我要揭露这里的一切。我要去救支普，我要揭露这里

的一切。我要去救支普，我要揭露这里的一切。我要去救支普，我要揭露这里的一切。我要去救支普，我要揭露这里的一切……

玻璃窗之外，阴沉的天空扑向大地，人群像潮水一般涌动着，场面盛大。李拉雅无须走动，自然而然地被冲到了友爱广场的外围，这里早已筑起高高的舞台。古老的铃鼓声从四面八方响起，周围全是陌生的面孔，那熟悉的、欢腾的音乐在空气中欣喜地响起，每个人都声嘶力竭地吼叫着，兴奋与愤怒、欲望的火焰点燃了整个大地，音乐愈发狂热起来，李拉雅看到一具具身体膨胀的过程，他们自由地在空气中变形、蔓延，怒火为他们引来神力，天空变成瞬间的白昼。或粗或细的男声、女声混在一起，逐渐变成了乐曲的基底，更震撼人心的磅礴声浪在人声之上建起。突然，一声震天动地的嘶吼划破了天空，所有的生灵为之震颤，他们看到了一只巨大的黑色野猪从层叠的茂密树丛中冲了出来，它的身体像一座山峰，它的眼睛是赤红色的，它的獠牙高高扬起，它向他们冲来，带着无尽的狂暴与野蛮。舞台上只剩下野猪与一个小小的人影，他被红绸吊了起来，身体顺从地垂下来。

雷声响起，野猪发起了冲锋，谁也没有见过这个怪物，但此刻他们都是它的信徒，它径直冲向人影，一侧獠牙将人影顶上了天空，李拉雅看到那张熟悉的脸，他张着嘴巴，好像在说什么。

第二轮冲击，野猪仿佛对这个无法还手但依旧会回到光域的敌人十分不解，它回旋一番，恶臭混杂着血腥气在广场上散开。李拉雅徒劳地叫着支普的名字——没人能听到，每个人都在呼喊。野猪撞歪了，支普的身体再次飞起来，像一只被抛出去的风筝，他划过她头顶时，她感觉到了一滴液体落在额头上，是血滴？还是下雨了？她这次更清晰地看到了支普的嘴巴在有节奏地动着，他在说什么？李拉雅急切地想要听清楚，她踩着旁边人的膝盖想要爬到人群之上。

野猪又一次进攻，它似乎对这个玩具充满了不耐烦，它的尖牙精准地顶在支普身上，支普身上的红绸子终于断了，他无拘无束地飞向天空，他带血的脸像一张狰狞可怖的面具，但嘴角却挂着平静的微笑，李拉雅终于看清楚了他的口型，他说："太笨了。我们太笨了。"

支普消失了，李拉雅摸了摸自己的额头，液体没有颜色。铃鼓声消失了，更多的雨点洒下来，为大地洗刷罪恶，直到痕迹全部消失。一切重新变得冷静、光洁而美丽。

十八

　　李拉雅失魂落魄地走着，不知道走了多久，眼前的人群愈发稀疏。

　　忽然，她嗅到了一丝熟悉的烟草味道，她抬起头，路的尽头闪烁着一个熟悉的身影。李拉雅心搏骤停，她的脚步越来越快，几乎冲到了那个女人面前。

　　女人抬起头来看她，她看清楚了李拉雅的五官：这是一张非常美丽的脸庞，没有一点瑕疵。李拉雅叹了一口气，朝着女人抱歉地摆摆手。

　　女人走远了，她的长发在风中飘着，像一条蜿蜒的河流。

蒂莫西·赫尔墨斯的三次降生 张涵智

蒂莫西·赫尔墨斯的第一次降生之日，是星空被封锁的第三年的初夏时节。在这三年中，只要有人在夜晚驻足向天空望去，便能看到星辰黯淡前，亿万片银色的薄膜在大气层外的夜空中盘旋翻转，来自地球背面的阳光在接连的反射中激起耀眼的白光，投在大地上形成一片片细碎光斑。

他能追溯到的最遥远的记忆，就是日光灯的冷冽光芒之中，浸满铁锈和消毒水味道的空气，以及高墙上一方窄窄的小窗。当日影被夜空的星辉消散时，那银色的星云总会不偏不倚地经过窗外，沉默地和蒂莫西对视。视线的交叠一闪而过，但不安和惶恐总会在他的心中升腾，使他不禁想要转身。

可他不能，牛皮的拘束带紧紧束缚住他，输液的软管如同相互纠缠的蛆虫在器官和组织之间游荡，检测仪的滴答声伴着他的心跳舞动，日光灯的光芒直直刺入眼眸。他畸形膨大的头颅被豁开微笑一般的裂口，硅胶和塑料在裂口处凝结。他的大脑透过颅骨直接暴露而出，如同指向太空的天线，吸收着从远方星云传来的信号。

等到蒂莫西坐在轮椅上，第一次离开这个小房间时，他才看到自己仿佛是被匆匆缝合到一起的身体。他记得那是一条长长的走廊，轮椅载着他在冰冷的瓷砖上颠簸。走廊的尽头是一面巨大的镜子，一个男人站在镜子面前，身上散发出清冷的银白色。他跪在蒂莫西的面前，口罩遮住了他的脸庞。

"你好，蒂莫西·赫尔墨斯，恭喜你熬过了你的第一次降生。"他的声音中带着颤抖，"你可以叫我约翰。现在，我可以叫你蒂莫西吗？因为赫尔墨斯已经睡着啦。"

之后的生活平静而快活，似乎是他人生画卷里面永不褪色的一瞬剪影。他被允许在高墙之内的草坪上奔跑玩耍，远离那雪白建筑内部无处不在的消毒水气味。幼年的他笨拙地控制着自己身体的平衡，在枯黄的草地上奔跑着，即使一不留神就会仰面摔倒，他也要爬起来继续奔跑。

他要到多年之后才能明白约翰为何这样说。"连体婴儿"，他是在研究所的第一节课上学到的。他记得约翰在黑板上写下这几个字，然后转过身看着他。

"蒂莫西，你知道这是什么意思吗？这是用来形容你的一个词语。"他说。

"不……不明白。"他小声地说。约翰的眼神让他的内心惴惴不安。"但我感觉我和你们不太一样……"

"简单来说，在子宫里的时候，你有一个兄弟，姑且把他称作赫尔墨斯。"约翰轻声说，"本来你们是彻底分开的两个人，但是机缘巧合，你们的身体在妈妈的子宫中合并在了一起，所以……你们身体的一部分是共用的。"

蒂莫西回头张望，但目之所及都是雪白的墙壁："赫尔墨斯？他在哪儿呢？我想和他一起玩！"

"不，孩子，你的情况很特殊……简单来说，你们除了大脑，剩余的身体都掺杂在了一起。"

蒂莫西在后脑勺摸索着，从光滑冰凉的塑料颅骨，到浓密蜷曲的发梢，接下来是浑然一体的皮肤，间或几处轻微的凹陷和突起，他不由得打了个寒战，想象着他名为赫尔墨斯的兄弟一直静静栖息在他身体的背面，沉默地凝视着一切。

"那为什么……他不说话呢？我为什么从来都没有……"

"因为在你很小很小的时候，我们给你做了一次大手术，使你另一个大脑，也就是赫尔墨斯的大脑停止工作陷入休眠。你，蒂莫西，获得了这具身体完整的领导权。"约翰低声说，"所以……他一直在睡觉，除非我们把他唤醒。"

"那他什么时候会醒来呢？"

约翰没有说话，他起身抱起蒂莫西，把他放在窗台上。夜空之中，群星荡漾，远方银色的星云如同航行于虚空的白帆。蒂莫西呆呆地望向远方，星云的银光在他淡色的眸子里摇晃。

"那片星云是你诞生之前几年出现在天空的，就在地球的卫星轨道上，远远地望着我们。"约翰轻声说,"等你长大了,就要送你到那里去。到那时候,赫尔墨斯就会醒来,但是你,蒂莫西,轮到你沉睡啦。"

蒂莫西记得自己似懂非懂地点了点头,约翰的一句话,将他的命运和那片银色的星云紧紧相连。幼小的他还不理解星云和人类,以及他必然肩负的沉重使命。但随着年纪的增长,约翰的话仿佛一句谶语,在他饱经摧残的大脑内部越陷越深。

十岁那年,他在草地上奔跑时摔折了小腿。瞬间一切回到了童年,他被禁足在房间里,但每当黄昏的日影散尽,约翰都会来到他的床边陪他入睡。这是他一天中最期盼的时间,因为约翰会给他讲述高墙之外的故事,关于世界和遥远的风景。

"约翰,"他记得有一次这样问,"我有爸爸妈妈吗?他们怎么从没来看过我呢?"

约翰叹了口气:"你是在研究所里出生的,我想……大概没有多少父母想要抚养一个连体的孩子吧。但是如果可以的话……你能把我当作是你的父亲吗?"

蒂莫西仔细打量着约翰的面孔,凹陷的双颊,重重压在鼻梁上的黑框眼镜,以及眉际总携着的一份疲惫。他其实也拿不准,只是书上的父亲好像都是高大威武、胡子拉碴的形象,和面前这个瘦削的男人格格不入。浅蓝色的眸子一闪,约翰摆了摆手,向他露出一个疲惫的微笑。蒂莫西的心里好像有什么东西被触动了,他咬了咬嘴唇,低下头去没有吭声。许久,他抬头问道:

"约翰,你之前说的……把我送到天上去,是什么意思呀?"

约翰的怔了一下,他摘下眼镜,抹了一把脸,换了一副郑重其事的表情。

"孩子,希望你听了这些话之后不要恨我,这条路……不是我们选择的,你和我都一样。"

蒂莫西狐疑地点了点头,他还不明白约翰话中的含义。

"那片银色的星云,是你出生前三年出现在地球卫星轨道上的。最开始,人类对它的一切研究和探测都以失败告终。所有飞上太空的物体——火箭、宇宙飞船、探测器,只要接近那片区域便如人间蒸发,向它发出的电磁波信号也无回响。"

"渐渐地,人类认识到一个事实,那片银色星云精巧地坐落于一个特殊的位置,绝大多数前往地球引力之外的飞行器都需要经过那片区域。换言之,整个星球通往宇宙的航路被那银色的条带封锁,人类……或许不可能离开地球了。"

"然后呢?"

"然后是战争和毁灭的宣言。"约翰苦笑着说,"人类以为可以用核弹、激光、火箭,还是随便什么东西向星云发起攻击,迫使它让开航路。既然交流没有回音,能解决问题的,似乎只有战争。"

"但事情在星云出现的第二年改变了。那年秋夜,一个返回舱坠落在内华达州的沙漠中，宇航员孤身一人穿越十几公里的茫茫沙海，于天亮之前到达了最近的加油站。第二天，全球的聚光灯都聚焦在他的身上，因为他是一年之前被银色星云吞噬的国际空间站中的一员。没有人知道他是怎么回来的，他本应永远消失在我们的视野中，可他毫无征兆地回来了，而且装备齐全，身体健康，着陆的计划都像是精心设计好的。"

"可我们没能从他嘴里问出任何有价值的东西。几个星期后，他从高烧和晕厥中苏醒过来，但几乎丧失了所有的记忆。"

"失忆了？"

"对大脑进行计算机断层扫描检查后，发现了有意义的东西。宇航员的身体除了长时间太空旅居导致骨质疏松外，身体十分健康，唯一的例外是大脑。医生们发现，他的大脑已经和普通人类大不相同，大脑皮层上数个脑区的神经链接方式被极大程度改变，或者说，是在原先神经元上生成了新的回路，导致大脑皮层纠缠成了一团乱麻。"

"一个假说就此诞生，这位宇航员很可能在银色星云中生活了很长一段时间，但那里的环境与地球大不同，导致他必须形成新的脑区以进行分析和思考，这在癫痫患者和大脑受损者的身上是极其普遍的现象。但当他返回地球时，环境的巨大改变导致他已然转变的大脑不堪重负，最终陷入自我保护的晕厥。为了适应地球的环境，他的脑神经重新链接，在星云时形成的脑结构也丢失殆尽，连去星云之前的记忆都失去了。"

"所以……"蒂莫西挠挠头，他还是不懂约翰讲这些的意义。

"如果我们送去的探测员有两个脑子……事情就解决了。"约翰轻声说，"我们可以让一个大脑发育成能够理解人类的模式，另一个大脑发育成可以理解银色星云的模式。只要他的两个脑子之间可以彼此交流，形成一个统一的意识……他就能理解双方。这位探测员就是人和星云之间的桥梁，让彼此的交流成为可能。"

"所以……我就是那个探查员吗？"

停顿片刻，约翰艰难地点了点头。他的眼神躲闪，星云的银光在他厚厚的镜面上折返，激起雾一般的光耀。

蒂莫西盯着约翰，有一瞬间他仿佛感觉眼前的这张熟悉的面孔离他异常遥远，自己以为是父亲的男人，此时却退缩得如同另外一个跛脚的婴孩。他刚想说些什么，突然一种幽灵般鬼魅的触感从他的脊柱向上攀爬，如同从脑后的裂隙处中渗出的脊髓液，阴冷黏腻。

那是蒂莫西第一次听见赫尔墨斯的声音，那声音由他们共同的肺部发出，经由同一片声带和绒毛的密林，最终从他自己的唇中吐出。气流的触感异质而沙哑，如同刚刚从世界深埋千年的梦中苏醒。

"那……不是我自己选的。"

约翰的身体一颤，随即几乎瘫软下来，他的面庞扭得几乎背离蒂莫西。许久之后，他嗫嚅的声音从枯枝一般的身躯中传了出来。

"对不起，孩子，但是……这条路也不是我选择的。"

然后他起身，快步走出房门，不再多说一句话。

在蒂莫西十二岁的生日那天，他离开了囚禁他多年的高墙，第一次踏入研究所外面的世界。沉重的铁门吱呀着缓缓开启，苍白的阳光直直地刺入双眼，黑衣的男人们肃立着，面容隐匿在逆光的阴影中。疾风猎猎，摇动他芦苇一般脆弱的身躯，直升机已经在等他。

他艰难地回过头，身后雪白色的建筑已如隔了一层经年未洗的灰尘，显得模糊。他本以为会有人来送他，但没有，只有那幢建筑在沉默地哭泣着，如同十二年中的每个黑夜，目送着他从一个白色的囚笼走向另一个黑色的世界。

但约翰还在他身边，面容因紧张而苍白，但还是紧紧握着蒂莫西的手。

他们从群山环绕的研究所起飞，越过波光粼粼的湖面，越过层峦与云海，越过长风舞袂和衰草连天。一路上，蒂莫西紧紧扒着直升机发抖的舷窗，向着无尽绵延的大地张望，那些他只在书中读到的故事和景色，都在高墙之外的世界里一一应验。火焰在心中暗暗燃起，但随即又被空无一物的命运熄灭。为什么自己命中注定在闭室内？无名的愤懑在胸中升起。约翰有些瑟缩的身躯，在此时显得格格不入。为什么……他还会在这里？

他们降落在另一处隐秘的山谷中，巨大的花岗岩地下掩体如同某种远古巨兽的化石。连续几个月，他们在这化石封闭的胸腔中，熬过一个又一个漫长的会议。会议室环形的灯光下，一个个蒂莫西不知道名字的人轮番上场，对着他指指点点，窃窃私语。每一场会议，约翰都会陪在他身边，虽然蒂莫西能看出，他在面对那些大人物时，一直不停地擦额头上的冷汗。

蒂莫西总是感到烦闷，约翰已经成了他急于摆脱白色世界的一部分，他想要甩开却无能为力，因为所有愤懑和不满的言语到唇边，看到约翰的面孔时，都化作了几声失望的嗫嚅。他终究还是无法远离这个熟悉的男人。

在他们终于离开掩体之后，组织上给他们安排了一场漫长的旅行，从世界的这一端到另一端。"为了让他的大脑充分发育。"那些将军和政客们是这么说的。那时蒂莫西感觉到无比兴奋，他即将融入这个五彩缤纷的世界，这个欠了他十二年的世界。但他知道时间一到，他一定会踏上那驶向星空的航路，去赴那被规划好的命运。

他们的旅行从美洲开始，在欧亚大陆上画出一个大圈，然后南下去往非洲大陆，最后去赴此生的终点。暂且享受当下吧，他想，虽然可能一去不复返。他们在时代广场高入云天的大厦间驻足,望着川流不息的人潮在他身边聚合又散去;他们在佛罗伦萨的幽深的小巷中穿梭,在古老的大理石间喂着鸽子,然后看着它们扬起雪白的羽翼飞向天空。但蒂莫西印象最深的是他们在中国的几天。他们那时经过一条安静的小巷,巷子深处传来缈远的音乐声。蒂莫西隐约看见一所小学校伫立在巷子的最深处,几个和他年纪相仿的孩子背着五颜六色的书包,手拉着手蹦蹦跳跳地向远处走去,轻快得如同跨过溪水的白鹿。

那一瞬间,蒂莫西的心突然感觉崩塌了,那是他从没有资格得到过的东西:朋友。在研究所里,与他为伴的只有被口罩遮掩面容的医生和科学家,还有门前那一方草坪上的四季更迭。他与世界之间总是有着一层或厚或薄的膜,这层膜坚决地阻挡着他通向生活的路。但既然有些东西命中注定不该拥有,为什么……自己还要眼睁睁地看着五彩缤纷的一切在他身边出现呢?

他深吸了一口气,一颗种子悄然生发,在内心的狂风暴雨中渐渐破土而出。

那天他们在安第斯山麓上行驶着,几辆黑色的装甲轿车组成密集的编队,蒂莫西百无聊赖地靠在窗边,看着一成不变的碎石和荒原,心中早已对这漫长的旅行心生厌倦。

一切都发生得太过突然,一瞬间,万物收声,重力的方向顷刻变换,蒂莫西缓缓转过头,挡风玻璃前方,血色的火焰正如潮水一般漫上堤岸。

下一秒,世界在耳边轰鸣,窗外的景色天旋地转,司机猛打方向盘,蒂莫西重重地陷进座椅靠背里,尖叫声和爆炸声在周围此起彼伏。

"该死,是袭击!"约翰大吼道,蒂莫西从没听见过他这样大喊。

又是一声震耳欲聋的爆炸,发生在离他们不足十米远的地方。车辆猛烈颠簸着,蒂莫西紧紧捂住耳朵,也不能抵挡耳内剧烈的蜂鸣。余光之中,他看见约翰像狼一样窜了出去,一把控制住了方向盘,挡风玻璃破碎了,狂风呼啸,司机的身躯歪歪扭扭地瘫软下来,目光呆滞,鲜血从颈部喷涌而出。

霎时间,在蒂莫西的眼中,整个世界只有鲜血、寒风,以及司机喉咙里绝望的咯咯声。

不知道过了多长时间,天色渐暗,约翰把司机的尸体挪到一旁,自己驾车一路狂奔,直到晚霞成为地平线尽头隐约的大火时,他才把车停在路边,很长时间两人都沉默不语。

"我给……总部打电话,看谁能来接我们。"许久,约翰艰难地打破了沉默,"这是战争主义者的袭击,想要阻止我们和星云交流,但我没想到他们会用这么卑劣的手段,直接袭击孩子……"

那股黏稠的触感再一次袭上心头，如同不断积攒的潮水终于决堤。他不住地喘着粗气，眼前血红色的世界一点点化为灰烬，等离子的触须沿着脊柱缠绕，控制他们共同的声带震动着。

"凭什么……偏偏我要承受这一切？"他轻声嗫嚅着，"就凭我和你们不一样吗？"

"因为……总要有人和星云交流，一旦爆发战争，没有人知道我们会付出什么代价……"约翰叹了口气，"而你，蒂莫西，你是被上天选中的人，我们在全球的新生儿里寻觅了几年，才找到你一个适配这一任务的连体婴儿，你即将是人类的救世主，是代表文明的使者，你——"

"你放屁。"蒂莫西轻声说，语调淡然平静，心中却是突然无比的畅快。

剩下的话噎在了约翰的嗓子里，他愣愣地看着蒂莫西，好像是第一次认识他一样。过了好一会儿，他缓缓垂下头，把面孔埋在手里。

"如果你想走的话……就离开吧，剩下的责任我来承担。"他的声音模模糊糊地传来，"对不起，我不应该用这些东西圈住你，但是我希望你能明白……你是我们最后的希望。"

"假如我能拯救人类，谁又能来拯救我呢？"蒂莫西摇了摇头，他转过身，旷野空洞而荒芜，铅一般沉重的层云从夜空中缓缓向下压来，将天地压迫得堪堪容他一人而立。

他没有回头，迈步向着荒野进发，汽车的车灯在他背后颤抖地闪烁着，橘黄色的光柱将他的影子拉得很长很长。

蒂莫西不知道自己走了多远，直到周围真的陷入伸手不见五指的黑暗，他才停下。夜晚的寒风如刀刃穿过他的骨髓，无垠的寂静压迫着他的耳膜，他抬起头，那星云仍明耀着，向人间洒下清冷的银辉。

他忽然感觉一阵不受控制的作呕，那星云如同高悬的达摩克利斯之剑，时刻提醒着他自己的使命，那不可弃绝的命运。他能感觉到那种黏稠的触感再一次醒来，在他那透明的颅骨内侧如浪潮一般翻涌。

"赫尔墨斯，你能听到吗？"他自言自语，"我们一起逃走好吗？那些人擅自给我们安排的命运……我们一起把它抛弃吧，一起——"

他停住了脚步，远方隐约有一星灯火在视线尽头闪烁。恍惚之间，他伸出手，一个透明的影子在地平线上浮现，灯光如同他橘黄色的心脏，在透明的身体内部安静地搏动。

"那是……你吗？赫尔墨斯？"

蒂莫西的头一阵眩晕，那是拒绝的信号。他绝望地想，那无形的影子离他远去了，带走了最后一丝火光，只有无尽的旷野在黑暗之中绵延。

当天色蒙蒙亮时，搜查队在荒原中央找到了蜷缩成一团的蒂莫西。旅行结束了，他被带回了那幢雪白的研究所，那囚禁了他整个童年的牢笼。他不禁想，那个他曾经短暂停留过的世界，不过是高墙之外的南柯一梦。他听说约翰因为纵容自己逃跑被带上了军事法庭。他的心中竟生出一丝愧疚，男人的面孔又浮现在眼前。

最后的最后，在无影灯苍白的灯光下，他环视围绕着他的那一张张被口罩遮掩的面孔，没有约翰。彻骨的孤独感终于在这时袭上了全身，他闭起眼，不让眼中的泪水溢出。"放心，不会很痛。"他听见约翰说，然后眨了眨眼。

在清醒的最后一秒钟，透过缓缓垂下的眼皮，他又看到了那个透明的影子，面容模糊，灯光如星辰一般在它体内闪烁。就这样吧，我的兄弟，接下来就该你啦。

他从浑浑噩噩的梦境中醒来，周身闷热而沉重，重力牵引着他脆弱的肢体，引得他一路下坠，身体上的每一处骨骼都隐隐作痛。

这就是……星云吗？他艰难地挥舞四肢，一声爆响，好像有什么东西炸裂开来。刺眼的青紫色光芒从一方窄窄的洞口照射进来，如同他童年时闭室中高高的窗户。他尽全力扭动四肢，从那个洞口钻了出去。

彩虹般的风暴猛烈地在他周身吹拂，脚下的大地如同黏稠的胶质，他每走一步，世界便在他身下塌陷一点，鳌黑的雾霭涌起，一点点漫上视线之外的边界。这是哪里？我是怎么来到这里的？他急切地在脑中搜寻，回应他的不过是漫长的蜂鸣，降落之前的记忆在飞速消散，剩下一片空无。

然后是痛苦，无尽的痛苦，色彩、声音、温度和气味一股脑灌进他空洞的颅骨内部，他的身躯沉重得摇摇欲坠，无法理解，无法回忆，无法思考，他哀号着跌落在地，但连嘶吼都变成了不可理喻的音符。他无力地伸出曾经可以被称为手的部位，在晶状体焦距的无穷远方，一个透明的影子翩跹而来，水母般的发梢在金黄色的光晕下熠熠生辉。那影子向他而来，面容模糊，手臂穿过一万光年不可言喻的风暴，朝他伸去。

顷刻间，黑夜婆娑，将他淹没。

世界凝固的过程是漫长的，他花了不知多长时间才重拾对自己躯体的认识，然后是那些解离的如风暴般呼啸的色彩，也在时间的湍流中沉寂下来。但随之而来的痛苦也越来越清晰，他能辨认出世界模糊的轮廓，但那不可理解的另一半却更加猛烈地注入他的脑髓中。等到他终于能够辨认出直角时，他才模模糊糊地认清自己。

"博士，你能听懂我们说的话吗？博士？"

他大张着嘴想要答话，但口中只有沙哑的呜咽。

"终于有反应了。将军！"那声源逐渐消逝，过了片刻，另一个朦胧的声音响起。

"约翰·莫兰博士？你还好吗？你现在在 49 号军事基地里，几天前你的返回舱降落在了内华达沙漠中，我们秘密把你带了回来。"

"你所在的空间站在一年之前被银色星云吞噬，就在我们放弃营救的时候，你却突然从外太空返回……现在全世界都在望着你，期望你给出一个答案：那银色的星云上，到底有什么？"

他突然感到一阵头晕目眩，略略凝固的色彩再一次剧烈地旋转起来。我现在还在地球上吗？他叫我……什么？约翰·莫兰……他回忆起了那个无比熟悉的名字，那个瘦削而苍白的男人，唇边总是挂着疲惫的微笑。我……原来是约翰吗？难道我们从一开始就是一个人？

不，更重要的是将军讲的事情，怎么和约翰在他记忆中讲过的一模一样？内华达、宇航员、登陆舱……他的心脏猛地一停，那个从星云上返回的宇航员……就是约翰？

但为什么……约翰，不，或者说未来的自己，没有向过去的自己说起过整件事的来龙去脉？或许是因为这些太难开口了吧，对于一个即将远去的孩子，除了让他去到未来亲身感受，他还能做些什么呢？

但……他又想起了自己那模糊的童年，闭塞的高墙，窗户那头一角窄窄的星空，还有白色建筑内部永远挥之不去的消毒水的气味。或许自己未必需要恪守命运的安排……或许这次我可以带他逃离那里，逃离被禁锢的命运，或许这一次……那个孩子可以和普通人一样生活。

这个信念好像在他的脑海深处播下了一粒种子，在他徘徊于痛苦的清醒和迷茫的昏迷之间时，是那个种子催动着他心脏的跳跃。我要活下去，去见蒂莫西，见到幼年的自己，然后带他逃离，离开这个既定的命运。

当他终于恢复对时间的完整概念时，已是第二年的夏末，银色的星云依旧在夜空中熠熠生辉。军部和组织上再也不能从他的脑子里榨出一点关于星云的情报，于是赫尔墨斯计划悄然落地，特工和间谍们四下出动，在全世界搜罗双脑的连体婴儿。而他也作为亲历者被招募进这个计划，正如他幼年时经历的一样。

约翰是在一间破旧旅社的厕所里遇见蒂莫西的，他当时半边身子溺在便池里，几乎要窒息。手脚乱蹬，哇哇大哭。他的母亲生下他后就把他抛弃在了这里，这个畸形的怪胎成了她避之不及的怪物。约翰蹲下来，仔细地端详着蒂莫西·赫尔墨斯，观察着他因窒息而通红的皮肤，犹豫了片刻，约翰把蒂莫西从便池里抱起，他已经下定了决心，不把这个孩子交到组织手中，他要带着他们离开这里，给他们自由的生活。

逃亡进行得出奇顺利，没有追捕也没有袭击，他们南下偷渡过边境上密布的岗哨和罗网，跋涉数千公里，终于在一个不知名的小城里落了脚。起初几天，约翰一直蹲伏在阳台上，警惕地眺望着远方的城市和荒野的边界，直到南国的酷暑把他逼回屋内。但这样的日子没持续多久，比被捕大得多的困难正一个个找上门来。

　　生活，艰难的生活。在他之前的记忆中，他从来只是蜷缩在闭室中，任凭其他人为他安排好一切，从生活起居，到未来规划。他从没有过独立生活的经验，特别是带着一个畸形的孩子在异国他乡生活。燥热的气候，婴儿的啼哭，外乡人疏远的神色，都让他几近崩溃。但他还是咬着牙一点点坚持，因为每次看到蒂莫西睡熟时安静的面庞，那颗无形的种子就推动着他的心脏不断搏动。

　　他在城里找了一份医生的工作，每天在吱呀的风扇声中接待一个个异国病人。他重新开始学习生活，换尿布、喂奶、哄孩子睡觉，和邻里交流，去菜市场上挑最便宜的蔬菜，那是他之前几十年的人生中从未有过的体验。

　　就在这里，约翰，或者说蒂莫西，真正开始认识生活的样貌，他握过几万双不同的手，扫视过几万张不同的面孔，市场上挑菜的老农、阳台上浇花的妇人、街角巡逻的巡警，还有街道上奔跑的孩子们。这个原先面容模糊的世界第一次在他眼中清晰起来。

　　几年后，蒂莫西终于学会了走路，当约翰傍晚回到家，看见蒂莫西在门前的地毯上颤颤巍巍地行走时，他的心雀跃得快要飞起来。由于没有做过手术，蒂莫西和他的兄弟赫尔墨斯一直苏醒在同一具躯体里面，在经过几年不见刀光剑影的交锋之后，大概是有一方败下阵来，一侧的大脑掌控了意识和身体的主导权，开始跌跌撞撞地重新学习一切。由于担心可能来临的搜捕，约翰不能时常把他带到外面，只能等到蒂莫西学会说话后，在深夜坐到他的床边，为他轻声诉说他刚刚学到和看到的一切，正如多年之前约翰坐在自己的床头安静地讲述那样。每到这时，蒂莫西就会睁开他黑色的大眼睛，电视机变幻的光影映在瞳孔上。

　　这种日子没能持续多久，他是在电视上看到这个消息的：政变、袭击和夺权。那幢白色的建筑出现在屏幕上，被炮火熏黑的表面如同巨人的骸骨缓缓坍塌，那幢囚禁了他上辈子的白色监牢霎时化为废墟。主持人冷漠地讲述着赫尔墨斯计划的最终破产，由于没能找到真正合适的双脑连体人，交流派在坚持了几年后，最终陷落于战争派的炮火下。联合国的穹顶之下，代表们按动上千个电钮，胜利的天平向战争那一方倾斜。再没有交流的可能了，那些人最终沦为文明的叛徒和反人类的罪犯，在战争的狂热中被送上绞首架。接下来只有指向星空的炮筒和发射塔。

　　这是他导致的，约翰对自己说，是他把人类唯一的希望从世界的腹地偷走了。但这一切对他公平吗？世界需要他牺牲自己来拯救吗？他望向蒂莫西，孩子正坐在地板上，翻看着一本旧书。

一股从未有过的羞愧和悲怆涌上心头，是啊，世界……是值得拯救的。他想起那些面孔，那些微笑着向他问好的面孔，他不想让他们由于自己的错误而永远离去。假如在他还是蒂莫西的时候，他本可以说自己和这个世界毫无瓜葛，但这时……他已经很好地生活在这里，无法抛弃了。

那就过好最后的日子吧，他想。他开始把蒂莫西带到外面，让他好好看看那些缤纷的风景，不在乎旁人的目光。他让蒂莫西和街上的孩子一起玩，他们高兴地接纳了他，带着跌跌撞撞的他从一个转角跑到另一个转角。

"你们不害怕他吗？"当蒂莫西气喘吁吁地跑回约翰身边，身后跟着一群嬉笑打闹的孩子们时，约翰蹲下身问他们。

为首的孩子拍了拍沾满尘土的衬衫，面露不解："他怎么啦？"

"我是指……"约翰趁蒂莫西不注意，轻轻敲了敲自己的脑袋。

"不过是脑袋大了一点嘛。"那个孩子做了个鬼脸，带着跌跌撞撞的蒂莫西向远处跑去。

夕阳阑珊，万物嘈杂，约翰脸颊一阵温热，他摸了摸，是泪水。

终焉的时刻终于来到了，当约翰在阳台抬起头时，晴朗的夜空中，那片银色的星云正在不断扩大，激光和爆炸的光芒在星云巍峨的体魄下不过是几星淡淡的荧光。它旋转着，扩散着，如天堂的穹顶一般覆盖了整个天空。世界明亮得如同白昼，在此刻的夜半球，数十亿人都抬起头，望着星云一点点吞没群星和月亮。

"稳态被破坏了。"新闻上的科学家绝望地说，"星云微妙的临界态被打破，奇点正在扩散，将稳定均质的时空结构一点点碾碎。"

约翰跌跌撞撞地跑到床上，把正在熟睡的蒂莫西抱在怀里。熟悉的感觉再次袭来，颜色、声音、气味都如同解离的颜料一般崩解脱落，整个世界一点点滑向不可理解的深渊。时空断裂，黑夜婆娑，借由仅存的一点意识，约翰紧紧地抱住蒂莫西，心脏在空无的胸腔里逐渐停歇。是否幼时的约翰也经历过这番愧疚和磨难，所以……即使千般不舍，他也想把幼年的自己作为祭品献给星云？此时他抬头，那个透明的影子如期而至，它踱步上前，紧紧地拥抱住他们，如同拥抱世界崩塌之前遗留的最后一个梦。

"你是……赫尔墨斯吗？"他轻声问，"之前在旷野上，我遇见过你。"

影子不言，约翰隐约感到他点了点头。

"为什么……你会在这里？"

"因为这也是我的降生。"他听见赫尔墨斯低语道，"我要守护我开始的故事。"

起初，世界空虚混沌，渊面黑暗，它运行在水面上。

它在空隙的内侧游动，维度和维度之间，时间和空间之间，正弦和余弦之间。坍缩的波函数无法给它塑形，飘荡的奇点无法给予它姓名，波纹一般扩散的风吹拂着它的低熵区，在星河和太虚间投下长长的背影。

那影子长久地在它身后驻足，远远望去如同银色的星云，那是时空断裂的标志。

但它并非无所依傍的魂灵，它顺着势能线的方向，在虚空中无尽地向下滑落，那是它诞生和终焉的方向。这是一场跨过宇宙无比漫长的巡礼，世界在它身旁如流沙一般飘过，即使是最稠密的氢原子也显得如此缥缈。

然后，势能的线条在空间中交叠，在它的世界里最低洼的谷底，一颗硬质的行星静静栖息在引力的网罗中，和它曾经经过的千亿颗星辰别无二致。但它知道，千亿年前或者千亿年后，它将从这里诞生，沿着势能场逆流而上，然后在此时归巢，涅槃重生。

它继续向深谷的底部游去，那里是未来的某个时刻它将要分娩而出的子宫。一个铁质的球形物体进入他的视野内，它静静地在行星的环绕轨道上飘浮，能量的光华降至最低。引力的触须透过金属的外壳，强大的潮汐力推行着它滑进这物体的内部。它调整引力场的姿态，将身体内侧的信息束缚在低熵场内，然后细细端详着他即将降生的子宫。

那是一个碳基的低熵体，脆弱的塑形场包裹着血肉，但和它几百亿年的印象不同的是，那低熵体身体的一端，有两个时空的断裂点，或者说两个意识的自旋体。它们彼此纠缠蠕动着，其中一个已经被稠密的能量和信息填满，另一个却空虚如胎儿形成前的子宫。无尽的势能线从这空虚的子宫中逸出，拓展到宇宙无尽的边缘。这便是它的起始和归宿。

它终于来到了属于自己的子宫中，它缥缈的引力场逐渐凝固，电磁力开始侵占弦与弦之间狭小的空隙，形塑着他亿万年随波逐流的身躯。它蜷缩起来，黑暗从脚边一波波涌来。它听见那些沉默的话语，印刻在岩石上的诗篇，还有诗篇尽头铅色的层云和鎏金的朝霞。

它呻吟着，胼胝体如同脐带将世界的记忆输入它的梦境，它看见自己转身走向日落时苍凉的荒原，一个男人站在背后看着自己默默消失在地平线的尽头。它看见自己抱着一个男孩奔跑过茂密的水泥丛林，世界和时间在他们背后分崩离析。

然后，他找到了自己的名字——"赫尔墨斯"，他低声念道。

大幕落下，永恒的夕阳之下，他的影子越拉越长，形成了两个记忆中异常熟悉的身影。一个身体佝偻、脑袋畸形地膨大的少年，和一个瘦弱苍白、脸上总挂着疲惫微笑的中年人。他们面面相觑，如同镜子里互相映衬的身影。

世界在他的眼中一闪而过，破碎的过去和未来在颅骨中交织。他看到大爆炸和大坍缩的壮丽云霞，也看见荒原上缥缈在黑暗内侧的寒夜孤灯，还有少年时在闭室之外一角银色的星空。

"当时……你的心情是怎样的？"蒂莫西望向约翰，低语道。

"我们已经试过很多次了，或许你现在还没有经历过。"约翰长叹一声，"我爱你，蒂莫西，你是我的孩子，也是我的过去。但我……也爱人类，爱这个世界，我不忍心看着它一点点走向毁灭。"

"那么你呢？"约翰转向赫尔墨斯，"你一直在我们身边，是吗？在内华达的荒野，在纽约的闹市……你是来保护我们的吗？"

"你们是我的过去，而我是你们的未来。"赫尔墨斯轻声说，"我是游弋在时空断裂之中的生灵，时间对我来说不过是平铺在世界上的画卷，那银色的星云是我游动的尾迹。我在这里出生，顺着时间的长河一路向上游行驶，但最终还是要回到这里死去，然后重生。赫尔墨斯计划是孵化我的子宫，而你们……是我诞生之前的卵。我所做的一切，不过是在保卫自己的子宫。"

"我是轮回的开启者，时间在你们这里打了一个结，把你们的生命连接成衔尾的蛇。在这段短短轮回的每一处，我都在场，在命运远离既定的轨道之时，我会出现在你们的梦中，尽力把世界修正成我诞生之时的样子。"

"当我生活在高墙之中时，我不爱这个世界，因为我和这个世界的交集转瞬即逝。我只在乎自己的命运，自己的悲喜和苦痛。"

"当我游弋在太虚中时，我也不爱这个世界，因为我的过去已经太过古老和渺小，而且种群的消亡不过是星河中每时每刻都在发生的故事。"

"那么，就由我来爱这个世界吧。"约翰说，他望向远方，眸子里盛满了晨昏之间的斜阳，"以父、子和灵的名义，因为我能理解你们的痛楚，也能理解人的痛楚。这样，我们才是有根系的，世界的转轴就会一直转动下去。"

"即使这需要我们的牺牲、儿子的牺牲、父亲的牺牲、灵的牺牲。"

他将手伸出，蒂莫西和赫尔墨斯伸手和他紧紧相握，第三次诞生降临了。

他把手指高高地举起，触摸着清晨的第一缕暖阳。他感受到羊水在自己的肺泡中沸腾，黏液和血水包裹着脆弱的身躯，寒冷的空气一刻不停地灌入气管。他哇的一声哭了出来。

"给他起个名字吧，博士。"

"就叫蒂莫西吧，蒂莫西·赫尔墨斯。"

他扭过头，约翰站在灯光的边缘，瘦削的面庞上露出笑意。他走上前，颤抖着接过了蒂莫西幼小的身躯，深深的眸子里微光闪烁。

"他会成功吗？博士。替我们真正理解星云的探测员？"

"不，他会比你们想象的伟大得多。"

约翰抬起头，无影灯的光晕中，掺杂着一星透明的影子，好像星辰在时间之海中川流不息。

天光

季宇泽

早已习惯的阴暗。

感受不到眼球的转动，连阴暗都不能完全感受得到。只依稀记得身后如猛兽般的压迫感排山倒海地涌入我的大脑、我的胸腔、我的胃肠，饥肠辘辘地撕扯着我的肌肉、血管。

微弱的光亮不痛不痒地射进我的眼球。虽微如萤火，我的意识还是逐渐明亮起来，但我的心却没有想跳动得更猛烈的冲动——我知道，那不过是虚拟增强目镜发出的微弱蓝光，它早已不能让我的肾上腺素再分泌一点。

不，不对。

那萤火突然增强了几万倍，几十万倍，甚至几千万倍！这就像一开始的寥寥几只小飞虫突然闯入一个几亿只飞虫组成的群聚会。不！比那还要夸张！沉闷的晕眩感充斥着我的全身，这大概是因为空气太过稀薄，还是我自己因一时惊讶而忘记了呼吸呢？猛烈的光像 X 射线一样毫不保留地穿透我的皮肉，直指双眼，我甚至能清楚地感受到它的与众不同：它有生命！它在跳动，它有温度，它主动地向我拥来，然后牢牢把我的身体握紧，就连那些龇牙的猛兽也都不见了，只有温和。

不知为何，我突然想起了卡司·李和那个熊熊燃烧的火球留下的细长烟迹。他最后看到的到底是什么呢？

感受着逐渐困难的呼吸和背部越来越微弱的推力，我睁开了眼。

它就在那儿，岿然不动，而我所有的执着、不解，连同着我曾经的信念，全都在那光亮中消逝了。

一

强雷暴云团看上去如同混凝土一样坚不可摧，又如随意变换着形状的浓厚乌云在翻滚，一直绵延到视野的尽头，不时还有紫光闪烁着，把战机底部照得通亮。我抬头看去，现在应该是夜晚，天空并不是很亮，还有点点"繁星"按照一个个六边形的顶角整齐地排列着，随意地点缀着天空。

可能是因为受这几天持续雷暴天气影响，云霭之上，紫光乍现，很轻松就盖过了头顶上"星星"的微光。雷现光闪之后，周围又立马变回一片阴暗，我推动握杆，下降了一点高度，那"星光"离我远去了一截，我继续驾驶着战机，在这阴暗广阔的天空中留下两条醒目的尾迹。

突然，远处一道白色撞来，眼中瞬间多出一条视网膜受刺激后留下的闪烁的残影。我抬手打开了头盔上的VVES（Visual Virtual Enhancement System，缩写为"VVES"，目视虚拟增强系统），一团冰冷的蓝光随即代替那白光包裹住我的眼睛，随后，所有有关战机的任何数据都通过全息投射到我的目镜上，顺便帮我减弱了那白光的强度，让我能够正常观察。

一道夹杂着些许橘黄色的白色光柱，从天边硬生生撕开一个可能足有十几个标准体育场大小的口子，从一片阴暗中如同神迹一般斜着直捣下方厚重的雷暴云，轰鸣声从那里不断传来。那是这片区域所剩不多的缺口了，同时也是最后几个仍需维修的区块。战机如鹰嘴般尖锐的机头继续向那里不断靠近，眼看那巨大明亮到令人生惧的光柱在视野中变大，心跳逐渐加快。但我知道，最多再过三个星期，R4区的缺口就可以被全部修复，到那时，我就可以离开现在的驻留基地，升入更高的近地轨道基地，那里是联盟的核心区域，聚集了联盟最顶尖的技术员和科学家。不久后，安迪的驻留任务也会结束，也将一同前往那里与我团聚。算起来，距离被分配驻留任务后，我们已有四年未见了，平时只能通过远程视频联系。

话说，安迪现在也应该无聊到在他负责的区域开着战机四处乱转吧。空域日常巡逻的任务完全可以交给无人机，驻站里实在太无趣了，没有同伴，只有一个人工智能每天对你说着一些生硬的话。没办法，可供防卫工作的战斗机飞行员的数量实在太少，每个区域基本上只会被调配一人驻守,而我和安迪分别负责 R4 区域和 R5 区域。

回想安迪在学院里那些让人笑掉大牙的糗事,我嘴角掩不住笑意,仿佛发生在昨天。那时,我、安迪和卡司·李……我的嘴角突然僵直了一下,无奈还是想到了他。我拉动握杆,飞机开始掉头,眼神躲避着那光柱,稍稍平复了下心情,把杂念摒除后,我轻轻呼出一口气:至少今天应该是平和的一天。

我没有猜错,战机上配备的所有的探测器都精确地向我反映着一切正常。"天光"所使用的老旧的第六代甚至第五代战机,要想在夜晚突破联盟无人机群和我的封锁,同时还要突破下方那绵延千里的强雷暴云团,进而攻击联盟的设施几乎是不可能的,今晚注定是平静的。

是时候该回去了。我加大功率,推背感逐渐爬上来,我扭过头,向身后那一根斜着的光柱一瞥,心里五味杂陈,那天也是这么一根斜着的光柱,那也是我第一次目睹太阳带来的毁灭。

李……

我从来没亲眼见过太阳,自出生起就没见过。

这并不奇怪,没有人会想着去看那么一颗巨大的、让人光是想起就会不寒而栗的恒星。事实上,从我古老的图像来看,我更愿意是因为体温过低而引发的肌肉战栗,那让我真实地感受到我还活着。正因如此,我百思不得其解,他们为什么要以武力的形式反抗联盟。

七岁时,我进入了联盟设置的科学学院,由一线隐退下来的工作人员负责教学,但因为在那个时代有经验的一线人员实在太过珍贵,大部分的教学任务还是交给了人工智能。那勉强显露出所谓感情的声音如同天上来往不绝的无人战机一样,永远按照规划好的固定航线,机械地发声。所以,对于老师来上的每一节课,我都印象深刻。

那时,我还太小,无法安装脑机接口,只能用笨拙的传统学习方法。但我清晰地记得,那一天老师在我面前打开了太阳系的全息星图,也记那相比于地球,那巨大到令人哑口的红色恒星。老师对我们说:"你们可以对它保持好奇,但今后无论做什么,都是为了远离它,而非向往它。"那时的我,已经对太阳有了一定的认知——在如今这个时代,太阳意味着毁灭。

再长大些,我安装了脑机接口,可以直接访问智库后,过去才在我眼前完整地拼凑出来。我在一次"天光"针对联盟一处地面设施的打击后的废墟中被发现,此后被联盟收养,那时我大概一岁,没有留下任何记忆,而那时已是后穹顶时代了。

后穹顶时代和穹顶时代相同,都是为了未来而拼尽全力的时代。而穹顶,就是一次不遗余力地放手一搏。

20世纪以来，由于人类无休止的索取与战争，地球环境日益恶化。起初，没有多少人在意这场灾难，联合国曾进行过一系列保护行动，当时确实有所成效，但挽回的速度又怎么比得上失去的速度呢？没有人知道，那些看似在变好的地球表面背后，其实是"回光返照"。

这段得到"改善"的缓冲期仅仅持续了不到二十年，地球环境就没有任何征兆地进入了突变期。夹杂着巨量射线的太阳辐射穿过飘移不定的臭氧层空洞覆盖了整个印度，杀死了人口第一大国近七成的农作物，引发了史上最严重的饥荒，同时使不计其数的人患上辐射病。首次出现的双风眼系统台风"骆驼"竟然连续绕过海岸，穿过了白令海峡，袭击了整个东西伯利亚地区。在太平洋上积累了近半年的能量几乎使东西伯利亚所有动物灭绝。开罗在夏季正午十二点时的气温竟在不到一周内直接降到冰点以下，急剧降温加上来自地中海的水汽使得当地积雪厚度一度达到十厘米。

接踵而至的极端反常现象终于让人们意识到，时日不多了。如同蚂蚁在遇到洪水时会抱团求生一样，认识到自己在天灾面前仍是蝼蚁的人类主动放下了种族之间的仇恨与隔阂，在全球人口因各类天灾急剧减少近五亿时，达成了历史上首次在各种意义上的统一战线。

2031年，"穹顶"计划首次亮相，计划在地球同步轨道及更高的轨道上建造一层球面状屏障，把整个地球包裹起来，球面的内外表面都设有镜面硅板，外层负责吸收、转化光能，内层则将储存的能量通过各光谱频段及其他形式直接向地球释放。每一块镜面硅板都可以独立控制，能够对地球上对应地区做到精细调控。由于释放的能量以热量为主，理论上可以影响宏观上的一切过程，所以可以控制的参数几乎是无限的。这样一来，地球虽然切断了与太阳的直接联系，但起隔绝作用的穹顶可以模仿太阳对地球这几十亿年来的影响，精确作用于地球表面。用更通俗的话来说，穹顶一旦建成，就成了一个过去科幻小说作家朝思暮想的超级天气控制系统，尽管控制天气只不过是它众多可能选择当中的一种能力。

全世界在抗击天灾的同时齐心协力，很快前沿技术开始爆炸式前进，预计需要至少八十年才能完成并投入使用的"穹顶"工程仅仅花费了五十八年便陆续全部调试完成，届时，世界已经千疮百孔，人口不足五十亿，穹顶之下陷入不亮不暗的低落状态也已十余年。那一天，全世界的人们都不约而同地仰望布满排列整齐、亮起灯光后如同繁星一般的穹顶硅板的天空，仰望着早已看不见的闪亮恒星，仰望着已十几年未见，今后也可能永远见不到的那道天光。2090年，穹顶时代开始的五十九年后，"穹顶"系统全面运行。从地面看，全球人工昼夜正式同步，恢复正常；从银河系中看，一颗蓝色的星球消失不见，取而代之的是一个一面亮一面暗的灰色星球，如一粒尘土一样无声地飘浮着。

二

穹顶建成后，人类成功地控制了全球近百分之八十的天气，借此来逐渐改善崩溃无常的气候。最初的几年依然很难熬，全球环境支离破碎，有些曾经繁华的地区已完全转变成无人区，想要短时间内改善是根本不可能的。好在人类的力量没有白费，几乎掏空了整个人类文明，跨科技建造的穹顶没有让人失望，环境逐渐开始好转，多项数值慢慢恢复到了21世纪中期的水平，许多不宜生存的地区也开始有人类迁入，虽然速度缓慢，但穹顶点燃了人类的信心。那时，人们相信，总有一天，待到地球恢复之际，便是卸下穹顶，阳光再次普照大地的日子。

然而，太阳亲自打破了人们的美好幻想。

2109年的一天，欧洲还沉浸在睡梦中，穹顶尽职尽责地在三万七千公里的高度守护着地球。凌晨二时，穹顶外侧的传感器以及相关太空设备全部失灵，失去联系，紧接着东半球欧洲上空的穹顶全部短路，部分地区的反射板异常开启，光照达到了正常日照的三倍，大半个欧洲黑夜亮如白昼。半个小时后，部分穹顶开始解体，并向地球坠落，橙红色的光犹如洪水一般从缺口处挤入，迫不及待地撞向大地。

一旦出现一个缺口，失去相互之间支架作用的穹顶会出现连锁反应，不断解体，铺满诡异红光的天空不断有碎片落下，有些在与大气层的摩擦中就消失了，化作数不尽的火花，有些则拖着长长的火光，划过猩红的天空，落入旷野和城市，一切犹如世界末日，到处是毁灭和死亡。

欧洲仅仅是个起点，同一时间，整个半球上方的穹顶几乎都受到了重创，一时间，猩红盖满了天空。那一晚，人口减少了近亿，但这还没有结束。两天后，联合国宣布了灾难的起因：距地球一亿千米外的太阳在没有任何明显征兆的情况下，爆发了一次剧烈的日冕物质喷射和超级磁暴，而地球首当其冲正处在喷射的轨迹上。在之后的一个月里，太阳依旧在向地球方向喷射聚变带来的巨大能量和辐射，三个月内，全球人口减少了近三分之一。此次灾难导致全球百分之七十五的穹顶系统损毁，剩下的穹顶艰难地为人类抵挡着来自太空和太阳的辐射，而没有穹顶保护的区域里，超一半的地区辐射量超标不宜居住，且人类太空力量几乎全部覆灭，所以穹顶很长一段时间内无法维修。

雪上加霜的是，自太阳异常爆发后，太阳一直处于不稳定的状态，持续向四周释放热核辐射及人类无法承受的能量。能量辐射之恐怖，能让一架直接接触在太阳光中的飞机在一分钟内解体，地面上更是连植物都无法存活。地球环境在半年内转变得比穹顶时代前还要差。不甘放弃的联合国向已经支离破碎的人类社会宣布将进入后穹顶时代，同时集结全球科技力量维修穹顶，同时建造恒星际飞船移民人类作为后备计划。

人类又在地下和废墟中艰难维持了十几年的和平，在这期间，穹顶恢复了百分之二。太阳依然持续向地球释放能足以杀死人类的射线，有些人再也坐不住了，逐渐分成了两个派别：联盟派和天光派。联盟派集结了全球科技领域的精英，意图用科技拯救人类，将联合国的信念坚持下去，一直居住在近地轨道附近尽力维修穹顶。而天光派则一直住在地面上，传播人类责任论，认为这一切都是人类的错，只有诚心接受错误，将太阳光请到地面上让人类全身心地接受自然，才能度过危机。其中的极端分子甚至尝试用各种手段摧毁穹顶，让太阳光抵达地球表面。

至此，曾经代表着希望的太阳成了恶魔，人类史无前例的团结再一次终结，两个派别展开了激烈的对抗，而我隶属于联盟现役R4区的指挥官及战斗机飞行员，职责是阻止天光派任何有关阻碍修复穹顶的行为。

"监测到附近存在大量闪电云团，是否还要开启自动巡航？"

"确认。"

"自动巡航已开启，您可随时手动解除，请留意机动过载。"

我松开握杆，双眼微闭，静静等待着返回基地。我的视野里一片昏暗，可我却总觉得有一道被禁锢的光，在那阴暗深处使劲撞着它身上那困着它的桎梏，每一次都仿佛要冲出来，化作无数永不停止的光子，将所经之处的一切都撞碎、撕裂。过去的一切突然苏醒过来，我犹豫着，在黑暗中徘徊。不知过了多久，一道金色的光亮冲入包围我的黑暗，我惊恐万分，拼命往阴暗处钻。从此，光亮代表着死亡，光亮代表着失去，我所做的一切，都是为了远离它。

"无人机检测到不明飞行物闯入你所在的管制空域。重复，无人机检测到不明飞行物闯入你所在的管制空域。"

突然出现的人工智能冰冷的声音把我从失神中拽出，我闭上眼，长长地呼了一口气，把回忆暂时埋藏起来，之后我打开了头盔上的屏幕，有关不明飞行物的数据立刻在我眼前显示出来。在R4区和R5区的交界地带，有五个被标记的红点正在快速移动，另外红点的中间还有一个表明是友军的蓝点，看着像是在缠斗中。我心头一紧，只有一个友军说明不可能是电脑操控的无人机群，只可能是驾驶员驾驶的载人战机，而能出现在这两片区域的驾驶员，除了我，就只可能是安迪。

"交敌！交敌！请求与友军接入通信并即刻派遣无人机群，快！"我一边大声指示系统联系安迪，一边立刻机动，全速飞向交战区，突然加大的过载让我的神志一下清醒过来。

通信很快接通了，果不其然，耳机里传来的正是熟悉的安迪的声音。

"什么啊，还是吵到你了？"安迪听起来漫不经心地说道，但我很明显听出他的声音里有一丝勉强。

"别犟了，你那儿情况怎么样？是'天光'？"

"嗯，小问题，要不是被他们偷袭了，我还不至于被追到你这儿。没事，我马上解决了。"安迪的声音相比以往多了一些沉闷，凭我这么多年对他的了解，我知道他那儿的情况绝不可能这么简单。五名敌人早已在显示器上标记出来，离交战区还有一百公里。由于我只是驾机出来遛遛而已，舱内只挂载了四枚弹体，如果真要面对能把安迪逼到如此境地的敌人，绝不能一次就把导弹发射一空。

现在无人机群和载人战机都采用了模块化战斗模式，机体内可以携带不同种类的弹头，负责推进弹头的弹体则是完全独立的。进行攻击时，只要还载有弹体，就可以随意装载任何一种弹头，从而解决不同的特种作战需求，无须像传统方式一样必须在起飞前装载好指定的特种导弹。头盔显示的图像中，五个红点和一个蓝点激烈地盘旋着，缠绕着，难解难分。我立刻为两枚弹体安装上子母弹头，对着头盔显示着的目标按下了发射按钮。

"安迪注意，我已发射两枚子母分离导弹，注意不要误伤，我预计还有两分钟到达战场。"

四十多秒后，率先抵达的两枚导弹一瞬间分离成了十四枚独立弹头，向五名目标分别冲去。还有半分钟到达，紫色的闪光不断在下方爆开，我瞥了一眼，雷达上五名目标变成了四个。我驾驶战机继续向安迪靠拢，很快就看见了空中散落着的尾迹，我推动握杆，开始下降高度，如同一支利箭冲出浓厚的云层，下方宽阔的战场尽收眼底。安迪驾驶的和我一样的战机，尾部拖着轻微的灰烟，在四架F-45的追击下躲闪着，同时还要躲避敌方完全依靠数量优势的小型导弹。我注意到，安迪的战机双翼已经受损，垂尾无法打开，战机在近空格斗中的平衡性已经大打折扣。

情况危急，我立刻再次装上一枚子母导弹头，从后方开始对敌机展开攻击。按动发射按钮后，敌机紧接着也开始机动躲避，我选中其中一架，从后面咬紧打算用激光机炮把他击落。即使屏幕里没有传来任何导弹成功击落敌军的反馈，我依旧跟在前面那一架灰色的F-45后面穷追不舍，给安迪争取更多的逃脱机会。我的战机机动能力更强，所以轻而易举就锁定了前方的目标，正当我要按下攻击时，VEG里突然显示我已被多个目标锁定。我惊出一身冷汗，立刻放弃攻击，机动脱离。即便是最先进的战机，也不可能抵挡导弹的直接打击。雷达上，三个目标竟全部放弃了追击安迪，同步将目标转向了我，并且死死咬住了我，这完全不像是"天光"的水平。许久没有投入高强度的作战当中了，我本以为有了技术的压制，"天光"的进攻根本不算什么，可这次完全超出了我的判断。他们不仅成功偷袭了安迪，将他逼入其他区域，还在遇袭的第一时间调整战术，立刻开始针对我展开反击。我们在升级，他们也在，而我却浑然不知。现在我极有可能因为自大而难以逃脱。

无人机群还有五分钟才能抵达战场，安迪失去了踪影，现在只能靠我自己了。我把马力开到最大，在敌人密集的包围下奋力躲避，过载的重量压在我的肋骨上让我动弹不得，牙齿像要被我咬碎一样，脸也应该已经变形，但同时，一个迫不得已的计划也在我脑海中浮现。终于，依靠更强的性能，我从包围中撕开一道口子，并拉开了距离，开始爬升。但身后的敌人似乎并不想放过我，依旧紧追不舍，但这正合我意。拉开距离后，敌人逐渐彼此靠近，聚集进同一个区域。

"再近一点，再近一点啊！"我看着身后的红点大喊着。

战机近乎垂直着飞速爬升，耳边再次响起被锁定的提示音，而他们也更加靠近，渐渐聚在一个圆圈的范围内，而我就在等待着这一刻。敌方导弹出仓的一瞬间，我猛地拉动握杆，同时调动发动机，让喷口的方向调转了一百八十度，飞机四周的微调喷口也同步工作，巨大的冲力瞬间砸在我的身上，两眼一黑，视野中只剩下了一片小小的区域，胸口像中枪一样被震得生疼。机动带来的影响几乎让我晕厥过去，结果则是战机在保证原飞行准线的基础上完成了一百八十度的转向，而且还没有失速。此时，敌方数枚导弹已经点火，而我也已经准备好了反击，强行抑制住过载带来的不适，我对着敌机机群发射出了最后一枚导弹。虽然机头对准的是敌机机群，但速度依然是机尾的方向，所以以导弹朝飞行方向相反方向发射后，实际上先是做减速运动，从地面上看，导弹会慢慢上升，接着诡异地停在空中，然后再向下俯冲。这样，导弹便从追逐敌人转变为冲向敌人。

在推动器和重力的作用下，我的最后一颗导弹逐渐靠近分散着向我飞速袭来的敌方发射的数枚导弹和敌机。两秒后，弹头爆炸，分撒出数十个独立弹头碎片，然后再次爆炸，分撒出几百个更小的弹头。在反推力的驱动下，弹头以高速径直冲向来袭的导弹和敌机，一瞬间就形成了一个密不透风的弹幕。导弹群在接触到弹幕的一刹那便被摧毁，殉爆又将剩下的导弹全部解决。紧接着，完全不知道发生了什么的敌机机群撞上了剩下的弹头，立刻化作一个个四分五裂的火球，在空中炸裂开来。我全速开动反向一百八十度的发动机喷口，远离了爆炸的范围，绷紧的安全带几乎要嵌入不得已前倾的身子。

"无人机群已抵达。"

视野有些变得模糊,胸前也闷痛无比,听到增援抵达的消息,我咬牙呼出一口气。终于结束了,该去找安迪了,我闭上眼,呼叫着安迪。

无人回应。

我再次呼叫,依然没有回音。我心里一震,急忙打开雷达,顿时,大脑瞬间一片空白,不敢相信自己的双眼。雷达上显示安迪的战机高度在一千米左右,还在急剧下降,而空中竟还有一架红色的敌机正远离战场。

为什么?是我没注意到吗?他们什么时候分头的?为什么连身后有多少敌人,敌人的动作是什么,这种低级的事情都没注意到?不,现在不是想这个的时候!我用尽全身力气拉动摇杆,战机轻松地从倒退的状态变换为前进,并开始俯冲,但过载瞬间就把我的意识从身体里抽走,双眼像消失了一样,眼前一片漆黑。但我知道,即便如此我还是要去,不能只剩下我一个人。

恍惚中,一道从天而降的烟迹贯穿天地,把我没入无尽的回忆中。

三

这是一种来自内心的感受,恐惧?抑或是抵触?我没法具体描述这是一种什么感觉,曾有一段时间,我深受其害,安迪也一样,只是症状比我轻一些。我现在已经学会了怎么去控制它,但还是不愿真正面对它。自从那个火球在我的视网膜上拉出一道长长的烟迹后,这道光就像一颗钉子一样,从此牢牢钉在了我心里。

我还在接受飞行员培训时,有两个最好的朋友:安迪和卡司·李,我们之间几乎无话不谈。孤儿出身,在末世中缺少父母关心的我,更是把他俩认作我这一生都不会离弃和值得信任的伙伴,他们当然也像我对待他们一样,平等地对待我。我们几乎就像对方一样了解对方,根本没有什么能够打破我们之间的纽带。但意外很快发生了。

那时我们都还是学员,平时训练开的都是老一代的战机,和一线作战用的战机之间有着不可跨越的差距。在能实际体验到一线战机前的一个晚上,卡司·李突然提议去机库里偷三架出来在上手开练前先爽一下,说是训练时限制太多,训练前先要熟悉一下战机的能力。其实我们都知道他是手痒了,我和安迪也一样。新一代战机的机动性能实在太惊人了,那时仍年轻的我们都已对过载和失重时肾上腺素的疯狂飙升上了瘾,任谁都无法抵挡住这样的诱惑。

事情很顺利，我们仨很快坐在了科技感十足的座舱里，在某一片不知名的旷野上空，一次又一次地体验着失重和超重，肆意地飞行，如同地球危机前仍存活着的雄鹰一般自在，威风。那天天很暗，几乎没什么云，穹顶在我们头顶上闪烁着微亮的光，我们丝毫不在乎自己是否会被处分，将与基地的通信完全断开，朝着更高更远的地方驶去。正当我们在空中肆无忌惮继续乱窜时，卡司激动的声音从对讲中传出。

"看！那是什么？东北方向！"

我转头看去，东北方向的视野尽头有几缕破碎的云，那云的后方像是有一团火焰，将云的轮廓尽数照亮，形成一条金色的花边。那与穹顶发出的人造光源完全不同，它的颜色更加鲜艳、明亮，好像马上要跳动起来一样，从远处看去，那云的上方还好似有一道光路，让人不禁联想到神迹的出现。

"那是哪儿来的光？这是第几区？"

"管他呢！你不想去看一看那后面到底是什么吗？"卡司兴奋地叫道，还没等我们反应过来，卡司的机头一扭，径直飞向那远方。我们连续呼叫了几次都没能打消他继续前进的念头，也没多想，只好跟在他后面一同前往。那神秘的镶着光边的云离我们越来越近，周围也都是陌生的环境，头顶有一朵巨大的白云遮住了天空。这时，卡司又一次加快了速度，我和安迪明显追不上了。

"李！慢点！"

"你们也太慢了！万一和敌人进行近空格斗，用这种战斗机这么飞不是一手好牌打得稀烂吗！跟上！跟上！"

"慢点！我们还不清楚那到底是什么！"

卡司的战机驶出白云，依然没有减速。那白云背后的那道光路已经清晰可见，好像是从东北方向的斜上方射来的。不知怎的，我内心突然升起一阵不安，总感觉要出什么乱子。这时，飞机警报突然响起，头盔的目视虚拟增强镜显示联盟已发现我们违规使用战机，且已经派遣无人机群将我们强制带回，正责令我们立刻返航。我和安迪一下慌了神，内心有些动摇了："李，基地那边发现我们了，早点回去兴许能少受点罚。返航吧，无人机在路上了。"

卡司并没有回复我们，继续执着地朝着神秘的光源飞去，没有要停下的意思。我握着握杆，犹豫着接下来该怎么做，这时，雷达上标出了拦截我们的无人机的路线。只一眼，我的眼睛便被牢牢钉在了雷达图标上，上面清晰地标明了我们所在的区域——I2区。一瞬间，我明白了那光源是从何而来的了，因为I2区有百分之六十的穹顶仍旧处于缺损状态，导致该区域有大面积的土地都直接暴露在太阳的辐射里。

"卡司！别去！那是……"我和安迪同时在通讯中怒吼道，看来他也发现了李正在飞向致命禁区。

但已经来不及了。卡司已然飞到了那片云的正下方，强烈的辐射干扰使得我们之间的通信断断续续，卡司依然向着死亡禁区不断靠近。安迪和我都将战机的马力开到最大，试图通过缩短距离来弥补通信的缺陷，但直到我们接近云层的边缘，卡司都没再回过话，我们不得已只好紧急机动掉头。在我们成功调转方向的同时，雷达上显示东北方向出现了一个不明物体，大小和战机差不多大，我瞬间明白了怎么回事。强忍着心里抑制不住的情绪，我转头望去。

云层上方的那束光柱中，一架战机化作一团火球，如同流星一样划过明亮的天空，它就这样自由地向下俯冲着，黑烟连成一条细线，划开一道细长的口子。而他，就这样消逝在那明亮的光中，再也回不来了。

慢慢睁开眼睛，飞机还在俯冲，雷达上的红点早已消失不见，只剩下一个孤零零的蓝点停在某处。我应该因为过载昏迷了几秒，不能晕过去了，我必须把安迪平安带回去！我集中精神，开始向蓝点驶去。我们的战机在紧急情况时有人工智能参与操控，其中一种情况便是失控坠机，可以保证飞行员安全着陆，所以虽然安迪已经坠机，我必须赶在安迪撞击地面前把他安全地带回来。

我很快沿着他坠机的那道烟迹抵达了四周一片焦黄的坠机点，这时，雷达上传来数十个不明目标，我向下看去，大声咒骂了一声。他们已经先到了。一片废墟中，他们抬着安迪正在快速移动，我压制不住心中的怒火，开启激光机炮将他们周围的地表全部扫射了一遍，顿时消灭了十几个目标。紧接着，我将喷口朝下，悬停在空中朝着他们发了疯似的喊话。

"放开他！否则我杀了你们所有人！不要试图反抗！"

巨大的气流几乎将靠得近的几人掀翻，我开启了自动悬停警戒模式，抓起一把手枪跳下了机舱。极低的气温使我的体温极具下降，我的动作都变得僵硬起来，但依旧举着枪。原本架着安迪的几人见此情形，倒也没有反抗，乖乖把昏迷的安迪放在地上，退到了远处。我紧张地举起枪对准我能看到的每一个人，嘴里不停地大声警告着让他们不要轻举妄动，一边慢慢走近安迪。这些没有几分人样，如同流浪汉一样的天光反抗军用一种饿狼般的眼神看着我，有几人还在高喊着太阳。我一边大喊着"闭嘴"，一边用枪指着他们。我知道，如果他们真的一拥而上，战机可能会保护我们，但也有可能会误伤我们，但我必须救安迪。

我终于来到安迪身边，将他背上身。战机在我身后稳稳停下，我赶忙冲向机舱，吃力地把安迪安置在后座，自己坐在前座准备紧急起飞。当我戴上头盔的前一刻，我瞟到旁边废墟中，有一个奇怪的男人，他的眼神似乎认识我一样，有一种说不出的感觉，像是有些期待。我不敢多做停留，赶紧带着安迪离开了。

回到基地，安迪依然处于昏迷状态，我将他送进全智能的医疗室，确保他已经脱离危险后，我回到控制室，生气地向指挥部询问到底发生了什么，为什么安迪驾驶着领先他们一代的战机会遭受如此重创，可却没得到任何回应，只有人工智能冰冷的回答。

怒火冲上大脑，我怒吼着要人工智能联系近地轨道的指挥部，可得到的消息依然是：正忙于善后处理，暂时待命。我这才想起，距离上一次直接向指挥部报告已经是几个月前的事了。每一次人工智能都能找到一个恰当的理由回避我的请求，这次出了这么大的事，指挥部竟也没有主动联系我们，像是消失了一样。而这几个月一直风平浪静，这次的突然攻击显然是早有预谋，直觉告诉我这里面肯定有问题。我一遍又一遍地呼叫指挥部，依旧没有回应，我从五千米高的基地舷窗向外看去，平时让我感到安心的窗外的阴暗，此时却让我感到心里一阵发毛。

基地里的无人机已经全部出动加强了巡逻，指挥部那里还是没有任何回复。我看着仍在昏迷中的安迪，也只好继续等下去。

四

第二天，安迪总算醒过来了。经检查，他只是有些中度脑震荡，其他没什么大碍。他一醒过来，看见在床边的我，仍有些恍惚。我激动地询问他还有什么不舒服，但他却好似有些蒙，神情呆滞地看着我。不论我再怎么问他，他都不再说一句话。我有些不解，从前安迪可是我们三个人当中的话痨，除了那次李的意外之外，他好像从未一言不发过。好一会儿，他才抬起僵直的脸终于开口道："我想看看外面。"

我带着他走到外面，五千米的高空氧气已有些不足，我们戴着面罩，但我还是能清晰地看清安迪的表情。他站在那儿，两眼被四周的乌云和阴暗填满，漆黑的瞳孔中映射出一种我从来没见过的东西。他迷茫地从近处望向远处，再从远处收回目光，一言不发，表情显露出从未有过的困惑。

我不由得有些担心，为什么安迪突然像变了个人一样："怎么了？"

安迪没有回头，他遥望着远方天空，天边好似有一道光边镶在云层上空。他缓缓抛出一句话，让我瞬间呆在原地，一时噤了声。

"你还记得李出事那天，我们偷偷出去发生了什么吗？"

我看向他，说不出一个字，回忆涌上全身每一个细胞。一道天光冲下天幕，从穹顶的圆形缺口射出一道笔直的光路，如山一般压上李驾驶的战机。随后，一个火球倾斜着划过一半光亮一半阴暗的天空，留下一道永远也抹不去的尾迹……

"我们都忘了。"安迪冷冷地说道，呼吸变得急促起来。

"怎么可能？"我打趣着反驳到。

他用一种我完全没见过的眼神看着我，其中溢着悲伤、惊讶，但他又是那么冷静。我不敢说出来，他的眼里少了平时该有的生气，突然转变的态度和神情如同一个失去信仰的教徒。

"我们都忘了。杨，我们都忘了。李献出了他的生命，而我们却连他是为了什么而失去生命的都不知道。我们一辈子都会活在他的阴影里，活在谎言里。"安迪眼中泛起点点泪光，但眼中却显露出一种新的坚定，越发坚不可摧。

"你，你脑袋受伤了，有点迷糊也正常，我带你……"

"我很清醒。杨，我都看到了。"

我直视着他的双眼，一时不知该怎么办，也不明白他到底在说些什么。这时，警报再次响起，人工智能立刻汇报了情况：安迪不在后，"天光"对R5区再次展开了进攻，敌军数量足有十几架，地面部队也开始炮击R5区的设施。无人机群没有安迪的授权无法全部出动，穹顶正受到前所未有的威胁。

"该死！我去迎战！安迪，你留在这里远程开启R5区的无人机群，等我回来。"我不敢多做停留，抓起装备就向停机坪冲去。冲进机舱的前一秒，安迪大喊着叫住了我，把他头盔里的记忆存储芯片递给我："里面有和他们上次作战的记忆数据，他们这次变得比以前棘手多了，带着有用。"我把芯片接到手里的时候，看见安迪的漆黑的瞳孔中突兀地反射着灯光的残影，充满着颤抖的犹豫。

我驾机随着无人机群急速赶往R5区，轰隆的炮火声从远处传来，犹如滚滚的雷声。很快，前方天空变得一片狼藉，无人机群在空中混乱地交叉，射击，到处是爆炸的火光，天上的穹顶已经残破不堪，遍布漏洞，不断有新的穹顶碎片落下，好在太阳还没有完全升起，缺口处灰色的天空只是有些微弱的亮光。

我很快投入了战斗，这次敌人都统一换上了更先进的装备，比以往更加难缠，但面对成群的无人机依然占不了多少便宜，倒像是孤注一掷。有了安迪给我的记忆存储芯片，我在友军的掩护下连续击落了三架敌方战机，敌人逐渐陷入了劣势。但他们依然不依不饶地向穹顶进攻着，好像这是他们唯一的机会了。

正当我以为这场战斗胜券在握，不久就要结束时，原本在R5区不断战斗的无人机突然像失去了控制一样，毫无征兆地都从空中掉落了下去，有一架差点撞上我的机翼。我不解地看向周围发生的一切，一边慌乱地躲避着，敌人反而好像一点都不惊讶，继续拼了命地向穹顶发起进攻。

太阳逐渐升起，而头顶上的缺口越来越大，细碎的零件和残骸在四周混乱地飘飞着。留给我的时间不多了。而奇怪的是，即便损失已经如此惨重，指挥部依旧没有发出任何指令，仿佛我和安迪都被抛弃了，从始至终只有我们两人一样。现在只剩下我一个人能够战斗，我紧紧咬在一架敌机的身后，不断拉近距离，正当我要将其击落时，一个飞影从下方突然闯入我的视野，在我和敌机之间不到五十米的间距中穿过，一下扰乱了我的进攻。我只好紧急机动，避开突然出现的威胁。待我稳住飞行姿态后，惊讶地发现：飞影竟是和我驾驶同样型号的战机，头盔中一个熟悉的声音传入耳中。

"够了杨，他们不是我们的敌人！"

我看向头顶上盘旋的战机，竟是安迪在驾驶着它。这时，一道冰冷的人工智能提示音响起："警告！系统正在被入侵！警告！系统正在被入侵！"

突如其来，接二连三的变故让我一时慌了神，但我很快意识到发生这一切的原因，我摸向头盔，里面装载着安迪给我的芯片。

"是芯片？为什么？！"我喊道，周围的碎片依旧不停地掉落着，缺口边缘处的光亮越来越明显，死亡与毁灭如影随形。

"因为他们不是我们的敌人！我们一直活在一个骗局里！我想清楚了，联盟才是我们应该对付的敌人。"

"你在胡说些什么！他们可是要炸毁穹顶啊，一旦让他们得逞，所有人都会死！你不会相信他们的什么信仰吧？"

"在你来接走我之前，他们给我看了。我只相信生命的本能，那就是向生的力量。"

眼前的VEG里红色的警告铺天盖地，系统即将崩溃。

"你关闭了那些无人机，现在又要关闭我的系统？你所谓的向生就是杀了我？！"

"不，我会让你看到真相，我会让你看到李真正所希望的。"

下一秒，系统被攻克，VEG被关闭，同时头盔自动连接了我的脑机接口，数据流如洪水一般涌入大脑……

周围一片漆黑。

"看！那是什么？"

熟悉的声音响起，我的视野逐渐清晰起来。我尝试着移动，却是徒劳，我的视线不自主地转向另一边，那个声音再度响起。

"东北方向！"

我明白了，这是记忆单元，可以存储除感受之外的记忆，每个头盔里都有这样一个存储芯片，可以记录驾驶员的记忆。而我，现在正在读取卡司·李的记忆单元。李推动摇杆，战机不断加速，向着前方那片神秘光源飞去。

"别去！李！"我大喊着，却发不出任何声音。

"管他呢！你不想去看一看到底那后面是什么吗？"卡司兴奋地叫道。我的视角随着卡司的眼睛移动着，他像着了魔一样死死盯着远方那片神秘光源。暖黄色的光从空中挥洒下来，震起一片宛如仙气的雾霭，它犹如生命一般流动着，张扬着。

"卡司！别去！那是……"我的声音猛地响起。

卡司没有理会，他已经深入那光柱之中，柔和的光线铺满银色的战机表面，犹如一件轻纱为棱角分明、显得格格不入的战机温柔地护航。意外没有发生，反倒是一片美好。卡司回过头，正要大喊之际，一束比战机还粗的激光束从上方贯穿了战机，顿时，所有系统全部崩溃。燃油外泄，机体燃起大火，开始自由落体。卡司眼中的一切都在剧烈摇晃着，鲜血从嘴中喷出，黑暗开始爬上眼眶。

等到记忆再次恢复，卡司已经身处地表。他被"天光"救下，但经过强激光穿透人体组织后，他已无存活的可能。临死前，他曾试图全力反抗，直到他冲出他以为囚禁他的小屋，看到了这样一幕：一片在阳光中有些泛黄，却生机勃勃的菜地。

他转头看向四周，阳光透过未修复的穹顶直直打在贫瘠的土地上，每个人都沐浴在阳光之下，享受着难得的惬意，他们看着濒死的卡司，就像看着一只猴子滑稽地躲避着阳光。最后，卡司仰面倒在地上，眼中是刺眼却又温暖的光点，那个远在一亿千米外的光点。

光明仅持续几分钟，黑暗又爬了上来，淹没了我。

五

我慢慢睁开眼，目镜里红色的警告已经消失不见，有蓝色标记的无人机正朝这里赶来，攻击目标为穹顶。

我惊魂未定地望向舱外，安迪正和我并肩齐飞。

"那个芯片……是他们给你的？"我大口喘着气问道。

"我在昏迷的时候，脑机接口一直连着。我看了无数遍那段记忆，无数遍。"安迪的声音变得沙哑，无力，"虽然我无法直接体会他的感受。但是，那种绝望、那种无力，我，我……"

我竭力让自己睁着眼，因为一闭上眼，那个光点就会出现，然后停留在我视网膜上挥之不去。

"我不知道当时到底发生了什么，但激光束只有联盟有，是他们杀了李，他们才是凶手。"

我沉默不语，这确实是事实，记忆单元是这个世界最不可能伪造的东西，它的真实性毋庸置疑。

"实话说，我早就厌倦了这样的生活，每天都做着同样的事，和该死的冷冰冰的人工智能有什么区别？！"安迪怒吼着发泄情绪。"他们早就丢下我们不管了，不是吗？指挥部和你上一次直接联系是在多久以前？"

见我不语，安迪继续劝说道："不管联盟对错与否，他们骗了我们，最重要的是他们杀了李，不管是间接性的还是直接的。就凭这一点，我就要把他们让我们一直保护的穹顶给炸了，你来不来？"

我有些支支吾吾："可是，太阳……"

"哼，你还信那套是吗？你都看见了不是吗？太阳是他们最大的骗局！他们用太阳把我们兄弟分开，他们用太阳当作借口杀了李，他们用太阳把我们禁锢在下面，自己在上面悠闲自在！"

"我，不知道……"犹豫不决中，我看到屏幕上显示我的系统正在被远程夺回。

"没关系，你要不想来，我一个人也可以。你要想让李的死有价值的话，就不要来阻止我。"说罢，安迪驾驶战机开始爬升。与此同时，我的系统被远程夺回了控制权。指挥部的命令随之传来。

"上校，我很抱歉今天发生的一切，但时间不多了，你必须做出选择。现在这片区域的反抗军都一致开始了反攻，正在对穹顶发动攻击。从现在起任务更新，穹顶不再是你保护的对象。太阳确实已经恢复正常状态，现在人类联盟里残留的精英人士已经造出了恒星际飞船，计划前往别的星球延续人类文明。现在你有两个选择：一，留下来，可在如今的地球上生存概率几乎为零；二，我们的一艘飞船就在你所处区域的穹顶上方，还在启动中，而安迪正在飞速向我们冲来。我们需要你开启战机的航天模式，飞上大气层为我们护航，随后跟随我们离开太阳系。杨上校，我们需要你这样的飞行员。好好做出选择吧。"

我抬头看向天空，黄色的光已经铺满头顶上的整片云层，温和而静谧。

"安迪上校，如果你执意摧毁穹顶，我们没有意见，但请给联盟多留一个延续人类文明的机会。"

"去你的！"安迪大声咒骂道，"你们掩盖、欺骗我们李的死因时，就注定了你们不可能成功。即使你们真的抵达了新的星球，延续的也不再是人类的文明了。因为你们再也感受不到太阳的温度与光亮,你们的世界里将暗无天光!"安迪飞速爬升,数枚导弹从机舱下方射出,笔直地飞向穹顶。

紧接着,一声警告响起。

安迪向后方看去,杨上校把发动机功率开到最大,正在爬升,导弹已经将安迪的战机锁定。与此同时,联盟正在远程骇入安迪的战机。一枚导弹从后方高速袭来,上方的联盟也已做好拦截准备,一切似乎马上就要走到失败的尽头。可安迪依旧没有躲避,坚定地朝着上方不断爬升,似乎那即将冲破束缚的光亮就是他最后的归宿。

杨发射的导弹还有五秒击中自己,安迪安静地闭上眼,坦然地接受着一切。

爆炸并未发生,安迪缓缓睁开眼,一条尾迹从身旁划过。用三根弹体推进加速的导弹越过他,再超越他发射的导弹后,径直冲向上方的穹顶,那里,联盟发射的拦截弹药正飞速袭来。突然,导弹的弹头猛地爆炸,分散成数十个独立弹头碎片,然后再次爆炸,分散出几百个更小的弹头,正是杨在前一场空战中使用的弹头!密不透风的弹幕轻松将联盟拦截的弹药尽数摧毁,安迪发射的导弹因此得以通过,继续飞向更高的太空。

杨依旧在全力爬升,巨大的过载让他呼吸极度困难,眼睛也看不清东西了,但他依然没有放弃,就和安迪一样。联盟终于骇入了安迪的战机,它就如一只断了翅膀的雄鹰失去了动力,逐渐向下坠落。杨超过了失去控制的安迪,还是没有停下爬升。

但他还是撑不住了,长时间的超大过载已经超越了他的身体极限,意识如走钢丝一般游离在消失的边缘。就在导弹撞向穹顶发生爆炸的一瞬间,强烈的亮光彻底扯走了他最后一丝意识,他再次陷入一片阴暗之中。

六

早已习惯的阴暗。

感受不到眼球的转动,阴暗也不能完全感受。只依稀记得身后如猛兽般的压迫感排山倒海地涌入我的大脑、我的胸腔、我的胃肠,饥肠辘辘地撕扯着我的肌肉、血管。

微弱的光亮不痛不痒地射进我的眼球。虽微如萤火,我的意识还是逐渐明亮起来,但我的心却没有想跳动得更猛烈的冲动——我知道,那不过是虚拟增强目镜发出的微弱蓝光,它早已不能让我的肾上腺素再分泌一点。

不,不对。

那萤火突然增强了几万倍,几十万倍,甚至几千万倍!这就像一开始的寥寥几只小飞虫突然闯入了一个几亿只飞虫组成的群聚会。不！比那还要夸张！沉闷的晕眩感充斥着我的全身，这大概是因为空气太过稀薄，还是我自己因一时惊讶而忘记了呼吸呢？猛烈的光像 X 射线一样毫不保留地穿透我的皮肉，直指双眼，我甚至能清楚地感受到它的与众不同：它有生命！它在跳动，它有温度，它主动地向我拥来，然后牢牢把我的身体握紧，就连那些龇牙的猛兽也都不见了，只有温和。

不知为何，我突然想起了卡司·李和那熊熊燃烧的火球留下的细长烟迹。他最后看到的到底是什么呢？

感受着逐渐困难的呼吸和背部越来越微弱的推力，我睁开了眼。

这一切像做梦一般，游离在太空中的碎片互相碰撞着，大片大片地向地球坠落，在所有飞落的碎片之中，我驾驶的战机仍在不断上升，地球的边界此时显得是如此遥远，却又那么庞大。蓝色的发着光的边界上方如球壳一般的穹顶早已四分五裂，前方是黑色，神秘又深邃的无边的太空，几个光点亮起，那些正在离我远去的飞船又是那么渺小。

而它，就在那儿，岿然不动，释放着它所有的光和热，是那么光明而又温暖；而我所有的执着和不解，连同我曾经的信念，全都在那光亮中消逝。

当我再次睁开眼时，我正被安迪从迫降的机舱中拖出来。

天空从来没有如此干净过，没有一丝云朵，没有一个光点。倾泻的阳光落在身上，让我忘记了身上所有的痛苦，是毁了地球还是救了地球，此时对我已没有意义了，接着，我的头无力地垂下。

我看见了向生的力量。

一只蚂蚁钻出土表，对着那久违的温暖的天光，骄傲地挥动着触角。

我闭上了眼，四周依然光亮。我知道，地球活了。

AI 画家的绝笔 / 孟温煜

黑暗中，只有月光为病房照明。

"徐老，你还有什么嘱托吗？"陈真问。

徐忠躺在病床上，身上连接着一个装置于体外的心脏助搏器。这是维持他生命的重要动力。

徐忠有气无力地摇了摇头。

陈真向他鞠了一躬，离开了病房。

一声释然又不甘的叹息声在他走后响起。

少顷，心电监护仪响起刺耳的"嘀——"声。

老人没了呼吸。

一

"徐老的漫画日记更新了！"地铁里一阵儿低呼，卫东身边的人们纷纷开始滑动手机屏幕。

大家口中的徐老就是徐忠，是当今国内最受欢迎的漫画家，今年已经八十三岁。

做个不太恰当的比喻，徐忠就像是文学界的余华，有着脍炙人口的名作的同时，也是一个有趣又好玩的段子手。

从几年前开始，徐老开始在"绘境漫画"应用程序连载漫画日记，每天用一幅四格漫画来记录生活的小片段。

因为极具慧眼的观察力、极其幽默的笔触，徐老的漫画受到各年龄段漫画迷们的追捧。

但可惜的是，前阵子传闻徐老的身体出了问题，一直在住院养病，所以漫画日记很久没有更新了。三天前，漫画才开始重新更新。

卫东听到漫画更新的消息，也打开了那个应用程序。

"看来徐老身体恢复得不错啊，今天的漫画也非常积极阳光。"他身旁的一个女乘客说。

徐老今天的漫画主题是《风筝观察日记》。画面上有一叶小船，船上的孩子失足掉进了水里，大人们乱作一团地施救。但孩子的手中却紧紧抓着风筝线，燕子形状的风筝像海鸥一样在小船的上空飞翔。

身边的游客们叽叽喳喳地说着"治愈""美好"等字眼，只有卫东慢慢皱起了眉头。

很快，地铁到站。

卫东步行回到了家，他把养老院护工的制服脱下来丢进了洗衣机里，随后径直走向桌前打开电脑，将徐老今天的漫画放大研究。

不对。

根本不对。

卫东的表情越来越凝重。

他比谁都更懂徐忠的漫画。

徐忠的画在大多数年轻人眼中是"治愈""美好"的代名词，但实际上，徐忠的每一次落笔都会暗含寓意。正因如此，才让徐忠在艺术界和娱乐界都拥有了如今的人气和赞美。

比如今天的这幅画——风筝代表的是"远方"或"梦想"的意象。当落水的孩子面临危险时，他手中的风筝应该是被抛弃的。"两难全"的寓意被融合进温情又童话风的画面里，这表面看来是徐忠的风格。

但这幅兼顾着当下与未来、充满和谐和坚定的漫画，实在和徐老一贯的风格大相径庭。

卫东回看了近几天"绘境漫画"刊登的其他日记，全都存在类似的问题。

徐老的风格为什么突然大变？

究竟发生了什么？

卫东毫无头绪地思考着。他打开了新闻软件，在搜索框输入了"徐忠"的名字，试图了解徐老身边发生了什么大事。

最近一条关于徐老生活方面的新闻是去年年末的。当时有媒体爆料，徐老因为心脏病紧急住院治疗，还做了一场手术抢救。自那之后，徐老几乎一直住院休养。

再往前翻，住院风波的五天前，有媒体传出徐忠在当地孤儿院认领了一个六岁的女孩。一辈子没有结婚生子的徐忠"晚年得女"，引来了不少网友讨论。

再翻。领养事件前的半个月，徐忠宣布与"绘境漫画"独家签约，并担任绘境公司的"AI绘画形象大使"，以缓和画家群体和AI绘画企业之间的冲突关系。

卫东的视线在这条新闻上停留了几秒。

他重新点进住院风波的新闻，新闻中有一张徐忠和"干女儿"徐心的合照。

卫东在搜索框输入"徐忠女儿"，重新搜索，若干照片出现在卫东的眼前。

他的目光一次次落在那个叫徐心的六岁女孩身上。

令他额头渗出冷汗的是，她每张照片的笑容都一模一样。

卫东记得绘境公司就是依靠AI绘画和AI仿生机器人两项业务而发展壮大的。

在早些年AI技术刚刚进入绘画领域时，绘境曾用AI改编过无数国内鼎鼎大名的画家的作品，还创作大量AI作品参与各种画作评选、拍卖，一时间引起画家群体的极力反对，打过不少官司，"名噪一时"。

画家已死。而她是画家的AI代笔。

这样一个荒唐又危险的想法出现在卫东的脑海。

二

几天后，绘境漫画公司写字楼里，每个人的表情都十分凝重。

这是陈真连续加班的第十七天。

他又一次在部门会议上大发雷霆，甚至将手提电脑砸在地上。他轰走了所有同事，独自在会议室生闷气。

他是绘境漫画公司仿生AI事业部的业务经理。

去年，绘境和漫画家徐忠达成了一项秘密合作。

绘境将旗下产品"仿生AI画家"放置在徐忠身边进行长期艺术学习。在徐忠离世后的三个月，绘境将隐藏徐忠离世的消息，通过AI绘画技术继续他的漫画连载等工作。

这项合作是为了检验"仿生AI画家"的学习和迭代能力，看其是否能真正取代一流的真人画家。

一旦成功，这个产品将在绘画界掀起一场革命。

这项合作本来是不可能达成的。众所周知，徐忠作为国内漫画界的发言人，从未"欢迎"AI绘画技术插手他们的领域。但也许是他人事已高改变了心意，又或许是陈真执着的"三顾茅庐"说服了他，徐忠出人意料地同意了这次合作。

事实上，徐忠去世后，AI画家"徐心"的确实现了以假乱真，一度让陈真和同事们兴奋不已。

但最近，一个意外出现了。

陈真发现网络上出现了一个新的自媒体账号，名字叫作"徐心的漫画日记"。它和徐忠名下的账号一样每日连载日记体四格漫画。

不同的是，它以小姑娘徐心的角度来观察和描绘日常故事，其手法和风格更加接近徐忠以往的风格，在幽默和深度上达到了难以置信的平衡。

短短几天，该账号在网络上大火。媒体和网友们都相信这是徐忠开设的小号。即使绘境发了官方声明也无济于事，其更加火爆。

账号并没有任何企业或名人认证。陈真的团队已经在查找账号背后的操控者，但直到目前还没有任何结果。

无论账号背后是真人画家还是其他竞品AI公司，都意味着……AI画家徐心输了。它远不是最接近画家本人的代笔者，更无法真正替代徐忠的存在。

一想到这儿，陈真心中的不甘和愤怒又被点燃。

负责漫画内容评审的主编郑永推开了会议室的门，给陈真递了一支烟。在他身后，仿生AI小女孩"徐心"走了进来。

她穿着可爱的橙色小裙子，束着马尾辫，外人或许都会下意识地以为她是郑永的女儿。但事实上，她却是当今世界上最先进的仿生AI画家。

徐心脸上本来挂着日常的招牌微笑，这是她被设置好的"静态表情"。但当看到陈真的怒气时，她的表情很快变为担心和紧张。这是她系统设置中的即时环境反应能力带给她的。

之所以将它制作成仿生AI的模样，是因为和徐老的合作实验一旦成功，公司就会将"徐心"的真面目公之于众，借由高话题度将其捧红为国内初代AI画家偶像。

所以"徐心"不光拥有最先进的内置技术，其外在形态也让设计者付出了大量的心血。

陈真看着自己心中的"杰作"，心里五味杂陈。

"你看过那个账号的连载了吗？"他问徐心。

"我给她看过了，还让她出了一份分析报告，如果你想看……"郑永抢话回答。

陈真没耐心地打断了他，他盯着徐心："你怎么评价那些作品？简短一点。"

"杰作。像是徐老亲笔画的。"徐心诚实地回答。

"你和他的差距在哪儿？"

"这是我的数据盲区，我目前还解释不清楚。"

陈真无奈地转过头。

他一直试图找出AI和人类画家之间的最后一层"窗户纸"，但始终找不到要点。

在"徐心"这一代AI画家身上，除了超强的绘画技术、学习能力、情感分析能力外，其各项感官也是由无死角8K摄像头、超声生物感应系统等最新技术构成的。从这个角度来说，AI画家绝对是绘画技术更全面、观察分析能力也更优越的"超级人类"。

陈真想不到他还能如何再去改进和升级。在当前人类所掌握的技术水平上，他已近乎做到了极限。

"你和徐老一起生活了这么久，怎么评价他的作品？"陈真换了个问法。

徐心："那是超乎于这个世界的作品。'画家在这个世界整日观察和思考，但在另一个世界绘画和舞蹈。'"

"另一个世界？是指什么？"

徐心露出笑容："这是徐老的原话。我也还没有弄懂。"

此刻的徐心真的像一个六岁的小姑娘一样，对未知的事情露出好奇的笑容。

"但那个账号是怎样做到的呢？"郑永自言自语，"难不成徐老还活着？"

"别瞎说。你我可都是看着徐老的遗体被推走的。"陈真说。

"唉，徐老还是走得太早了。如果能再给徐心多一些学习和模仿的时间，也许她就能学到精髓了。"

"没用的。这个突然冒出的账号，同样没有经过长时间的学习和模仿。"

"也是。我去查查是不是竞品公司搞的鬼。他们难道研发出了更先进的AI绘画技术？"郑永纳闷地说。

"不管是谁，还记得我们对待竞争者的宗旨吗？"陈真沉声问道。

"当然！要么合作，要么消灭。"郑永自信地回答。

这条充满狼性的宗旨正是指引绘境漫画在业界战无不胜的利器。

这些年，对AI绘画有异议的人类画家要么被收买，要么被郑永借助媒体人脉挖黑料搞臭。同样研制AI绘画产品的竞品公司，要么被绘境高薪挖走核心人员或收购，要么被价格战搞垮。

但只要AI绘画产品在迭代，就永远有源源不断的画家和反对者出现。他们以自己的职业生涯，甚至个人名誉、财产来抵制 AI 绘画，常常搞得陈真他们头痛不已。

看到两人沉重的表情，徐心也换上了一副忧愁的表情，仿佛她在为她替代掉的人类感到悲伤一样。

三

每年的四月是徐忠的"旅行月"，这是他延续了三年的传统。

在四月，徐忠的漫画日记连载内容将是旅行游记。这是读者们最期待的时候，他们能够跟着这个可爱的老头去世界各地云旅行，从他极具慧眼的观察中感悟世界各地的风土人情。

今年的旅行目的地是海南岛。

这并不是陈真他们代替去世后的徐忠选择的，而是徐忠在去年的旅行日记末尾就预告过的。作为一个八十岁高龄、有过心脏病史的老人，海南这种国内养老旅游胜地再适合不过了。

陈真决定亲自带着徐心去海南岛采风。

徐忠生前说过，绘画的核心是观察，好的观察是画作成功的前提。

而 AI 仅靠远程对照片、文字的数据采集和情感分析，并不是真正意义的观察，因为缺乏"身临其境"的多感官体会。那样的画作只是精致，远不能达到"美好"。

主编郑永那边也没闲着，他接过了"徐心的漫画日记"账号的调查重任，甚至开始指使技术人员进行人肉搜索。

在陈真的带领下，徐心在海南岛一路旅行，一路作画。他花大价钱租车、租向导、租游船、租环境最好的度假别墅，甚至还雇用了无人机和热气球团队。一切都只为了找到最好的风景观赏角度、让徐心的"眼睛"捕捉到整个海南最美的风景。

徐心没有辜负他的期望，完美地进行了画作的输出。她首先用内置镜头将风景进行拍摄和美化，随后用 AI 转化为漫画背景，再模仿徐老的风格创造故事情节，构成画面的内容。

陈真觉得徐心的进步比一个月前大了很多。

她开始懂得黑色幽默、懂得通过色彩对比表达情绪。这是市面上绝大多数 AI 绘画产品做不到的。

但当陈真每天准时查收"徐心的漫画日记"账号更新的作品后，这种由进步带来的喜悦就会被频频冲刷殆尽。

对方也按照徐忠的预告，进行了海南岛旅行日记的连载。其画作的质量与徐心的创作相比，高下立判。

比如，他们都曾以"椰子树"这个海岛元素创作过故事。

在 AI 徐心的故事中，成熟的椰子掉落下来砸中了牛顿的头，牛顿一命呜呼。但来到天堂后，年轻的牛顿还不忘缠着上帝滔滔不绝地讲万有引力的发现。上帝只好一脸无奈地说，那是你们人间的道理。

陈真看完露出满意的微笑，那是极具徐忠特色的黑色幽默。

他本以为这已经是非常"徐忠"的漫画风格，直到他看到了对方账号发表的故事。

在那个故事里，成熟的椰子砸中了一个农夫的头。农夫被诊断是脑震荡，在医院醒来后总是一个劲说胡话，日夜不停。家人和医生们围在一起束手无策。而农夫的女儿却抱着椰子专心地喝着椰汁。画面的最后，女儿把椰子的吸管塞进了农夫嘴里。农夫瞪大眼睛，终于停止了胡话。

奇奇怪怪的冷幽默，但女儿与大人们的对比却既有趣又温情。它巧妙借助椰子的海岛元素展示了童趣的美好，又隐含着"将复杂事情简单化"的小寓意。

相比徐心画的那个一笑而过的故事，这幅画作显然更具有信息量和延伸价值。

陈真叹了口气。

又一次完成了当天的绘画工作后，夕阳西下，徐心站在别墅阳台上对陈真说："你看上去很忧愁。是我做得还不够好吗？"

陈真手里拿着那幅画，抬头看向阳光下的徐心，她美得像一个真正的小姑娘一样。

"不，你做得已经很好了。是我的问题。"

"是画面不够美好，或者故事不够精彩吗？"她没有被字面的安慰骗过，继续追问。

陈真想了好一会儿，摇了摇头："这些画作很美，故事也很棒。但奇怪的是，看完它们后，不会再让我有任何的联想。"

"我不懂。"

"你觉得，绘画作品被完成的标志是什么？"

"是被画家交到编辑的手里。"

陈真笑着摇摇头："不对。只有被读者进行了有意义的解读，画作才算真正完成。换句话说，真正给画作赋予艺术价值的，是读者自己。"

"而你的画虽然也很美，但却在故事讲完的一刻就中止了信息的传递。它对读者来说没有更多的价值了。"

徐心歪着头想了一会儿，仍旧似懂非懂。

陈真像对待自己的孩子一样，亲昵地摸了摸她的头："你还是个小孩子，还有很多要学的。"

"能打败 AI 徐心的竞品，究竟是运用了什么他从未注意到的技术？"陈真这样想着，电话突然响了起来，是郑永打来的。

"查到了。"郑永说。

他查到了"徐心的观察日记"背后的账号拥有者，不是一个公司或团队，真的只是一个普通人。

"是位漫画家吗？或者……艺术从业者？"

电话那边尴尬地咳嗽了一下："都不是。他是……是个护工。"

"什么？"

陈真差点惊得从座椅上跳起来。

"而且……他现在失踪了。"

四

"徐心的漫画日记"账号的背后是一个普通护工，这是陈真无论如何都难以接受的。

他可以败给更高级的 AI 技术，可以败给顶尖的人类画家，但不可以败给一个普通的人类。

账号的所有者名叫卫东，今年三十三岁，在一家疗养院任职养老护工。

找到了账号的所有者，后续有关卫东本人的信息也被郑永派人在网上快速找了出来。

其中两条消息让陈真的内心稍微好受了一些。

第一条——卫东不只是个普通护工，还是个黑市盗版画师。在过去的几年里，他全部的精力都集中在研究各个漫画家的画作风格和技巧，然后制作以各画家名义出版的"绝版"漫画甚至"亲笔线稿"，出海到东南亚国家牟利。

而过去的一年里，海外也恰巧出现过多起徐忠亲笔线稿的黑市拍卖，大概率就是出自卫东之手。

从这个角度来讲，他也许是比 AI 徐心研究、模仿徐忠更久的人。

第二条——卫东曾和徐忠有过约半年的面对面接触。卫东工作的城市和徐忠常住地相同。三年前，徐忠曾因为心脏问题居家休养，需要有人贴身照看。于是在朋友的介绍下，徐忠从当地的疗养院雇用了一名护工。受雇的那位护工正是卫东。

当时的卫东似乎并未开始盗版画师作品的行当。但大学学习美术专业的卫东，或许正是在那段时间受到了徐忠的指点，才有了如今的能力。

　　整理完这些线索，陈真明白，当务之急就是先找到卫东本人。

　　"找到他，下一步呢？"郑永不解地问道。

　　"要么让他为我们所用，帮助AI徐心找到突破的关键。要么……"陈真没有说下去。

　　他是个为达目的不择手段的人。他在这款AI绘画产品上已经倾注了七八年的时间和心血，只要它能如期成功，他愿意付出任何代价。

　　他无法容忍一个比AI徐心更出色的模仿者存在。

　　"但他失踪了。"郑永说。

　　"失踪了？什么意思？"

　　"我们给他的各个社交平台账号都发了私信，但没有人回复。我还托人找到了他的联系电话，但拨打了七八遍，一直不在服务区。除了每天准时上传作品外，他没有任何动态。"

　　"搞什么鬼……"陈真又急又无奈。

　　"不过，好消息是：他上周曾发了一条微博，定位显示他就在三亚，离你很近。"

　　"你先把他的电话发给我吧。"

　　陈真越想越无奈，但苦于没有更好的办法，只能用最蠢的办法，每天踩着上传作品的时间点给卫东夺命连环打电话。

　　两天后，电话终于接通了。

　　陈真带着徐心驱车直奔卫东提供的地点，那是一家乡镇医院。

　　乱哄哄的多人病房里，一个略显邋遢的男人正专心拿着手绘板画画。他的手臂上起了一大片红疹子，听说是被热带雨林里某种不知名的毒虫叮到了。

　　"你好，卫先生。我是绘境漫画的仿生AI业务经理，我叫陈真。"陈真客气地打招呼，顺便压低声音，将身后AI徐心的身份也简单介绍了一下。

　　除了没有透露徐忠已死的信息外，他几乎没有任何隐瞒。

　　卫东只是应了几句，对眼前的仿生AI也没有什么特别的反应，似乎早就猜到了她的身份。

　　陈真见气氛尴尬，只好开门见山地提起了漫画账号的事。

　　卫东放下手中的画稿，大大方方承认了那是自己经营的。他说他经营账号的目的是向徐忠前辈致敬。

　　"陈先生是来兴师问罪的吗？但我的账号并没有抢占徐心的官方认证，也没有盗取徐心的绘画作品，应该不构成侵权吧？"卫东似乎早有准备。

"您多想了。我是来向您请教的。我想知道 AI 绘画和您的画相比，欠缺的究竟是什么。"陈真客气地回答。

卫东想了想，却支支吾吾说无法用几句话讲清楚。但他的态度倒也没有那么敌对，反而透露出一种自信。

"你明天和我一起去画几幅画就知道了。"卫东说。

陈真也没啥别的办法，只好答应了下来。

第二天，病还没好的卫东很快自行出院，护士拦都没拦住。

卫东不知从哪个小镇居民嘴里打听来了一处"观海绝景地"，在地图上标记了一个没有任何建筑和设施存在的海边断崖，就带着陈真和徐心上路了。

一路上，他们走的完全是荒无人烟的山间丛林小路。卫东在前面披荆斩棘，陈真在后面喷杀虫剂。一会儿爬坡，一会儿绕行，喝泉水、淋阵雨。

卫东和陈真之间倒是稍微熟了一些。毕竟一路上手机没信号，两人只能通过一直聊天来缓解疲惫。

陈真聊起了自己监督制作徐心的历程，卫东也毫不掩饰地聊起了当年做护工照看徐忠的往事。

当时的徐忠有着艺术家常见的怪脾气，作画时从不分心和身边人说话，更不允许他人打扰。但因为闲聊中知道了卫东是美术系毕业，倒是很亲切地默许卫东在徐忠作画时旁观。

卫东也因此偷学了不少画漫画的技巧。只可惜后来因为生计压力，他没能成为漫画家，反而踏上了盗版画师的"野路"。说到这儿，他也自知愧对徐忠前辈。

折腾了五六个小时，三人终于到达了目的地。

且不说卫东已经蓬头垢面，就连一向衣冠楚楚的职场人陈真也已经累得没人样了。只有徐心还露着机械化的招牌笑容。

"要我说啊，还是让 AI 去打螺丝钉吧。这活儿它们最擅长，别说'996'，'007'都毫无压力。"卫东一边喘着粗气，一边开玩笑。

"这是什么地方？不就是看海嘛，还不如直接租个位置最好的海边别墅呢。"陈真顾不上观景，手撑膝盖喘着粗气。

卫东拄着稍微粗壮些的树枝做成的简易拐杖走到露营地的崖边上。

他拨开垂落的芭蕉叶极目望去，远处是一片蔚蓝清澈的大海，近处视线所及之处是一条绵延的礁石海岸，由于刚经历了退潮，无数的贝壳被海水冲上了岸，点缀在礁石的每一处角落。它们在太阳的直射下闪闪发光，像是散落一地的宝藏。

当然了，也免不了夹杂几个易拉罐、塑料袋等人为垃圾。

海岸边有三三两两的人在嬉戏玩闹。

"好美啊。"身旁的徐心不由赞叹道。

陈真走过来远眺，看着眼前的美景，他也不禁沉浸其中。

"把今天的旅程画下来吧。"陈真对徐心说。

跋山涉水、历经艰险，终于看到了绝美的风景，这样世外桃源般的美景已无须多言，就是最好的创作题材。

徐心快速启动图像拍摄和AI绘画功能，遵循陈真的指令，在五分钟内完成了四格漫画。

陈真看完后，内心还是比较满意的。

他将画作递给卫东，但卫东遗憾地摇了摇头。

他没有多说什么，拿出手绘板，一屁股在杂草丛中坐下，然后开始画图。

差不多一个小时后，卫东将自己的画递到了陈真和徐心的面前。

这一刻，陈真认识到：徐心彻底输了。

五

同样主题的故事，在AI的笔下，它只是讲了一个画家穿越热带雨林寻找最美海岸的故事，故事的前三图讲述"寻找桃花源"的沿途风景，结局定格在海边的满地贝壳和一对接吻的情侣上。

而在卫东的笔下，他们跋山涉水的旅程变成了四季变换的路途。当他们初入雨林时，好奇和轻松的心情让雨林呈现出生机勃勃的春意，三人有说有笑，花草亦盎然明媚。

随着路途的跋涉，几人的体力都逐渐下降，心情也不复当初。于是雨林也像感受到疲惫和倦意一般变成了金黄的秋色，不堪重负的叶子和果子纷纷落地。

等到一行人都体力殆尽，画面也彻底变为寒风凛冽的冬景。画面中的他们迈着沉重的步伐，每个人都丧着脸一言不发。雨林仿佛被冰封一般寒冷和空寂。

而结局的礁石美景中，画面爆发出夏季的蓬勃活力。万里晴空下，满地贝壳熠熠发光。但画面中心，一位拾荒老者站在满地光点中，弯腰捡起了一个被踩扁的易拉罐。

视线从这幅画挪开后，陈真陷入了长久的沉默中。

AI隐去了实景中不美好的一切事物，比如行人的疲惫、沮丧的情绪，比如礁石上被潮汐推上岸的垃圾。

而画家反而将这些不美好作为美好的点缀。他的每一笔深浅、每一个颜色的选用、每一个构图的侧重点，都在尽其所能地表达着画家内心纷繁变化的情绪。

在这一刻，陈真终于明白了 AI 的局限在哪里。

AI 没有人类的神经传感，不会真正感受到情绪，也就无法表达出相应的信息。

所以它们的画作再精致、技术再复杂，都只是对现实世界的描绘，而缺乏内心世界的想象，更做不到两个世界的叠加。

"画家在这个世界整日观察和思考，但在另一个世界绘画和舞蹈。"卫东突然说出了这样一句话。这句话是徐忠的原话，AI 徐心也曾记录过。

"我想我终于懂了。"陈真无奈地笑笑，"AI 没法画出画家笔下的世界，是因为它根本没有到达过那个靠想象力抵达的世界。"

"是啊。所以，我其实也帮不了你什么。除非把人类的一切真正复制到 AI 身上，否则 AI 永远没法真正取代人类。无论是在绘画还是别的领域。"

卫东合上手绘板，将它放在一旁，然后兀自走到了断崖边。

他和徐心并排站在那里，继续观赏着远处的风景。

这时，陈真的电话响了，是郑永打来的。

他看了两人一眼，走到一旁接通了电话。

"有什么进展吗？"

"在采风，和卫东在一起。"

"那么，找到解决缺陷的方法了吗？"

"没有。以后也不会有了。"陈真沮丧地回答。他尽量简短地将一切告诉郑永。

"那么……"电话那边顿了顿，"只有一种选择……要么合作，要么消灭。"

陈真陷入沉默。

"只要阻止他继续更新，那么这个时代的读者别无选择，只能继续关注 AI 绘制的作品。互联网是没有记忆的，再过几年，人们只会记得徐忠的漫画日记，记着它引发了一位横空出世的仿生 AI 偶像的诞生。没有人会记得一个假画师的野鸡账号。"

那边的郑永干笑了两声："一个独闯雨林的不知名的护工，因为失足坠崖身亡。听上去是再合理不过的新闻了。你知道该怎么做。"

少顷，陈真挂断了电话，回到崖边。

卫东和徐心正在聊天，聊有关徐忠的生活日常。作为一个"准"画家，卫东对 AI 绘画却没有任何的抵触和敌意。

不，或许更准确地说，是他足够自信 AI 无法取代杰出的人类画家，所以他根本没有任何危机感和排斥。

329

"好可惜啊，徐老没机会看到这样的风景了。"卫东说。

此言一出，陈真被震惊到了："你说什么？"

"徐老去世了吧。不然……他绝对不会允许AI代笔他的画作的。"

"这是我们合作内容的一部分……"陈真还想找借口搪塞过去。

但卫东打断了他："我了解徐老，无论给他多少好处，他都绝不会让别人碰他的画作，更不必说让人代笔。"

"如果这样，他又怎么会答应与我们合作呢？"

"因为……自信。"卫东笑了。

"徐老和我一样，自信AI无法取代人类画家，终有人会发现端倪。他答应你们的合作，或许也是为了在日后证明这一点。"

在陈真明白过来之后，他仿佛受到一记闷头重击。

卫东望向远方露出笑容。看着那张自信的面孔，陈真感受到了一种彻底的挫败感。

无法合作，那就消灭吧……

陈真走到卫东和徐心身后，长舒了一口气。

他下定了决心，悄然伸出了手。

六

"我们将这款产品命名为'徐心'，以此纪念徐忠先生和绘境的初次合作。"

三个月后，在绘境漫画的新品发布会上，陈真向媒体和公众宣布了徐忠的死讯。与此同时宣布的，还有"初代徐心"的失败，以及"二代徐心"的发布。

所谓的"二代徐心"不再是那个稚气可爱的仿生小姑娘，而是一个简简单单的电子手绘板。它的内置功能基本没有改变，画家可以用它拍摄实景、AI制图，也可以和它内置的聊天系统进行交流，寻找灵感。

"二代徐心不再是画家，只是画家手中的一个新工具。它会是人类画家最聪明的伙伴。"陈真宣布。

有媒体人举手提问："二代徐心目前有画家实际应用了吗？效果如何？"

"有的。"陈真笑笑，转头看向身旁的卫东，"这位就是和我们最先合作的画家。"

卫东的西服稍有点不太合身，他表情略微紧张地挠了挠头。比起在聚光灯下，也许昏暗狭小的假画室和护工制服更适合他。

台下的媒体议论纷纷，没有人认识他。

"这位就是'徐心的漫画日记'的创作者——卫东先生。"

台下一片哗然。

"卫东先生也将继续与我们深度合作，探索 AI 绘画教育领域。希望未来能有更多杰出的画家与我们合作共赢，创作出更多属于人类的艺术佳作。"

发布会在雷鸣般的鼓掌中结束。

会后在洗手间里，卫东和陈真在镜子前洗手。

卫东笑问："为什么要放弃'初代徐心'呢？没准 AI 小姑娘现在已经成为现象级的全民偶像了。"

"因为即使没有了你卫东，很快还会有卫西、卫南、卫北出现。人类就是这样执拗又浪漫的生物，会坚决捍卫心中最美好的东西，即使头破血流。"

"相比没有自由意志的 AI，人类还真是复杂和烦人啊！哈哈……"卫东笑道。

"但也正是这群家伙，创造出了根本不存在于这个世界的画作和美好。"

山西·阳泉首届"娘子关杯"科幻文学作品大赛举办单位及评委

主办单位

山西省作家协会

中共阳泉市委宣传部

承办单位

山西省作家协会科幻文学专业委员会

阳泉市文学艺术界联合会

协办单位

山西省当代文学基金会

《语文报》

刘慈欣文学院

初评评委

郭文礼　山西省作家协会科幻文学专业委员会常务副主任、北岳文艺出版社社长

李毓玲　山西省作家协会科幻文学专业委员会副主任

侯讵望　山西省作家协会副主席，阳泉市文学艺术界联合会名誉主席

李宗睿　山西省作家协会科幻文学专业委员会副秘书长

张　冉　晋中信息学院太古科幻学院院长

郭祯田　《娘子关》执行主编

终评评委

杨庆祥　批评家，中国人民大学文学院副院长、教授

丁培富　科幻文学作家，《科幻世界》编辑

李　静　中国艺术研究院副研究员，《文艺理论与批评》副主编

宝　树　科幻文学作家、译者，中国作家协会科幻文学专业委员会委员

刘芳坤　山西大学文学院教授、博士生导师

赵晓旭　希望出版社科幻文学编辑